KB162688

외톨이의
이세계
공략

life.6

author ▶ 고지 쇼지
author ▶ Shoji Goji

일러스트 ▶ 에노마루 사쿠
illustrator ▶ Saku Enomaru

념품 가게
아원 지점의
도 탈환

안젤리카

Angelica

기묘, 기괴, 천변만화하는 깜짝 연속 공격의 난무에서,
한순간의── 「허실」.
느닷없이 무궤도로 이동하는 몸을 강제로 지배해서
조금의 낭비가 없는, 베기만 하는 움직임으로 변환했다⋯⋯.
눈이 마주친 갑옷 반장의 놀란 얼굴을 보며 검을 맞댔다.
응. 갑옷 반장의 움직임을 한순간이라도 멈춘 건 처음이다.
분명 합격점이겠지.

외톨이의
이세계 공략

life. **6** 기념품 가게 고아원 지점의 왕도 탈환

Lonely Attack
on the Different World

life.6 Recapture of Royal Capital
by the Souvenir Shop Orphanage Branch

고지 쇼지
author ➤ Shoji Goji

일러스트 ➤ 에노마루 사쿠
illustrator ➤ Saku Enomaru

CHARACTER

➤ 반장
하루카네 반 반장. 집단을 이끄는 재능이 있다. 하루카와는 초등학교 때부터 아는 사이.

➤ 하루카
이세계에 소환된 고등학생. 반에서 유일하게 신에게 '치트 스킬'을 받지 못했다.

➤ 안젤리카
'변경 미궁'의 전직 미궁황. 하루카의 스킬로 '사역' 당했다. 별명 : 갑옷 반장.

➤ 부반장 A
바보 같은 짓을 하는 남자들을 엄하게 감독하는 쿨 뷰티.

➤ 부반장 B
교내 '좋은 사람 랭킹' 1위의 부드러운 여자. 직업은 '대현자'.

➤ 부반장 C
어른 여성을 동경하는 기운찬 꼬맹이. 반의 마스코트적 존재.

STORY

반 친구들과 함께 이세계로 소환된 '외톨이' 고등학생 하루카.

반 친구들의 교육을 담당하게 된 하루카는 던전 치트급 장비를 제공. 반 친구들은 레벨 100으로 오르는 조건인 「레벨 100 미궁왕 격파」를 달성하여 '초월자'의 경지에 도달했다.

한편, 왕국에서는 변경에 차례차례 자객을 보내고 있었다. 하루카 앞에 나타난 것은 왕녀 샤리세레스를 탈환하러 온 메이드 세레스. 첩보가 특기인 그녀는 하루카의 암살을 시도하지만 허망하게 실패. 그러나 하루카는 죄를 용서하고, 세레스를 아군으로 끌어들였다.

이미 돌이킬 수 없게 된 왕국과 변경의 관계. 샤리세레스는 왕녀로서 전쟁을 막기 위해 왕도로 돌아가려고 하고, 하루카는 호위로 동행한다. 최흉의 자객, 살인 검사 다지마감도 격퇴한 하루카는 왕도로 가는 길을 서두르지만, 누군가에게 습격당하는 왕제와 마주치게 되는데……?!

날라리 리더

반 친구. 날라리 5인조의 리더. 전직 아마추어 모델이며 패션에 박식.

도서위원

반 친구. 문화부 팀에 소속된 쿨한 책략가. 하루카와는 초등학생 때부터 아는 사이.

방패 여자애

반 친구. 대형 방패로 모두를 지키는 성실한 아이. 공격을 막고 자주 날아가고 있다.

나체족 여자애

반 친구. 전 수영 올림픽 강화 선수. 수영부였던 뻐끔뻐끔 여자애와는 친하다.

뻐끔뻐끔 여자애

반 친구. 이세계에서 남자에게 쫓겨다녀서 남성 불신 기미. 하루카는 괜찮다.

리듬체조부 여자애

반 친구. 전 리듬체조 올림픽 강화 선수. 리듬체조 도구로 변형하는 연금 무기를 쓴다.

오타쿠 C

반 친구. 오타쿠 4인조 중 한 명. 직업은 『수호자(가디언)』로, 방어 기술이 뛰어나다.

슬라임 엠퍼러

전직 미궁왕. 『포식』한 적의 스킬을 습득할 수 있다. 하루카의 스킬로 『사역』됐다.

미행 여자애

조사나 정찰을 가업으로 삼은 시노 일족 수장의 딸. 「인비저블」로 불리는 일류 밀정.

샤리세레스

디오렐 왕국 왕녀. 가짜 던전의 함정에 의한 '반라 영차영차'가 트라우마다. 별명 : 왕녀 여자애.

멜로트삼

변경 오무이의 영주. 「변경왕」, 「군신」 등의 이명을 가진 영웅이자 불패의 검사.

메리에르

변경 오무이 영주의 딸. 하루카가 이름을 기억해 주지 않아서 「메리메리」라는 별명이 정착.

흙먼지를 일으키며 말이 질주한다. 그리고 소란을 부리고 있다. 반항기……?

"왕녀 여자애. 말이 오고 있는데 말 중에 지인이 있어? 뭔가 이쪽을 향해 뛰어오는, 아니 달려오고 있는데, 모래 먼지가 보이니까 꽤 질주 중이라는 느낌? 응. 어쩌면 실종 중일지도 모르지만, 말에 타서 전력으로 실종하고 있지만 찾지 말아 달라는 느낌이니까 못 본 걸로 할까?"

하지만 이쪽으로 오고 있다. 응. 야한 짓을 하다가 말에 걸어차인다면 납득할 수 있지만, 아저씨만 있는데 말한테도 걸어차이면 손해만 보잖아!

"말이라니…… 그거 사람은 기승하고 있나요? 깃발이나 갑옷에 문양 같은 건 없습니까? 세레스, 나의 무장을!"

뭔가 말 같은 것들이 달려온다는 건 알겠는데…… 깃발? 그래도 저건 붉은 마름모…… 타케다 신겐 씨?!

"깃발이라면 하얀 바탕에 붉은 마름모가 들어있는 깃발 같네? 근데 풍림화산 깃발은 없는 것 같은데……. 이쪽도 대항해서 비사문천의 투구라도 만들까?"

응. 그야 소수로 기습한다거나 단기로 달려온다거나 하는 건 비사문천 씨(우에스기 켄신) 쪽이니까, 붉은 마름모(타케다 신겐)는 뭐어다니지 않겠지?

"레드 롬버스(붉은 마름모), 왕제 각하가 어째서 변경에! 어디죠? 바로 구해드려야 해요. 쫓기는 건가요!"

"왕제 각하는 현재 왕군 대행입니다. 왕도를 떠나는 일은 있을 수가 없는데, 어째서?"

뭐, 저게 적이든 아군이든 왕권 대행이 습격당하고 있다면, 이 나라는 이제 틀린 거 아닐까? 듣기로 국왕은 왕태자를 정하지 못한 채 급병으로 쓰러져서 의식 불명, 그 왕권 대행이 습격당하고 있다면 완전히 모반이나 내란 중 하나다. 아무리 생각해도 변경을 공격할 때가 아니지만, 마석이 없으면 왕국은 망한다. 그러니 변경으로 올 수밖에 없는 건가.

"뒤에 깃발은 없지만 녹색 같은 갑옷에 하얀 선. 으~음. 쫓기는 것 같지만, 어느 쪽도 아저씨의 기척이 농후하니까 한꺼번에 태워 버릴까?"

"심록색에 하얀 선…… 교국의 용병단이 어째서 왕국에! 그건 교국의 대(對)수인 용병부대입니다. 어째서 왕국에 들어와서, 하물며 왕제 각하에게 공격을! 이래서는 정말…… 전쟁 아닙니까."

교국. 영감 쪽 녀석들이다. 그럼 왕제가 아군인지 아닌지는 모르겠지만 교회는 적이다. 변경을 더러운 땅이라고 부르면서 전혀 원조하지 않고, 마석 가공을 '신의 정화'이니 뭐니 하는 웃기는 이름으로 독점하는 공정거래법 위반에 독점금지법 위반자들이다.

그리고 대미궁 밑바닥에 신을 거역한 악녀를 봉인했다고 공언하는 나의 적이다. 그렇게나 신의 정의를 자칭하는 걸 좋아한다면, 깨끗하고 올바르고 평등하게 몰살시켜서 한꺼번에 좋아하는 신의 하얀 방으로 배달해 주자. 그 땅속에서 영원한 시간을 혼자서 어둠과 싸우고, 마지막 순간까지 저항하던 안젤리카 씨를 악이라고 말한다면, 나는 악의 편이라고?

응. 그런 정의(쓰레기)는 소각 처분이라도 하고 하얀 방에 불법 투기해서 영감(신)까지 같이 묻어버리면 된다. 남한테 불만밖에 없고 신을 무척 좋아한다면, 당장 신의 곁으로 가면 되잖아⋯⋯. 이 세상에서는 방해만 되니까.

"아아, 오타쿠들도 부를 걸 그랬네."

수인은 더러운 생물이라고 단정하고 노예로 팔아치우는 근사한 정의(종교)를 내거는 대수인 부대 용병단이라고 하니까. 분명 모조리 죽여도 용서하지 않겠지. 그 녀석들은 짐승 귀를 정말 좋아하고, 박해자나 학대자는 정말 싫어하니까.

뭐, 남겨줄 수 있을 것 같지는 않으니까, 꼼꼼하게 영감이 있는 곳으로 강제 송환해 주자. 이게 배송료의 가치거든? 착불이다!

거시기한 분이고 뭐 거시기해서
그 밖의 모든 점이 거시기한 분이라니, 그게 누구야?

62일째 낮, 황무지

부대는 무너졌고, 그저 변경을 향해 오로지 내달렸다. 설마 왕권 대해의 부대를 공격할 줄이야. 완전히 왕국을 교국의 속국으로 삼고, 왕가를 꼭두각시로 만들어서 변경을 노예화해 마석을 모조리 지배할 작정이다. 이렇게까지 타락했나.

왕국은 수인 연합국을 인정하고, 수인의 인권을 인정하는 몇 안 되는 나라다. 그렇기에 교회에서는 눈엣가시로 보고 있다.

그리고 교회에 포섭된 귀족들은 그 법을 바꾸려고 하지만, 건국의 맹약인 이상 바꾸는 것은 결코 용납되지 않고, 바꿀 생각도 없다.

교국이 아무리 강경하게 굴어도 왕국에는 절대로 적대할 수 없다. 교국은 왕국의 마석이 없으면 교회의 권력을 유지하지 못한다. 교회는 마석의 가공을 독점해서 '신의 정화' 이외는 더러운 악마의 기술이라고 부르고, 마석을 가공하는 자를 마녀라 부르며 사로잡아 본보기로 고문하며 세력을 확대해 왔으니까.

숨어도 일족을 전부 사냥하고, 모조리 죽이고, 멸망시키며 마석 가공 기술을 독점하고, 그 부도 독점했다. 그리고 마도구나 마구를 써서 대륙에 교회를 퍼뜨리며 침략했다. 그렇게 마석 가공의 모든 것을 독점해서 국가조차도 쉽사리 거스르지 못할 정도의 힘을 얻고 말았다.

그리고 많은 귀족이 매수되어 교국에 붙었고, 언제부턴가 제1왕자까지 포섭됐으니 정말이지 말세다. 그건 즉 왕국의 첩보부마저도 교회 측이라는 뜻이니까, 웃음도 안 나온다.

왕가는 아무것도 모른 채 거짓 정보에 속아서 움직이고 있었다는 증거니까.

"이래서는 변경에 도착할 수 없을 것 같군."

적이 입고 있는 심록색 갑옷에 하얀 선은 삼림전이 특기인 용병부대의 상징이라고 들었는데, 자국 숲에서 습격당해 급하게 평지로 나왔는데도 이미 이쪽은 괴멸에 가까운 상태다. 이래서는 재정비할 수 없고, 그 이상으로 적이 강하다. 그리고 완전히 정보가 교국 측으로 유출됐다. 그보다는 교국과 내통한 정보부가 판 함정에 스스로 뛰어든 건가.

"오무이 백작에게 이 목을 바치기 전에 죽으면 비참하기 그지없지만, 이래서는 이미 명운이 다한 모양이로군."

"저희가 방패가 되어 막겠습니다. 부디 옥체를…… 커헉!"

큭……. 형의 대리도 맡지 못하고, 오무이 백작에게 사과할 수조차 없는 건가. 그저 변경을 향해 정신없이 달렸다. 하다못해 교회가 군까지 움직였다는 걸 알려야만 한다. 하다못해.

"전방에 사람! 한 명, 비무장 일반인입니다."

"불쌍하지만 피할 수는 없다! 돌파하라!"

미안하다고 말할 수는 없다. 돌파해야 한다. 적어도 변경 근처에서 죽는다면 변경군이 교회의 움직임을 눈치챌지도 모른다. 내 목숨은 이제 그것 말고는 용도가 남아있지 않다. 그리고, 그것만이 왕국에 희망을 남길 수 있다. 그러니까…… 사라졌다!

전방에 있던 검은 망토의 그림자는 보고 있었다. 그것이 홀연히 사라졌다.

"함정인가?"

"아뇨, 하지만…… 사라졌습니다."

이제는 함정이라도 돌진하는 것 말고는 길이 없다. 그저 한 걸음이라도 변경에 더 다가가는 것 말고는 이제 길이 남아있지 않으니까.

"후방에서 전투 발생! 조금 전의 검은 망토가 적군과 교전 중, 적은…… 정지?!"

무슨 일이 일어난 건가. 반격에 나설 기회인가, 도망칠 기회인가. 아니. 무슨 수를 써서라도 변경으로 가야만 한다.

"전방에 깃발입니다. 하얀 바탕에 붉은색, 검에 하트. 샤리세레스 님입니다. 단독이지만 무장하고 계십니다!"

검의 왕녀를 상징하는 깃발을 들고, 열세인데도 아군에게 활기를 준다. 그것이 왕자들이 샤리세레스를 두려워하고, 죽이려 하던 최대의 이유. 최강이기에 나오는 카리스마다.

혼자서, 기승도 하지 않고 검을 들고 서 있기만 해도 병사가 모인다. 왕으로서의 패기를 가진 진정한 왕족의 혈통, 저것이 바로 공주 기사 샤리세레스다.

그리고 샤리세레스가 지휘를 맡으면, 오합지졸인 약병이 열 배의 적도 격파한다. 그렇기에 병사들이 따르고 목숨을 맡긴다.

"샤리세레스. 무사했던가! 하지만 적에게 따라잡혔다."

"왕제 각하, 먼저 가십시오! 후미는 맡겨주시길. 뭐, 필요 없겠지만요."

돌아보니 주변은 조용한 지옥이었다. 그곳에서는 검은 사신이 압도적인 대군의 목숨을 일방적으로 소리 없이 거둬가고 있었다. 사라지는 것처럼 움직이고, 달리면서 사라지고, 나타나서는 용병들을 없애버리고 있다. 남은 것은 시체와 정적뿐.

저 강병이 두려워하며 혼란에 빠져 와해되고 있다. 혼자서 유린하고 있다. 100기에 가까운 적이 휘둘리다가 반파됐고, 돌아보는 약간의 시간 사이 섬멸당하고 있다. 저건 지옥이다. 이 세상의 악몽이다.

"왕제 각하. 어째서 변경에? 왕도에 무슨 일이 있었습니까?"

저걸 보고도 태연하게 있다. 샤리세레스가 데려온 자인가.

"저건 대체 뭐냐? 저건…… 사람인가?"

"저건…… 호위겠죠? 한 번도 지켜주지 않고 적을 섬멸하고 있기는 하지만, 아마 호위이지 않을까요?"

저게 호위? 오무이 백작이 붙여준 건가. 하지만 저건…… 저건 대체 무엇인지 모르겠다. 싸움이라고 부르기에는 너무나도 다른 무언가다.

전율하면서 날뛰는 군마의 광란 속을 걷는다. 조용하게 통과하듯이 사라져서는 다시 나타났다 사라지면서 비명도 오열도 절규조차도 정숙으로 바꾼다. 혼란에 빠지고 공포에 질려 날뛰는 군마 무리 속을 빠져나가듯이 나아가는 흑의의 그림자. 환영처럼 깜박이면서, 춤추듯이 나아간다. 정신이 들자 이미 기수가 없다. 시체조차 없이 그저 사라졌다.

저 강력한 용병들이 도망치려는 것처럼 보였지만, 마치 사로잡힌 우리 안을 도망치듯이 맴돌았고, 그리고…… 말만이 도망쳤다. 기수는 사라지고, 그저 말만이 멀리 도망쳤다.

마치 사람 같은 건 없었다는 듯이 무인. 말은 도망치고, 시체 하나도 남기지 않고 황무지에 검은 망토의 남자만이 홀로 남았다. 마치 아무것도 없었다는 듯 전부 사라졌다.

그가 걸어서 다가왔다. 아직 소년처럼 앳된 티가 남은 얼굴이다.

"하루카 님. 감사합니다. 왕권 대행이신 왕제 각하의 신변에 큰일이 일어나지 않게 된 것에 감사드립니다."

"아아. 아니, 상관없으니까 감사 같은 건 됐거든? 어차피 그 녀석들은 배송(괴롭힘) 확정이었으니까. 게다가 꼼꼼하게 포장(구타)해서 확실하게 배송하지(괴롭히지) 않으면 오타쿠들이 시끄러우니까 상관없거든? 응, 해치워 버렸어. 데헷낼름 같은 느낌? 이라고나 할까?"

그 검은 그림자는 그저 무례한 꼬마였다. 꾸짖고 싶었지만, 그 모습을 본 뒤에 그런 말을 할 수 있을 리가 없었고, 그리고 샤리세레스가 아무런 문제도 없다는 듯이 대화하고 있는 데다 저 시끄러운 그림자 메이드가 침묵하고 있다. 그렇다. 대체 정체가 뭔지 전혀 알 수가 없다.

"왕제 각하. 이쪽은 하루카 님이라고 해서, 먼 곳에서 찾아온 오무이 님의 손님이기는 한데, 거시기한 분이라서 말……은 문제없지는 않지만, 뭐 거시기해서 예의범절이나 상식……과, 그 밖의 모든 점이 거시기한 분이니까 용서해 주세요."

모든 점이 거시기하다니 대체 뭐라는 거냐. 하지만 오무이 백작가의 손님이라면 함부로 대우할 수는 없고, 무례하기 짝이 없는 상대라도 은인임에는 틀림없다. 그러나 얼핏 봐서는 아직 어린애 같은 소년이고 레벨 21밖에 안 되는 애송이다. 아까 그건 모종의 마도구를 쓴 거겠지. 그러나 위험하다는 건 틀림없다. 그건 무서웠다.

"과인을 구하고 샤리세레스까지 신세를 졌다. 감사를 표하마. 그런데 오무이 백작은 나온 것인가. 아니면 멜로트삼 경에게 뭔가 지시를 받았나? 이쪽에는 적의가 없다. 하지만 백작에게 할 말이 있다. 변경군의 본진은 어디에 있지?"

안 듣고 있다. 대행이라고는 해도 국왕 앞에서 무릎도 굽히지 않고, 무례를 허락하면서까지 감사를 표했건만 듣지 않고 있다고? 오무이 백작의 손님이 아니라면 그대로 목을 쳤겠지만, 이 애송이는 정체를 알 수 없다. 하지만…… 이 왕국에서 국왕의 지위를 모욕하고 있는데 용서할 수는 없다.

"정중히 사로잡아서 간이 감옥에 넣어라. 절대로 다치게 하지는 마라."

"기다려 주세요! 이분은……!"

이것만큼은 샤리세레스가 아무리 감싸더라도 용서할 수가 없다. 나는 국왕인 형의 대리다. 왕의 권위만큼은 더럽힐 수 없다. 그래서는 이 목에 아무런 가치도 없어진다. 왕권 대행으로서 변경까지 이 목을 가져온 거다. 이 목에 가치가 없어지면 오무이 백작에게, 멜로트삼 경에게 무엇을 들고 사과하라는 건가.

그러니 이 목이 몸통에서 떨어지는 그때까지는 왕으로 있어야 한다. 왕족에게 오무이란 그 정도의 존재다. 왕으로서 고개를 숙이고 목을 떨어뜨리지 않으면 사과할 수조차 없으니까. 이 너머가 변경, 땅끝의 오무이령. 내가 죽을 곳이다.

62일째 오후, 황무지

마침내 이세계에서 여기까지 도달했다. 기나긴 여행이었던 것 같다.

오랫동안 이어져 온 이세계 여행 끝에 드디어 도달했구나.

이제 포기하고 있었는데, 겨우 만났어.

기나긴 시간 동안 모든 걸 믿을 수 없게 됐었다.

수도 없이 희망이 무너져서, 꿈꾸는 것도 잊을 뻔했다.

매일 밤, 밤하늘을 올려다보며 그 모습을 밤하늘에 떠올렸다.

긴 밤이었다. 하지만 밝아지지 않는 밤은 없었던 거다.

왜냐하면…… 마침내 지금, 만나게 됐으니까.

"여기사다아아아아아아아아! 응, 아저씨가 아니야……!!"

그렇다. 이 연옥 같은 아저씨 지옥 이세계에서, 다가오는 게 전부 아저씨라는 이름의 시련 속에서 마침내 만났다……. 진짜 여기사야! 갑옷을 입었지만 새빨간 머리에 까칠한 미인 얼굴을 한 서양 미녀 기사가 이 세계에 존재하고 있었다!! 아저씨밖에 없으니까 그냥 불태워 버릴까 생각했었다니까…… 이 세계를 말이지?

그러나 오랜 시간 인내해 온 의미가 있었다. 왜냐하면 미녀 기사니까! 도적도 전부 아저씨였고 끝내 미녀 도적은 나오지 않았다. 도시에서 줄곧 모집했지만 미녀 암살자도 미녀 정보원도 오지 않았다. 하지만, 마침내 미녀 기사가 나왔다아아아아!

"정중하게 사로잡아서 감이 감옥에 넣어라. 절대로 다치게 하지는 마라."

뭔가 아저씨가 떠들고 있지만 그럴 때가 아니라고. 분위기 좀 파악해! 지금 그럴 경황이 아니란 말이야. 정말이지, 아저씨 같은 걸 신경 쓸 여유는 없는데, 정확한 상황 파악도 못 하는 무능한 아저씨다.

"기다려 주세요! 그분은…… 왜 기뻐하고 있어?!"

뭐, 뭐라고~? 미녀 기사가 추가됐다. 이쪽은 브뤼네트라고 해야 하나. 검은 기운이 감도는 갈색 머리의, 이번에도 미녀 기사다. 응, 얼굴은 윤곽이 뚜렷하고 무표정하지만 그게 좋다! 게다가 둘이서 이쪽으로 오고 있다. 왓, 양쪽에서 팔을 잡았어!! 마침내 인기절정기인가? 마침내 왔어? 와버렸어?!

"응. 16년 동안 쌓이고 있었구나. 나의 인기 절정기!"

게다가 에스코트다. 양쪽에서 팔을 잡다니 무척이나 적극적인 육식계 미녀 기사인 건가? 진짜로? 먹어버리는 거야? 잘 먹히겠습니다? 라고나 할까?

그리고 에스코트를 받아 끌려간 마차에는 작은 나무 침대만 멀뚱히 놓여있었다.

그렇다. 베드 온리 방! 끌려와 버렸어!

"근데 침대 작지 않아? 두 명 상대는커녕 한 명도 좁다고나 할까, 나 혼자?"

어라? 나가버렸네. 아아…… 갈아입으러 갔나! 그래. 갑옷은 안 되니까 말이지. 응, 당연하잖아.

"말해줬다면 에로 드레스 같은 건 금방 준비할 텐데 참 그윽한 여기사들이네?"

뭐, 만나지 못하는 시간이 에로를 키운다는 명언도 있고, 쥐구멍에도 에로 뜰 날이 있다는 말도 있다. 응. 에로 뜰 날이라니 과격해 보이네!

"틀렸어요. 전혀 말을 듣지 않아요. 불경하네요. 찌를까요?"

"그게…… 반장님이 안 계시니 이건 이제 무리네요."

좀처럼 돌아오지 않네? 하지만 아직 초조해할 때는 아니다. 그렇다. 여성이란 몸단장에 시간이 드는 법이다. 훗, 이 여유야말로 호감도 부활의 봉화. 봉화까지 피우고 있는데 호감도가 오지 않는다면…… 어디까지 이세계 전이한 걸까?

"그나저나 모처럼 변경에서 나왔는데 변경으로 간다니. 아직 마을에서 물건도 사지 않는데 벌써 돌아가야 해?"

그러나 나는 여기서 미녀 기사들을 기다려야만 한다. 마침내, 드디어 이세계에서 남고생스러운 이세계 체험을 하고 어른이 되어 이세계로 여행을 떠나는 거다. 아니, 여기가 이세계이긴 하지만. 돌고 돌아서 이세계 체험을 하게 됐으니까 분명 좋은 세계인 게 틀림없어!

하지만 모처럼 미녀 기사를 두 명이나 맞이하게 될 텐데 침대가 너무 좁다. 하물며 나무라고? 나무.

"침대를 넓혀서……. 아니, 좁으니까 그냥 전부 침대로 쓰자!"

그렇다. 이 배려야말로 호감도 부활의 열쇠를 쥐고 있는 거다! 응, 열쇠로 열어도 없으면 어쩌지!!

"애초에 벽도 나무라니 완전 글러먹었잖아. 무드가 중요하다고."

일단 벽을 하얗게…… 어두운색 나무는 위압감이 있고, 좁은 방에서 꽉꽉 밀착하는 것도 결코, 전혀 싫지는 않다고나 할까, 그건 그것대로 정말 좋아하지만, 일단은 좁으니까 마차까지 통째로 키웠다.

응. 마차를 타면서 격하게 흔들리는 것도 전혀 싫어하지는 않지만, 서스펜션 정도는 살짝 넣고, 그리고 하얀 시트에……. 앗, 꽃을 장식하자! 그래. 이런 세심한 부분에서 Re:이성의 호감도란 말이지. 그리고 그리고…………?

"어머나, 이게 무슨 일이죠? 아니, 이거 말이 끌 수 있으려나? 조금 지나쳤다고나 할까, 너무 큰가? 뭐, 말도 다부지니까 상관없어? 라고나 할까?"

응. 말에게는 힘 좀 쓰라고 하자. 바퀴는 마찰 저항이 적은 베어링 방식으로 전부 바꿨으니까 저항이 줄어들었을 거고, 커지기는 했어도 중량 자체는 별 차이 없고, 겉보기에는 조금 고저스해지기는 했지만 미녀 기사를 두 명이나 맞이해야 하니까 이 정도의 장식은 필요하겠지!

"응. 안에는 거대한 침대와 샹들리에에, 벽면은 아르데코 같은 느낌으로 만들어봤거든? 그리고 문이라고나 할까, 다 보이는 우리 같은 격자 문도 사생활을 위해서, 남들한테 보이면 여자한테는 좀 그러니까 호화로운 문으로 바꿔놨고, 이제는 환영하기만 하면 되는데…… 안 오네?"

외부는 메르헨 느낌이 나는 작고 귀여운 단층집풍이고, 내부는 바로크 로망이 넘쳐나는 근사한 마차로 개조 완료. 이걸로 접대는 완벽하다고 할 수 있겠지.

일단은 완성. 자, 안으로 들어가자. 뭔가 주목이 쏟아지고 있는데, 이 근사한 마차가 대인기인 모양이네? 응. 엄청 쳐다보고 있단 말이지?

"이거라면 제3, 제4의 미녀 기사가 놀러 올 가능성도 무한대? 라고나 할까?!"

그리고 마차 안에서 거대한 침대에 누워 남고생다운 망상력으로 미녀 기사와 얽히고 설키는 집단전에서의 격투전 계획을 세우며 데굴데굴 뒹굴며 라이크 어 롤링스톤을 벌이고 있었는데 나를 흘겨보고 있네?

"…………."

흘겨보고 있어! 그보다 메이드 여자애잖아. 왜 일일이 그림자에서 흘겨보고 있는 거야?

"응. 평범하게 흘겨보라고. 기본은 중요하고 오늘은 길드에 안 갔고, 갑옷 반장도 심부름 중이라 심각한 눈흘김 부족에 빠졌으니까 제대로 흘겨보라니까?"

일단 차를 내줬다. 내부에는 작은 카운터도 확실하게 완비되어 있다. 나의 접대에 허점은 없다!

"왜 그림자 눈흘김인 걸까? 자, 차. 앗, 과자도 있다고나 할까, 만쥬라고 해서 달고 차하고도 베스트 매치이고 돈도 많이 벌 예감이

드는 신제품? 이라고나 할까?"

"공주님이 낌새를 보고 오라고 말씀하셔서 왔는데요……. 굉장히 호화롭고 쾌적한 여행을 즐기고 계신 모양이네요!"

아니, 즐기는 건 지금부터고, 어젯밤은 즐거우셨느냐는 말을 듣기 위해서라도 내일을 향해 메로스가 인노첸시오스에게 달려가서 펀치를 먹이는 기세를 즐겨야 하거든? 그야말로 너무나 너무나 즐거운 일을 기대하면서 즐기는 거야! 라고나 할까!!

그렇게 메이드 여자애와 이런저런 잡담을 나누면서 차를 마셨다. 차와 만쥬로 그림자에서 끄집어내서 에로 메이드복을 감상 중이라는 건 말할 것도 없다.

그리고 설명을 들어보니, 무슨 일이 있었는지는 모르겠지만 왕녀 여자애가 왕제하고 다툰 모양이다. 주무르고 있다면 돕겠지만, 다투고 있다면 도와줄 필요도 필연성도 없겠지. 근데 왜 다투는지 모르겠다. 아무래도 왕제의 명령을 납득하지 못해서 사로잡힌 누군가를 구하려 하고 있는데, 그 누군가는 유유자적 쾌적한 생활을 보내고 있는 모양이라네? 응. 그 누군가는 대체 뭘 어떻게 해야 사로잡힌 몸으로 화려하고 우아한 수감 생활을 보내고 있는 건지 의문이라고 한다. 응. 뭔지는 모르겠지만 큰일이네?

"뭐, 대탈출 정도라면 도와주겠지만?"

"필요 없어 보이네요. 이미 탈출하고 개조해서 돌아와 안에서 편히 쉬고 있으니까!"

"뭐, 세상에는 별난 사람도 있으니까, 형무소에 들어오고 싶어서 굳이 죄를 저지르려고 형무소에서 탈옥하는 사람도 있을지도 몰라……. 사람이란 참 복잡한 모양이라니까?"

눈흘김이었다. 그러나 도와줄 일도 없어 보이고, 이후에 어떻게 할 건지 물어보니 "공주님에게 확인해 보죠."라는 말을 남기고 그림자 속으로 사라졌다. 응. 평범하게 걸어가면 되지 않았을까?

"메이드도 참 힘들어 보이네……. 아니, 그러고 보니 이세계에서 메이드를 만난 적이 없는데 다들 그림자 속에 있는 건가? 응. 다음부터 찾아볼까?"

(뽀용뽀용)

그리고 다시 폐허가 된 이웃 도시까지 돌아오고 말았다. 응. 여기사들은 아직 안 돌아오네?

한가해서 슬라임 씨와 둘이서 침대에서 뽀용뽀용 뒹굴며 놀았다. 슬라임 씨가 즐겁게 뒹굴고 있어서 나도 해보니까 의외로 즐겁더라고?

가끔 밖으로 나가서 마차 위로 올라 주변을 『천리안』으로 바라봤지만, 별일 없어 보인다. 미녀 기사들도 아직 돌아오지 않았다. 분명 무슨 옷을 입을지 정해지지 않아서 고민하는 중이겠지. 입지 않아도 되지만 나체족 여자애는 아닌 모양이다. 그야 갑옷 입고 있었으니까?

그리고 이대로 가면 가짜 던전에 들어가 버리는데, 내가 있으니까 함정은 발동하지 않고 왕녀 여자애에게는 임시 사원증을 줬으니까 문제없이 지나갈 수 있다. 문제는 안에서 갑옷 반장과 반장 일행도 기다리고 있다는 거다. 미녀 기사들과 얽혔다 풀어지면서 놀고 있으면 아마 혼나겠지!

62일째 저녁, 무리무리 성

차림새가 좋은 정예급 기사 집단의 질서정연한 행동에서는 높은 숙련도가 엿보였다. 그리고 내걸고 있는 건 왕제기와 국왕기. 그건 왕권 대행 일행이라는 증표.

그 전원이 훌륭한 장비를 입고, 개중에는 눈길을 끌 만큼 호화로운 차림새를 한 자도 있다. 완전 장비한 군대 특유의 용모와 경외심을 들게 하는 박력, 비싼 전신 갑주를 입은 기사단에는 사람의 눈길을 잡아끄는 박력이 있다.

그러나 가장 눈길을 끄는 건 왕국에서는 본 적도 없는 호화찬란한 마차. 그건 마차라고 부르기 뭐할 만큼 아름답고, 마치 저택 같은 모습이다. 게다가 거대한 모습에서는 상상도 할 수 없을 만큼 가벼워 보여서, 매끄럽게 물 흐르듯이 말에 이끌려 이동하는 모습에서는 조금도 흔들리는 기색이 없다.

그 앞에는 무척이나 화려한 갑옷을 입은 공주 기사들이 미려한 모습으로 선도하면서 그걸 지키듯이 나아가고 있다. 저곳만 마치 꿈속 이야기처럼 아름답게 반짝이는 것처럼 보일 정도다. 대륙 전체의 왕이라는 왕이 모두 머리를 조아릴 만한 압도적인 위엄과 품격. 모두가 경외심을 품고 고개를 숙일 정도로 위풍당당한 위용. 그저 나아가기만 해도 제압할 만큼 위풍당당한 위엄으로 가득하다.

"저기 있는 건 죄인입니다. 우리에 가둬놨더니 멋대로 호화로운 생활을 시작했고, 때때로 변덕스럽게 밖으로 나왔다가 평범하게 돌아가고 있지만 죄인입니다."

앞쪽에 있던 병사가 피곤한 듯이 전달했다. 보는 사람 모두를 매료하고 무릎 꿇게 하는 저 호화찬란한 마차는 간이 감옥이었다고 한다. 뭐, 영문을 모르겠지만 매번 있는 일이니까 이제 익숙해졌다. 그리고 이 세상에서 일어나는 이상한 일은 많지만, 영문을 모를 만큼 이상한 건 대체로 언제나 소년 관련이다. 장엄하고 화려한 마차의 호화로운 문이 열리자, 잡혀 있던 죄인이 유유자적 걸어 나왔다.

검은 망토 차림의 소년이 태연하게 문에서 내렸고, 공주 기사를 옆에 두고 아름다운 기사들을 거느린 채 걸어왔다. 기사들은 황급히 길을 텄고, 그는 그 앞을 유유히 나아갔다. 왕권 대행이자 왕족인 왕제에게는 눈길도 주지 않고 그저 걸었다.

격이 다른 거다. 저것은 패자의 품격. 귀족이니 영주니 왕족이니 왕이니 아우성쳐봤자 염두에도 두지 않는 별도의 위상. 권위도 위광도 위세도 권세도 흐릿하게 만드는 압도적인 격.

지위나 신분, 입장이나 처지나 분수 같은 것은 아랑곳하지 않는, 그저 제 주제를 깨닫게 만드는 압도적인 격. 왕가에서 내려오는 갑옷을 입은 왕권 대행인 왕제도 어중이떠중이 취급이다.

그런데도 그 힘으로 위세를 부리지 않고, 반짝이는 옷을 입지도 않고, 언제나 풍류를 즐기면서 보내는 소년의 위세에 모두가 심켜지고 있다. 그리고 언제나처럼 유유자적 걸어오고 있다. 일국의 권위자들이 길을 열게 만들고, 왕을 쫓아내고 공주를 거느린 채 걸어온다.

"다녀왔어~. 그보다 나갔다가 끌려 돌아왔는데 나는 뭘 하러 갔던 걸까? 응. 아직 기념품 가게 운영 준비밖에 하지 못했는데 돌아오고 말았어, 라고나 할까? 근데 메리 아버지는 뭐 하고 있어? 헉, 무리무리 씨한테 사과하러 왔다 쫓겨난 건가?! 응. 부부싸움은 코볼트도 안 먹겠지만, 날라리 여학생들이라면 뭐든 깨물 것 같으니까 빌려줄까? 깨물리고 싶어? 아프거든? 같달까?"

웃으며 소년을 맞이했다. 웃을 수밖에 없다. 이건 격이 너무 다르니까. 사람이 산이나 바다에 도전하는 셈이다. 아무리 권위에 집착하고 싶어도 그럴 마음조차 들지 않는다.

"안녕한가, 하루카 군. 왕녀님이 신세를 졌군. 뭐, 바깥에서는 좀 그러니 무리무리 성 안에서 느긋하게 이야기하기로 하지……. 근데, 어느새 변경 전체에 무리무리 성이라는 이름이 평범하게 정착하고 있는데, 대체 어째서인가? 그리고 마중하러 온 거고 부부싸움해서 쫓겨난 건 아니니까 깨물지 말았으면 좋겠는데? 게다가 부부싸움으로 쫓겨난 불쌍한 사람을 깨물면 너무 불쌍하니까 그만둬 준다면 고맙겠는데, 쫓겨나지는 않았거든?"

측근에게 하루카 군 일행의 안내를 맡기고 왕제 각하에게 인사하러 갔다. 압도당해서 망연자실해 경직한 모양이니까 맞이해 주자.

정말이지, 어린 시절부터 고지식했다. 그 시절에는 형도 아직 왕태자였는데, 동생은 조만간 산을 향해 '왕의 어전이다, 고개를 숙여라.'라고 말할 수도 있다는 말을 들었었다. 그런데 아무래도 올

발랐던 모양이다. 예의 바르고 성실하고 형을 무척이나 공경하는 노력가지만 융통성이 없다. 그리고 너무 순순하고 솔직하다.

이 상황에서 국왕을 대신하는 자리에 올라서 마음 편히 쉴 여유도 없을 만큼 고뇌를 이어왔겠지. 얼굴은 홀쭉하게 말랐고, 눈가가 짙고, 피곤한 표정이 달라붙어 있다. 왕인 형의 병을 걱정하는 사이 대신 맡은 나라가 무너져 가고 있는 거다. 정신이 나가버릴 만큼 자신을 책망하면서, 그럼에도 결의하고 각오를 다져서 이곳으로 온 거겠지.

뒤에서는 죄인일 터인 소년 일행의 웃음소리가 끊이지 않고 있건만, 앞에서는 왕권 대행이 말도 하지 않고 비장한 얼굴로 떨고 있다. 자신의 책임감에 과도하게 괴로워하고 있다.

"잘 찾아오셨습니다. 왕제 각하께서 직접 이 땅끝의 변경에까지 나와주시다니 황공하기 그지없군요. 오무이 가문의 당주로서 환대하겠습니다. 비좁은⋯⋯(힐끔). 으~음. 확실히 훌륭하고 근사하고 좋은 성이지만 안으로 들어와 주세요. 최대한 환대하도록 하겠습니다."

"그런 과분한 예의는 필요 없습니다. 멜로트삼 경. 이 땅, 변경에 고개를 숙여야 하는 건 디오렐의 왕족들이겠죠. 우리 디오렐 사람에게 변경이란 고개를 숙여야 하는 땅이지, 고개를 숙이게 할 자격은 없으니까요. 멜로트삼 경⋯⋯ 멜로트삼 님. 죄송합니다⋯⋯ 죄송합니다."

당장에라도 울 것만 같은 침통한 표정이다. 이런 시절부터 진혀 변함이 없다. 자유분방한 형과는 정반대로 권위와 예의와 보수적인 책임감으로 똘똘 뭉쳐 고지식하다. 왕가는 아무것도 하지 않았고, 항상 변경을 지켜주려 했다는 것 정도는 샤리세레스 님에게 들었건 만……. 왕권 대행으로서 모든 책임을 지러 온 거겠지.

정말이지 착각도 유분수지만, 변경의 멸망에 대해 사과하고 속죄할 심산일 거다. 왕국과 교국에, 최악의 경우 대륙의 나라 전체가 적으로 돌아선다고 해도 이 변경은 멸망해 줄 생각은 조금도 없건만.

그렇다. 이기지 못하니 뭐니 하는 건 우리에게는 아무래도 좋은 일이다. 우리는 져줄 생각이 없고, 멸망해 줄 생각도 없다. 우리는 이미 포기하고 한탄하는 것조차 용납되지 않는다. 우리는 뒤에서 웃고 있는 소년에게 그만한 것을 받았다. 그 정도로 근사한 것을, 저 소년에게 받은 거다.

그나저나 언젠가는 산에게 고개를 숙이게 하지 않겠느냐는 말을 들었었는데, 설마 대미궁을 함락시키고 마의 숲을 죽인 소년을 붙잡아 왔다는 위업에는 아직 깨닫지 못한 것 같다. 뭐, 하루카도 눈치채지 못한 것 같기는 하지만, 분명 설명은 듣지 않는 게 좋겠지. 음. 다음에 통역 반장에게 물어보자.

그리고 여전히 깊이 고개를 숙이고 있는 왕제는 필시 앞으로 일어날 변경의 비극에 고뇌해서 왕권 대행으로서 울상을 짓고 자기 발로 속죄를 구하러 온 거겠지.

그러니 작은 목소리로 왕제…… 무스지크스에게 말했다.

"이야기는 안에서 하면 되겠지. 그리고 대행이라도 왕이 가신 앞에서 고개를 숙이지 마라. 왕이라면 가슴을 펴라. 무스지크스."

그렇게 말하며 등을 두드리자, 겨우 피곤한 고개를 들었다. 한동안 만나지 못했는데 지치고 늙어버린 모양이다. 맛있는 거라도 먹여 주자……. 하루카 군에게 부탁해서.

쌓인 이야기도, 묻고 싶은 것도 있지만 먼저 쉬게 해주자. 모두가 지쳤고 장비도 더러운 데다, 왕의 일행이라기에는 인원이 너무 적다. 왕제까지 습격당했나—— 역시 배후가 있군.

그렇기에 전란과 비극이 일어나리라는 걸 전하러 온 거겠지. 그리고 왕으로서 사과하러 온 건가—— 지금부터 일어날 변경의 전란과 비극과 멸망. 그걸 왕으로서, 그 목을 들고 속죄하러 온 건가.

그러나 비극이 온다고 해도, 솔직히 이 변경을 함락할 수단이 전혀 떠오르지 않는다. 군사학의 기초인데, 지킬 때는 반대로 이곳을 어떻게 공략할지를 생각하게 된다. 그렇기에 변경군의 간부와 군사도 고민하고 또 고민했다. 이 변경을 함락시킬 방법을 함께 거론했고, 조사하며 쌓아 올려서 고안하고 검토했다. 그러나 함락할 수 없었다—— 소모전으로 줄여나갈 수밖에 없다는 결론에 도달했지만, 소모전이랍시고 그 어떤 대군을 몰고 오더라도 상대가 먼저 줄어들어서 소멸해 버린다. 응. 어떻게 하려는 걸까?

게다가 변경에 저 소년이 있는 상황에서 싸움에 나서다니 미친 짓이라고 생각할 수밖에 없다. 애초에 검의 왕녀가 최강의 근위사단을 이끌고 왔는데도 싸워 보지도 못했다. 군사학 이전의 문제이고, 이것이야말로 큰 문제이지 않을까?

저 소년은 군사학에 정통해서, 군략도 전략도 전술도 책략도 권위자라고 해도 좋다. 저 소년에게 받은 '오모 어쩌고, 아니 뭐 변경?

의 방어 백서인데, 제대로 썼으니까 백서가 아니라 문서?' 라며 받은 책에는 지금까지 생각하지도 못했던 군사학의 모든 것이 들어가 있었다. 이건 온갖 전술을 연구하고, 그 결과를 추구한 세련된 전투의 예술이라 부를 수 있는 무서운 책이었다. 그리고…… 역시 아직 도시의 이름조차 기억하지 않고 있었다.

하지만 이런 경이로운 전술을 익힌 소년이 대수롭지 않게 단언했다. '싸우지 않고 이기는 게 최고거든? 그보다 싸우면 패배? 라고나 할까?' 라고. 그리고 그건 무서울 정도로 진실이다. 아무리 생각해도 변경보다 저 소년 일행을 함락할 수 없다. 이들을 어떻게 할 수 있다면, 대미궁이든 마의 숲이든 어찌어찌해서 어떻게든 해결했을 것이다.

저 소년 일행이 웃고 있는데, 그런데도 멸망한다고 말하면 '어떻게?' 라고 되묻고 싶어질 정도다. 음. 후학을 위해서 꼭 물어보기로 할까?

분명 아마 어쩌면 틀림없이
여기가 꽃이 가득한 관광명소로 친근해지는 일은 없을 거다.

62일째 오후, 가짜 던전

하루카를 맞이하러 간 곳에는…… 일찍이 가장 오래된 던전이라 불리고, 최강최악의 던전으로 두려움을 받아온 대미궁이 있었다. 한계층이라고까지 불리는 최하층, 지하 100층까지 도달했던 가장 무서운 대미궁. 그곳에는 누구에게도 알려지지 않고, 모든 던전의 정점인 던전의 왕조차도 거느리는 미궁황이 있었다. 그 전설의 미궁황이…… 가짜 던전에서 기념품 가게를 만들고 있었다. 응. 뭘 하고 있는 거야?!

"으음, 하루카가 '그치만 대군이 온다고 하던데, 이제 이웃 도시는 식량도 거의 없으니까 여기라면 독점해서 바가지 가격을 매겨 떼돈을 벌 수 있어! 라고나 할까?' 라고 했다고?"

(끄덕끄덕)

그렇게 말하며 건축을 시작했다고 한다. 그 하루카는 호위……할 생각인지는 미심쩍지만, 아무튼 왕녀님을 따라갔으니까 작업하는 스톤 골렘의 감독을 위해 안젤리카 씨가 남아서 도면을 한 손에 들고 스톤 골렘들을 끄덕끄덕 도리도리 지시하고 있었다.

"""어째서 전직 미궁황이 가짜 던전에서 기념품 가게를 만드는 거야!"""

"응. 방향성이 굉장히 잘못됐어!"

그리고 만쥬 판매는 아직 안 한다고 한다. 응. 팔지 않는 건가?

그리고…… 기다리고 있었다고 한다.

"우리를 기다리고 있었어?"

"왜 적진으로 가는 위험한 왕녀님한테 연약한 하루카가 호위로 가고, 최강인 사람이 심부름을 하고 있어?!"

"뭐, 슬라임 씨가 있으면 세상에 돌아다니는 온갖 최악의 적이나 마물이라도 뽀용뽀용 없애버릴 것 같지만."

"응. 그 미래만 떠오를 정도로 안심되는데……."

"""괜찮으려나?"""

일단 계획으로는, 이웃 도시에서 '어슬렁거리면서 적을 낚으며 도적 퇴치? 라고나 할까?' 라는 계획이라고 한다. 그렇다. 이걸 계획이라고 주장하는 게 하루카의 굉장한 부분이다. 왜냐하면, 전부 의문부호가 달린 계획이라니 그건 무조건 무계획이니까! 그건 무조건 대충 떠오르는 걸로 행동하고 있을 뿐이고, 이번에도 사실은 계획성의 조각도 없는 거다!

"하지만 양동 작전이라면 섣불리 합류할 수는 없겠네요."

"이웃 도시에서 나가지 않는다면 서두를 필요도 없을지도."

"하지만 계획성이 전혀 없고, 그 계획조차 지킬 생각이 없는 사람의 계획은 믿을 수 없잖아?"

"""응. 일단 호위할 생각은 절대로 없을 거야!"""

기념품 가게 건축을 도와주면서 척후를 보내 정보 수집만 해뒀다. 그리고, 그 건축을 돕는 보수는 만쥬니까 이곳에서는 절대로 움직일 수 없다! 모두 함께 깃발과 통행증을 전시하러 갔다.

"아하~ 통행증은 기념품 가게에서 팔 거니까 『사원증』으로 한 거구나?"

"""응. 즉, 기념품 가게는 계획범죄였던 거야!"""

그리고 악랄하게도 이 통행증을 사면 금액에 따라 일정 시간 동안 스톤 골렘이 공격하지 않는다고 한다. 그래도 함정이 기다리고 있으니까 어차피 통과할 수 없는 악질적인 상법이었다. 그리고 돌파했을 때의 대처로 라플레시아들이 배치되어 있었다. 『라플레시아의 꽃 : 라플레시아 제작, 조작 지배』로 냄새가 나지 않고 움직이는 라플레시아들을 육성해 버린 모양이다. 물론 『촉수』에 『부식』에 『장비 파괴』 3종 세트까지 달렸다고 한다!

"""여자는 진입할 수 없는 위험한 던전이었어?!"""

"뭐, 아무도 통과할 수 없겠지만?"

"응. 스톤 골렘만 일정 시간 멈추더라도, 함정에 빠지고 라플레시아들에게 습격당하는 사이 시간이 초과될 테니까…… 굉장한 사기 장사네!"

"""응. 움직이지 못하는 척하는 골렘만 힘들겠네!!"""

그리고 순수한 기념품인 깃발은 기본적인 삼각 깃발부터 버섯 모양까지 여러 종류가 있지만, 전부 '변경'이라고 적혀 있었다. 왜 오무이의 이름도 기억하지 못하는 사람이 기념품을 만드는 걸까? 그래도 버섯 모양 깃발은 안 팔릴 것 같다. 그치만, 뭔가 굉장히…… 야시시하니까?

"게다가 무기나 장비가 부서진 사람용으로 싼 무기나 장비까지 팔고 있네."

"""응. 파괴한 장본인인데 말이지!!"""

"하지만 내성 효과는 하나도 안 붙었네?"

"""응. 무조건 또 녹여서 팔아치울 생각이야!"""

그래서 용해액이나 부식 함정을 늘린 거다. 게다가 여기에 라플레시아의 부식과 장비 파괴 공격이 추가됐으니 엄청나게 잘 팔릴 것 같다.

"응, 무사하더라."

"""맞아. 전혀 호위하지는 않고 있지만!"""

척후로 나갔던, 도와주는 작업에는 방해되는 카키자키 그룹이 미행 여자애 일족 사람에게서 정보를 받아서 돌아왔다. 아무래도 도시에서 어슬렁거리다가 도적이나 용병을 끄집어내고 인적이 없는 곳으로 데려가 돈을 뜯고 있는 모양이었다. 응. 아마 분명 본인은 습격당한 거라고 주장할 거고, 일단 실제로 습격당하고 있기는 하지만, 하는 일은 완전히 금전 갈취다. 아무리 생각해도 노리고 하고 있고, 더욱 악질적인 건 왕녀님으로 미인계를 써서 돈을 뜯으러 돌아다니며 도적단을 괴멸시키고 있는 거다.

"하지만, 왠지 돌아오는 모양이더라."

"영문을 모르겠네?"

하지만 그 이후를 잘 모르겠다. 왕제군을 구출하고 합류해서 이쪽으로 오고 있다고 하는데 호화로운 마차에 붙잡혔고, 멋대로 돌아다니다가 우아하게 돌아온다고 한다.

뭐, 붙잡힌 이유는 왕창 짐작할 수 있지만, 하루카를 붙잡는 건 불가능하달까, 비현실적인 데다 붙잡았다고 해도 전이해 버리니까 구속할 수 없다. 애초에 멋대로 돌아다니는 시점에서 붙잡힌 게 아니잖아? 응. 돌아온다면 문제없기는 한데…… 왜 왕족 두 사람을 말에 태우고, 자기만 호화 마차를 타고 돌아오는 걸까?

그리고 합류하니까…… 응. 확실히 이해할 수 없었다.

"아니, 아니거든. 이세계에도 확실히 미녀 기사가 있었고, 게다가 두 명이나 있고 육식계라 에스코트 받으며 마차 여행? 아니, 혼자 타고 있었거든? 그러니까 나는 잘못 없다고? 마차도 확실히 깨끗하게 고쳤고, 과자도 준비했지만 메이드 여자애가 먹었거든? 응응. 먹었어, 만쥬. 아니, 아니라니까! 그치만 난 잘못 없잖아? 미녀 기사의 에스코트라고? 응. 돌아왔잖아? 그야, 제대로 접대 준비 완벽하게 했으니까! 응. 제대로 타서 돌아왔지만, 접대는 아직 안 받았는데?"

여느 때처럼 하루카의 증언은 무시하고, 왕녀님과 메이드에게 말을 들어보니 왕제님에게 불경죄로 붙잡혔다고 한다. 그래서 왕녀님이 우리에게 필사적으로 고개를 숙였지만…… 하루카가 불경죄로 붙잡히는 건 지극히 당연하고, 완전 불경죄 상습범이니까 딱히 아무도 화나지는 않았거든? 하물며 왕녀님이 고개를 숙이는 건 곤란하다. 그야말로 불경죄니까?

그리고 역시 본인은 눈치채지 못했다. 본인이 이해하고 있는 건 미녀 기사가 두 명 있었다는 것뿐이고, 애초에 불경죄는 고사하고 왕제님의 존재 자체도 알아채지 못해서 체포당했다고 생각하지도 않고 있다. 응. 확실히 잔소리가 필요할 것 같다. 그야 붙잡혔는데도 눈치채지 못했는데 미녀 기사 두 명을 호락호락 따라가다니, 그건 무조건 유죄니까! 나중에 잔소리라는 이름의 감옥에 넣어줘야겠네?

결국 왕국군도 붙잡기는 했지만 오무이 님의 손님이라고 들어서 섣부르게 나서지 못했고, 게다가 추격자인 교회군을 섬멸하는 걸 봤으니까 무섭기도 했다고 한다.

그런데 붙잡힌 본인은 간이 감옥을 호화찬란하게 개조하고 마음 편히 돌아다니면서 외부까지 우아하게 개조해서 즐겁고 쾌적하게 여행하다가 가끔 어딘가로 놀러 갔다가 기분 내키면 돌아오니 어떻게 해야 좋을지 몰라 대혼란에 빠진 채 데려왔다고 한다. 응. 불쌍하게도 감옥에도 상식에도 물리법칙에도 사로잡히지 않는 비상식적인 방탕 자유인을 붙잡아 버려서 굉장히 마음고생이 심했던 모양이다.

그리고 호화로운 마차 주변에서 계속해서 끊임없이 잔소리를 퍼부으며 무리무리 성으로 우르르 몰려갔다. 카키자키 그룹과 오다 그룹에겐 후미를 부탁했다. 이쪽도 상당한 불경죄 후보자니까 떨어뜨려 놓지 않으면 위험하다.

모두에게 '사원증'을 다 돌리고 나서, 대량의 중무장 스톤 골렘들이 정렬해서 경례하는 모습을 보자 그곳을 지나가던 왕국군 사람들이 죽은 것처럼 얌전해졌다. 정말로 무서운 건 라플레시아들이지만 불쌍하니까 입 다물고 있자. 특히 여기사는 위험하거든? 그건 굉장히 위험한 마물이니까!

그리고 기나긴 긴장감을 견디던 왕국군 사람들이 안심했다. 가짜 던전 출구까지 오게 되니 겨우 긴장감이 풀린 거겠지. 그러나 원래는 여기서 방심하다가는 미끄럼틀로 입구까지 돌아가니까 긴장을 풀면 안 되는 곳이지만, 왠지 불쌍하니까 입 다물고 있자.

그리고 무리무리 성에는 사자를 보냈으니까, 오무이 님이 왕제님을 맞이하러 나왔다. 변경군이 질서정연하게 정렬해서 일행을 맞이했다.

"으~음. 오무이 님한테 이 죄인에 대해 뭐라고 설명할까~?"

응. 유감이지만 무죄를 호소하는 사람은 아무도 없을 거다. 왜냐하면 불경하고 불손하고 악행 삼매경이고, 왕제님이 초대면에서 불경죄라면 오무이 님한테는 영구 불경죄 상습범인데도 전혀 신경 쓰는 기색이 없고, 왕녀님…… 불경죄만이 아니라 반라 영차영차부터 에로 드레스까지 엄청난 범죄자인 걸 자백했으니까? 응. 석방 불가능?

"다녀왔어~. 그보다 나갔다가 끌려 돌아왔는데 나는 뭘 하러 갔던 걸까? 응. 아직 기념품 가게 운영 준비밖에 하지 못했는데 돌아오고 말았어, 라고나 할까? 근데 메리 아버지는 뭐 하고 있어? 헉, 무리무리 씨한테 사과하러 왔다 쫓겨난 건가?! 응. 부부싸움은 코볼트도 안 먹겠지만, 날라리 여학생들이라면 뭐든 깨물 것 같으니까 빌려줄까? 깨물리고 싶어? 아프거든? 같달까?"

일단 명목상으로는 아무리 그래도, 그렇게 보이지는 않아도 감옥일 텐데, 범인은 평범하게 문을 열고 나왔다. 그걸 보자 오무이 님도 웃었다.

눈앞에서 유유히 걸어가는 하루카를, 왕제님과 왕국군 사람들이 멍하니 바라보며 굳어 있다.

"""우와~ 신선하네."""

"응. 변경군은 반응이 없으니까!"

그렇다. 이미 변경 사람들에게서는 볼 수가 없는 신선하고 평범한 반응. 굉장히 오랜만에 멀쩡한 반응을 본 것 같다. 그치만 이제 변경 사람들은 이미 근묵자흑으로 전부 새까맣게 물들었으니까, 이 반응이 신선해 보인다. 변경에서는 오무이 님이 하루카에게 꾸벅꾸벅 고개를 숙여도, 백작가 아가씨에게 야한 옷을 입혀도 '아~ 또 저질렀네.' 정도의 반응밖에 없으니까. 최근에는 왕녀님 괴롭히기도 다들 웃으며 지켜보고 있었고…… 너무 적응한 것 아닐까?

"응. 가끔은 혼나는 게 좋기는 한데 말이지?"

"""효과가 없지만?"""

그치만 매일 잔소리해도 역시 여느 때처럼 돌아가서 결국 당연히 불경죄로 붙잡힐 테니까. 지금까지 붙잡히지 않은 게 이상할 정도라고 다들 그렇게나 잔소리했는데, 그걸로 붙잡혔는데…… 멋대로 나와서 왕제님 일행을 완전히 무시하고 백작님과 평범하게 떠들고 있다.

그리고 완전히 적응해 버린 왕녀님이 평범하게 따라나왔다. 어째서 호위해야 하는 사람이 왕녀님을 따라다니게 하고 있는 걸까! 뭐, 불평하면서도 우리도 따라가서, 결국 다들 우르르 성으로 들어갔다.

그렇구나……. 결국 정말로 기념품 가게를 만들러 갔던 거였어!

> 본 적도 없는 이국의 맛있는 과자로
> 잔소리를 얼버무리고 있는 게 정답인 모양이다.

62일째 밤, 무리무리 성

위압된 몸이 움츠러들었다. 국왕의 대리인 왕권 대행으로서 비참하기 짝이 없지만, 상대는 영웅의 일족 오무이 가문의 당주. 그것도 군신 멜로트삼 경이다. 그저 왕가에서 태어나기만 한 나와는 격이

다르다. 게다가 들어온 이 회의실이라는 방의 장엄한 박력 앞에서, 왕가의 문관은 물론이고 무관마저도 주눅이 들어 압도당하고 있다. 이것이 변경의 왕 오무이인가.

그러나 아무리 겁먹고 움츠러들어도, 이미 이 몸과 이 목숨은 버렸다. 나는 이 목을 여기에 전하러 온 거다. 그저 이 목을 거래로 쓰기 위해 찾아온 거다.

"왕권 대행인 내 목과 바꾸더라도 무리라고 하시는 겁니까? 이제 이것 말고는 귀족들과 대화의 자리를 가질 여지가 없습니다. 전란으로 변경은 멸망하고, 왕국은 교국의 속국으로 전락하겠죠. 그런데도 일개 모험가를 감싸면서 전쟁을 시작할 생각입니까! 이제…… 이 길밖에는 남지 않은 겁니다."

너무 완고하다. 어째서 영문도 모를 무례한 자를 이렇게까지 감쌀 필요가 있는지 전혀 이해할 수가 없다. 변경에 사과하는 건 이 목으로도 가볍지만, 애송이 한 명과도 대등하지 않다는 건가. 영지와 나라를 단 한 명의 목숨과 맞바꿀 생각인 건가.

"우선 가능한지 불가능한지를 제쳐놓더라도, 아무런 권리도 없습니다. 무엇으로 붙잡아서 몰수한다는 겁니까? 왕제 각하. 꼭 여쭙고 싶군요. 소년은 혼자서 싸웠고, 우리는 평화와 부를 받게 됐을 뿐이지, 소년에게도 보물에도 아무런 권리가 없습니다."

이게 무슨 일인가! 변경의 왕으로까지 불리던 멜로트삼 경이 홀려버렸다니. 확실히 변경의 풍족함에는 놀랐다. 왕도보다 풍족할지도 모른다. 그러나 이건 결과론이다. 이국의 꼬마가 멋대로 저지른 일에 어째서 그렇게까지 의리를 내세우고 영지와 왕국마저도 저울

질하면서 지켜야 한다는 건가.

멜로트삼 경도 그렇지만, 오무이 백작가는 원래 돈이나 힘에 움직이지 않는다. 불요불굴에 독립독보야말로 오무이 가문의 삶이다. 그것이 잘못된 일이라면 왕가의 위세에도 거슬러 온 것이 오무이 가문. 그렇기에 변경의 왕으로 불리는 거다⋯⋯. 하지만 이래서는.

"왕국과 변경령을 지키기 위해, 포박할 이유나 대의명분이 필요한 겁니까. 그 소년의 목과 나의 목으로 매듭짓는 것 말고는 이제 아무런 수단도 남지 않았습니다. 교국이 물러나지 않으면 귀족들도 물러나지 않습니다. 협상에 나서는 것 말고는 길이 없고, 그 길에는 목이 필요합니다. 그것만 받아들여 주신다면 나의 목은 변경에 고개를 숙인 채 이곳에 두고 가겠습니다. 부디 결단을 내려주시죠. 멜로트삼 공!"

소년. 그렇다. 던전에서 붕괴 사고에 말려들어 운 좋게 거대한 부와 미궁왕의 보물을 손에 넣은 자는 그 애송이었다. 그 무례하고 꺼림칙한 검은 망토야말로 그 던전 살해자였다.

그 교단의 용병단을 몰살한 꺼림칙한 기술이 미궁왕의 보물이겠지. 하지만 그것만 없다면 레벨 21의 애송이에 불과하다. 함정에라도 빠뜨려서 보구를 몰수하고 귀족들에게 넘기기만 하면 된다. 그러면 협상 자리를 만들 수 있다.

솔직히 멜로트삼 님이나 샤리세레스도 『매료』나 『꼭두각시』에 걸린 게 아닐까 의심스러웠지만, 아무리 알아봐도 상태이상은 아니었다. 그렇다면 그 의미불명의 가벼운 어조로 홀리고, 말주변과 수완으로 구워삶은 거겠지. 악질적이다. 돈과 연줄로 변경에 기생한 건가.

"그렇다면 그 소년은 왕가에서 사로잡은 것이니 양도를 부탁하고 싶군요."

"불가능하군요. 게다가 사로잡고 자시고, 자기 발로 걸어서 나온 걸로밖에 보이지 않았는데요. 설마 왕제 각하는 그걸 포로로 잡았다고 주장하실 생각입니까? 게다가 왕국의 명령이라고 해도, 그 소년은 오무이 가문에서 보호하는 중요한 손님입니다. 설령 어떤 이유가 있더라도 넘겨드릴 수는 없습니다."

막혀 버렸다. 직접 만나서 고개를 숙이고 목을 내밀며 거래하려고 했는데, 전혀 협상에 응할 생각이 없어 보인다.

그렇게 휴식하게 되어서 호화로운 객실로 들어왔다. 확실히 변경은 다시 태어났다. 이런 호화롭고 아름다운 객실이라니, 그 어떤 대국에서도 준비할 수 없을 거다. 그러나, 그 모처럼 다시 태어나서 호경기에 접어든 변경이 멸망한다면 의미가 없을 텐데. 확실히 그 애송이 덕분에 평화로워졌고, 애송이의 방탕 삼매경으로 도시도 풍족해졌을 거다. 그러나 어째서 운이 좋았을 뿐인 애송이 때문에 왕국이 멸망해야 한다는 건가!

"큭, 완고해. 너무나도 완고해. 어째서 그렇게까지 감싸는 거지."

"오무이 가문은 충성과 함께 은의에 두터운 걸로 유명합니다. 아마 그 소년에게 은의를 느끼고 있는 거겠죠. 그 가장 오래된 던전의 제패는 오무이 가문 역대의 비원이었으니까요."

그러나 고작 레벨 21의 애송이에게 뭔가 가능할 리가 없다. 붕괴 사고가 일어나 미궁왕이 죽었고, 그 공적을 어부지리로 주웠을 분인 무례한 애송이에 불과하지 않은가. 어째서 무패의 검사로까지 불리던 멜로트삼 경이나 검의 왕녀라는 이명을 가진 샤리세레스마저도 떠받들고 있는지 이해할 수가 없다.

"정보는 들어왔나. 지금은 미확인이든 소문이든 아무튼 정보가 우선이다!"

이렇게까지 이해할 수 없다면, 정보에 뭔가 누락이 있을 거다. 그 애송이에게 뭔가 가치가 있는 건가……. 뭔가, 그 애송이가 없으면 안 되는 이유가 있는 건가.

"현재 정보로는, 본 적도 없는 이국의 맛있는 과자로 여자들을 끌어들이고 있다는 소문이 거리에 돌고 있습니다."

과자? 확실히 소문대로 20명의 미희를 홀려서 데리고 다니고 있었다. 지골로(제비족)인가? 그 샤리세레스가 농락당한 건가? 하지만 어째서 멜로트삼 경까지……. 그런가. 메리에르 양이 농락당해서 가족이 모두 홀려버린 건가!

이러니까 여자와 아이는 멀쩡한 일을 시킬 수가 없다. 고작 과자에 홀려서 지골로 따위에게 속아버리다니.

"하지만, 설마 그 딱딱한 샤리세레스가 이렇게까지 간단히 농락당할까? 하물며 그 시끄러운 메이드까지도?"

하지만 살려두면 방해만 될 뿐이다. 그리고 죽여버리면, 그 목에는 아무런 용건도 없을 거다. 책임은 나의 목으로 지불할 수밖에 없지만, 어차피 사과의 뜻으로 두고 가려고 했던 목이다.

길동무가 그 무례하기 그지없는 이국의 꼬마라는 건 화가 나지만, 그래도 왕국과 변경을 구하려면 그 목이 필요하다.

똑똑, 가벼운 노크 후에 멜로트삼 님이 혼자서 나타났다. 이건 비밀 이야기다.

"실례하오. 왕제 각하, 정말로 그 소년을 귀족군에 넘겨줄 건가? 틀림없는 거겠지?"

"멜로트삼 님. 우리 왕족이 오무이 님에게 거짓을 말씀드릴 리가 없잖습니까. 하물며 내가 멜로트삼 님을 속인다면, 죽어서 형을 볼 낯이 없습니다. 진실뿐이고 거짓은 없습니다."

멜로트삼 님이 혼자 왔다는 건, 그런 뜻이겠지. 역시 메리에르 양이 농락당해서 공적인 자리에서는 넘겨준다고 말할 수 없었던 거다. 나는 여전히 독신인데도, 마치 과시하듯이 20명이나 되는 흑발 미소녀들을 우르르 끌고 다니는 열 받는 애송이였지만, 거기에 이어서 백작 영애에까지 감언이설을 내뱉고 끝으로는 왕녀에까지 그 독니를 들이밀 생각인가!

군에서도 샤리세레스의 파렴치한 군장에 놀라움을 금치 못하고 있었다. 그래도 왕국 비장의 보물급이거나 그 이상의 장비였기에 다들 납득했지만, 들어보니 그것도 그 소년의 짓이라고 한다. 교국 놈들에게 나라를 넘겨줄 생각은 없지만, 그런 제비족 애송이가 제 멋대로 날뛰게 둘 수는 없다. 역시 암살······.

"오무이 가문도, 나 개인도 넘겨줄 수는 없지만······ 왠지 본인이 받아들이고 싶어 해서 말이야. 아니, 말리기는 했지만 말이지? 왠지 갈 생각이 넘쳐나던데?"

본인이······. 아니, 안 속는다. 스스로를 희생해서 귀족군에게 가겠다고 아양을 떨고 있을 뿐, 실제로는 입만 산 게 틀림없다. 그런

식으로 여자를 속이고 홀려왔던 건가. 마치 연극처럼 비극의 주인공인 척하려는 거겠지. 생각만 해도 역겹기 짝이 없다.

천박한 애송이의 연극이더라도, 간다고 말한 이상 이제 돌이킬 수는 없다. 목덜미를 잡아서 넘겨주면 된다.

이걸로 협상을 시작할 수 있다. 왕국의 명운을 건 협상을.

마사지 기계 시리즈는 잘 팔릴 것 같은데 금지하는 건 차별 아닐까?

62일째 밤, 무리무리 성

귀족군으로 방문 판매를 나가는 건 반대 의견이 다수네? 그래도 여비는 아저씨가 대주고, 안내원도 있고, 그러면서 미녀 기사 두 명까지 붙은 호화 라인업인데도 안 되는 건가?

"아니, 그치만 귀족군이 오는 걸 기다리다가는 10일이나 더 걸리잖아? 응. 전쟁 같은 건 아마 3일이면 잊어버릴걸? 모처럼 보내주고 여비까지 대준다고 하고, 잠깐 마차 안에 용건도 있거든……. 응. 진정한 싸움은 지금부터다——! 같달까?"

뭔가 미녀 기사가 오지 못하게 마차 주변을 여자들이 둘러싸고는 끌고 돌아와 버렸다. 그러나 이번에는 귀족군 쪽으로 간다고 한다. 그리고 아저씨가 나에게 '같이 안 갈래?'라고 권하는 모양이더라고? 뭐, 원래는 아저씨가 권하는 시점에서 불태우고 도망치겠지만, 아무래도 그 아저씨는 미녀 기사 두 명의 에스코트를 명령한 아저씨라고 한다! 그렇다. 놀랍게도 이세계에도 눈치 있는 아저씨가 존재했던 거다! 그리고 그 아저씨가 눈치 있게 미녀 기사들과 에스코트 이후의 에스컬레이트를 목표로 둔 에스컬레이션한 여행을 권했다고 하니까, 가지 않을 수 없지! 응. 남고생다운 이유로!!

"그치만 하루카를 넘겨준다니⋯⋯."

""응. 민폐잖아!!""

"그쪽?!"

단지, 모처럼 만든 기념품 가게를 열 수 없다. 그러면 만쥬도 팔 수 없고, 변경 깃발도 팔 수 없으니까 만들어 둔 게 손해다. 하지만 행상이라는 수단도 남아 있다. 펜네임 M씨도 오는 걸 기다릴 수 없으면 팔러 가면 되지 않냐고 말했었다.

그러나 행선지는 교회와 친한 귀족들의 군대라니까 영감의 방으로 보내주는 건 확정이다. 이세계의 오물은 영감의 하얀 방에 불법 투기 강제 착불 배송으로 일소하자. 하지만 그러다가는 팔기 전에 사라질 것 같고, 그럼 열심히 만든 접대용 가짜 던전도 기념품 가게도 무리무리 성도 의미가 없어진다. 응. 괜히 일했다.

그래도, 설령 아무리 손해를 보더라도 가야만 하는 이유가 있다. 거기에 가능성(미녀 기사)이 있는 한 가능성(미녀 기사)을 추구하고, 풀어 헤치고, 이런 일이나 저런 일을 해서 질릴 때까지 도전하는 거다!

그보다 움직이지 않으면 곤란하다. 꼼짝하지 못하게 되어버린다. 왜냐하면 21명의 눈흘김 봉쇄전 포위망 때문에 미녀 기사에게 놀러 갈 수가 없으니까! 여기에는 지리적 이점이 없다. 시간적 이점도 항상 좋지 않고, 사람의 고리는 포위망을 이뤄서 나를 둘러싸고 흘겨보고 있다!! 그렇다. 여기서 벗어나지 않으면 잔소리라는 이름의 패전, 훈련이라는 이름의 구타도 빠짐없이 따라오게 될 거다.

"그치만 방어전이 유리하고, 준비도 만전인데 굳이 나갈 거야?"

"맞아. 가짜 던전까지 끌어들이고, 잔당은 무리무리 성에서 섬멸전을 벌이는 게 확실해."

"치고 나가는 건 리스크가 있어 보이는데요? 모처럼 방어를 정비해 놨으니까."

(뽀용뽀용)

설득하고 싶은 거겠지만, 사실 이 말이 옳다는 게 문제다. 솔직히 나가는 게 손해다. 그러나 미녀 기사들도 가버린단 말이지! 놔두고 간다면 남아도 되겠지만, 내가 육식계 미녀 기사들에게 남고생답게 먹혀 버린다는 근사한 이벤트가 날아가 버린다! 보내지는 않겠어, 보내지는 않겠다고——!

"이런 변명으로 내가 간다고 하면 반대 다수, 그보다 전원 반대거나 그러려나?"

"""응. 마음의 소리가 다 흘러나왔고, 승리의 포즈가 수상함 만 점이야!!"""

뭐, 확실히 메리트는 없다. 만쥬를 팔 수가 없고 깃발도 팔 수 없다. 그러나 남고생이라면 그래도 가야 할 때가 있다! 그러나 솔직하게 육식계 미녀 기사 두 명의 에스코트가 에스컬레이트할 예정이라고 말했다가는 대단한 일이 벌어질 거다. 알기 쉽게 일반적으로 자주 쓰이는 말로 변환하면 잔소리다. 뭔가 이유가 필요하다. 그리고 없지는 않다.

　우선 장거리 병기의 유무다. 상대방이 장거리 병기나 장거리 공격 수단을 가지고 있다면 접근을 허용했을 때 이미 늦었다. 그것도 포함한 정찰이다. 적진에 침입할 수 있다면 이 이상의 정보 수집 수단은 없다. 뭐니 뭐니 해도 이쪽에는 『나신안』이 있으니까, 조금이라도 눈에 비치면 『지고』가 해석해 준다.

　다음으로 가짜 던전을 넘어설 장비의 유무다. 하늘이나 땅속이나 공간을 넘어서 온다면 위험하다. 그러나 저런 대군이라면 그 장비를 숨길 수 없을 테니까, 보러 가면 손패를 알 수 있다.

　그리고 마지막으로는 여전히 일어나지 않고 있는 또 하나의 가능성. 왕이 쓰러지고 부재중인 상황에서 제1왕자는 군을 이끌고 변경으로 오고 있는데, 거기에 이어서 왕권 대행인 왕제가 변경으로 먼저 오고 말았다. 응. 왕도가 텅 비었단 말이지……. 너무 완벽하게 텅 비어버렸다.

　기다리면 편해 보이지만, 후수로 몰리게 된다. 그 사이에 누군가가 제멋대로 굴 가능성이 있다. 그런 책략의 가능성이 너무나도 농후하다. 그렇다. 편한 것도 즐거운 것도 정말 좋아하지만, 타인이 제멋대로 구는 것과 타인의 책략에 넘어가는 건 정말 싫고 열 받는단 말이지. 나는 도덕 수업에서 배운 '남이 꺼리는 일을 솔선해서 합시다.' 라는 교훈을 좌우명으로 삼을 만큼 남을 괴롭히는 일을 좋아하고, 남이 싫어하는 일을 하는 것도 특기다. 그리고 자신이 당하는 걸 무엇보다도 싫어하는 도덕적인 남고생이니까 후수는 별로 좋아하지 않는다.

그렇다면 강행 정찰이라도 의미는 있고, 겸사겸사 함정을 깔아두거나 게릴라전을 벌여서 줄여두는 것도 괜찮겠지. 무엇보다 왕제 아저씨가 적군 쪽에 침입하게 해줄지도 모르니까, 짭짤한 이야기다. 육식계 미녀 기사들과 침입하고, 육식계 미녀 기사들에게도 침입하는 거다! 응. 굉장히 짭짤해 보인다.

그렇다면 기념품 가게는 연기하더라도, 행상으로 저쪽에 팔아치울 수 있다. 기념품 가게(디펜스)가 아니라 행상(오펜스). 공격이야말로 최고의 바가지라고 옛날 사람도 말했을지도 모르는 느낌이 안 드는 것도 아닌 모양이니까 행상이다! 호화 침대 마차에 행상 기념품 가게라도 만들어서 접속하자. 강매용 이동형 기념품 가게야말로 지금 이세계가 원하는 수요인 거다! 그렇게 설득해 봤는데?

"강매해도 그 깃발은 안 팔리거든!"

"응. 왜 '변경'인 거야? 왜 지명을 기억하지도 못하는데 기념품을 만드는 건데!!"

"""그리고 왜 버섯 모양을 만든 거야?!"""

"토지의 이름이 없는 기념품은, 기념품 효과가 없지 않을까~?"

"뭐, 그래도 변경이라고 하면 알아들을 것 같긴 하지만."

"그래도 만쥬는 팔릴 거야! 그보다 따라가서라도 살게. 사재기할 거야!!"

"'변경'이라고 조각한 목도도 수수하게 효과가 있었지~?"

"""응. 그거 원래는 고블린의 곤봉이잖아?"""

그렇다. 기념품 가게에는 목도가 필요하지 않겠느냐는 의견을 받아들여서 만든 신제품, 이름하여 '변경 목도'. 변경 명물인 남아도는 고블린 곤봉을 『장악』해서 『나무 마법』과 『연금술』로 가공했을 뿐인 재료비 0 에레, 효과까지 붙은 기념품이다. 싸고 가볍고 망가져도 장작으로 쓸 수 있으니까 초 안심이고 경제적인 신상품이다! 응. 곤봉 그대로인 게 더 강했겠지만?

"""그래도 그 버섯 마사지 인형만큼은 유죄니까 판매 금지!"""

어째서인지 판매 금지에 발매 금지 처분을 받아버린, 체력 버섯의 다부진 형태를 1분의 1 스케일로 정밀하게 본뜬 정교한 완성도의 버섯 인형. 놀랍게도 진동 마법으로 마사지하는 기능까지 딸린 천재적인 나의 발명품이 퇴짜를 맞아버렸잖아?! 그러나 실제로 마사지 의자의 판매량은 대단해서, 변경에서 대인기라 영주관이나 여관이나 무기 가게나 잡화점까지 풀가동해서 동전을 계속 벌어들이고 있다. 응. 마사지 시리즈는 잘 팔린다고 생각했는데 금지라네? 마석 모양은 괜찮다는데, 뭐가 다른 걸까…… 버섯 차별인가?

참고로 「변♥경」 티셔츠도 「나♥변경」 티셔츠도 여자들이나 병사들 상대로 매진됐다. 응. 신작도 생각하자. 생각보다 잘 팔렸다.

「나♥변경」 천 가방이나 타월도 만들어 볼까? 스테디셀러 시리즈화?"

"""응……. 나, 어째서 사버린 걸까?!"""

그렇게 회의라는 이름의 잔소리는 저녁 식사 때까지 이어졌다. 그보다 메리 아버지가 "하루카 군. 사례는 톡톡히 할 테니 혹시 괜찮다면 저녁 식사를 부탁할 수 없을까~."라며 찾아와서 도망쳤고, 식당에서 대량의 중화요리를 진열했다. 중화 볶음밥에 교자만두에게 없는 게볶음밥에 닭튀김에 팔보채 등, 중화 비스무리한 싸구려라면집의 인기 메뉴에서 라면만 빠졌다.

왕제 아저씨를 접대한다고 하니까 볶음밥만 내놓을까 했지만, 육식계 미녀 기사들도 먹는다고 해서 교자만두와 닭튀김도 덧붙였다. 응. 아저씨는 몰라도 미인에게는 맛있는 걸 먹여 줘야지. 그야 50인분 정도라면 5분도 안 걸리니까?

결국 왕녀 여자애에게 달린 것 같지만, 전개가 성가시다. 차라리 공격하는 쪽이 확실하고 간단할지도 모른다. 기다리면 유리하고 편하지만, 여기는 배수진이라 물러날 수가 없다. 하지만 공격에 나선다면 공격한 뒤에 위험해 보이면 퇴각전을 벌이며 소모시키면서 여기까지 물러나면 된다. 아무튼 상대가 숨기고 있는 걸 모르는 이상, 예측할 수도 없으니까.

반장 일행은 전쟁용 포진을 재검토하며 전술과 전략을 다시 짜고 있다. 그러나 그쪽은 받아낼 수 있지만, 나는 받아내면 죽으니까 어렵다. 그러니까 공격하러 나가서 죽이고 돌아다니는 게 간단하고 안전, 그리고 숨기고 있는 걸 알아내면 더 말할 것도 없다. 그렇기에 가야겠지. ——그래. 육식계 미녀 기사들과 함께!

각자 방을 배정받았기에 방으로 향했다. 갑옷 반장도 여자 모임이 끝나면 돌아올 테니까, 그때까지 방침을 정해두고 싶긴 한데 메리 아버지 쪽도 식사 회의라고 하니까 방침이 정해지는 건 밤이 될 거다. 일단 할 일은 끝내두자. 뭐, 부업이라든가? 그리고 대체로 부업이라든가? 뭐, 까놓고 말해서 오늘도 브래지어 제작은 확실하게 있다는 모양이다.

62일째 밤, 무리무리 성에서 여자 모임

　무리무리 성에는 여자용 대목욕탕도 확실히 만들어져 있었다. 그렇다. 어째서인지 뭘 만들더라도 목욕탕이 모든 점에서 최우선이다. 그리고 합류한 미행 여자애에게서 대략적인 정보를 듣고, 오늘 하루카의 움직임을 대충 알 수 있었다.

　그렇다. 최악이었다. 대인전과 그쪽 스킬에 약한 하루카는, 하필이면 대인전 최강인 살인귀와 싸웠다. 그건 인체의 움직임을 전부 알고, 사람의 사고를 읽는 살인 기술의 전문가이자 왕국의 어둠.

　그리고 대인전 기술 전문가는 영문도 모른 채, 분명 아무것도 이해하지 못하고 불합리하기 그지없는 일격에 맞아 졸도해서 쓰러졌다고 한다. 응. 역시 하루카는 사람이 아니었던 것 같네?

　"""아아~. 그 난격은 읽거나 간파하면 안 되는 거였지?"""

　대인전에서 대치하지도 못한 채 괴물에게 퇴치당해서 큰일은 일어나지 않았다고 한다. 응. 그건 인간의 움직임이 아니고, 기술조차도 아니라는 생각은 어렴풋이 하고 있었지만……. 대인 전투의 전문가인 살인귀조차도 안 됐던 모양이다. 역시 인간족 사칭이었던 것 같다.

　"결국 또 위험한 일을 했네……."

　"제일 위험한 상대를 낚다니."

도적은 모조리 생포했는데도 그 살인귀만큼은 죽였으니까. 즉, 굉장히 위험한 상대였다. 살려두면 우리가 죽을 위험성이 크다고 판단했다. 그래서…… 죽였다.

이제 주저하지는 않겠지. 멸망한 마을에서 하루카가 돌아왔을 때의 얼굴을 보고 다들 각오하고 있었다. 이제 하루카는 각오하고 있다. 지금까지 하루카는 싸울 힘(스테이터스)이나 지킬 힘(스킬)이 없으니까 죽일 수밖에 없다는 웃기는 소리를 늘어놓으며 거짓말하고 있었다.

그러나 이제 각오했다. 죽일 수밖에 없으니까 죽일 각오를. 마을에서 돌아온 하루카는 스테이터스로 잴 수 없는 힘을 얻었다. 그리고 최강의 칼잡이를 죽이고, 교회의 수인 사냥 부대를 모조리 죽였다. 아무도 죽이지 못하게 하려고 모조리 죽였다. 그리고 공격에 나서려고 하고 있다.

"아무래도 우리에게는 가짜 던전에서 방어를 맡기고…… 자기는 게릴라전에 나서려는 것 같아."

잠시 전원이 할 말을 잃었다. 저도 모르게 상상하면서 전율했다. 뇌리에 떠오르는 광경은 지옥. 그야 이 정도로 악랄한, 게릴라전에 최악으로 최적인 사람은 달리 없을 테니까. 이렇게 민폐이기 짝이 없는 게릴라가 오면 지옥이다. 변경에 올 때까지 최악의 함정이 깔린 길을 만들고, 숨어 있다가 종종 빈틈을 찔러서 흉악한 심술을 부리고, 종종 강습해서 전투력을 파괴하는 건가……. 상상만 해도 상대가 불쌍해서 다들 울상이다!

"그래도, 그래도, 위험하다는 건 변함없어."

"응. 게릴라전은 들키지 않고 싸우면 되는 전법이지만, 들키면 포위당해서 적진 속에서 고립무원이 되어버려!"

"저기, 하루카와 안젤리카 씨와 슬라임 씨가 적 한가운데에서 셋이서 고립된다니……."

"""상상하기만 해도 상대가 굉장히 비참해질 것 같네?!"""

확실히 게릴라전에서 우리는 걸림돌이다. 그리고 하루카는 방어전을 못한다. 뭐, 못한다기보다는 모조리 죽일 뿐인 공격에 의한 방어전을 펼 수는 있지만, 그건 그것대로 돌파당하기 쉽다.

"숫자로 포화 상태까지 끌고 들어가면, 다 죽이지 못해서 도망쳐버릴 수도?"

"숫자 차이만큼은 아무래도 어려우니까요."

"""으~음. 그래도…… 돌파할 때까지 피해가 심대하겠지~."""

"""뭐, 그렇지?"""

그러니까 확실히 적재적소, 더군다나 유쾌상쾌한 게릴라가 될 것 같다!

"떨어지면 걱정되지만…… 위험한 것도 상상할 수 없네."

"오히려 적군의 불쌍한 모습이 눈에 선한데."

"으~음. 확실히 하루카라면 게릴라전 쪽이 안전하게 싸울 수 있어 보이는데…… 제대로 몰래몰래 숨을 수 있을까~?"

"""앗. 은신계 능력 구성인데 전혀 몰래 숨는 느낌이 없어!"""

"게릴라인데 평범하게 정면에서 중앙 돌파할 것 같아!"

"우왓. 왠지 수만의 적을 세 명이서 포위섬멸전 같은 걸 해버릴 것 같은데?"

이세계인 게 문제다. 왜냐하면 아직 우리가 모르는 무언가가 나올 때가 무서우니까. 마법이든 스킬이든, 그리고 마도구든. 교회가 적들에게 붙어있다는 건 교회 비장의「성구(聖具)」, 즉 숨겨두고 있던 강력한 마도구가 나올 가능성이 있다는 거다. 그리고 정보가 없는 신병기는 무엇보다 무섭다.

　하루카는 움직임이 멈추면 죽는다. 방어력도 내구력도 없고, 회피 이외의 전투 수단이 없다. 그건 죽기 전에 죽이고 있을 뿐이고, 맞부딪치는 걸로는 절대로 이길 수 없으니까.

　즉, '순간 지면 끈끈이화' 같은 아이템이 나오면 위험하다. 그리고 그건 안젤리카 씨조차도 위험하다. 초원거리 저격도 위험하고, 범위 물리 공격 같은 게 있으면 그것도 위험하다. 하루카는 이러니저러니 해도 어찌어찌 어떻게든 해결하고 있을 뿐, 사실은 약점이 많다.

　"뭐, 성구라고 하니까 좀 더 직접 공격계나 방어적인 것이라고 생각하지만……."

　"그래도 걱정되지?"

　우리라면 공격을 받아도 버틸 수 있다. 그러니 방패가 되더라도 좋으니까 곁에 있고 싶다. 하지만 걸림돌이다. 왜냐하면 그 세 사람의 이동 속도는 장난이 아니니까. 그 기동력으로 게릴라전 같은 걸 벌이면, 그야말로 이세계 군대 괴롭힘 문제가 발생할 거다. 그야 절대로 기척을 알아내지 못하고, 속도로도 따라잡지 못하는 괴롭힘의 천재지변이니까.

　"게릴라전에 적합한 몇 명을 호위로 붙인다거나?"

"아니면 떨어진 위치에서 대기한다거나."

"문제는 왕제예요. 그 사람은 하루카를 귀족에게 넘겨주고 협상하려고 해요. 오히려 그 사람이 적이라고요!"

"그래도…… 하루카는 이해하지 못하고 있고, 이해해 줄 것 같지도 않고."

"게다가…… 그 세 사람을 적진으로 보낸다니……. 그건 이미 최강의 공격이잖아?"

그 세 사람을 넘겨준다니, 그야말로 중앙이 돌파당해 본진이 붕괴한 상황에서 전쟁을 시작하는 셈이다. 이미 명령 계통이 붕괴하고, 방어선은 무력화되고, 공격진은 뒤를 잡힌 상태에서 싸움을 시작한다니…… 그건 완전히 끝장이다.

"하루카라면 적이 아무것도 하지 못하게 일방적으로 칠 생각일 거야."

"그렇다면 전쟁 준비 자체가 무의미할지도?"

"""아아~. 심술을 부려서 전쟁 괴롭힘으로 세계 평화를 이룩하겠네."""

그렇다. 싸울 생각조차 없다. 그저 파괴할 뿐. 괴롭혀서 붕괴시킬 생각뿐이다.

"정말로 슬라임 씨가 와줘서 다행이야."

"응. 공격에 안젤리카 씨가 있고, 방어에 슬라임 씨가 있어 주면 안심감이 다르지?"

"""그러게. 그건 무너뜨릴 수 없어!"""

슬라임 씨는 공격력과 회피력, 그리고 다채로운 공격에 눈이 가기 쉽지만, 실은 방어력과 방어 능력도 어마어마하게 높다. 공격 특화 중에서 유일하게 방어 역할도 가능한 절대적인 호위이기도 하다.

"우리 전원이 덤벼도 져버리니까?"

"그야 공격이 안 통하는걸!"

그렇다. 안젤리카 씨도 고개를 끄덕이는, 미궁황이 공인한 방어 능력이다.

"뭐, 막더라도 가버리겠지~."

"응. 언제나 언제나 가버리잖아."

그렇다. 또 우리를 두고 간다.

이번에야말로 레벨 100을 넘었는데, 또 따라갈 수 없다. 그래도 변경을 무방비하게 놔둘 수는 없으니까 누군가는 남을 수밖에 없고, 이 나라에서 벌어지는 전쟁의 당사자인 오무이 님이 따라간다면 우리가 남는 것 말고는 선택지가 없어진다. 그리고 나는 가짜 던전의 지휘권도 가지고 있다…… 가지게 됐다.

하지만 오무이 님이 남으면, 우리가 따라가도 문제는 없어진다. 게릴라전에는 참가하지 못하더라도 호위 정도는 가능하다. 퇴로 확보만이라도. 그것만이라도 좋다.

여전히 오무이 님과 왕제님과 협의하고 있다. 그게 정해지지 않으면 작전도 뭐도 세울 수 없지만, 그래도 쓸만한 방안을 정리해 두지 않으면 긴급하게 대응하지 못하게 된다. 곧바로 움직일 수 없다면 훈련이나 근처 던전 돌파도 생각해야 하고, 예정을 세우지 못하는 게 제일 곤란하다.

그리고 목욕탕에서 나오자마자 모두와 달렸다. 긴급 사태였다!

서, 설마 무리무리 성에서…… 방심하고 있었다. 설마 기념품 가게 무리무리 지점을 열어서 만쥬를 발매했다니! 점원은 미행 여자애고, 왕도의 병사들이 무척이나 북적이고 있었다. 그리고 만쥬는 이미 다 팔렸다……(눈물).

응. 재고를 처리하고 갈 생각이었구나. 그럼 우리한테도 팔았으면 됐을 텐데!

> **귀중한 실험 결과에 따라 제작되어 완성됐지만,**
> **실패작이어도 가치는 있다.**

62일째 밤, 무리무리 성

전쟁이 벌어진다면, 목숨을 맡기는 장비에 과하게 집착하더라도 낭비가 될 일은 없다. 그리고 약간의 차이로도 명운을 가르니까, 그 가능성이 조금이라도 있다면 주문은 받자. 근데, 이거 전쟁하고는 절대로 상관없지?

"그러니까 무리라고! 왜 브래지어에 수륙양용 기능이 필요하냐고! 아니, 그거 비키니잖아!! 왜 속옷 한 장 가지고 수륙양용으로 살아갈 생각이 넘쳐나는데? 양서류야? 그래도 뻐끔뻐끔 여자애의 부모님은 물고기라 어류일 텐데 뻐끔뻐끔 여자애를 육지에 내보내도 괜찮은 걸까…… 뭐, 인류도 물고기가 육지에 올라와서 진화한 거니까 힘내라고? 라고나 할까?"

"평범한 육상 생물이야!"

그치만 비키니라면 이번에는 물의 저항까지 계산에 넣어야 하는데, 젖은 생속옷 여고생의 브래지어를 보정하는 남고생이라니 무조건 위험해! 게다가 물의 저항이라면 훌러덩도 있잖아? 훌러덩도 위험하지만 '흠뻑 젖은 생속옷'에서 이미 심각한 사건이다.

그렇다. 예를 들어 그것이 비키니 수영복의 개발이라고 해도, 여고생 두 명을 흠뻑 젖은 생속옷으로 만든 시점에서 이미 안 되는 느낌이 든단 말이지? 응. 호감도가 눈물로 익사해 버린다고?

게다가 나체족 여자애는 그나마 넘어가더라도 뼈끔뼈끔 여자애는 꽤 크다. 즉, 물의 저항도 크다. 제작은 곤란하기 그지없달까, 크고 흠뻑 젖은 생속옷 여고생이라면 남고생도 분명 혼란스럽기 그지없을 거야! 뭐, 아무튼 치수를 재서 브래지어와 팬티를 만든 뒤의 이야기다. 왜냐하면 느닷없이 수륙양용은 무리니까?!

"헤엄칠 수 있으면 편리할 텐데."

"응. 이세계는 강에 마물이 있으니까, 편하게 속옷 차림으로 뛰어들면 위험하고, 알몸이라면 위험한 사람이라 마물도 곤란하겠지?"

뭐, 이 두 사람은 언젠가 수영복을 만들어 달라고 할 줄 알았다. 그럴 줄은 알았지만 여전히 풀장도 바다도 없고, 강은 마의 숲에 가까워서 위험하다. 고블린들은 강에는 접근하지 않고, 레벨 100이니까 숲의 얕은 곳에 있는 레벨 10 정도까지라면 맨손으로도 이길 것 같기는 하다. 그러나 너무 무방비하고, 그리고 훌러덩도 위험하다! 그치만, 분명 훌러덩했다가는 내가 잔소리를 당하잖아!! 그건 무조건 고블린 탓일 텐데 내가 잔소리를 듣는단 말이지?

"아니, 실제로 수영복 소재는 꽤 수수께끼거든?"

""아아~ 소재는 모르겠네.""

그건 구조도 모르지만, 소재를 전혀 모르겠다. 방수도 발수성도 없었던 것 같은데, 무슨 목적으로 선정된 소재인 걸까?

"그게, 물을 흡수하지는 않고, 건조성이 높아."

"경기용은 뜨는 느낌이 있었을지도."

확실히 물을 머금은 의복이 무거워지는 게 물에 빠지는 원인이라고 들은 적이 있다. 그러니 발수성은 있는 걸지도? 그리고 빠르게 마르고, 추위를 경감하는 보온성이 필요할지도 모른다.

"그다음은 비치지 않으면 되는 건가……. 다른 건 스트레치성?"

이건 갑옷 반장에게도 시험 제작과 실험과 실용을 사용해 보자. 응. 할 거라고?

단지, 솜에 마석 가루를 코팅해서 『방수』나 『발수』를 붙일 뿐이라면 당장에라도 할 수 있다. 그러나 신축성도 중요하겠지. 펑퍼짐하면 물살에 쓸려서 벗겨질 거다. 뭐, 이 두 사람은 진짜로 헤엄치니까 디자인은 경영형이나 학교 수영복형. 평범하게 생각하면 경영형으로도 문제없겠지만, 나체족 여자애한테 온 주문은 학교 수영복형이네?

"뭐, 오타쿠들이라면 학교 수영복만큼은 집착할 것 같지만, 의견을 물어보면 3일 정도는 떠들 것 같으니까 물어보지 않아도 되려나?"

""어째서인지 제작법을 알 것 같기도 하네?!""

그치만 평소에는 공기인 주제에 줄무늬 니삭스 때는 7일 정도 떠들어댔단 말이지?

그런 것도 생각하면서, 집중하며 『마수』 씨가 보내오는 정보에 의식을 돌렸다. 그나저나, 남고생에게 정보라는 이름의 감촉은 꽤 위험하다. 그리고 『지고』가 『공간 파악』으로 입체적인 형상을 그려내는 게 또 위험해서, 분명 오늘 밤은 위험함이 대폭발이라 남고생이 대분화하리라고 예언해도 되겠지. 응. 관측 사상 최대인지는 관측하지 않았으니까 모르지만, 분명 슬슬 『성욕 왕성』 같은 게 레벨이 오를 것 같으니까 계속 최대화될 것 같다.

"모으고 올려주거나 하는 기능은 없어? 공기로 부푼다거나?"

"그보다 마동 브래지어 같은 거 강해 보이네!"

"남고생은 모으고 올려주는 것까지는 용납하지만, 공기라든가 마동 같은 건 용납하지 않습니다! 그건 남고생들의 아련한 꿈을 짓밟은 극악무도한 위장 공작이자 사기 활동이라고! 라고나 할까!!"

그보다 마동 브래지어라니…… 변형이나 합체를 할 것 같잖아!

"근데 5인분 브래지어가 합체해서 커지더라도 남은 네 명은 노브라가 되어버리는데, 그걸 전투 중에 해버리면 남고생들은 다들 전투 불능이 되잖아? 응, 위험하니까 금지하자!"

자, 그럼. 아무리 그래도 이미 다섯 명. 그리고 일곱 명째다. 그러니까 이제 익숙해졌다고 해도 과언은 아니겠지. 지금은 치수 재는 중에 "앗." 이라거나 "히약." 이라거나 "꺄앗." 이라거나 "으으." 라거나 "아아……." 이라거나 "우와아……." 라거나 "으응!" 이라거나 "아웃!!" 이라거나 "아, 아, 아아." 라거나 "꺄응!" 같은 말이 들리더라도 익숙하다……. 아니, 익숙해질 수 있겠냐——! 응, "꺄웅!"도 좀 그렇지만 "아, 아, 아아."라거나 "으으으……." 같은 건 묘하게 신경 쓰이잖아! 그리고 갑옷 반장도 그 타이밍에 눈 가리는 손가락을 벌리지는 말아 줄래? 뭔가 이거 무조건 일부러 그러는 거지? 매번 손가락 틈새 벌리는 타이밍이 너무 좋단 말이야. 이건 분명 잔소리의 함정이다!

그리고 이번에도 아래 치수를 잴 때는 "꺄웅!"으로는 그치지 않는 여러 고난을 넘어서서 보정에까지 도달했는데, 이제 나체족 여자애도 뼈끔뼈끔 여자애도 얼굴과 몸이 전부 새빨간데 수증기라도 뿜으려는 걸까? 응. 증기기관인 걸까?

"이제 보정하고 수정해서 문제없으면 이 형태로 완성하자. 그리고 이제 형태를 알았으니까 시제품이라도 괜찮다면 수영복 샘플도 만들 수 있는데…… 필요해? 경영형이나 학교 수영복형 말고는 무리지만, 디자인 같은 건 모르니까 설명해 줄래?"

""정말로?!""

속옷보다 기뻐하는 것 같다. 이미 힘이 빠져서 바닥에 주저앉아 숨도 거칠게 내쉬고 있었는데, 수영복이라는 한마디로 한 방에 회복됐다. 역시 줄곧 헤엄치고 싶었던 거겠지. 이렇게나 오래 헤엄치지 않았던 건 처음일 거다. 줄곧 줄곧 매일 물속에 있었으니까——아버지도 어머니도 물고기니까.

"좋은 이야기라는 듯이 당당하게 거짓말하지 마——!"

일단 그림으로 그린 디자인으로 시험 제작했다. 등이 탁 트인, 학교 수영복인지 경영 수영복인지 알 수 없는 형태지만 만들어 봤다.

역시 느슨한 메리야스 뜨기로는 신축성이 부족하고 늘어나 버린다. 좀 더 빡빡한 방식으로…… 이 정도면 되려나? 왠지 모르게 수영복처럼 됐네?

"잠깐 시착해 보고, 그리고 통하고 물도 내줄 테니까 적셔 보고 감상을 들려줄래? 만든 적 없으니까 느낌을 전혀 모르겠단 말이지? 그보다 남고생이 학교 수영복 제작 경험자라면 신고하는 게 좋다니까. 아니, 경험자가 됐잖아?!"

두 사람은 바로 수영복을 입었다. 『마수』 씨로 확실히 보정하고 계측하는 중이다. 수영복이니까 눈가리개를 해제하고 직접 확인해 보니 조금 신축성이 과한 걸지도? 몸의 굴곡이…… 천이 얇았던 걸지도? 이건 곤란할지도 모르는데 눈가리개 담당은 무시하고 있네?

"사이즈는 딱 맞네요. 디자인도 주문한 그대로고 헤엄치기 쉬울지도?"

"좋은 느낌. 그냥 이거 입고 수영하러 가고 싶어! 그냥 이거면 되지 않을까? 제대로 만들었는데?"

괜찮은 걸까……. 뭔가 잘못된 것 같은데. 두 사람이 누울 수 있는 지름 3미터 정도 되는 통을 만들어서 물을 부었다. 손을 뻗기도 힘들지만, 이걸로 방이 꽉 차니까 어쩔 수 없다.

""풀장이다~!""

"아니, 풀장은 무리입니다. 방 넓이 때문에 무리거든?"

아직 물이 30센티미터도 차지 않았는데 두 사람은 첨벙첨벙 들어가서 드러누워서 움직이고 있다. 수영복이니 이제 눈가리개는 없지만…… 생각이 전혀 부족했다. 그렇다. 수영복이라는 걸 얕보고 있

었다. 즉, 수영복이면 물을 흡수한다! 흔한 결론이지만, 간결하게 요약하면…… 비치고, 수축합니다. 엄청 파고들어서 조입니다. 응. 젖으면 섬유가 수축하고, 섬유가 수축되면 천은…… 비치게 된다. 응, 좋은 걸 배웠지만, 뭔가 큰일이 났는데? 일단 눈가리개 담당을 다시 부르자. 이건 진짜 청불이니까 남고생에게 위험하거든? 응. 왜 손가락 틈새를 벌리는 걸까? 뭐, 이미 늦었지만?

""꺄아아아아아아아아아——! #%&!""

(혼나는 중입니다.)

엄청 흘겨보는 중입니다. 흘겨보는 시선을 받으면서 경험을 살려 재도전. 뻐끔뻐끔 여자애가 엄청 울상을 지으며 흘겨보고 있지만, 시제품 실험으로 경험을 쌓은 개량형에 재도전했다. 왜냐하면 울상을 지으며 흘겨보고 있으니까!

섬유가 물을 흡수해서 수축되어 가늘어지고, 게다가 세로 방향으로도 수축하니까 그 괘씸한 여고생의 다 젖고 다 비치고 파고드는 사건이 발생한 거다. 그렇다면 섬유 자체에 방수성과 발수성을 붙이고, 신축력을 남기면서 물에 수축되지 않게 뜨개질할 필요가 있다. 그러니 많이 만들어서 시험해 볼 수밖에 없다.

속이 비치는 문제는 천을 이중으로 만들어서 대응한다. 양면 뜨개질을 몇 종류 시험해서 물에 담가 투과율과 수축율을 『지도』로 기억해서 연산했다. 사실 학교 수영복은 엄청난 하이테크 기술이었던 걸까? 응. 다수의 신축성 있는 뜨개질을 조합해서 『지고』로 시제품을 만들고, 최적의 수치를 알아보며 쾌적한 착용감과 사용감을 찾았다.

이게 최고려나……. 앞뒤 다섯 패턴 정도를 천으로 만든 뒤 물에 담갔다가 끄집어내서 시험해 봤는데, 현재 가장 수영복에 적합한 천은 이거인가. 그걸 다시 수영복으로 재단해서 재봉했다.

그리고 시착. 이번에는 실패를 대비해 사전에 눈가리개 반장을 표준 장비했다. 그러니 이번에는 괜찮을 거다. 눈가리개 담당은 전혀 괜찮지 않은 것 같지만, 수영복은 확실하게 연산한 결과 꽤 좋은 결과가 나왔다. 뭐니 뭐니 해도 마력 코팅 기술까지 구사했으니까, 원래 세계의 수영복에도 별로 뒤떨어지지 않는 완성도 아닐까?

(첨벙첨벙. 첨벙첨벙)

"굉장히 좋네요! 물속에서도 무척 괜찮은 느낌이에요."

"원래 세계에서도 팔 수 있어! 수영 선수한테 납품할 수 있어!!"

수영 선수한테 납품하면 치수를 잴 때가 큰일이잖아? 몸으로 경험해서 주저앉지 않았어? 그리고 남자 수영 선수는 절대로 싫어. 단호히 거절하겠어! 알몸 치수 잴 때 남자가 오면 도려낼 거야!

"응. 이건 굉장할지도!"

"움직이기 편하고, 물을 먹고 무거운 느낌이 없네?"

"이거 경기용 소재보다도 굉장한 걸지도."

뭐, 그치만 분명…… 경기용 소재는 마법이나 스킬은 금지겠지. 하지만 이 천이라면 물속에서도 무거워지지 않고, 물살에 이끌려서 움직임을 방해할 일도 없을 거다. 좋아. 다음은 한밤중의 수영용으로 갑옷 반장 걸 만들자. 물론 최초의 시제품 때 썼던 천으로 만들 거다! 그래. 그건 다른 의미로, 남고생적인 의미로 굉장히 대단해서 실패는 성(性)공의 어머니였어!! 응. 모처럼 거대한 통도 있으니까, 여기서는 역시 남고생스러운 로션의 차례가 마침내 왔다고 할 수 있겠지. 그래…… 로션 풀장은 여기에 있어!

뭐, 나체족 여자애도 뻐끔뻐끔 여자애도 마음에 든 모양이라 다행이다. 이제 겨우 헤엄칠 수 있게 됐으니까 기뻐서 참을 수 없는 모양이지만, 남고생 앞에서 젖은 학교 수영복을 입고 좋아하지는 말아 줄래?

응. 꽤 치밀하게 달라붙으니까 꽤 위험하거든? 남고생은 진짜 큰일이고. 은근히 진지하게. 뭐, 굉장히 기뻐하면서 입은 채로 돌아갔는데, 다 젖은 학교 수영복 여고생이 성을 돌아다녀도 되는 걸까?

그리고 심야의 끈적끈적 물통 전투는, 수축되고 비치는 경영 수영복에 끈적끈적 로션 풀장이 대단히 근사했습니다. 그래. 천국과 지옥이란 이곳이었어! 그리고 역시 사전에 예측한 대로 엄청 혼났습니다. 하지만 이 싸움은 마음에 새기고, 이 통은 다음번을 위해 소중히 남겨두자!

> **로션 풀장 전투에서 승리했는데,**
> **통은 몰수되어 틈새에 들어가고 말았다.**

63일째 아침, 무리무리 성

로션 풀장 전투를, 그야말로 끈적끈적하게 싸워내서 다 젖은 채로 격전에 승리한 다음에 눈을 뜨니 잔소리를 들었다. 응. 오늘도 좋은 눈흘김이다.

자, 그럼. 모처럼 눈흘김의 날인데도 아저씨다. 뭐, 메리 아버지의 측근이 말을 전하러 찾아왔다. 내용은 없는 모양이다. 즉, 아직 회의 중이다.

"아저씨들은 아직도 회의 중이라 회의실에 있다는데, 왕족이나 귀족은 회의실을 좋아하는 걸까……. 거기서 살 거야?"

(뽀용뽀용?)

뭐, 좋아한다면 좋아하는 만큼 회의해도 상관없지만, 결론만 먼저 내줬으면 좋겠다. 응. 결론만 먼저 내준다면 그 이후에는 마음껏 좋아하는 만큼 회의해도 된다니까? 응. 어쩔 거야?

일단 오늘은 움직이지 않는 건 결정된 모양이다. 이걸 앞으로 열 번 정도 반복하면 회의의 결론을 기다리지 않아도 적군이 도착하겠지. 회의의 의미가 없어지네?

그리고 여자들은 이미 모여서 회의 중. 어째서인지 다들 회의를 좋아하는데, 어째서인지 언제나 나는 회의에 부르지 않는 이유가 뭘까?

"근처에 미돌파 던전이 꽤 있으니까 돌파할 겸 훈련해도 되지 않을까?"

"""찬성~!"""

뭐, 무리무리 성에서는 할 일도 없고, 던전 아이템은 아무리 모아도 부족할 정도다.

"하루카는 대기거든? 영주님도 이야기했고, 왕녀님도 부르는 것 같으니까 대기.”

“뭐? 대기라니 나는 따돌림에 왕따에 탐험에서 두고 가는 백수 외톨이에 성에서 골방지기야? 응. 어째서인지 칭호에는 맞는 것 같지만, 그게 더더욱 마음에 큰 대미지거든? 라고나 할까?”

(부들부들)

확실히 무리무리 성에서는 돈을 쓸 일이 없다. 하지만 돈도 벌고, 나오는 것도 있고, 슬라임 씨의 식비에도 도움이 되는 던전에는 최대한 가고 싶고, 무엇보다 아저씨와 이야기해도 즐겁지 않아! 그래. 지금 이 무리무리 성은 일찍이 없을 만큼 아저씨투성이인 상황이고, 각 방에 아저씨가 넘쳐서 아저씨 성이 되고 있을 정도의 아저씨 비율을 자랑하는 상황이다. 응. 분명 왕녀 여자애나 미녀 기사들이 없었다면 성을 통째로 태워버렸겠지……. 이미 준비도 됐고?

“영주님한테서 들었으니까, 여기 있지 않으면 안 되거든.”

“대기하더라도 성이니까 딱히 지키고 있지는 않아도 되니까.”

“““응. 가만히 있어.”””

그나저나 왕녀 여자애는 무슨 용건인 걸까? 또 도적 사냥 권유인가? 그건 꽤 귀찮았지만 용돈 정도는 벌었다. 하지만 던전이 더 많이 벌린다. 왜냐하면 도적은 돈이 없었고, 장비도 무기도 초라한 데다 마석이 되지도 않는다는 못 써먹을 아저씨들이었으니까. 게다가 보물상자조차 하나도 가지고 있지 않다는 못 써먹을 아저씨 집단이다. 그렇다면 던전이 더 좋다.

“우리도 1층부터 가니까 별로 못 벌걸~?”

“응. 변경 티셔츠를 컴플리트해서 돈을 벌고 싶은데.”

"""그러니까 제품을 늘리지 마!!"""

리스트 밴드도 매진. 변경♥ 시리즈 애용자였던 모양이다. 감사합니다.

"근처에 있는 세 곳을 두 파티씩 나눠서 공략할 테니까 중층까지는 갈 수 있으려나?"

"뭐, 훈련 중심이니까 괜찮지 않을까?"

"길들이기라도 해두고 싶네."

새로운 장비의 확인과 연계 재확인. 각 파티 리더에게 강력한 무기를 나눠줬지만, 그것 때문에 연계를 재검토해야 한다. 특히 반장의 『호뢰쇄편』은 채찍이라는 특성상 연계가 꽤 복잡해졌다. 바보들은 5인 전원에게 『귀신의 츠바이핸더』를 줬는데, 이 녀석들은 신무기하고는 전혀 상관없다. 그 이전에 검 쓰는 방법도 모를 것 같다. 뭐, 2미터를 넘는 대검이니까 던지지는 않겠지. 무거우니까.

"저녁때까지는 돌아올 테니까 내일 한가하면 비밀 방 찾기 부탁할게?"

"뭐, 중층이라면 기대할 수 없겠지만 아깝긴 하니까~."

확실히 장비계 글러브와 부츠와 망토, 그리고 액세서리 계열이 부족하니까 중층 아이템도 충분히 도움은 된다. 게다가 물건이 하나 있는 것만으로 전황이 달라지는 일도 있다. 강해지는 것과 안정성을 고려하면 역시 던전이 최우선이다.

다들 차례차례 "다녀오겠습니다."라고 말해서 그때마다 "다녀오세요?"라고 대답하자 활짝 웃으면 나가네? 뭐지?

"그렇다면 호출할 때까지 할 일도 없으니까, 거대한 통으로……

아뇨, 아무것도 아닙니다. 아니거든? 그게, 세탁이라든가? 응. 오늘은 날씨도 딱 알맞게 흐릿하니까? 응. 뭐랄까 커다란 편이 세탁도 많이 할 수 있잖아? 어! 아…… 옷은 마을 사람 장비 한 장이었네. 응. 뭐. 그런 느낌? 이라고나 할까?"

혼나고 눈흘김을 받고 통을 몰수당했다! 나의 끈적끈적한 로션 라이프를 빼앗겼다!! 뭐, 일단 4개 더 만들었지만 첫 번째를 빼앗기고 말았네?

하지만 그 정도의 가치는 있었다. 그 끈적끈적하고 미끈미끈한 투명 로션 풀장에서 속이 비치고 수축된 학교 수영복으로 미끈미끈 끈덕끈덕 대폭주했으니까!

그야말로 그 보드라운 순백의 피부가 끈적하게 젖고, 찰싹 달라붙고, 그 근사한 굴곡까지 끈적끈적 반들반들해서, 꿈도 희망도 남고생의 물건도 부풀어 올라서 끈적끈적해서 대단한 대사건이 대전개였다. 응. 그 미끈미끈 출렁출렁한 근사한 몸은 전 세계 남고생의 꿈과 희망과 모험이었다. 만끽했습니다!

하지만 흘겨보니까 계속하는 건 안 되는 모양이고, 부업이라도 하려고 했더니 메이드 여자애가 나타났다.

물론 비상사태를 대비해서 효과가 부여된 에로 메이드복 착용이다! 이 비쳐 보이고 공간이 벌어진 메이드복은 로션과 굉장히 잘 어울려 보이지만, 뒤에서 철구를 꺼내는 기척이 나니까 잊어버리자. 응, 모닝스타는 실내에서 휘두르지 말라고? 실외에서도 무서우니까 그만둬 주면 기쁠 것 같거든? 아무래도 갑옷 반장은 천검인데도 모닝스타가 마음에 든 모양이다. 슬슬 스킬도 얻을 것 같다.

"하루카 님. 왕녀님께서 부르십니다. 동행해 주실 수 있을까요? 싫다고 하면 찌를 겁니다. 불경죄예요."

"아니……. 그게 아니라 싫다고는 말하지 않겠지만, 싫다고 하면 찌를 생각이 넘쳐나는 시점에서 완전히 전혀 진심으로 동행을 부탁하고 있지 않잖아? 그건 가거나 찔리거나의 양자택일밖에 주지 않았으니까 질문이 될 수 없잖아. 정말이지, 평범하게 '안 오면 찌른다'면 되지 않아? 그것도 전혀 좋지는 않지만, 그래도 에로 메이드복이라서 따라가는 건 아니거든! 이라고나 할까?"

수줍은 척했다. 새침댔다가는 검으로 찔릴 것 같으니까 따라가자. 왜냐하면 이 에로 메이드복의 진정한 근사함은 뒷모습에 있으니까! 등 완전 개방 만세(야한 짓 하고 싶습니다).

뒤에서 날아온 철구 공격을 화려하게 피하고, 가볍게 뒹굴뒹굴 구르면서 에로 메이드복, 아니 메이드 여자애를 따라갔다. 응, 좁은 복도에서 모닝스타 난무는 언뜻 위험해 보이지만, 나만 맞히려는 것 같으니까 안심 설정인 것 같다!

"아니, 그거 나만 안전하고 안도하고 안심할 수 없잖아?!"

그리고 메이드 여자애는 노려보고 있다. 어차피 존댓말이나 똑바로 쓰라고 말하고 싶은 거겠지. 뭐, 현대인은 일반인이라도 제대로 교육을 받으니까 교양이 있다. 그러니 존댓말 정도는 평범하게 쓸 수 있다고? 정말이지 걱정도 팔자인 메이드 여자애네.

"삼가 부름을 받잡아 호출에 응해 찾아왔습니다 왕녀 여자애님. 오늘은 불러주시고 날씨도 좋아서 부름을 받아 뛰쳐나오게 되어 황공무지하고 기쁘다는 것을 말씀드리고자 합니다? 응. 그런 당신에게 스페셜 가격으로 무려 『변경 명물, 변경 목도』를 3초 이내에 구입하신 당신에게는 놀랍게도 하나 덤으로 드려서 이도류입니다? 라고나 할까?"

팔렸다. 돈 벌었다. 그런데 어째서인지 흘겨보고 있네? 아니, 왕녀 여자애도 좋아하고 있잖아?! 응. 사실은 3초가 지났는데도 덤 하나도 확실히 줬단 말이야. 호스피드 바가지거든? 이해할 수가 없네.

"하루카 님은 정말 자신의 신병을 귀족군에게 넘겨줄 작정인가요. 어째서 자기 몸까지 변경을 위해 바치려는 거죠? 이건 왕족이 해결해야 할 문제고 왕제 각하나 나의 신병이라면 몰라도, 하루카 님은 아무런 책임도 잘못도 없어요. 재고해 주세요."

으음. 귀족군에 행상하러 가지 말라는 건가. 하지만 자기도 목도를 샀으면서 귀족들에게 바가지를 씌우지 말라니 귀족을 차별하는 왕족의 횡포라고 할 수 있겠지. 온 천하에 법의 공평함을 알리는 것이 위정자의 책무이건만 참 곤란하다.

"왕녀 여자애는 어쩔 셈인데? 왕제 아저씨는 귀족군 상대로 여전히 협상하러 갈 생각이잖아. 왕녀 여자애가 가면 왕위 계승자가 모두 적 앞에 놓이게 되는데? 응. 그 왕제 아저씨는 여전히 협상으로 매듭을 지으려는 모양이지만, 왕녀 여자애는 그게 정말로 가능하다고 생각하는 걸까?"

"바, 방책은 있습니다!"

뭐, 나보고 오지 말라고 하고 있으니까 생각이야 있겠지.

"적진에 들어가서 제1왕자라도 노릴 생각인지, 대귀족의 목을 노리려는 건지는 모르겠지만…… 그게 죽으러 가는 것하고 뭐가 다른 걸까?"

"……(딱)."

역시 근육뇌였다!

"게다가 제1왕자나 대귀족의 목을 날려도 전혀 달라지지 않는 건 사실 알고 있잖아? 그건 죽음으로 보상하는 게 아니라 뭐랄까? 죽어 봤자 손해이고 무의미하고 무책임하고 헛수고잖아?"

"그치만…… 그치만…… 그래도, 설령 헛수고라도 나는 왕녀고, 왕족이라고요. 헛수고라도, 무의미하더라도, 가능성이 조금이라도 있다면 목숨을 거는 것이 의무이고 책임인 겁니다. 그 결과로 죽고, 그게 손해고 무의미하고 무책임하고 헛수고라도, 왕족이 책임을 다하지 못하고 무관계한 하루카 님에게 적진으로 가라고 말할 수 있을 리가 없다고요! 그야말로 무책임하기는커녕 왕족의 긍지조차도 없애버리는 행위예요. 자신의 긍지조차 관철하지 못하는 왕족이라니…… 그야말로 무의미해요."

울고 있는 왕녀 여자애를 메이드 여자애에게 맡기고 방을 나왔다. 지금은 대화 같은 게 가능한 상태가 아니겠지. 긍지가 있든 높든 쌓여 있든, 죽음을 각오하고 있는데 태연할 리가 없다. 왕녀 여자애든, 검의 왕녀이든, 공주 기사이든, 반라 영차영차 여자애든 열여덟 살의 여자애가 죽으러 가는 게 무섭지 않을 리가 없는 거다. 그래도 멈출 수는 없다. 누가 뭐라고 해도 전진하겠지.

"결국 왕녀 여자애는 이렇단 말이지…… 이거야 원?"

(뽀용뽀용?)

그 왕제 아저씨도, 그건 자기 목숨을 걸고 어떻게든 해보기 위해

칠전팔기로 추하게 발버둥 치고, 기어서 흙탕물을 마시더라도 안간힘을 쓰고 있었다…… 뭐, 아마 그래서 사태가 악화된 거겠지만?

그런데 이제는 그 목조차도 떨어지면 그걸로 끝인, 그 정도의 가치밖에 남지 않았다는 것도 깨닫지 못하고 있다. 발버둥 치는 안타까운 왕족. 비참한 왕족. 바로 그렇다. 정말이지 긍지만 있을 뿐인 무능한 왕가다.

그러나 그 긍지만으로도 흙탕물을 마시고 발버둥 칠 만큼 긍지가 있는 왕가다. 그러니 메리 아버지가 움직일 생각을 하고 있다. 변경을 지켜야 하는 변경군이 움직이면 동란의 막이 열릴 수밖에 없지만, 메리 아버지는 왕가를 위해 싸우겠지.

설령 그러다 변경이 멸망하더라도, 어느 한쪽을 고르지는 않을 거다. 그러니 회의는 끝나지 않는다. 그야 해결책 같은 건 없으니까? 아마 지금 회의에서 이야기하는 최악의 사태보다 더 나빠질 테니까.

> **사실 변경의 산은 골렘이라서 인사도 할 수 있지만,**
> **산사태가 위험하거든?**

63일째 낮, 무리무리 성 회의실

상정한 최악은 더한 최악으로 뒤집혔다. 이미 이보다 나쁜 상황은 없어 보이는 그 모든 전개. 그것이 전령의 단 한마디로 뒤집혔고, 지금까지의 회의는 헛수고가 됐다.

"왕도에서 반란이 일어났습니다! 제2왕자가 왕위에 오른다고 선언, 왕도는 성문을 걸어 잠갔습니다."

변경군은 가장 병력이 적다. 비교하는 것조차 잘못될 만큼 소수 전력이다. 적 일군을 상대할 수는 있어도, 분산해서 싸울 병력은 도저히 없다. 변경군은 돌격해서 적장의 목을 치는 것 말고는 처음부터 승리의 길이 없다.

"폐하의 옥체는?"

"아직 정보가 없습니다."

정면에서 잡는다. 그게 불가능하다면 우리는 변경에서 움직일 수 없다. 이것이 변경군의 약점. 지금이야 그 소수의 변경군으로도 방어전을 벌일 수는 있다. 그러나 그건 가짜 던전과 무리무리 성, 그리고 변경령의 자급자족이 갖춰졌기에 그제야 변경에 공격 말고 지킨다는 선택지가 생겼을 뿐이다. 두 개의 적과는 싸울 수 없다. 그만한 병력은…… 변경에는 없다.

왕국 병력의 3분의 1은 제1왕자와 함께 변경으로 오는 중, 제2왕자가 틀어박힌 왕도에도 인근의 군을 모으면 3분의 1은 남았을 거다. 남은 건 국경 경비 사단과 각지의 귀족군 병사. 그리고 귀족군은 적이라고 생각하는 게 좋겠지.

디오렐 왕국의 10만 병사라고 자랑하고는 있지만, 실제로 정규군은 5만, 나머지는 병사라 부르기도 힘든 문관부터 도시 문지기나 위병까지 넣어도 2만 정도. 거기에 징병된 마을 사람이나 용병단을 긁어모은 최대한의 숫자다. 실질적으로 왕국군 자체는 3만 정도고, 나머지 2만은 각 귀족의 군대다. 그리고…… 그 왕국군마저도 쪼개졌다.

반면에 변경군은 정규병 2천 5백이다. 자릿수부터 다르다. 그러나 싸우면 지지는 않는다. 싸움으로 끌어들이면 타도할 수 있다.

그러나 절대로 분산할 수 없다. 분산하는 시점에서 패배다. 압도적 소수가 집중하지 못한다면 압도적 병력차에 짓눌려서 끝장난다. 그리고 던전이 있는 이상, 모험가들은 쓸데없는 싸움에 말려들게 할 수 없다.

"유일한 구원은, 최강의 근위사단은 샤리세레스 왕녀와 함께 가짜 던전으로 쳐들어가는 바람에 왕도로 돌아가지 못했다는 거다. 그리고 최대 전력인 제1사단도 국경에 전개하고 있지."

제3사단은 제1왕자와 귀족군에 가담했다. 그러나 왕도 방위 부대인 제2사단이 제2왕자에게 붙었을까? 명목상 제4사단은 공병이나 보급 전문 부대라, 어느 쪽에도 흡수되지 않고 제1사단에 합류한 모양이지만…… 숫자만큼은 아무래도 어렵다.

"왕제 각하가 데려온 군은 왕궁 경비를 위해 남아있던 근위 중심이지만, 대부분 경비병이고 합쳐도 2천, 샤리세레스 왕녀가 이끄는 근위는 모두 회수하더라도 3천. 변경군 2천 5백과 전부 합치더라도 도저히 1만에도 미치지 못합니다."

"게다가 저쪽은 용병도 긁어모았겠지. 더욱이 교국이 군을 내놓았다면…… 3만은 가볍게 넘을지도."

교회파 귀족군과 제1왕자 파벌인 왕국군 제3사단의 연합군이 '변경지 평정군'. 그리고 숫자라면 2만에도 미치지 못하겠지만, 왕도 디오렐에서 농성하며 왕도 수비 전문인 제2사단이 붙었다면 제

2왕자의 '반란군'은 위협적이다.

나머지 귀족들은 어떻게 움직일지 알 수 없고, 제1사단은 국경에서 움직이지 않을 거다.

"삼파전은 틀림없지만, 전력비가 너무 다르군. 하지만 이걸로 거점이 없는 제1왕자의 군은 여유가 없어졌을 거다."

"제1왕자의 배후에 있는 대후작가와 교회의 힘은 얕볼 수 없지만, 그 병력이 크면 클수록 유지와 보급이 막대해질 겁니다."

그렇다면 단기 결전을 노리고 예정대로 변경에 올까, 발길을 돌려 왕도로 돌아갈까?

"제2왕자는 대체 무슨 생각인 거냐! 왕은, 형은 어떻게 된 거냐!! 이건 찬탈이다! 모반이라고!!"

왕제는 혼란스러워하고 있지만, 왕권 대행인 왕제 각하가 이곳에 있는 것 자체가 제2왕자파의 모략이겠지. 제1왕자와 귀족군이 왕도에서 떠나고, 왕권 대행이 없는 지금이 유일한 타이밍이었을 거다. 이걸 노리고 이 상황을 만들었다는 느낌까지 든다.

"제1왕자와 교회와 교회파 귀족이 변경을 함락한다면 왕국의 패자는 제1왕자다. 그러면 제2왕자의 목숨은 없지. 움직일 때를 기다리고 있었던 건지, 움직일 수밖에 없었던 건지."

"이 절묘함은 기다리고 있었던 거겠죠. 이게 우연이라면 너무 잘 만들어졌습니다."

제2왕자와의 협상은 필요하겠지만, 협조는 절망적. 아무튼 이쪽은 왕권 대행에 왕녀까지 계승권 소유자가 두 명. 그리고 가장 병력이 적다. 가장 위험한 위치인 건 이쪽이다.

"왕제 각하. 정보를 기다릴 수밖에 없습니다. 이 상황에서는 움직이면 빈틈이 생깁니다. 그러면 선수를 잡더라도 무의미. 기다리도록 하죠. 왕은 분명 무사할 겁니다."

"큭. 나의 무능함 때문에 나라가……."

왕국 내부는 이러면 되겠지만, 기다리는 편이 유리하더라도 외국이 움직인다면 그보다 더 위기적 상황은 없다. 왕자들이나 귀족들이 눈에 거슬리는 제1사단을 국경으로 쫓아낸 건 왕국에는 행운이었다. 그러나 오래 버틸 수는 없다. 제1사단은 정예지만, 지원군이 없는 싸움은 언젠가 패하게 되니까.

무익한 회의가 끝나자, 바깥에는 하루카 군이 있었다. 급보와 현재 알게 된 정보를 전달하자 놀라지도 않고 그저 "진부하네?"라고 중얼거리고 있었다. 즉, 예측하고 있었다. 모두가 눈치채지 못했던 제3의 세력 출현을 예상하고 있었다. 그러니까 '진부하다'. 역시 그렇게 됐다는 거다.

그리고 중얼중얼하더니 확실히 이렇게 말했다. "다음은 어느 쪽일까?"라고. 아직도 다음이 있는 건가……. 시간만 소모한 회의에 의미는 없었던 모양이다. 다음이 있다면, 이제 손쓸 방도가 없다. 정보를 기다리는 것 말고는 할 수 있는 일이 없어졌다.

그 중얼거림도 "문제는 제2왕자의 배후인가."와 "제1이 교국과 교회라면 제2는?"이라고…… 그 질문이 해답이겠지. 뒷배가 없다면 좋다. 그러나 알지도 못한 채 손을 댄다면 표면을 없애더라도 화근이 남는다.

"큭…… 상업 연합국인가."

정확하게는 국가가 아니다. 그러나 실제로는 국가를 이루고 있는 상업 연합. 복잡한 상업 조합이 모여 형성된 상업 특구가 군대를 두고, 토지를 소유하고 있으니 그건 이미 국가다.

교회와 반목하면서도 노예 매매에서는 손을 잡고, 막대한 이권을 쥐고 있는 거대 상업 연합국. 나라가 아닌 나라── 상국(商國).

"확실히 교회의 마석과 마도구 독점에는 공공연히 날을 세우며 반목하고 있지만, 노예 매매에서는 교국과 손을 잡고 수인 나라를 습격해 노예로 삼아 매매하고 있는데…… 적대하는 건가."

"왕국을 얻게 되면 횡재한 거고, '그냥 제2왕자를 교국에 팔아치워도 돈이 벌리니까 어느 쪽이든 돈은 벌겠지?' 라더군요."

즉, 변경의 마석과 교회의 마도구 제작 지식이 일체화되는 걸 싫어하는 나라. 그들이 제2왕자를 내세워서 나라를 갈취해 교국이 이익을 독점하는 걸 방해하고 있다. 그리고 실패하면 조건을 붙여서 교국에 팔아치워 은혜를 입혀 이익을 얻으려는 거다.

"어느 쪽이든 왕국과는 노예 제도로 반목하는 나라인데……."

그렇다. 노예 제도 자체는 왕국에도 있다. 그러나 그건 어디까지나 금액에 따른 기간 한정 봉사다.

"왕국의 법은 잡아서 영원히 일하게 하고, 죽여도 죄를 묻지 않는 야만인인 제도와는 다르다. 하물며 왕국과 우호국이며, 건국 때부터 동포로 존중해 온 수인 차별에 가담할 리가 없건만……."

"그들이 제2왕자에게 붙었다면, 밀약을 맺어서 왕국의 법과 왕가의 맹약을 파기할 생각일지도 모르죠."

아니면, 역시 제2왕자는 거래용으로 쓰고 버릴 미끼인가. 그러나 그 왕도를 빼앗겼다면 함락하기는 힘들다. 그 도읍은 왕도이면서도 나라의 최전선에 있는 요새.

"이렇게나 최악이 발을 맞춰 모였나."

예상을 넘어섰고, 최악의 예측보다 더욱 안 좋다. 그리고 소년, 하루카 군은 대체 어디까지 알고, 어디까지 읽고, 어디까지 책략을 가지고 있는 걸까. 소년 일행이 변경에 남아 준다면 군은 나갈 수 있다. 그러나 이 상황에서 나가버리면 변경군은 어딘가에서 움직이지 못하게 된다.

"그래서 나가려는 건가……."

제1왕자군의 내부까지. 그것까지 요구할 수 있을 리가 없다. 이건 왕국과 왕국 귀족의 문제. 그러나 타개하려고 해도 이미 사태는 진흙탕. 하지만 그 진흙을 소년에게 마시게 하는 건 용납될 수 없는 행위—— 그러나 갈 생각인 것 같다.

"왕제 각하에게, 무스지크스에게 말해봐야 소용없겠지."

"완고하시더군요. 그분은 목숨을 버릴 각오입니다."

저래서는 그저 무례한 소년으로만 보이겠지. 눈앞에 있는 소년이 보기만 해서 당연히 이해할 수 있는 존재가 아님을 모른다.

강함이라는 건 가능성이다. 그리고 그 소년은 약한데도 대륙을 멸할 수도 있다는 대미궁을 죽였다. 어째서 그 소년이 가진 가능성이 왕국은 물론이고 대륙마저 멸할 수 있다는 걸 이해하지 못하는 걸까. 그 가능성이 있다는 것 자체가, 그것이야말로 무서움이며 강함이건만.

어쩔 수 없는 일은 어쩔 수 없는 법이다. 뭐, 그 소년을 이해하려고
들 바에는 산에게 인사하라고 시키는 것이 훨씬 간단할 테니까.

◀ **여자의 비밀과 왕가의 비밀스러운 싸움이 시작되는 모양이네?** ▶

63일째 낮, 무리무리 성

대혼란이다. 왕녀 여자애는 돌격하고, 제1왕자파는 이쪽으로 오
고 있고, 제2왕자파가 왕도에 틀어박히고, 메리 아버지도 돌격할
생각이 넘쳐나는데?

"인간관계라든가 국제 정세라든가 이념 같은 건 상관없이…… 제
1왕자파는 돈이 없으니까 변경으로 올 수밖에 없고. 그리고 아무것
도 안 하면 대손해니까 상국은 움직일 수밖에 없어서 제2왕자파를
시켜 왕도를 확보한 거잖아? 간단하지 않아?"

(뽀용뽀용)

그러니까 교회파 귀족의 영지군과 제1왕자 파벌인 왕국군 제3사
단의 연합군 '변경지 평정군'이 되돌아갈 리가 없다.

"정말이지, '평정'이라는 건 따르지 않는 걸 제압하고 평화를 가
져오는 건데, 대미궁도 마의 숲도 평정하지 못했던 녀석들이 군대
를 이끌고 평화를 가져오려고 하는 모양이네? 응. 꼭 맞이해 주고,
좋아하는 평평이가 될 때까지 꼼꼼하게 뭉개줘야겠지?"

(부들부들♪)

원래 왕도에서 모반이 일어나면 귀족들은 왕도로 가야 한다. 하

지만 교회는 변경 말고는 볼일이 없다. 그러니 변경으로 보내려고 할 거다. 그걸로 누가 대장인지 알 수 있다.

"그러다 갈라진다면 이득이겠지만, 누가 대장인지로 행선지가 달라지겠지?"

(뽀용뽀용)

그리고 이느 쪽으로 움직이든 왕녀 여자애는 돌격한다. 이런 절망적 상황에서도, 여전히 왕국을 포기하지 않고 있다. 왕가의 긍지는 왕국 백성의 안녕이라고 단언하면서, 왕가가 멸망하더라도 왕국만큼은 지키겠다고…… 그러니까 전란조차도 용납하지 않을 생각이다.

"이제는 그런 상황이 아니라고 생각하는데 포기를 못 하네?"

(부들부들)

왜냐하면, 각오가 되어있으니까. 그 사람은 싸울 수밖에 없으니까, 최후의 순간까지 싸울 생각이다. 싸울 힘밖에 없다……라.

"그런고로 훈련입니다. 팍팍 퍽퍽? 뭐, 습격당한 적은 있지만 그건 에로 드레스가 너무 근사해서 싸움하고는 좀 다른 부분을 봤으니까, 실은 진짜로 싸우는 모습을 제대로 본 적이 없고 무장도 시운전조차 하지 않았으니까. 그리고 에로 드레스도 차분하게 보고 싶거든?"

그렇다. 왕녀 여자애+메이드 여자애 VS 갑옷 반장이다.

"뭐, 뭘?"

"시험적인 의미로, 문제가 있으면 개량할 수 있고 강화도 가능하잖아? 그래. 결코 켕기는 마음이 없다고 말하지는 않겠지만 켕기는 마음보다도 엉큼한 마음이 강하고 다정한 마음으로 지켜봐 줄 테니까 괜찮다는 거야. 그런고로 모의전인데?"

결과는 안 봐도 알지만, 에로 드레스와 그 슬릿에서 엿보이는 박력 넘치는 몸매는 안 볼 수가 없다! 그래, 『나신안』씨 잘 부탁합니다. 그리고 역시 강하다. 그리고 야하다!!

"스, 스치지도 않는다니!"

정통파. 기책을 쓰지 않고, 확실함을 추구하는 실전 형식의 검. 그러니 낭비가 없고 간소하게 단련했다. 그야말로 왕도다……. 왕녀니까?

그리고 그림자 속에는 기책을 쓸 생각이 넘쳐나는 메이드 여자애가 있고, 절묘하게 이심전심으로 의기투합해서 연계 동조 공격을 펼친다. 무너뜨려도 즉시즉응으로 대응해서 원호하고, 흔들리더라도 적재적소로 응전한다.

전란의 검── 군으로서 싸우고, 개인으로서 군을 이루고, 대인전인데도 빈틈도 속임수도 없는 투박할 정도의 강함. 그렇기에 검의 왕녀.

뭐, 하지만 상대가 갑옷 반장이니 말이지. 그러니 당연히 검의 왕녀가 휘두르는 검은 맞지 않고, 그림자에서 기책을 쓰려고 튀어나온 순간 얻어맞는다. 응. 두더지 잡기의 메이드 버전?

""헉, 헉, 헉. 이렇게 강할 수가!""

"반장 일행과 모의전을 시키면 딱 좋을 정도려나? 무장을 같은 레벨로 맞추면 꽤 괜찮은 싸움이 될 것 같지?"

(끄덕끄덕)

이쪽은 대인전과 전쟁 특화, 하지만 저쪽은 레벨 100을 넘긴 치트 보유자들이니까.

열심히 갑주 반장의 움직임을 쫓으면서 오로지 검을 받아내고 정신없이 공격을 펼치는 최적이자 가장 우수한 대련.

뭐, 결과는 대련이라는 구타지만, 사실은 다이어트 효과도 끝내준다. 어느 쪽도 탄탄하고 나이스한 다이너미이트 보디에 잘록한 허리에서 동그란 힙이 다이너마이트해서 대폭발…… 아니, 으그와 아악오오!

"잠깐, 아니거든. 제대로 검술 해설을 하고 있었다고? 응. 묘사도 필사적으로 했달까, 근데 왜 검으로 대련 중에 모닝스타 이도류냐고. 해설자에게 모닝스타 공격을 가하는 건 금지 사항이고, 조금 입이 미끄러졌달까 떠들었달까…… 어? 말로 꺼냈다고? 승리의 포즈도 잡으면서? 아아~ '저 동그란 굴곡에 미끈미끈 로션으로 흠뻑 적셔서 끈적하게' 부터? 그렇다면 '질척질척해진 그 근사한 다리를 벌려서——!' 까지 말했어? 응. 그건 그거야…… 진짜로 죄송합니다!"

(철구 공격으로 잔소리 중입니다.)

왕녀 여자애와 메이드 여자애의 대련이었는데 나까지 구타당했다. 말할 것도 없지만, 물론 나는 이미 조금도 대련할 여지가 없는 처참한 구타였다.

"언니, 대단하네요. 최강이에요. 멋져요. 제자로 삼아 주세요!"

왕녀 여자애는 망가졌을 때부터 갑옷 반장에게 묘하게 친근했는데, 구타당한 뒤에는 더더욱 갑옷 반장에게 찰싹…… 왠지 팔짱을

끼고 매달리면서, 항상 보디 터치를 하며 따라다니고 있다. 나도 하고 싶지만 위험해 보인다……. 응. 슬슬 모닝스타는 넣어 줄래?

"뭐, 사이좋은 게 미녀 두 사람이니까 괜찮지만, 그래도 나한테 철구를 돌릴 때가 아니라 그 왕녀 여자애의 눈이 위험하거든? 응. 그건 야한 의미로 언니를 보는 눈이고 갑옷 반장 최대의 위기가 다가오고 있달까, 만지고 있달까 에로하고 있는데?"

그렇다. 목욕탕도 같이 들어가자고 말하고 있으니 위험해 보인다! 백합의 위기다!! 그러니까 이 위험한 모습을 똑똑히 지켜봐야지. 로션 같은 건 필요해?

"근데 메이드 여자애. 저거 무시해도 돼? 응. 왕가가 어쩌니저쩌니하면서 야한 짓은 금지였던 게 아니었어?"

우와~ 엄청 눈을 돌리고 있잖아! 저거 분명 상습범으로 백합인 사람이구나! 응. 왕가의 비밀인 모양이다.

"마리아 님도 이제 그냥 대놓고 볼 정도로 백합 여자애 왕녀였어! 나도 대놓고 볼래!!"

하지만 갑옷 반장이 이번에도 나무 작대기를 들고 손짓하고 있으니까, 백합보다는 구타인 모양이다.

자세를 잡으면서 천천히 대치하고 간격을 좁히며 서로 빈틈을 줄이고 있다. 왕녀 여자애도 빤히 보고 있지만, 눈이 야릇하니까 견학이 아니라 백합백합인 모양이다. 응. 눈이 이리저리 이동하고 있거든?

온다——. 그 선수를 뭉갠다. 움직이기 전보다 빠르게, 그저 최속으로 똑바로 베고 들어간다. 그러나 참격은 오른쪽에서 날아왔고,

몸은 왼쪽으로 뛰었다.

"응. 변함없이 의미불명이네?"

그런 의미불명의 참격도 가볍게 흔들면서 피하고, 간격을 단번에 좁혀왔다. 좌상단―― 그러나 움직이지 않는다. 미래시로 먼저 움직이면 후발선제로 베인다. 갑옷 반장의 힘이 흐르는 방향과 마력의 흐름을 읽고…… 우상단에서 나무 작대기를 휘둘렀다.

서로의 나무 작대기가 미끄러지듯이 겹쳤다가 떨어졌다. 다시 벤다. 어떻게 하는지는 모르겠지만 전이하는 나무 작대기의 공격을 간파하고, 피하면서 베어 온다.

뭐, 나도 모르니까 내가 읽히고 있는 건 아닐 거다. 그리고 내가 사라지는 타이밍까지 간파해서 대응하고 있다.

허공에 핀 꽃이 어지럽게 흩어지듯 보이지 않는 공격을 간파하고, 구름이 흩어지듯 사라지는 이동을 알아챘다. 뭔가 이제 쓰러뜨릴 방법이 없지 않나 싶을 만큼 무적의 검술이다. 이걸 빼앗으려는 왕자나 귀족군의 교회는 무모할 만큼 용기가 있어 보이네?

두른다――. 두를 수 있는 건 모두 두르고, 쓸 수 있는 스킬도 전부 발동 중이다. 몸이 파괴와 재생을 반복하고, 공격과 이동과 소실과 전이를 반복한다.

"큭……!"

이미 엉망진창. 가진 모든 마법과 스킬이 뒤섞여서 뭐가 일어나는지도 모르는 의미불명의 광기 난무. 그걸 읽고, 간파해서 반격한다. 쓰고 있는 본인조차 예측, 예지하지 못하는, 미래시조차 보이지 않는 움직임과 참격을…… 걷어내고, 격추하고, 갈라버리고 있다.

기묘, 기괴, 천변만화하는 깜짝 연속 공격의 난무에서, 한순간의 ——『허실』. 느닷없이 무궤도로 이동하는 몸을 강제로 지배해서 조금의 낭비가 없는, 베기만 하는 움직임으로 변환했다……. 눈이 마주친 갑옷 반장의 놀란 얼굴을 보며 검을 맞댔다. 응. 갑옷 반장의 움직임을 한순간이라도 멈춘 건 처음이다. 분명 합격점이겠지. 그런데…… 역시 몸이 망가졌다(콰직).

"아아…… 진짜로 무서웠어! 전신 격통, 골절, 근육 파열, 피로에 MP까지 왕창 줄어들어서, 이거 안 되는 거겠지? 응. 역시 한 방에 몸이 박살나거나, 그 후에 움직이지 못해서 죽는 패턴이야."

하지만 단순한 참격으로 갑옷 반장과 검을 맞댔다. 그 순간의 참격을 막았다. 그러니 의미는 있었을지도 모른다. 단, 쓸 일은 없겠지. 이건 전투 중에 자살하는 셈이니까. 이 일격으로 내 몸이 완전히 파괴된다.

그리고 야한 눈이었던 왕녀 여자애도 진지하게 보고 있었으니까, 제대로 견학한 모양이다. 몸을 재생하고 수복하면서 몸의 감각을 조정하고, 이번에는 한계까지 모아서 『전이』를 뺀 진지한 검술. 이쪽이라면 견학의 의미도 있고, 『허실』을 재조정할 필요도 있어 보인다. 이렇게 대련이라는 이름의 구타를 반복하고, 단련이라는 이름의 구타를 펼쳤다……. 분명 오늘 밤도 복수로 침몰전 재개를 희망하겠지!

그나저나…… 역시 스킬이 몰래 나쁜 짓을 하는 모양이다. 응. 또 뭔가 섞여 있다.

"자, 그럼. 왕녀 여자애와 메이드 여자애의 싸움이나 움직임도 기억했고, 장비를 재조정하고 강화도 해주겠어! 그래. 에로함도 물론 절찬 파워 업이야!!"

(뿌용뿌용!)

수영복 제작의 시행착오를 거쳐서 비치거나 수축하는 방면에서는 완전히 익혔다고 봐도 좋을 거다. 그러니 파고들 정도의 신축감과 달라붙는 감각으로 가보자! 투명감도 빠짐없이 증량 대 서비스다!

왕녀 여자애 콤비는 아직도 두들겨 맞는 모양이다. 마침내 왕녀 여자애와 메이드 여자애도 눈이 ×가 되는 걸 처음으로 경험하겠지. 계획도 작전도 없고, 예정도 미정. 움직이는 게 왕녀 여자애와 제1왕자파뿐이라면 따라가면 된다. 어차피 그곳이 전장이다.

그렇다. 왕녀 여자애는 근위기사단장의 권한을 가지고 있다. 그리고 근위기사단은 여성 왕후귀족의 호위를 전문으로 하는 여성 기사단이다. 즉, 그 미녀 기사들도 왕녀 여자애의 부하일 거다!

그렇다면 공주 기사(에로 보디)와 종자(에로 메이드)에 미녀 기사단(에로리스트)이 모두 모여서 전투(훌러덩)도 가능한 거다! 좋아, 가자. 이건 지켜보러 가지 않으면 남고생의 체면이 말이 아니겠지!

왜냐면 원래 세계의 남고생들에게 '훌러덩도 있어요' 라고 한마디 하면 일기당천, 천하무쌍으로 아무렇지도 않게 돌격, 돌파, 분투, 유린, 학살할 테니까. 그게 남고생의 본능이니까!

그렇다면 여성 기사단 장비도 재검토해야 하지 않을까? 응. 이건 마침내 이세계에서 비키니 아머 여성 기사단 탄생? 오타쿠 바보들 상대라면 굳은 사이에 순살할 수 있을지도?

63일째 오후, 무리무리 성

괴물과 괴물의 처절한 싸움. 그것은 조용하고 잠잠한 무음의 정숙 속에서, 소리조차 내지 않고 춤추는 연무. 아름답게 흐르는 것처럼 땅을 미끄러지고, 춤추고 맴도는 윤무의 전율.

서로 나무 작대기를 들고는 한쪽은 적당히 걸어가고, 한쪽은 자세를 잡지도 않은 채 섰다. 그리고 아무렇지도 않게 휘두르더니 광기의 난무가 조용히 격렬하게 펼쳐졌다.

이것이 괴물이다. 이것이야말로 괴물이다. 끈적한 물속을 헤엄치듯이 몸을 움직이면서 부드럽게 춤춘다. 꺼림칙한 속도 차이가 이곳에 있다. 빠른데도 빠르게 보이지 않고, 느린데도 눈으로 따라갈 수 없다. 지연되는 것처럼 무거운 시간의 흐름 속을 헤엄친다.

"이건……."

살인 전문인 최강의 살인귀가 아무것도 하지 못할 만하다. 이 춤에 한번 발을 들인다면 순식간에 베일 거다. 사람을 죽이기 위해 극도로 갈고닦은 기술 같은 건, 그저 삐걱삐걱 움직이는 인형극 같은 셈이다. 이건 다른 종류, 이것은 그저 참격이다.

사람이라거나 인체라거나 마물이라거나 마법이라거나, 그 모든 것하고는 전혀 관계가 없는 그저 참격. 싸운다거나 죽인다거나 지킨다거나, 그런 논리도 이치도 모조리 제거한 순수한 참격. 그저 베기 위한 기술. 몸을 움직여서 베는 검술과는 다른 것. 베기 위해서만 몸을 움직이고 있다. 벤다는 결과만을 추구하고 있다.

저 소년은 던전 살해자, 괴물이다. 그럼 저 미소녀는 누구인가? 던전 살해자보다 강한 던전 살해자의 종자. 조금 전 왕녀님과 훈련을 받았지만 얼마나 강한지조차 알 수 없었다. 그저 강하다는 것만 알았다.

그리고 괴물과 싸우면서 알게 된 건, 괴물과 싸울 수 있는 괴물이라는 것이었다.

강하다고 하기에는 약하다. 교묘하다고 하기에는 조잡하다. 빠르다고 하기에는 느리다. 극치라고 하기에는 단순하다. 하지만 이건 괴물이다. 나는 암살자 훈련을 받았기에 그 무서움을 알 수 있었다. 이건 죽일 수 없다. 나의 검은 닿지 않는다.

그때 팔 하나로 그친 건 운이 좋았다. 검을 빼앗겼을 뿐이라니, 놀아준 거나 다름없다. 그야, 이건 죽으니까. 낭비를 극한까지 줄인 동작으로, 무의미하기 그지없는 기괴하고 기묘한 거동으로 움직인다.

사람의 움직임이 아닌 무언가. 이건 눈앞에서 보고 이해하기 전에 몰살당한다. 그걸 아름답고 정확하게, 적절하게 틀어버리고 떨쳐내고 피한다. 이건 정해진 궤도를 휘두르는 연무가 아니라면 있을 수 없는, 서로를 보지도 않고 휘두르고 튕겨내는 마술 같은 기적의 춤이다.

그렇다. 이 두 사람의 세계는 미쳤다. 이건 광기의 세계에 있지 않으면 일어나지 않는, 상식도 섭리도 진리도 무의미하게 베어버리고 썰어버리는 악몽이다. 마치 두 개의 검. 베기 위해서만 만들고 단련하고 갈고닦은 베기 위한 검. 그건 괴물이다.

그렇기에 잔혹할 만큼 아름답고, 냉혹할 만큼 낭비가 없고, 가혹할 만큼 조용하다.

"무섭고도 아름답네요……. 이걸 우리에게 보여주고 있는 건가요. 싸울 거라면 이기라고, 만의 적이라도 베어버리라고……. 이렇게 잔혹한 검무가 다 있다니."

"그렇겠죠. 조금 전까지의 영문 모를 싸움이 아니라, 저희의 싸움법에 맞춰서 연무처럼 보여주고 있는 거예요."

공주님의 방패가 될 거라면 베고 돌아오라고, 공주님의 검이 될 거라면 베어서 없애버리라고, 몸을 버린다면 죽이기 위해 버리라고. 목숨을 건다면 방패가 아니라 검을 들라고. 지금부터 우리가 하려는 일은, 사람이 할 수 있는 일이 아니라는 건 알고 있었다……. 그러니 사람으로 있을 수 없는 괴물이 되면 된다고 보여주는 거다.

공주님은 포기하지 않겠다고 단언했다. 그러니 이제 포기하는 것조차 용납하지 않는 것 같다. 정말로 포기하지 않는다는 건 이런 거라고, 목숨을 걸거나 버린다는 건 변명에 불과하다고, 그건 포기하는 거나 마찬가지라고. 이건 죽는 것조차 용납하지 않고, 포기하는 것도 용납하지 않고, 싸워서 이기는 것 이외의 모든 걸 용납하지 않는 자의 싸움. 이것이 바로 싸운다는 것이다.

그렇다. 고작 레벨 21인 소년이 이런 것까지 보여주고, 가르쳐주고 전해주고 있다. 너희의 레벨로 못 한다고 말하게 두지는 않겠다고, 약하더라도 죽이면 이긴다고.

아아, 어쩜 이리도 괴물인 걸까. 대체 얼마나 고통받으면 이런 기술을 쓸 수 있는 걸까.

얼마나 위험하기 그지없는 일을 겪어야 이런 정밀한 동작을 익히는 걸까.

가혹하다거나 격렬하다거나 치열하다는 건 미적지근하고, 그런 것 너머에 있지 않으면 닿지 않는다는 거다. 이 괴물들이라면 지옥보다도 참담한 사지조차 넘어서고, 처참한 절망의 밑바닥보다 최악인 전장에서도 포기하지 않을 거다.

포기하는 자신을 용납하지 않고, 지옥보다도 처참한 사지를 줄곧 걸어왔겠지. 고작 레벨 20대의 스테이터스로, 지옥보다도 괴로운 악몽 속에서 싸우며 저항했다——. 그것이 괴물의 정체.

약한 힘으로 살아남고 싸워온 힘, 포기하지 않고 사지에서 모조리 죽인 강함. 그렇다. 약하더라도 강한 그 의지야말로 괴물이었다.

"강해……지고 싶어."

"네. 함께하겠습니다."

저 괴물에게 뭔가 반박할 수가 없다. 변명도 투정도 용납되지 않는다. 저 소년은 지옥에서도 태연히 살아남았으니까. 영웅이나 용사 같은 동료들이 둘러싸고 있는데도, 그들조차 애태우는 눈으로 응시하는 최악의 소년.

마을 사람 정도의 힘밖에 없건만 영웅이나 용사도, 변경의 왕도, 검의 왕녀도 압도하는 광기(힘).

혼자서 만의 적을 상대하더라도 포기하게 두지 않으려는 모양이다. 그렇다면 혼자서 1만 명을 죽이면 된다고, 죽기 전에 전원 죽이면 승리라고……. 이건, 그런 가르침을 주고 있다.

할 수 없다. 불가능하다. 있을 수 없다고 외치고 싶은 마음의 절규에도, 영혼의 비명에도 의미는 없다. 눈앞에 해답이 있다. 공주님이 강하고 강하게 검을 다시 움켜쥐었다. 보고 말았다. 알아채고 말았다. 목표를, 목적을 달성하기 위한 이정표를.

그리고 내 손도 어느새 강하게 검을 움켜쥐고 있었다. 모두를 지키고자 미친 듯이 싸우고, 지옥에서 살아남은 괴물들을 홀린 것처럼 넋을 잃고 바라보고 있으니까.

검이 춤춘다. 말한다. 공주를 지키려고 각오했다면 모든 걸 죽이라고, 몸을 버려서 방패가 되어봤자 소용없다고. 그 몸으로 모조리 죽이라고——그게 지킨다고 하는 거라고.

"미쳤어."

그렇다. 미치지 않으면 괴물이 될 수 없다. 정말로 포기하지 않는다는, 그 진정한 의미는 미쳐서라도 이뤄내고, 괴물이 되라는 거다.

누군가를 위해 무언가를, 누군가를…… 지키려 했다. 패배도 죽음도 용납되지 않는 싸움을 헤쳐나온 그 끝에 이 두 명의 괴물이 있다면…… 우리는 아직 아무것도 저항하지 않았다. 아직 저항을 시작하지도 않았다.

목숨을 거는 건 무의미하고, 목숨에는 아무런 의미도 가치도 들어있지 않았다. 해내야지만 의미가 있고, 가치가 있는 거니까. 죽음은 그저 무의미하다.

그렇기에 검을 들고 일어섰다. 우리는 아직 아무것도 이뤄내지 못했고, 이뤄낼 힘도 가지고 있지 않으니까.

죽음도 용납되지 않는다면 힘이 필요하다. 그리고 그 힘은 눈앞에 있다.

닿지 않을 만큼 높이 있더라도, 포기하는 건 이제 용납되지 않는다. 이제 용납할 수 없다.

저런 삶을 향해 손을 뻗고, 기어다니고 버둥거리더라도 닿아야 한다.

이 손은, 이제 내릴 수 없다. 이 손이 내려갈 일은 평생 없겠지. 나는 이미 괴물에게 손을 뻗고 말았으니까.

""부탁드립니다!""

평생을 들여도 닿지 않는다면, 평생 동안 추구하며 손을 뻗을 수밖에 없다. 저 괴물은 그 너머에만 있다. 그러니 영웅이나 용사 같은 소년의 동료들이 저렇게나 애태우는 거겠지. 모두가 추구하고, 손을 뻗으며 애태우고 있다.

둘밖에 없는 괴물 옆에 서고 싶다고. 고독하게 사지로 보내지 않겠다고. 분명 모두가 줄곧 손을 뻗고 있다.

63일째 저녁, 무리무리 성 앞

2파티 1팀의 3유니온으로 나뉘어서 낌새도 보고 훈련도 할 겸 가벼운 던전 탐색. 그 3유니온이 모두 50층 미궁왕을 잡고 던전을 죽여버렸다. 이후에는 비밀 방을 찾을 뿐이다.

다들 아연실색하고, 멍해져 있었다……. 전혀 실감이 없이 돌아온 모양이다. 그렇다. 우리도 그랬다.

미궁왕을 잡을 수 있을 때까지가 길었으니까. 촉수에 잡히고, 소녀의 위기에 항복하고, 겨우 잡았다고 생각했는데 냄비 요리에 낚여서 불합격된 적도 있었다. 겨우 얼마 전에 6파티 전원이 집단(레기온)으로 승리해서 합격점을 받았다.

그런데 2파티 1팀으로 압도해 버렸으니까…… 모두가 미궁왕을 압살하고 돌아와 버렸으니까.

"""이게 뭐야?!"""

그렇다. 모든 파티에게 배포된 신무기가 너무 굉장하고 강했다. 압도적이었다. 전체적인 화력이 올라갔고, 전투 시간이 단축된 결과 2파티뿐인 유니온으로도 고작 한나절 사이에 던전이 죽었다. 그만큼 고생했던 던전의 왕까지 압살했다.

"강해졌어?"

"그런 것 같네!"

"그러게. 우리 강해진 거지?"

"2파티로 미궁왕을 밀어붙여서 이겼잖아."

"평범하게 충분히 굉장해요."

다들 목표가 너무 멀어서, 쫓아가도 쫓아가도 고속으로 멀어져서, 최근에는 전이까지 하면서 초고속 이동하는 목표 때문에……조금 자신감이 상실되어 의기소침해져 있었지만.

그래도 조금은 자신감이 붙었다. 뭐, 밤의 훈련에서 또 산산이 부서지겠지만, 지금 정도는 기뻐해도 되겠지. 그야, 금방 절망하게 될 테니까.

"화력이 올라가서 전투하는 시간이 짧아지면 이렇게나 달라지는구나~."

"모두가 일격필살인 하루카네 3인조와 비교하면 느리지만……."

그것하고 비교하면 안 되거든? 그건 던전을 돌파하는 게 아니라, 미궁왕을 학살하러 가는 거야. 그건 착한 아이도 평범한 아이도 나쁜 아이도 흉내 내면 안 됩니다. 그건 극악무도한 던전 학대입니다.

그리고 카키자키 그룹도 흥분 상태다. 어쩌면 이상 상태인지 똑같은 말만 반복하고 있다.

"""이 검 굉장해에! 진짜 굉장해에!!"""

"맞아. 뭔가 굉장히 쩔었어!"

츠바이핸더의 파괴력도 굉장했던 모양이지만, 언어 파괴 능력도 굉장한 것 같다. 응. 효과에 −InT(지력 저하)가 붙었다고 들었는데, 아까부터 계속 츠바이핸더의 위력을 말하면서 '굉장해'와 '쩔어'

말고 다른 형용사를 쓰지 않는다. 응. 이제 틀린 것 같네?

그래도 일격으로 잡는다는 것은 의미도 의의도 너무나 컸다. 순식간에 적이 줄어들어서, 압도적으로 숫자 차이를 만들기 쉽다. 실제로 전원의 MP가 대량으로 남아서, 여전히 싸울 수 있는 상태다.

"장비도 충실해졌고 중층에서도 거의 대미지가 없었어!"

"""응. 뭐니 뭐니 해도 브래지어가 움직이기 편해!"""

큰 애는 굉장히 고민하고 있었다. 크지 않은 애는…… 고민이 끊이지 않는다고 한다. 아무튼 움직이기 편했다. 방해되지 않고 피곤해지지 않고, 스치지도 후덥지근하지도 불쾌하지도 않다. 그렇다. 전투 중에 의식하지 않을 만큼 굉장했다. 이건 삼천세계 최강이고, 분명 미래 세계조차도 당해내지 못할 거다. 아래쪽의 힙업 효과도 기대감이 크네!

그리고 방어력도 수수하게 향상됐고, 스킬도 효과도 가득하니까 전원이 거의 노 대미지로 끝났다. 시종일관 안전함을 유지하면서 압도하며 싸웠다. 이것이 최대의 효과. 모두 아연실색하고 있지만, 확실히 강해졌구나———. 이게 하루카가 준 것. 이게 하루카가 목표로 한 것. 목숨을 지킬 수 있는, 안전한 강함.

"레벨 100을 넘어서, 겨우 장비의 힘을 확실히 따라잡은 거네."

"응. 확실히 발휘할 수 있었어!"

"응. 겨우 그렇게 됐네."

하루카가 찾고, 만들어 준 것. 겨우 능숙하게 쓰면서 싸울 수 있게 됐다. 그러니 강했다. 그야 이렇게나 많이 받고, 줄곧 보호받고…… 이런데도 강해지지 않는다면 그런 건 비참하니까. 그건 절대로 용납할 수 없으니까. 그러니까…… 확실히 강해졌다. 그게 굉장히 기뻤다.

　무리무리 성으로 돌아오자, 성내는 소란스럽게 웅성거리고 있었다. 그리고 그 원인은 바로 알게 됐다.

　"""제2왕자가 왕도에서 모반?!"""

　"우와~ 적의 적도 적이었던 모양이네?"

　왕국의 병사들은 가족의 몸을 염려했고, 변경의 병사는 적밖에 없는 상황이라 대응에 쫓기고 있다. 왕국이 혼란에 빠지고, 붕괴가 시작되고 있다.

　"근데 분열되면 유리하지 않아?"

　"그게…… 병력의 분상?"

　"""분상이 누구?!"""

　그게, 병력의 분산은 확실히 유리한 점이기는 하지만, 분상이 누구고 뭘 하는지는 모른다고나 할까…… 누구?!

　"그래도 적이 두 개로 늘어났다고 할 수도 있잖아."

　"그게, 양면작전이었던가?"

　"왕제 씨…… 대비도 하지 않았어?"

　"그래서 왕도에서 나왔다고……."

　삼파전이 되면 상황이 안 좋다. 어느 쪽에서도 변경은 함락해야만 한다. 그리고 병력이 너무 차이 나니까 협상에 나올 가능성은 굉장히 낮다.

　"우리에게 결정권이 있는 것도 아니니까, 목욕하고 저녁 먹자!"

""오오~♪""

그렇다. 우리는 따라갈 뿐이다. 그 비운과 비극을 정말 싫어하는, 너무나도 싫어해서 만나자마자 비운이나 비극을 비참하게 참살하고 다니는 어리광쟁이 누군가를 따라갈 뿐이다.

그리고, 그 훈련소에서 하루카를 찾으러 가자…… 왕녀와 메이드가 눈이 ×가 되어 쓰러져 있었다. 선객이었던 모양이다. 그건 훈련이었을까. 만쥬를 너무 먹어서 원 모어 세트를 한 걸까?

""안젤리카 씨~. 미궁왕 잡고 왔어!""

""응. 확실히 강해졌어!""

그 한마디를 듣자 안젤리카 씨의 얼굴이 활짝 펴졌다. 커다란 꽃이 피어나는 듯한 웃음이란 이런 게 아닌가 싶을 정도의 웃음이 나오고 있었다.

그리고, ""꺄아아아아아아…… 항복.""

""끄아아아아악! 이제 무리!""

──응. 자비는 없었다.

오히려 무기나 장비에 의존하며 빈틈이 늘어났다. 우쭐대다가 싸움법이 무너지고 말았다. 그래서 퍽퍽 두들겨 맞은 × 소녀의 무더기가 생겼다. 조금 붙었던 자신감은 사랑하는 소녀보다 단명이었고, 다시 산산이 부서져서 사망하고 말았다. 응. 다들 매일 절망 중이야.

"큭. 대화력에 홀려버렸구나."

"응. 너무 무기에만 의존해서 돌진해 버렸어."

"맞아……. 조잡하게 한 방에 끝내버리려고 했어."

""응. 반성!""

반성회. 오늘은 반성할 점이 많다. 강해졌다고 생각했던 만큼 더더욱 깨닫게 됐고, 그 마음의 느슨함과 함께 두들겨 맞았다. 그렇다. 두들겨 맞으면서 위험을 먼저 배웠다.

"일격을 노리는 건 카운터의 먹잇감이네."

"왠지 미궁왕이 약하게 느껴지기는 했지만?"

""응. 미궁황이 너무 강해서 익숙해진 걸지도.""

어느새 무기에 의존하고, 장비로 얼버무리려 했다. 강한 무장과 레벨 때문에 자신의 실력을 잊고 있었다. 그래서 흠씬 두들겨 맞았다. 기세와 신중함을 모두 잃어서는 안 되고, 강해지는 건 무기가 아니라 그걸 다루는 자신이라는 걸 잘 알 수 있었다.

최강이자 최고의 지도자가 해주는 대련은 정말 무섭고 가혹하다. 그래도 분명 다시 강해졌을 거다. 왜냐하면 포기할 수는 없으니까. 그러니까 강해질 거다.

그래도 안젤리카 씨는 아무리 두들겨 패도 정말로 강한 건 하루카라고 말한다. 강한 상대에게 이기려면 상대보다 강해질 수밖에 없다. 그러면 최강은 안젤리카 씨겠지만…… 단순한 강함에 의미는 없다고 말한다. 누구도 죽이지 못하는 자를 죽일 수 있는 건 하루카뿐이라고 한다.

그것이야말로 진정한 강함이라고. 분명 안젤리카 씨가 저렇게 강하더라도 손에 넣지 못하는 것, 그것이 바로 약하더라도 강한 자에게 이기는 다른 차원의 힘.

"뭐, 그런 의미라면 하루카는 최강 최악 최광(最狂) 최대급의 최유력 후보겠지?"

"그래도, 그 최흉 최성(最盛) 최공(最恐) 최고봉 유력 후보는 여고생의 수영복 주문이라는 이름의 밀어내기 놀이 대회 Part2로 패퇴 위기인데요?"

응. 위기라고나 할까…… 이제 무리일지도?

"꽉꽉, 물가에서 파고들지 않는 노도의 수영복 주문!"

"""속옷도 말이지♪"""

꽉꽉 짓눌리고 꾸깃꾸깃 두들겨 맞아서, 여고생들에게 침몰 중이다. 확실히 목욕탕에 가려고 장비를 벗기도 했지만, 이런 경장이라도 레벨 100을 넘은 여고생들의 밀어내기 대회에서 살아남을 수는 없을지도? 이제는 하늘로 뻗은 팔밖에 보이지 않는데, 마침내 그 손도 보이지 않게 됐다. 가라앉았다…… 『불침』 스킬은 얻지 못했던 모양이네?

"그치만 이전 세계에서는 쑥스러움도 있었고?"

"응. 남들 눈도 체면도 신경 썼으니까."

"""그래도, 여기는 이세계!"""

"맞아. 지인은 동료들뿐!!"

"""비키니 데뷔다!!"""

"""꺄아──♪"""

(부들부들♪)

그리고 하루카의 시체 위에는 대량의 주문표가 쌓였다. 응. 나는 검정 비키니! 그래도 멀티 컬러니까 무바탕 비키니로 부탁할게?

"무늬는 귀엽지만 패턴을 주문해야 하니까."

"그게 멀티 컬러에 무늬를 복사하는 기술이래!"

"""진짜로?!"""

그 복사 기술은 역시 하루카밖에 할 수 없으니까, 수영복 주문도 치열했다. 그보다 수영복을 얕보고 있었나 보다. 주문이 쇄도한다고 생각하지 못했으니까 장비를 벗고 방심하고 있었지? 응. 물러터졌네?

"""마침내 비키니 데뷔!"""

"응. 어디에서 헤엄칠까?"

"우선 수중의 마물을 섬멸전?"

"튜브는 못 봤는데, 기뢰는 팔았었지?"

현재 여자 일동이 꽃무늬 원판을 제작 중이어서 꽃무늬 원피스도 꿈이 아니게 됐다. 하지만 기대는 되어도 복사는 비싸 보이니까 돈도 모아야 하는데, 하지만 수영복은 갖고 싶다.

"꽃무늬 다음에는 체크도 제작 중이지?"

"그것도 갖고 싶어!"

"""응. 빨리 복사 설비도 만들어야지."""

그렇다. 하루카가 자기만 물떼새 체크 워크 팬츠를 입고 있는 걸 발견하고 자백을 받아내서 체크무늬 계획이 드러났다. 그러니까 자업자득이고, 그때부터 다들 두근두근하고 있다.

현재는 시마자키 그룹이 무늬 디자인을 내놓고, 복식부의 아모우를 중심으로 한 문화부가 총력을 기울여서 무늬 톤을 제작 중. 지금도 물방울이나 스트라이프는 이미 원판이 상당히 완성되어 있고, 이후에는 복사기 완성을 기다리면 되는데……. 이번에는 수영복이

나와버렸으니까 다들 대소동이라, 매일 밤 여자 모임이다.

응. 나도 주문표를 놔두고 왔지만, 대답은 없었으니까 그냥 시체인 모양이다. 여자들도 목욕 전에 장비를 벗어놨으니까 다치지는 않았겠지. ──그야 행복한 표정의 시체였으니까.

자, 목욕 여자 모임! 전쟁의 향방도 신경 쓰이고 전쟁(폭탄세일) 개최일도 신경 쓰인다. 다음에는 무늬 계획의 시제품이 방출된다는 정보가 들어왔다. 그렇다. 무늬 신작을 입고 한밤중의 싸움에 도전하는, 매일 밤 울고 있는 최강인 사람한테서 들어온 정보니까 틀림없어!

쓸쓸해 보이는 좋은 이유를 생각하면서 미화해도, 아마 그건 아닐 건데?

63일째 밤, 무리무리 성, 여자 목욕탕

깜짝 손님이었다. 목욕 여자 모임에 손님, 안젤리카 씨가 왕녀님을 데려왔다. 우리는 완전히 알몸인데……. 아니, 왕녀님도 휙휙 벗어던지고 들어왔다. 들어오셨다? 들어왔네?

"다시 인사하죠. 샤리세레스 디 디오렐입니다. 부디 친하게 지내주세요."

왕녀님이다. 공주님이 목욕탕에 난입했다. 왕족인데도 엄청나게 육감적인 모습으로 찾아왔는데, 왠지 안젤리카 씨와 친해 보인다. 게다가 '언니'가 됐다고 하네? 그렇다. 어째서인지 엄청 기분이 좋아 보이는 왕녀님과 뭐라 말 못 할 표정인 메이드 씨가 있다. 대체 뭘까?

"""꺄아~. 리얼 왕녀님이다!"""

"공주님이야! 셀러브리티가 난입했어!"

"샤리면 되거든요? 지금은 지위와는 상관없는 샤리세레스니까요. 그래도 이쪽은 그냥 세레스입니다."

"""샤리 씨 친근해!"""

왕녀님 대인기. 모두에게 둘러싸여서 왠지 굉장히 기뻐 보인다. 그리고 메이드 씨는 세레스 씨고, 하루카는 왕녀 여자애의 그림자이자 꽤 강하다고 말했는데 이름까지 그림자 같았다. 샤리세레스 씨의 그림자인 세레스 씨. 응. 기억하기 쉬운 것 같으면서도 헷갈릴 것 같네?

그리고 긴 플래티넘 블론드의 왕녀님과 짧은 다크 블론드인 메이드 씨가 알몸으로 목욕탕에 있으니 쌍둥이처럼 체형부터 살집, 골격까지 똑같았다. 우와, 글래머 서양 미녀 느낌에, 그야말로 다이너마이트 보디라는 느낌이다!

"여러분 좋네요. 예쁜 흑발이라서. 게다가 피부가 깨끗하고 매끈매끈. 좋은 감촉."

그리고 왕녀님은 서로 씻겨주는 곳까지 난입해서 모두를 씻겨주며 거품 보디워시에 감동한 모양이네? 응. 씻겨주고 비비적대고 매만지고 안으면서 돌아다니고 있다. 기쁘기도 하고 즐거워 보이고 행복해서 견딜 수 없다는 듯한 웃음.

"거품 굉장해."

"응. 버전 업이 멈추지 않으니까!"

"""그래도, 사버린단 말이지……."""

"""응(눈물)."""

뭐, 왕녀님이 몸을 씻겨주니 뭔가 불경한 느낌도 들지만, 메이드인 세레스 씨도 아무 말도 안 하니까 괜찮으려나. 왕족이자 임금님의 딸, 그런 최상위 신분이니까 친구와 놀거나 장난치며 친하게 지낼 수는 없었을지도 모른다. 하물며 모두 함께 목욕탕에서 서로를 씻겨주는 건 아마 못했을지도. 그러니까 기쁜 듯이 거품으로 장난을 치고, 즐겁게 끌어안고 서로 씻겨주면서 행복해서 견딜 수 없다는 미소를 짓고 있는 거다.

"제법 단련하고 있네요(……만지작♥……만지작♥)."

"""꺄아아아! 간지러워!"""

분명 왕도에서는 이런 일을 하지 못했을 거다. 애초에 주변에 젊은 여자는 귀족이나 가신밖에 없었을 테니까, 신분으로 봐서는 절대로 못 한다. 그러니 무례를 허용하고 난입한 거다. 분명 친구와 놀지도 못했을 테니까. 누구나 할 수 있는 일인데, 모두가 하는 일인데 왕녀님만 하지 못했으니까.

"근육도 부드럽네요(……부비♥……부비♥)."

"""아니, 잠깐. 거긴 안 돼!"""

"배구부 콤비에 록 온?"

"""보지만 말고 도와줘!"""

"파이팅?"

"""응. 힘내?"""

""배신자──……하웃!""

이제 여자 23명이 거품 덩어리가 되어서 밀어내기 놀이 상태라고 나 할까, 밀어내기 여체 씻겨주기 대결이 개최 중이다. 지금 하루카가 있었다면 분명 죽었을 거다. 응. 이 거품 알몸 여고생 집단 밀어내기 놀이는 시체로는 끝나지 않을 파괴력이 있다. 그러나 분명 그 죽은 얼굴은 웃고 있겠지.

"좋지 않은가 좋지 않은가♥"

그리고 현재 록 온 상태인 배구부 콤비를 집중적으로 씻겨주고, 그 탄탄한 몸을 매만지고 젖은 알몸을 거품투성이로 만들면서 크게 기뻐하고 있다. 거품들이 서로 엉키면서 비명을 질렀고, 엉키고 얼싸안으며 새된 교성을 내고 있다……어라? 교성? 왜 여자끼리 있는 목욕탕에서 교성?

"잠깐! 꺄앗. 안 된다니까!"

"거긴 위험해! 거긴 안 돼!"

역시 드문드문 이상한 소리가 나오고 있네? 응. 여자 모임인데 말이지? 왜 배구부 콤비는 얼굴이 빨갛고 숨이 거친 걸까?

"뭐, 몸매가 좋으니까~."

"제일 탄탄하잖아."

"단련하고 있으니까~."

"게다가 가슴도……."

"""응. 도와준다고 다 좋은 일은 아니야."""

""꺄아아아아아아, 배신자들…… 으아아아.""

뭐, 일부 수상한 느낌은 있었지만 모두 함께 산뜻하고 매끈매끈

하고 아름다워져서 욕조에 들어갔다. 역시 던전 이후의 목욕은 각별하네♪

"이 비누 대단하네요. 다들 피부가 매끈매끈하고, 촉촉하고 매끄럽고 아름다워요."

""응. 이건 좋은 거야!""

거품 보디워시는 왕녀님의 보장을 받은 모양이다. 그리고 모두의 피부를 매만지면서 꺄아꺄아 좋아하고 있다. 아무리 왕족이라도 그 거품 보디워시는 궁극의 일품이니까 놀라는 것도 어쩔 수 없고, 감촉도 마음에 든 모양이라 만져보느라 바쁘다. 어라? 숨이 거칠고 얼굴이 빨간 애가 늘어나고 있네?

"어머, 매끈매끈(……부비♥……부비♥)"

""꺄아아아아아아아——!""

그 후, 왕녀님과도 모의전을 해봤는데 정말로 강했다. 그건 왕도의 검. 맞부딪쳐서 밀어내고, 후려쳐서 짓누르는 강함. 왕가의 대인 호신 검술과 왕군의 대인 공격 검술을 익힌 공주 기사 샤리세레스. 검의 왕녀.

그리고 일대일도 강했지만, 2 대 2에서도 세레스 씨와의 콤비네이션은 완벽하다고 할만한 완성도여서, 파고들 빈틈이 없을 만큼 강했다.

그리고 지금은 방에서 하루카가 장비를 강화하고 있다. 왕녀라고 해도 이렇게 즐겁게 웃고 기쁜 듯이 장난을 치는 여자애가 전장에 서려고 하고 있다. 왕국과 왕가를 혼자서 짊어지고, 고립무원으로 전쟁에 나서려 하고 있다. 나이도 두 살 언니일 뿐인 여자애. 즐겁게 웃고 있는 게 어울리는 여자애인데…… 왕가니까, 왕족이니까 스스로 사지로 향하려 하고 있다. 목숨을 걸고 변경에 온 왕녀님이, 또 전장으로 간다.

"아아아, 기분 좋아…… 행복해요♪"

"""으으으으으, 왠지 씻겨주는 방식이."""

"응. 야릇했어!"

뭐, 분명 하루카는 이런저런 이유를 대서 따라갈 생각일 게 틀림없다. 그야, 이런 여자애가 혼자서 고립무원으로 전장에 서는 건…… 결과를 보지 않아도 듣지 않아도 알 수 있다. 너무 잘 안다.

세레스 씨도 따라가겠지만, 그래도 단둘이다. 만의 적군에 단둘이서 맞서려고 하는 여자애들.

그러니까 간다. 그리고 하루카가 가면 옆에 있는 두 사람도 빠짐없이 따라간다. 그렇다. 단둘에서, 거기에 고작 세 명이 늘어날 뿐이지만…… 그 따라가는 세 명은 사상 최강 최악 그랑프리에서 전당 입성 확정이 틀림없는 세 명이다. 그야, 그 세 명과 군대와 마물 3만 중 어느 쪽하고 싸우라고 묻는다면, 다들 무조건 틀림없이 3만 쪽을 골라버릴 만큼 '외톨이' 하니까. 그건 군대와 마물의 규모가 세트로 6만이 되더라도 망설임 없이 고를 거다. 그야 그 세 명이 보기에는…… 그야말로 군대도 마물도 고작 3만 수준일 테니까.

"정말로 갈 거야?"

"네. 왕녀니까요."

그러나 제2왕자까지 움직일지도 모른다. 그러면 두 패로 나뉠 필요가 생긴다. 하지만, 만약 하루카가 따라가지 않는다면―― 우리가 가면 된다. 그야 친구가 됐으니까. 목욕까지 함께 하고 알몸 교류도 했는데 물에 흘려버리듯 버린다면 여자 체면이 말이 아니고, 그랬다간 하루카를 볼 낯이 없다.

그러나 만의 숫자를 자랑하는 군대와의 대인전. 미경험이고, 예측 불능인 부분도 있다. 그러니 집단은 무너뜨릴 수 없다. 알면서도 양면작전을 할 수는 없다.

응. 여자 모임에서 어느 정도 전략과 전술을 세워보자. 왕녀님, 샤리 씨는 군사학 전문가고 장군이니까 자세하게 가르침을 받자. 전쟁을, 사람끼리 서로 죽인다는 것을.

그리고 오늘은 시마자키와 켄비시라는 사역 콤비가 브래지어 제작이라는 시련에 맞서게 되니까…… 돌아올 때까지 길 거고, 분명 돌아와도 회의에 참가할 여력은 없을 거다. 응. 그건 소녀 기절 안건이니까.

게다가 시마자키 쪽 사역팀 다섯 명은 하루카를 향한 충성심이 대단하다. 그야말로 숭배하고 있다고 해도 좋다. 그리고, 그렇기에 하루카를 상대로 긴장하는 면이 있는데…… 괜찮을까?

"그보다~ 사역당하고 있으니까 하루카가 명령하면 거스르지 못하잖아~?"

"""그러고 보니!"""

"그리고, 그 하루카 앞에서 알몸이 되는 거잖아~. 야한 명령을 받지 않을까~? '주인님~'이라고 말하게 되는 걸까~? '명령'을 듣고, 어~라~? 하면서 당해버리고, 아~앙하게 되는 걸까~♥"

"""…………."""

두 사람의 얼굴이 새빨개져서 욕조로 가라앉았다. 그러니까 상상하면 안 된다고.

하지만, 그건 쓸데없는 잡념을 뿌리치더라도 위험하다. 그『마수』씨의 꿈틀대면서 피부를 어루만지는 치수 측정 작업과, 건드리고 주무르고 흔들고 만지작거리는 피팅 작업과, 교묘한 강약 조절로 주무르는 보정 작업의 연속 공격은 소녀 파괴 능력이 너무 높아! 그리고…… 아래도 있다. 아래는, 아래는(첨벙).

【침몰 중입니다.】

""" "아아~. 엉큼한 반장이 회상하고 있어!" """

하루카는 날라리라든가 그런 심한 이름으로 부르고 있지만, 순정파 소녀들이니까 과격한 자극은 하지 마. 그리고 자신들의 과거 행동, 특히 우리나 오다 그룹 쪽 일을 여전히 미안하게 생각하고 책임감을 느끼고 있는 성실하고 올곧은 아이들이야.

그래서 자기들은 '날라리' 로 충분하다고, 날라리 팀이라고 자칭할 만큼 성실하고 올곧은 아이들이다. 응. 불쌍하니까 빨리 이름을 기억해 줘. 그리고 나도 기억해 줄래?

> **앙대라서 안 되는 건 앙대가 안 되는 걸까?**
> **안 되는 게 앙대는 걸까?**

63일째 밤, 무리무리 성

설마 하던 조몰조몰 프리즌. 그것은 뽀용뽀용 프레스 Part2! 레벨 100 생여고생 밀어내기 놀이의 역습?

"아니, 어째서 덮치지도 않았는데 매번 일방적으로 역습당하는 거야! 그보다 수영복 수요를 얕보고 있기는 했지만, 헤엄칠 곳도 없는데 왜 수영복만 그렇게 필요한 거야?"

게다가 주문표의 비키니 비율 높아! 설마 반장까지 비키니라니! 마침내 『성욕 왕성』과 『절륜』이 발동한 걸까? 육식계 반장이자 여왕님이자 M소녀라서 대단히 바쁜 모양이다.

"그야 모두의 속옷 치수를 재면 수영복을 만들 수야 있겠지만."

(부들부들)

설마 운하에서 수중전이나 해상전을 벌이는 걸 내다보고 도서위원이 계획한 건가?

"아니, 그래도 운하까지 가면 이미 왕도잖아? 게다가 미묘하게 앞서갔는데?"

그냥 옷이라면 뭐든 갖고 싶은 걸지도. 주문이 끊이지 않는단 말이지? 이미 공방에서 일반품 판매도 시작했는데, 염가로 파는 복식 공방의 평면 재단으로는 안 되는 거야?

슬라임 씨와 목욕탕에서 첨벙첨벙 장난치면서 체력을 회복했다. 진짜로 ViT(체력)나 PoW(힘)는 어떻게 하지 않으면 죽는다. 흘려내지 못하고 직격을 당하면 레벨 30 마물 정도가 한계. 그 이상이라면 장비로도 얼버무리지 못하고 압살당한다.

"전이만 조금이라도 쓸 수 있으면 압살이나 포화 공격을 버티겠지만 불발이 무섭고, 제어할 수 없으니까 자기가 어느 타이밍에 어느 위치에 어느 쪽에 어떤 방향에 어떤 느낌으로 날아가는지도 모른단 말이지?"

(뽀용뽀용)

덤으로 호감도의 행방도 모르는데 전이 중인 걸까? 응. 계속 소멸 상태인 채로 나오지 않는 전이는 대체 뭘까?

뭐, 『전이』 같은 건 능숙하게 쓰면 무적 치트 확정인 엄청난 대기술. 모두가 좋아하는 필살 치트 기술이다. 그러니 분명 능숙하게 쓸 수 있는 건 아니다. 하지만 미행 여자애 때는 날아갔다……. 꽤 끔찍한 꼴이 됐어도 성공은 했다. 그런데 어째서인지 그날 이후 한 번도 성공하지 못했다. 응. 날 수도 없고, 호감도도 나오지 않는단 말이지?

욕조에서 느긋하게 슬라임 씨와 대화하고 이야기하고 의견을 나누면서 친목을 다지며 뽀용뽀용했다. 말할 것도 없이 파들파들 둥실둥실도 즐겼다. 귀엽다.

"몸은 잘 덥혔어? 아니, 슬라임이 덥혀도 되는 건지, 식히면 안 되는 건지도 모르겠지만 목욕탕 좋아하니까 덥혀도 괜찮지 않을까? 뭐, 감기도 안 걸릴 거고, 붇지도 않는 것 같고, 따스해져도 기분 좋다면 괜찮겠지. 그런고로 슬슬 나갈까?"

(부들부들♪)

잘 생각해 보면, 인간용 거품 보디워시로 씻고 있는데 슬라임의 피부에 괜찮은 걸까? 뭐, 완전 내성을 보유하고 있으니까 대미지는 없겠지. 그렇게 생각하면 문제를 내성으로 버티는 거니까, 이세계라면 피부 트러블도 스킬과 레벨로 다들 해결하고 있는 걸까? 응. 노화도 막을 수 있는 것 같고, 이세계 스킬도 얕볼 수 없네…….

자, 그럼. 먼저 왕녀 여자애와 메이드 여자애의 장비를 강화하고 단번에 미스릴화까지 해 놓자. 왜냐하면, 저 녀석들은 전혀 포기할 생각이 없으니까.

"왕녀 여자애는 받아내는 검술이니까 장갑을 두껍게, 어깨에서 팔로 받아내며 흘려버릴 수 있게…… 반대로 회피 암살형인 메이드 여자애는 움직임에 방해되는 장갑은 줄이고, 나머지는 스킬 부여를 늘려서…… 이런 느낌이려나? 응. 에로하고 강하니까 싸워도 좋고, 바라봐도 좋고, 만들면서 즐거우니까 더 말할 것도 없네. 뭐, 보여주면 화내겠지만?"

바보인 왕녀 여자애는 단독으로 만의 병사와 맞설 생각이 넘쳐나는 왕바보 여자애고, 더군다나 메리 아버지의 제자(피해자)였다. 자기 몸을 돌보지 않고 검을 쥐고, 그저 적을 친다. 그건 적군에 뛰어들어서 적장을 치기 위한 검이다. 응, 치는 것조차 곤란하기 그지없어서 혼미한 상황인데, 치는 게 성공해도 적진 한가운데에 고립된다는 위험을 전혀 돌아보지 않는다.

그래서 훈련을 겸하며 현실을 응시하게 했다. 치겠다면 싸울 힘이 필요하다고. 그저 목숨을 건다는 말로만 회피하면 안 된다고. 왜냐하면, 단순한 자멸에 의미는 없으니까.

그런데 압도적인 힘의 차이를 보고, 체력까지 모조리 떨어지고, 기력도 꺾이고, 그 모든 기술이 뭉개지고…… 무력하게 두들겨 맞아서 눈이 ×가 됐는데도 여전히 일어났다. 마지막까지 도전하고, 발버둥 치면서 강함을 갈구하며 싸웠고, 확실히 추하고 비참하게 싸웠다. 응. 그건 포기할 생각이 전혀 없다.

"나 참. 여전히 왕제 아저씨는 패닉 상태고, 쓸데없는 회의도 공회전해서 방침도 정해지지 않았는데 말이지?"

(뽀용뽀용?)

뭐, 본인도 왕의 그릇이 아니라면서 스스로 계승 순위 최하위로 내려갔다고 한다. 확실히 어울리지는 않겠지. 그러나 왕권 대행인 이상 어울리고 안 어울리고와는 상관없이 결단에 내몰리게 된다. 그리고 무능하니까 오판하고, 그러니 방침도 결단도 결과도 간단히 뒤집힌다.

"오늘은 날라리 리더하고 날라리 A인가…… 으~음. 날라리즈는 뭐가 무서운 걸까?"

그렇다. 문득 시선을 느끼자, 물어뜯을 것 같은 눈으로 뒤쪽에서 응시하고 있다. 응. 브래지어를 만들면서 머리를 으득으득 깨물리는 건 싫다고! 하지만 지근거리에서 가슴을 빤히 보고 있으면 마침 딱 깨물기 좋은 위치에 올 것 같은데?!

"아니, 빤히 보지는 않을 거고, 안 하거든? 보고 싶냐고 하면 보고 싶지만, 어디까지나 보고 싶을 뿐인 거야. 라고나 할까?"

날라리즈, 날라리 리더에 날라리 A~D까지 모두 장신에 손발도 긴 모델 체형이다. 뭐, 부반장 A의 슈퍼모델 체형 때문에 흐릿해지긴 하지만, 가슴은 이긴다.

"그보다 날라리 리더와 날라리 A~D 다섯 명은 키도 비슷하고 체형도 가깝고 다들 머리 모양을 획획 바꾸니까 엄청 파악하기 힘들거든?"

똑똑──. 하지만, 시간이 됐다.

"들어와~. 그보다 들어와도 되니까 깨물지는 말아 줄래? 진짜 깨물리면서 브래지어 제작 같은 건 단순 문제 수준이 아니라 평범하게 사건이거든? 깨물상해 사건? 이라고나 할까?"

"안 깨문다고 했잖아!"

"아니, 왜 만날 때마다 깨무는 걸 걱정하는 거야!"

갑옷 반장이 날라리 리더와 날라리 A를 데려왔다. 뭐, 올 예정이었으니까 온 거지만, 아무래도 날라리즈는 거북하단 말이지.

그러나 요즘에는 속옷이든 옷이든 수영복이든 그림 콘티를 만드는 도움도 주고 있고, 날라리즈가 디자인한 옷은 잡화점에서 메가히트 상품이다. 그렇다. 이미 복식 공장 패턴도 날라리즈에게 수배했고, 우상향으로 대성장 중인 어패럴 브랜드다. 응. 비밀스러운 돈줄이라고?

"잠깐, 눈을 감아도 깨물면 알거든?"

"\"안 깨문다고 했잖아!\""

매일 밤 도움이 안 되는 갑옷 반장의 손 눈가리개를 하고 치수를 재기 시작했다. 남고생에게는 이 옷을 벗길 때의 정숙과 옷깃 스치는 소리가 매번 괴롭단 말이지? 응. 절묘한 타이밍에 손가락 틈새가 벌어지기도 하고?

"아니, 근데 조형은 어떻게든 되겠지만 브래지어 디자인 같은 건 모른단 말이지?"

"그 이상의 공들인 디자인 같은 건 없어!"

"그거, 프릴 레이스를 도대체 얼마나 고저스하게 만들 거야!"

아니, 그건 보강이거든? 뭐, 무언은 힘들지만, 날라리 여학생들과 대화라니…… 옷? 그러고 보니 주문을 마구마구 했었다.

"그러고 보니 무늬 패턴 원판은 진행되고 있어? 뭔가 굉장한 숫자가 필요해질 것 같던데? 그보다 리퀘스트에 당초 문양이라고 있던데, 그건 정말로 필요한 거야? 응. 보자기 말고는 들은 적이 없는데, 그냥 무시하면 깨물 거야?"

모 여고생 20명에게서 강제로 받게 된 시장 조사 결과에서는 꽃무늬, 도트, 보더에 스프라이트, 그리고 체크가 상위권이었기에 우선해서 제작하고 있다. 나머지는 동물이나 미채색, 식물계에 반다나 무늬나 페이즐리가 드문드문 있었는데, 네이티브 아메리칸 계열 같은 민족풍도 슬쩍 보이는 가운데…… 당초 문양까지 리퀘스트에 들어 있었다. 누가 입는 걸까?

"뒷전이 되겠지만, 만들 거야."

"당초 문양이라고 하면 이미지가 좀 그렇지만, 덩굴무늬는 굉장히 예쁘고 귀엽거든?"

"응. 이세계라면 이상한 선입관도 없으니까 인기 상품이 될걸."

아하, 당초 문양인 줄 알았는데 덩굴무늬(트라이벌), 확실히 중세 같네?

"당초 문양은 나뭇잎과 줄기와 덩굴로 식물이 뻗어가거나 엉키거나 하는 형태를 도안화한 식물 문양의 일본 호칭이니까, 유럽풍 덩굴무늬하고 큰 차이가 없거든."

당초 씨, 사실은 세련된 건가?

"즉, 겹쳐도 깨물지 않는다고?"

"안 겹치고, 깨물지도 않아!!"

확실히 유럽풍 덩굴무늬라면 디자인에서도 가구에서도 굉장히 흔한 인기 상품. 아무래도 당초 문양이라는 말을 들으면 보자기밖에 상상이 가지 않지만, 생각보다 심오한 모양이다.

"지금은 복식부 아모우를 중심으로 문화부를 총동원해서 원판 만들고 있어."

"작화는 미술부의 코하나이가 하니까, 엄청 호화롭거든."

"무늬도 문화부 쪽은 손재주도 좋고 디자인에 강해서 순조로운 것 같아."

"일러스트 원판으로 디자인이 완성되면, 천을 써서 천 원판도 만들 수 있다고 하니까, 이제 대부분 완성된 것 같아."

"하지만 디자인은 크기도 형태도 패턴도 끝이 없으니까."

말이 빠르네? 뭐, 복식부와 수예부는 원래 옷본을 만들어 주거나 옷 제작의 기본을 가르쳐주는 등 옷 전문 콤비. 그리고 요리부 여자애한테서는 조미료 레시피를 배웠으니까 알고 있다. 그리고 도서위원은 줄곧 도서위원이었으니까 당연히 알고 있지만, 줄곧 수수께끼였던 다른 한 명, 미술부 여자애는 정말로 미술부였다고 한다. 그러고 보니 새로운 하얀 괴짜 본관의 미술품을 지켜보고 있던데 전문가였던 모양이다. 지적당할 것 같네!

"아아, 그러고 보니 유명했던가? 미술부 여자애?"

""왜 모르는 거야!""

그나저나 대화가 평범하네? 응. 묘하게 말이 빠르고 목소리는 딱딱하지만 여느 때의 날라리즈다. 그러나 『공간 파악』으로는 우물쭈물하고 있단 말이지? 응. 움직이면 치수 재기 힘들고, 쓸데없이 생생한 감촉이 전해지는데…… 우물쭈물하고 있어? 그래도 떠들면 평범?

"아니, 그림을 그리는 건 봤고, 신문에 실린 것도 봤지만 무슨 범죄였는지는 확인하지 못했었는데?"

"상을 탔으니까 실린 거야!"

"게다가 왜 범죄라고 생각하면서 관심도 없는 거냐고!!"

"아니, 바보들도 바보죄로 자주 실렸으니까?"

""왜 신문에 실리면 전부 범죄라고 믿는 거냐고?!""

응. 평범하다. 즉, 부끄러운데도 센 척하면서 평소처럼 행동하는 거겠지. ……응. 반장도 날라리즈는 입이나 태도는 깐깐하지만 평범하게 좋은 애들이라고 계속 말했었다. 미인이라 눈에 띄고, 독자 모델까지 하고 있으니까 질투의 대상도 되고 심술이나 괴롭힘도 당했다고 한다. 그것에 지는 게 싫어서 허세를 부리고, 계속 강한 척하며 살아왔다는 거다.

"언젠가 옷을 디자인해 보고 싶었는데."

"설마 이세계에서 꿈이 이루어지다니."

확실히 예전과는 달라진 것 같다. 그래도 바로 소리치는 것만큼은 변함없지만……. 참고로 나 말고는 소리치지 않는다고 한다. 응. 사역자는 대체 뭘까?

"응. 그 문화부 애들은 정말 대단하니까."

겨우 판형이 완성되어서 맞대고 꿰매고 조정하고 있는데, 떨림이 전해진다. 뭐, 알몸으로 남자가 있는 방에 있으면 이게 당연한 반응이고, 목소리만큼은 열심히 평범하게 가장하고 있지만, 무섭거나 부끄러운 건 당연한 일이다. 응. 부B만큼은 시종일관 태연했지만!

아마 여자 중에서 제일 오기가 세고, 필사적으로 최선을 다해 살아가고 있는 건 애들이겠지. 그리고 제일 평범하고, 그래서 제일 약하다. 이세계로 전이한 우리 반은 다른 반이나 다른 학년에서도 '미소녀 학급'이나 '연예인 학급'이라고 불릴 만큼 극도로 편중된 미인 학급이었다. 요컨대 문제가 될 만한 학생들을 반장님 밑에 모은, 눈에 띄고 질투의 대상이 되거나 괴롭힘 문제가 발생하면 곤란한 미인들이 모인 반이었다. 그래서 남자도 어쩌고 불량배에, 괴롭힘당하던 오타쿠들, 학교의 유명인인 부활동 녀석들까지 모조리 한 반에 모아버렸다. 그런 학급에 왜 평범한 나까지 들어간 건지 최대의 수수께끼란 말이야?

그러나 다른 여자들은 허세를 부리지도 않고, 오기를 부리지도 않고 평범했다. 즉, 그쪽이 더 강하다. 질투의 대상이 되든 심술을 당하든 평범하게 행동할 만큼 강한 다른 여자들에 비해 날라리즈는 정신적으로 약하다. 지금도 허세를 부릴 만큼 약하고, 약한 모습을 보여주지 못할 만큼 약하다.

"그러고 보니 아직도 『사역』 안 풀 거야? 남고생한테 사역당한다는 건 보기 안 좋고 이상한 소문이 돌잖아? 응. 그 이상으로 나의 호감도를 향한 공격력도 굉장히 강력하다고! 응. 너무나도 강력해서 호감도가 도망친 채 안 돌아오고 있는데, '찾습니다'라고 전단지라도 붙이는 게 좋을까? 어디에 붙이지?"

무서울 텐데 풀려고 하지 않는다. 남자의 명령에 거역할 수 없다는 건 그야말로 공포일 텐데 완고하게 사역을 풀려고 하지 않는다.

""절대로 안 돼! 싫어!!""

"빚도 확실히 못 갚았고…… 아직…… 그보다 아직 이름도 기억하지 못하고 있잖아!"

"맞아. 우선 이름을 기억한 뒤의 이야기잖아!!"

부끄러움과 『마수』 씨의 촉수 피팅으로 얼굴과 몸이 온통 새빨간데도, 그런데도 센 척하고 있다. 센 척하고, 그렇게 있으려고…… 강하게 있으려고, 강함을 얻으려고 하고 있다. 응. 역시 약한데도 오기만큼은 최강이다.

근데…… 지금부터 아래쪽이거든……. 응. 정신 최강이고 오만불손한 천상천하여고생독존 반장님도 다리에서 힘이 풀렸으니까, 아마 굉장할걸? 응. 강하게 있어 줬으면 좋겠다……. 힘내라고?

""휴으으으으으으으으으……으으…… 앙대~♥""

무리였습니다.

"응. 죽었네?"

(뽀용뽀용)

그나저나 설마 하던 일이 일어났다. 설마 날라리들의 입에서 '앙대~.'가 나올 줄이야. 이 경악은, 그 '아, 앙대~.' 전문가인 오타쿠들도 예측하지 못했겠지. 앙대나 보네? 굉장히 굉장한 앙대였거든? 죽기도 했고? 그렇다. 대답이 없으니까 날라리들은 시체가 되어…… 경련 중?

"위험해! 이 상황은 『The 밀실. 여고생 알몸 연쇄 살인사건, 밀실 안에 남고생 있음』이니까 범인 밝혀졌잖아! 벌써 들어있잖아?! 들어간 시점에서 밀실에 아무런 의미도 없다고!!"

그렇다. 범인의 증거를 찾기 전에 거기에 범인이 있다고 말할 만큼 범인 확정인 현행범 상황이었다!

응. 심야에 알몸으로 뻗은 여고생에게 부지런히 옷을 입히는 남고생이라니, 친절하게 좋은 일을 하고 있는 건데 문제 행동으로밖에 보이지 않는 건 어째서일까?

"아니, 입히고 있는 거거든? 벗겼다면 문제 행동이지만 입히고 있잖아? 라고나 할까?"

아니, 보면 안 되잖아! 그보다 갑옷 반장은 이미 눈가리개가 활짝 열려서 눈가리개의 성능이 전혀 기능성을 발휘하고 있지 않는데 기분 탓인가! 눈을 부릅뜬 채 옷을 입히고, 방으로 보내주기까지 하는 근면한 남고생이니까 분명 무죄겠지.

그나저나 설마 하던 앙대였다. 응. 라메 드레스도 근사해 보인다! 라메 드레스를 입은 섹시 갑옷 반장이 '앙대(라메)~!' 라고 외칠 만큼 앙대는 곳에 앙대는 일을 앙대는 식으로 앙대앙대가 될 때까지 라메로 앙대해 보자! 응. 근사해 보인다!!

그리고 고집불통 여자애들은 너무 무리한 모양이었습니다? 여전히 증기가 올라오고 있습니다. 응. 다들 너무 노력하고, 너무 무리하고 있는 게 보이는 요즘 이맘때의 이세계였다.

64일째 아침, 무리무리 성

전체 회의. 각 파벌의 대표 모두가 출석해서 방침을 상의하고, 전체적인 행동을 정해서 각자 의견을 절충하는 협의. 그러나 약 한 명 전혀 절충할 생각이 없는 건 물론이고 멋대로 뭉개버릴 생각이 넘쳐나는 문제아가 참가하고 있는데, 떠들게 두면 회의가 엇나가서 붕괴할 테니까 안젤리카 씨에게 부탁해서 뒤에서 입을 막게 했다. 왜냐하면 언제든 어느 때든 어디서든 어느 곳에서든 회의 파괴자고 논의 폭쇄자라서 참가자가 전멸하니까……. 웅. 입에는 가위표다!

그렇게 각자 안건을 내놓으면서 논의가 시작됐고, 회의가 뜨거워졌고, 하루카는 자고 있다! 웅. 들을 생각조차 없는데 입까지 막았으니 회의에 나온 의미가 없으니까……. 웅. 자게 두자. 일어나면 멀쩡한 일을 안 하니까!

A. 변경군으로 제1왕자를 격파하고 왕도로. 오무이 님의 제안이다. 우리는 무리무리 성에서 방어. 3천의 병사로 3만의 군을 치고, 왕도로 가서 2만이 지키는 성을 함락한다. 절망적이네?

B. 왕제군이 제1왕자와 협상, 이후 왕도로. 왕제님의 제안. 하루카를 넘겨줘서 제1왕자와 화해하고 왕을 구하러 간다. 화해할 가능성이 너무 없고, 넘겨주는 사람에게 화해 능력은 조금도 없다. 파

괴 능력의 화신인 3인조를 보낸다는 무시무시한 파괴 작전안이다.

C. 왕제군과 변경군이 왕도로 가서 제2왕자와 협상, 안 되면 격파하고 제1왕자와 협상. 이것도 왕제님의 제안. 그러니까 이 사람을 넘겨주면 화해가 아니라 파괴라고! 그건 핵병기를 들고 대화하러 가는 셈이라 절대로 협상이 안 된다니까.

D. 무리무리 성에서 방어, 요격. 우리의 제안. 안전하고 확실, 하지만…… 왕국 사람들은 버려진다. 우리는 변경밖에, 변경 사람밖에 모른다. 그러나 다른 사람들은…… 특히 왕국군 사람들은 왕도에 가족도 친구도 연인도 있을지도 모른다.

E. 전원이 가서 왕도 해방. 수비는…… 하루카뿐. 당연히 비난이 쇄도하는 하루카의 제안이다. 게다가 왕도까지 따라갔다가 돌아오면서 친다는 엉망진창인 제안이다. 하지만 안젤리카 씨가 끄덕거리고 있다. 슬라임 씨도 부들부들하고 있다.

F만큼은 즉시 기각당했다. 그 샤리세레스 님의 제안은, 샤리세레스 님이 제1왕자의 군을 막고, 다른 사람 전원이 변경을 지키면서 왕도를 되찾는다는 제안. 두 사람으로 발을 묶는다는 건 무모하니까 무조건 기각. 간다면 절대로 혼자 보내지 않아!

그렇게 모두가 납득하지 않고, 모두가 설득하지 못하고 있다. A는 무모하고 승산이 없지만, 우리가 변경군에 붙으면 불가능하지는 않다. 하지만 그러면 변경이 완전히 무방비. F는 무모하지만, 죽을 생각은 없는 것 같다. 하지만 평범하게 죽을 테니까 논할 가치가 없긴 한데…… 하루카가 붙으면 게릴라전으로 발을 묶고 지연 정도는 가볍게 가능하겠지. 발을 묶고 파멸이나 섬멸도 가능하지 않을까?

그리고 B와 C는…… 다른 의미로 굉장한 일이 벌어질 것 같다. 그야, 이건 절대로 넘겨주면 안 되는 물건이고, 받으면 비참한 미래밖에 오지 않는 민폐 선물이니까.

　그리고 D는 설득할 수 없다. 그건 알고 있었다. 절대로 안전책이지만, 그 안전은 변경만의 안전이니까. 왕도에 가족도 친구도 연인도 남겨두고 온 사람들을 설득할 수 없다. 우리도 당사자였다면 인정하지 않았을 거다.

　그리고…… E.

　"아니, 하지만 그거잖아? 봐봐. 내버려 둬도 제1왕자는 이쪽으로 올 테니까, 올 수밖에 없으니까 기다리면 되는 거잖아? 라고나 할까? 그런데 속도는 느리니까 먼저 왕도로 가서, 해치우고, 돌아오면 되지 않아? 어차피 아직 더 있을 테니까? 앗, 그래도 이쪽이 진짜 목표가 아닐 가능성도 있으니까, 오타쿠 바보들에게 슬라임 씨를 붙여서 잠깐 심부름을 보내는 느낌이 될지도? 그런 식으로 가면 되지 않을까? 라고나 할까?"

　상상했던 대로 아무도 의미를 모른다. 하지만 제1왕자군은 '올 수밖에 없다'고 한다. 그리고 제2왕자를 물리치고 왕도를 되찾은 뒤, 제1왕자군을 요격해서 꺾더라도…… '어차피 아직 더 있다'고 한다. 그리고 '이쪽이 진짜 목표가 아닐 가능성'도 있는 것 같다.

　우리는 왕도를 압박하고, 우회적인 수단으로 무너뜨린 뒤에 기다리면 된다고 한다. 공성전을 벌이는 척하고 지구전으로 나서면…… 저절로 함락된다고?

　그리고 무리무리 성의 수비는 하루카 혼자서 해도 문제없고, 안젤리카 씨를 미행 여자애 쪽에 붙이고 슬라임 씨까지 오다 쪽에 붙여서 따로 행동하게 하는, 호위도 없는 진짜 혼자. 이 성에서 혼자서 싸울 작정인 모양이다.

왕제님은 '도망치려는 거냐.' 라거나 '포박해라.' 라며 아우성치고 있지만, 다른 사람은 전부 입을 다물고 말았다. 아무리 생각해도 E는 말이 안 된다. 하지만 선생의 이면과 그 이면까지 읽은 제안은 E뿐이다. 그리고 실은 걱정이 심하고 엄청나게 과보호라서 떨어지는 걸 무척이나 싫어하는 안젤리카 씨가 끄덕이고 있다. 슬라임 씨마저도 부들부들하고 있다.

"혼자라고는 해도, 사실 혼자가 더 빠르다는 느낌? 그도 그럴 것이, 비장의 수단을 가지고 있을 텐데, 안 가지고 있는 모양이란 말이지? 그러니까 숨기지 못하게 끌어들여서, 꺼냈을 때 뭉개버릴 거야. 뭐, 안 꺼내도 뭉개버릴 거고 뭉개버릴 거니까 사람이 많이 있으면 오히려 곤란하거든? 그리고 생겨날 테니까 방해되고? 라고나 할까?"

방책은 있어 보인다. 하지만 역시 의미를 전혀 모르니까 무모하게만 들린다. 하지만 알 수 있는 건, 제1왕자의 군 3만은 경계하지 않는다. 오히려 이미 망해서 끝난 것처럼 이야기하고 있다. 이건…… 분명, 이후의 이야기를 하는 거다.

결렬. 이건 정해지지 않고, 정할 수 없다. 하루카는 오다 그룹과 이야기하고 있다. 함께 있긴 하지만 카키자키 그룹은 이야기를 듣지 않고 있다. 혹시 '심부름' 이야기인가? 그리고 웬일로 오다 그룹의 표정이 험악하고 날카롭다.

"반장. 여자 모임만이라도 전체 의견을 통일하지 않을래?"

"응. 움직임이 급하니까 방침만 정해두자."

"""찬성. 아마 흩어질 것 같으니까?"""

각자 제각각 움직이는 게 최악이다. 가장 숫자가 적은 변경 측이 갈라지면 싸움을 벌일 수도 없어진다. 왕제님은 오무이 님을 설득하고 있다. 그러니까 우리는 왕녀님을 막는다. 가장 폭주 위험이 있는 건 왕녀님. 그리고 왕제님.

"샤리세레스 님. 여자 모임 회의를 열 테니까 같이 오실래요?"

"""차와 과자도 준비했어요."""

이걸로 왕녀님은 괜찮다. 이미 과자라는 한마디에 비장한 표정이 웃음으로 변했다. 전에 하루카에게 들었다고 한다. 죽으면 과자를 못 먹는다고……. 응. 어느 의미로는 굉장한 명언이다.

뭐, 평소에는 헛소리라는 수준이 아니라 망언이 던전에 들어가서 잠꼬대 같은 광언으로 변한 듯한 수준으로 떠들고 있지만, 그 수상쩍고 장난스러운 말에는 누구도 반박할 수 없는 게 극소량이나마 들어있으니까.

"미행 여자애야. 하루카에게는 요주의야. 보수는 과자 10개로."

"맡겨주세요. 달고 맛있는 걸 희망할게요!"

좋아. 하루카의 목에 방울은 달았다. 이번에는 안젤리카 씨나 슬라임 씨마저도 하루카의 제안에 찬성하고 있다. 그러니 움직임을 읽을 수 없다. 그리고 움직이기 전이 아니라면 늦다.

큰 방으로 이동해서 과자를 놓고 여자 모임 회의다.

"하루카가 혼자서도 괜찮다고 하니까, 방책은 있어 보여."

"응. 하루카가 접대를 준비해서 기다리고 있는데 어슬렁어슬렁 오면…… 평범하게 전멸하지 않을까?"

"응. 하루카가 혼자서 한다니까 불안하기는 하지만, 가짜 던전과 무리무리 성에 있는 장치도 맞이할 테니까."

"게다가 맞이하는 게 하루카라니……."

""""지옥에 어서 오세요, 라는 느낌?""""

하지만 이후도 있다고 한다. 오히려 함께 왕도로 갔다가 돌아와서 제1왕자를 맞이하는 것까지는 괜찮다고 치자. 우리가 그다음에 늦지 않게 도착할 수 있을까? 왕도가 그렇게 단시간에 함락될까? 아니면 방책이 있는 걸까? 기다리기만 해도 함락할 수 있다고 단언하던데.

"뭔가, 진짜는 이후에 있다는 느낌이었지?"

"응. 오다네가 간다는 심부름도 중요해 보여."

"응. 얼굴이 심각해 보였으니까."

"안젤리카 씨가 미행 여자애 쪽과 별동대로 간다던데 걱정이야."

"하루카에게 아무도 붙지 않다니……."

"누가 호위로 남지? 방패 반장이나 리듬체조부 여자애라면……."

호위가 있으면 더 안심할 수 있다. 회피 불가능한 스킬 공격이라면 방패 반장, 암살자나 살인청부업자라면 리듬체조부 여자애가 적합하겠지. 그러나 레기온도 여유가 있다고 할 수는 없고, 무엇보다 하루카라면 괜찮아도 방패 반장과 리듬체조부 여자애가 너무 위험하다.

분명 가장 곁에 있고 싶은 시마자키 그룹은 아무 말도 하지 않고 있다. 사역팀은 레기온에서 절대로 빠질 수 없으니까. 특히 카키자키 그룹과 오다 그룹이 빠진다면 더욱 그렇다. 그래서 아무 말도 하지 않고 참고 있다.

"오다네랑 카키자키네가 빠지면 레기온에서 빠질 수 없어. 20명이 아슬아슬하다고 생각해."

"그러게요. 숫자의 불리함은 필연적이니까요."

아무튼 하루카의 설명은 이해하기 힘들다. 그건 뭔가를 얼버무릴 때 나오는 말투다. 왠지 위험한 일을 할 것 같은데, 그러면 안젤리카 씨 일행은 절대로 곁에서 떨어지지 않을 거다. 근데 괜찮을까?

"저기, 저도 레기온에 들어갈 수 없을까요? 함께 있을 때만이라도 도움이 되고 싶은데요."

"""정말로? 대찬성에 대환영~!"""

"공주님 레기온 탄생이네!!"

공주님은 한 명이고 집단은 아니지만, 메리에르 님도 부르면 두 명? 응. 말 걸어볼까? 집단인지 아닌지는 미묘하지만 복수형은 될 지도.

"레기온 훈련을 해볼까? 왕녀님도 함께!"

"""응. 좋네."""

집단 전투 훈련은 왕녀님에게 군대 전투 수업을 들으면서 왕녀님도 집단행동을 배우는 공부 모임 같은 훈련이 됐다. 이건 지휘관으로서도 공부가 됐다. 복잡한 군대 행동이나 명령은 없지만, 예리하고 정확하게 지시를 내린다. 진형이나 작전은 단순하지만 효율적이고, 상황 판단보다 위기 감지와 호기를 놓치지 않는 판단력이 대단하다. 그야말로 장군님.

"여러분은 강해요! 개인의 힘도 압도적인데 집단이 되면 격이 다른 전력!! 이건 20명으로 만의 군대와 싸울 수 있는 전력이에요!"

""만은 무리이지 않아?!""

반대로 나는 전술부터 연계까지 스킬 조합이나 공방의 순서까지 질문 공세를 받았다. 공부에 굉장히 몰두하고 있어서 메모까지 적고 있었다.

"으음, 1인당 500명 정도?"

""어라? 그렇게 말하면 가능해 보이네?!""

그리고 22명의 공주님 레기온은 잘 뭉쳐 있고, 연계도 포진도 확실히 기능하고 있었다. 그야 두 사람 모두 공주님인데 전위직이라 방어도 접근전도 가능하고, 맷집도 강해서 무너지지 않는다. 이게 왕국군의 카리스마, 디오렐의 공주 장군님.

이것이 왕국을 위해 계속 싸워온 강함. 이것은 줄곧 왕국 백성을 지켜온 강함이다. 그러니까 이번에는── 우리가, 그 공주님을 지킨다.

**아저씨는 오래 산 만큼 쓸데없이 이것저것 짊어져서
고속 이동이 불가능한 모양이다.**

64일째 오전, 무리무리 성

시간은 일주일보다 짧아질 것이다. 왕도를 빼앗겨 초조하게 움직일 테니까. 7일 예정을…… 4일은 무리고, 5일 정도, 아니 6일이라면 의미 없지 않나? 하지만 그 느릿한 속도로 3일은 무리겠지…… 방해도 할 거니까?

현재 왕자와 제3사단은 떨어져 있다고 한다. 귀족들도 그렇다. 수천 단위로 나뉘어서 분산된 상태로 진군하고 있다. 왕자에게 붙은 건 대후작가 직속 귀족군. 왕자라고는 해도 대후작가 출신 어머니와 둘이서 대후작가에 딱 달라붙은 바보 왕자라고 한다. 이렇게나 유착되면 장남인데도 왕태자로 선정할 수 없잖아……. 진짜로 바보인가?

그 제1왕자군이 서둘러 오더라도, 아마 그 정도겠지. 강행군에 나서더라도 미행 여자애 일족에게 강공 정찰용 원격 유선 조작 골렘을 넘겨줬으니까, 심술을 부릴 때마다 속도는 느려질 거다. 그리고 강공 정찰을 보냈는데, 결국 제1왕자군은 숨겨둔 게 없어 보였다. 적어도 비밀 전력은 나오지 않았다.

"무슨 생각으로 쳐들어온 걸까?"

뭐, 생각이 없는 것 같다. 즉, 조종당하고 있다. 미끼인지, 일회용 강공 정찰인지……. 뭐, 둘 다겠지. 그러니까 가짜 던전 대책은 모르겠지만, 군사력만으로 온다면 호구다. 굼벵이에 느림보라 어떻게 써먹지도 못할 만큼 호구다. 뭔가 가져오는 것도 없이 빈손인 데다, 쓸만한 구석도 없는 글러먹은 호구라니 용건도 없으니까 납작하게 뭉개버리자.

"최단이라면, 내가 왕도까지 하루 만에 이동한다고 해도 정확하게 닷새 안에 왕도의 제2왕자군을 무너뜨리지 않으면 늦겠네?"

게다가 『골방지기』 칭호 보유자 앞에서 왕도에 틀어박힌다니 『골방지기』를 얕보는 걸까? 그리고 시간이 빡빡하고 빠듯한데 아저씨들은 아직도 회의하고 있잖아? 우리라면 하루도 걸리지 않는다. 반장 일행도 이틀 정도면 여유롭게 도착할 거다. 하지만 군대는 느리다. 정예만 모아 강행군해도 아슬아슬하게 이틀 정도겠지.

기다려도 돌아오는 건 늦다. 미행 여자애 일족의 정보에 따르면 가짜 던전에서 쫓겨난 왕녀 여자애 직속 근위사단이 도중에 있는 도시에서 재편 중이라고 한다. 합류하고 재정비하는 걸 고려하면 이틀이라도 빡빡하다. 응. 시간이 없으니 당장 움직이면 좋겠는데?

"정말이지. 그렇게 좋은 방안을 내놓았는데."

그렇다. 모두가 맹렬히 반대한 왕제의 제안에 따라 제1왕자한테 간다면 제1왕자를 가볍게 두들겨 패고 단번에 왕도까지 가서 이틀 안에 집합할 수 있다. 그리고 가볍게 두들겨 패서 다리가 느려진 제1왕자가 변경에 도착할 때까지 일주일 넘게 걸릴 가능성도 있다. 너무 늦어지면 숨어있는 진짜 적이 움직일 테니까, 이게 최속이겠지?

"귀찮고 복잡해져서 계산이 어긋나니까, 괜히 발만 동동 구르는 것보다는 빨리 움직이는 게 좋은데……. 응, 여기저기에서 잔꾀를 부리는 게 더 무섭다고."

가볍게 계획서를 작성했다. E+B+A안으로 해서 측근한테 넘겨줬다. 이후에는 답변을 기다린다. 아저씨들의 제안을 양쪽 다 포함하는 형태로 보여줬으니까 타협점이 되겠지.

미행 여자애 일족의 정보를 봐도, 아무래도 왕자 자체가 멀쩡한 놈은 아닌 것 같았다. 나가는 편이 좋다고 하니까, 마침 잘됐다.

"하지만 저쪽도 여전히 오지 않았으니까, 이쪽이 아닐 가능성이 있는 건가?"

오타쿠 바보들만 먼저 보냈는데, 순서가 꼬이면 곤란한데…….

뭐, 어차피 그 녀석들은 지시를 내려도 소용없고, 슬라임 씨에게 전달해 놨으니까 내버려 두자.

이후에는 비장의 수단이 나오기 전까지 전력을 다시 집중할 수 있느냐가 관건이다. 저쪽이 7일 안에 끝나지 않는다면 위험해진다. 이쪽은 삼파전이고 연전은 불리하니까.

"응. 10일 넘게 지나면 아마 늦겠지……. 잔꾀의 내용을 모르겠지만, 최악의 전개로 들어선다면 지는 거니까."

그때까지는 이쪽에서도 나가야겠지. 그러면 그때야말로 진짜 접대가 될 거다. 저쪽도 이쪽도 제멋대로 할 테니, 이쪽이 마음대로 해도 불만은 없겠지?

"비장의 수단은 예상이 가지만, 숨겨두고 있는 게 뭔지 신경 쓰이네……. 설마 그럴 리가 있겠나 싶지만."

대단한 게 없다면 느긋하게 있어도 된다. 하지만 얕봤다가 망하는 건 너무 어리석다. 준비는 해두고 있지만, 준비는 아무리 하더라도 완전과는 거리가 멀고, 결국 완전은 불가능하다. 그러니 저쪽에서 비장의 수단을 쓰기 전에 끝내지 않으면 패배다.

"전쟁 같은 건 이기더라도 패배나 똑같다고."

그야, 나라면 한다.

"응. 역시 당했을 때의 대책과 당하지 않을 심술이 필요하겠지?"

(끄덕끄덕)

지도상의 전쟁. 도서위원만은 전쟁을 읽고, 행동에 넣었는데……. 내가 늦어진 건 완전히 실수다. 그렇다. 호감도도 실종됐는데 실수에 실책에 실패까지 한다니……. 분명 나의 호감도는 실종된 거다!

"죽순에 모든 걸 걸 수밖에 없나. 겨우 버섯 숲에서 나왔더니 설마 내 손으로 죽순 마을을 만들어야만 할 줄이야……. 세상은 참 알 수 없었는데, 이세계도 참 알 수가 없네?"

(뽀용뽀용)

왕국의 촌극 뒤편에 있는 전쟁. 그러나 밥상 위에는 많은 사람이 살고 있으니까, 밥상을 뒤집게 둘 수는 없다.

"그런고로 죽순 심고 올 테니까, 대답이 오면 '바로 나갈 준비를 해'라고 전해주겠어? 그럼 갔다 올게. 두 시간도 걸리지 않겠지만 뒷일 잘 부탁해?"

(끄덕끄덕)

성 주변이니까 호위도 필요 없고, 설치는 간단. 이후에는 보여주기만 할 뿐이니까 잽싸게 끝내자. 반장 일행은 왕녀 여자애와 메리메리 씨까지 불러서 던전을 돌파하러 갔으니까 나중에 비밀 방을 찾으러 가야만 하고, 아무튼 할 일이 많다. 응, 그런데 아저씨를 기다려야 한다는 게 왠지 열 받아!

"설마 이세계 농업 생활? 근데 거두는 게 아니라 심는 거고, 그것도 모를 심는 게 아니라 죽순을 심는다니, 어느 의미로는 음식 낭비라고 해야 할지, 저에너지 저코스트 병기인 건가?"

제1왕자군의 주력은 왕국 제3사단과 귀족군. 중장비에 스킬이 붙은 갑옷을 입고, 대형 방패와 3미터 이상의 장창을 든 중장보병.

그 후위에는 마술사 부대를 배치한 군. 그러니까 느리다. 진짜로 느리다. 그야말로 거북이도 독주, 드리프트까지 하면서 뿌리칠 만큼 느리다. 토끼라면 아마 기다리는 시간이 너무 길어서 그대로 영면할 정도로 느리다고 말해도 되겠지!

응. 무시하는 게 빠르지만, 왕제가 여전히 협상에 연연하고 있다. 메리 아버지도 그냥 내버려 두는 것에는 불안을 느끼고 있다. 그러니까 괴롭히는 데도 의미는 있다.

"나 참. 아저씨라는 건 오래 산 만큼 쓸데없이 이것저것 짊어지고 있으니까 고속 이동을 못하게 되어버린 거라고."

아무리 짊어져서 무거워지더라도, 움직임이 그만큼 느려지면 결국 가볍고 빠른 것하고 파괴력이 다르지 않다. 속도는 힘이다. 먼저 죽이면 이기니까. 그리고 빠르면 속속 죽일 수 있다. 전쟁에서는 묵직하게 지키는 것보다 빠르게 죽이는 게 강하다.

어차피 할 수 있는 일밖에 할 수 없다. 그러니 지킬 수 없다면 죽인다. 죽이면서 못된 짓을 하지 못하도록 최악으로 협박하는 게릴라 요원이야말로 최강 전력이다.

"접대 준비도 큰일이라고……. 죽순 심기라든가? 응. 죽순밥을 만들려고 했는데 설마 하던 재배 육성 계획이냐고…… 맛있어 보이는데?"

서로 읽을 수 없는 손패를 모은다. 이후에는 손패의 질과 양이다.

"하루카 님. 오무이 님이 이야기하고 싶다는데, 시간은 괜찮으신가요? 뭐하면 데려오거나 어딘가에서 기다리게 할 텐데요."

측근이다. 왠지 만날 때마다 메리 아버지를 대하는 태도가 나빠지는 것 같은데 기분 탓인가? 뭐, 쓸데없는 회의만 하니 한가하겠지. 이쪽은 열심히 땀을 흘리면서 죽순을 심고 있는데⋯⋯『마수』씨가 말이지?

"이제 끝이니까 됐어. 아저씨와 아저씨의 쓸데없는 회의는 결론이 났어?"

"결론이 난 모양입니다. 정말로 괜찮으신 건가요⋯⋯. 왕제 각하는⋯⋯."

"저쪽이 하고 싶은 일과 이쪽이 하고 싶은 일이 똑같으니까 딱히 상관없지 않아? 그보다 저래 봬도 필사적으로 열심히 전력으로 최선을 다하려는 심경인 거야. 아마도 이제 그것밖에 안 남은 거겠지."

"멜로트삼 님은 왕국도, 친구인 왕도, 그 동생인 왕제님도 버리지 못하겠죠. 하지만 하루카 님이 구할 이유가 있습니까? 그런 무의미한 행동을⋯⋯ 차라리⋯⋯."

과연. 메리 아버지가 아니라 왕제 아저씨에게 불만이 있고, 그 왕제 아저씨를 감싸는 메리 아버지가 불쾌했던 건가. 그리고 메리 아버지가 일하지 않는 것도 불만이겠지. 그야 당연히, 언제 영주관에 가도 항상 마사지 의자에 앉아 있으니까?

"뭐, 왠지 누구한테 물어봐도 그 왕제 아저씨는 인기가 없고, 다들 불만이고 불쾌한 모양이지만, 그 사람은 왕국을 구하는 데 필사적인, 성실하고 무능하고 무력하고 아무것도 할 수 없는 안쓰러운 영웅인 거야⋯⋯ 아마도?"

영웅이 될 힘도 능력도 재능도 없는, 뜻만 가지고 있는 글러먹은 영웅이다. 오로지 '어떻게든 하자' 와 '어떻게든 해야 한다' 로 발버둥 치고 있지만, 아무것도 할 수 없다. 자신에게는 힘도 능력도 없다는 걸 알지만, 내밀 수 있는 유일한 물건인 무가치한 자신의 머리를 챙기고 어슬렁어슬렁 땅을 더듬거리며 방황하고 있는 어리석은 영웅이다.

"그분의 생각은 너무 무의미해요."

"응. 의미는 없지만 의의는 있지 않을까?"

누구도 의지하지 못하고, 모두에게 버림받고, 모두가 방치하고, 아군이 아무도 없는데도, 그래도 왕국을 위해 쓸데없이 고민하고, 무의미하게 괴로워하고, 무능하게 발버둥 치며, 무력함에 시달리고 있지만…… 포기하지는 않고 있다. 분명 아무것도 할 수 없고, 아무 보답도 받지 못하겠지만, 바보처럼 혼자서 싸움조차 되지 못하는 싸움을 무의미하게 계속하는 무능한 영웅이다.

"무의미하고 무익하고 무력하고 무능하더라도, 긍지만큼은 있다? 라고나 할까?"

움직일수록 사태가 악화되고, 자기 목을 조이는 무능한 발버둥. 그럼에도, 그 머리를 바쳐서라도 포기할 수 없었던 거겠지. 왕권 대행을, 도움이 안 되는 대역 일을 할수록 진흙탕에 빠지는데도 왕으로 있으려 하고 있다. 머리를 바쳐서라도 기어다니고, 할 수 있는 일도 없는데 해내려 하고, 앞길도 보이지 않는데 기어가는 능력도 없고 머리도 없는 무능한 왕이다. 무익하고 무의미하고 무가치하고 무력. 하지만, 그런 안쓰러운 모습이야말로 왕인 거겠지.

"무력하고 무능하고 무익한 것만이 아니라 재앙처럼 무모하지만,

누구에게도 인정받지 못하고 아무런 의미도 없더라도…… 그건 영웅인 거야."

"저게 말인가요?"

누구에게도 인정받지 못하고 바보 취급 받고 멸시당하고 버림받았다. 비웃음거리가 되고 무시당하고 욕먹어서, 이미 잊히고 있겠지. 분명 아무것도 할 수 없는 무의미한 영웅이다. 아무것도 하지 못하는 것만이 아니라 오히려 방해만 되고 성가셔서, 차라리 하지 않는 게 나은데도 싸우고 있다. 아무것도 갖지 못하고, 누구에게도 인정받지 못하고, 무익하고 무의미한데도 여전히 싸우고 있다.

"응. 분명 저런 게 영웅이지 않을까?"

그러니까 왕국은 구원받는다. 솔직히 아무래도 좋고 망하는 게 빠르다. 왕녀 여자애도 왕위에 관심이 없어 보였고, 남길 가치가 조금도 없는 끝나버린 왕국이니까 끝내는 게 빠르고 간단하고 개운하겠지. 그러나 아무것도 갖지 못하더라도 무언가는 있었던 모양이다.

왕녀 여자애도 말했고, 무익한 영웅도 단언했다. 할 수 있는 게 없는데도 '백성을 위해 난리를 일으킬 수는 없다'고, 이미 늦어서 벌써 무기를 든 군대가 다가오고 있는데도 뛰쳐나가 막으려고 했다.

그렇다. 기상천외할 만큼 무능, 무의미, 무익, 무책, 무력, 무지몽매한 왕족들이다. 왕의 무력함 때문에 망해가던 변경 영주 메리 아버지마저도 왕가를 위해 싸우려 하고 있다. 근사할 만큼 무한하게 무모한 왕후귀족들이다.

"너무 무능해서 외국의 압력에 밀리고, 귀족에게 배신당해 나라

예산도 좌지우지 당하고, 그런데도 왕가의 전통 사재를 팔면서 계속 원조했다더라? 그럼 어쩔 수 없지. 투자받았다면 배당해 주는 게 약속? 같달까?"

그러니까 왕국은 구원받는 것 같다. 무능, 무의미, 무익, 무책, 무력, 무지몽매한 데다 무모하고 무력한 주제에 내전을 막으려 했다. 그러니까 무리라는 대답은 없다. 그러니까 왕국은 구원받는다. 무익하고 무의미하고 성가신, 분명 후세에도 무능하고 무력했다고 욕먹을 어리석은 왕권 대행이 누구에게도 알려지지 않고, 자기도 모른 채 이름 없는 영웅이 되어 왕국을 구한다.

그야, 그건 어찌할 수 없을 만큼 메리 아버지와 똑같은 레벨이니까. 그렇다면, 어느 쪽이든 변함없다면 왕가라도 상관없다. 능력도 재능도 이어받지 못했지만, 그 뜻을 잇고 있다면 무력하고 무능하고 무익한 왕가라도 무의미 속에서 의의만큼은 보였다. 무가치 속에서 최고의 가치를 보였으니까.

그러니까 이제 내전 같은 건 없어. 그야 안 싸울 거니까?

이런 안쓰럽고 아무런 힘도 없는 무능하고 무지몽매하게 싸우는 바보 같은 영웅이, 필사적으로 무의미하게 기어다니고 있다면……거기에 죽이는 것밖에 못하는 엑스트라가 우연히 지나가도 괜찮겠지? 이제 모든 게 다 무의미하니까. 응. 지나가면서 받는 심부름값은 섬멸 바가지로 결정이라고?

64일째, 디오렐 왕국 가도

겨우 '변경지 평정군'을 자칭하는, 제1왕자가 이끄는 군에 사자를 보내서 회담 약속을 잡았다. 이쪽의 명분은, 교회와 귀족에게 거스른 죄는 애송이에게 있으며 변경에는 잘못이 없다는 것. 애송이와 미궁왕의 보물을 넘겨줄 테니 물러나라는 조건으로 조인 단계까지 왔다.

드디어, 드디어 여기까지…… 아니.

"지금부터다. 지금부터가 진짜 협상이다."

왕권 대행으로서 제1왕자에게 왕권을 양도하게 하려는 심산이겠지만, 그렇게 둘 수는 없다. 애초에 왕도는 제2왕자가 모반을 일으켜서 점거했으니 정식 절차를 밟을 수 없다고 퇴짜를 놓아 제1왕자에게 왕도 해방을 맡기고, 정당한 섭정을 두고 권한을 제한해 교회나 대후작가의 꼭두각시가 되지 않도록 손쓸 수밖에 없다.

그리고 무기를 한 번 거두기만 한다면 일반병은 왕가나 왕족, 하물며 왕녀에게 검을 겨누지 않을 거다. 그 틈에 군을 해체하고 재편해서 왕군을 재건하고, 귀족과 함께 다시금 왕가에 충성을 맹세하게 한다.

형이 쓰러지고 나서 내가 모든 걸 망친 거다. 그러니 적어도 원래대로 돌려놓지 않으면 형을 볼 낯이 없다. 마음에 안 드는 애송이라고는 해도 이국의 젊은이. 하물며 멜로트삼 경이 눈여겨보는 자를 넘겨주는 거다————. 사태만 진정된다면 무능한 나의 머리를 바쳐 청산하겠다.

알고 있다. 이런 무능한 왕권 대행의 머리를 받는다고 누가 기뻐할까. 왕권 대행도 아니고, 왕족도 아닌 평범한 나의 머리에는 이미 아무런 가치가 없지만, 달리 청산할 수 있는 건 아무것도 없다.

무력하고 무능하고 무재인, 그저 왕가에 태어났을 뿐인 이 몸이 내밀 수 있는 건 나의 머리밖에 없다. 용서해 달라고 말할 수 있을 리 없고, 입이 찢어져도 결코 말하지 않을 거다. 원한과 증오와 욕설과 비방과 매도를 받는 게 당연하다.

"하지만, 그래도 왕국을 위해서는 애송이의 머리가 필요하다. 용서를 구하지는 못하더라도, 이후에 내 머리로 사과하겠다."

애송이는 상황을 전혀 이해하지 못한 건지 멍하니 서 있다.

운이 좋았을 뿐인데도 좋은 생활을 하고 신분까지 손에 넣은, 무례하고 열 받는 건방진 애송이다. 그 비보 때문에 왕국이 어지러워지고, 쪼개져서 괴로워하고 있다. 이 애송이야말로 성가신 재앙이었다.

그러나 멜로트삼 경의 말이 올바른 것도 사실. 아무런 죄도 없는데 죽어야만 하는, 그것은 무능한 나의 업보다. 마음에 안 드는 불쾌한 애송이지만, 그 죽음은 나의 무능한 죄 때문이다.

그 옆에는 백은색의 호화로운 갑옷이 있다. 저것이 바로 미궁왕의 보물, 이 분쟁의 원인. 저걸 교회에 넘겨주는 건 아깝지만, 왕국 백성이, 그리고 변경이 피를 보게 할 수는 없다.

그 마음만으로 여기까지 왔다. 겨우 이곳까지 도착했다. 그러나 모든 것이 헛수고였다. 애송이와 갑옷을 내세우자마자 포위당했다. 협상도 조인도 거짓이었다. 숨어있던 병사에게 둘러싸여 일망타진당하고 말았다.

"비겁한."

"변함없이 숙부님은 어리석군요."

처음부터 협상할 생각은 없었다는 말투. 그리고 고작 수십의 병사를 상대로 거창하게도 수백…… 아니, 천은 되는가. 느닷없이 나타난 천의 병사. 교회가 보유한 마도구의 힘으로 숫자나 기척을 감추고 있었나.

알아도 이미 의미는 없다. 모든 것이 처음부터 늦었고, 나는 스스로 왕국에 종지부를 찍으러 온 광대였다. 마지막까지 무의미한 데다 무능하고 무익하게 피해를 확대하고, 은혜를 원수로 갚았으며 개죽음을 당해서 수치를 겪겠지만…… 무능한 왕권 대행에게는 어울리는 희극이겠지.

"애송이! 도망쳐라……. 미안하다."

멜로트삼 경의 반대까지 물리치고 애송이를 데리고 여기까지 왔다. 이제 겨우 협상에 나설 수 있겠다고 생각했다. 그러나 애송이와 아름다운 백은의 갑주를 확인하자, 왕자의 반응은 "죽여라."라는 한마디뿐이었다. 처음부터 협상 따위는 없었다. 스스로 죽음을 향해 어슬렁어슬렁 찾아왔을 뿐인 어리석은 광대였다. 선물로 멜로트삼 경이 은인으로 여기는 애송이의 머리까지 얹어서, 일부러 적에게 미궁왕의 무구를 넘겨주려 온 바보 같은 멍청이다. 제1왕자 구바데이는 얼굴에 모멸을 띄우며 내려다보고 있다……. 너도 무능한 돼지 같은 얼굴을 한 못난이 왕자면서!

"어서 가라!"

재능 없는 몸으로 왕가에 태어난 건 비극이다. 풍족하게 살면서 훌륭한 교육을 받을 기회가 주어졌고, 최고의 지도와 교육을 받았기에 무재와 무능과 무력함을 알 수 있었다. 그렇기에 적어도 왕이 될 형의 도구로 살아가려 했다. 우수한 도구가 되지 못하더라도 편리하고 쓸만한 도구면 된다. 적어도 그것 말고는 도움이 되지 못하는 몸이기에, 그저 충성을 맹세하고 충의를 관철하며, 성실하게 일해서 적어도 왕가의 일원으로서 부끄럽지 않게끔 살아왔다.

그러나 제1왕자 구바데이는 외가인 대후작가의 위세를 빌려 무능하다는 자각도 없이 권력을 추구하고 있다.

"흥. 왕가의 긍지조차 가지고 있지 않았나."

그러나 결국 나야말로 무능하고, 수치를 당하며 왕의 권위에 먹칠을 하고 말았다. 무능하다면서 아무 생각도 없이 따르고, 무재하다면서 쓸데없는 일은 하지 않고자 아무것도 하지 않았다. 그러니 왕권 대행이라는 걸 맡을 그릇이 아니었다. 알고 있었다. 뼈저리게 알고 있었다. ……그래도 형이 회복될 때까지 발버둥 쳤는데, 그 결과 더욱 어지럽게 만들고 최악의 결말에 스스로 뛰어들었다.

나의 어리석음이 왕국을 끝내는가……. 꼭두각시 왕국이 남더라도, 이 돼지 왕자가 왕이 된다면 왕가의 긍지는 끝이다. 백성을 위해 정치를 할 생각은 없겠지.

"백성과 신하의 뒷받침을 받으며, 백성을 위해 만들어진 왕가의 기나긴 전통이, 나의 무능함 탓에 끝나는가."

백성들에게 뒷받침받고, 가신의 도움을 받은 왕가가 은혜를 원수로 갚게 될 거다. 모든 게 끝났다. 어리석은 마지막 왕이 멸망시키고 말았다. 이미 후회하는 것도 바보 같지만, 무익하고 무의미한 최후라면 무익한 저항이라도 한 번 해보기로 할까.

"어서 도망쳐라. 미안하지만, 내 몸으로는 대단한 방패도 될 수 없다."

왕국의 어리석은 마지막 왕으로서, 마지막으로 하는 바보짓은 건방지고 무례한 애송이의 방패가 되는 것인 모양이다. 내가 데려오지 않았다면 죽을 일도 없었을 애송이다. 이미 살 가망은 없고, 방패가 되어 먼저 죽는 것밖에 할 수 없다!

나는 검의 재능도 없고 스킬도 제대로 얻지 못한 못난 기사다. 고작 Lv20인 애송이도 지키지 못하는 허약하고 도움이 안 되는 이름뿐인 기사이기에 시간 벌기도 되지 못하겠지. 그러나, 그래도 내가 나중에 죽을 수는 없다. 아니, 이봐?!

"저기, 대행 아저씨인 왕 씨? 아니, 대행하지 않아도 본인이 이미 충분히 아저씨이긴 한데, 아저씨의 대행인 아저씨인 아저씨? 그보다 아저씨, 방해하면 안 되거든? 응. 이미 넘겨줬으니까 늦은 거야. 이미 배송 끝나고 수령했으니까, 반송 불가에 요금은 착불로 저쪽에 청구해서 바가지? 라고나 할까?"

애송이가 앞으로 나섰다. 이미 넘겨줬으니까 늦었다고 내뱉으면서. 욕하는 건 당연하다. 사과할 말도 없고, 지금 내가 방패가 되어서 먼저 죽어도 애송이가 살 수는 없으니까.

왕국을 구하지 못하고 왕국 백성도 구하지 못한 채 무관계한 이국의 애송이까지 끌어들여서 개죽음이나 당하러 온 어리석고 안쓰러운 왕이라고 욕하고 비방하고 원망하는 건 당연하다. 하지만, 어째서 앞으로 나서는 거냐!

　"너무 바보 아니야? 응. 어째서 무장하지 않은 사자를 습격하는데 무식하게 중장보병에 대형 창까지 완전 장비하고 왔어? 그리고, 왜 사전에 척후를 보내서 지형 같은 걸 조사하지 않는데? 응. 이런 곳에 평지 같은 건 없다고? 정말이지 지도도 들지 않고 전쟁하려 들다니, 너무 바보 같아서 진짜 싫다!"

　발사된 화살은 떨어졌다. 마치 놀듯이 빙글빙글 돌리는 작대기에 튕겨났다.

　"뭐랄까. 지금까지 열심히 한 준비는 대체 뭐였냐고 말하고 싶을 만큼 쓸데없이 바보고, 왕자는 돼지고? 근데 왜 돼지를 왕자로 삼은 거야?! 그보다 전에도 오크가 영주로 있던데, 설마 인재 부족이라 왕자까지 돼지? 잠깐, 적어도 오크는 없었던 거야? 응. 그건 그나마 인간형이었으니까 돼지보다는……. 뭔가 어느 쪽이든 상관없다는 느낌도 드네? 라고나 할까?"

　"그 눈초리가 험악한 꼬마를 갈기갈기 찢어라! 손발만 날려라. 왕이 될 고귀한 나를 돼지라고 부른 거다. 편하게 죽게 두지 않겠다. 희롱하고 괴롭히면서 '죽여서 편하게 해주세요.' 라고 울 때까지 고문해 주겠다!"

　애송이는 마지막까지 왕가에 무례했지만, 왕족이라고는 해도 저 돼지에게는 그 정도가 딱 좋다. 저건 용서한다!

"말 잘했다! 오히려 돼지라는 말이 미적지근할 정도다."

왕가의 수치라는 건 피차일반이지만, 왕가의 긍지조차도 없다면 그저 돼지로 충분하다. 그러나, 이 애송이가 고통받게 둘 수는 없다. 네놈들이 먼저 상대할 사람은 바로 나다…… . 상대? 상대는 어디로 갔지? 아니. 지면 아래에, 지면에 가라앉아, 허우적대고 있다…… . 대체 뭐냐?

"꺄아아아아아악. 살, 살려줘…… ."

"사, 사, 살려, 살려줘…… ."

"끄아아아악. 못 나가! 못 나가겠어!"

"끌어올려 줘! 가라앉아! 빨리…… ."

몇 겹이나 포위하고 있던, 중장갑으로 전신을 무장한 중장보병들이 어쩔 도리 없이 늪에 가라앉고 있다. 그리고 비명.

"끄아아악! 숨이, 숨이이이이!"

"누가, 누가 좀 살려줘! 젠장, 당기지 마!"

"어째서! 아까까지 늪 같은 건 없었는데…… ."

"갑옷을 못 벗겠어! 벗겨줘, 부탁이야! 살려줘…… ."

"아, 아아, 끄아, 끄오오부글부글…… ."

오히려 자랑하는 중장갑이 무거운 짐이 되어, 벗지도 못하고 도망치지도 못한 채 가라앉고 있다. 조금 전까지 대지였던 협상의 땅은 갑자기 질퍽거리는 늪지로 변해버렸다. 그리고 늪지는…… 중장비를 한 병사들에게는 지옥.

"살려달라고? 살려줬어? 백성을 구하는 게 군대의 책무인데, 너희가 습격했던 마을 사람들이 '살려줘'라고 했을 때 살려줬어?"

이곳만큼은 무너지지 않고 있지만, 아까까지 서 있던 대지 밑은 늪지였다. 그렇다. 잘 생각해 보면 이곳은 늪지여서 평지 같은 건 없었을 거다.

"응. 살려주지 않았고, 살려주기는커녕 죽였으면서 살려달라고 말하다니, 설마 진심으로 누가 살려주리라고 생각하는 거야? 이제 군인으로는 너무 몰락해서 도적 수준이니까 몰락한 겸 가라앉으라고. 오히려 매장할 수고를 덜었으니까 다들 기뻐하겠지? 설마 자기들이 죽는 걸로 누가 슬퍼하리라고 생각하지는 않겠지? 사람을 죽였으면, 처참하게 죽더라도 불평하면 안 되는 거야. 싫다면 제대로 군인으로 살았으면 됐을 텐데, 이미 늦었으니까……. 응. 안 살려줄 건데?"

애송이가 말하고 있다. 하지만, 이제 듣는 자도 대답하는 자도 없다. 그럴 여유는 없다. 비통한 비명을 지르면서 비참하게 대지에 묻힌다……. 빠진다, 가라앉는다.

진창에 삼켜져서, 몸이 가라앉는 병사들. 공포로 아우성치며 날뛰면서 가라앉는다. 싸움조차 하지 못한 채, 자랑하는 중장갑 갑옷의 무게 때문에 도망치지도 못하고 가라앉아 사라진다.

"뭐야! 뭐냐 이건! 무슨 짓을 한 거냐. 네놈 무슨 짓을 한 거냐아아아아아아! 끄아아악!"

군대가 모두 땅에 가라앉는다. 가라앉는다. 애송이만이 검은 망토 차림으로 늪지 위에 유유히 서 있다. 처음부터 줄곧 똑같은 곳에 서 있다.

"아니, 처음부터 늪이었는데? 표면을 굳혔을 뿐인 늪지 위에 중장갑 갑옷으로 뛰어들면 대체로 가라앉겠지? 응. 이제 지면을 굳히지 않으니까 날뛸수록 가라앉고, 날뛰지 않더라도 가라앉고, 가라앉지 않아도 가라앉고? 뭐, 가라앉는다고? 그보다…… 가라앉아."

조용함이 찾아왔다. 이제 비명도 절규도 사라졌다. 조용한 늪 위에는 우리와 제1왕자뿐.

"돼지가 공포를 견디다 못해 정신을 잃었는데, 아직 목까지밖에 묻히지 않았거든…… 이거 필요해?"

묻힌 채 머리털이 태워지고 있다. 무슨 일이 일어났고, 무슨 일을 저질렀고, 뭐가 어떻게 된 건지는 모르겠지만…… 살아남았다는 것과, 제1왕자를 사로잡았다는 것과…… 멜로트삼 경이 했던 말의 의미만큼은 알게 됐다.

마지막으로 한 말은.

"꼭 데려가시겠다면, 이것만큼은 기억해 주십시오. 진정한 무서움이란 모른다는 겁니다. 이해조차 할 수 없는 일을 가능하다고 말하는 게 가장 무서운 겁니다. 단순한 강함이라면 측정할 수 있지만, 진정한 강함은 무섭기만 합니다. 그리고 측정하지 못한다는 것, 모른다는 것이야말로 무서운 겁니다. 조심하십시오. 무운을 빌겠습니다."

그게 출발 전에 멜로트삼 경이 남긴 말이었다.

모르겠지만, 지금도 영문을 모르겠지만…… 모른다는 건 알았다. 그리고 이것이 바로 군신이 두려워할 정도로 무서운 것임을 알았다. 그러나 이 애송이는 위험하다. 이건 나라를 죽일 수도 있다.

64일째 오전, 무리무리 성

시간이 없어졌으니 갑옷 반장에게도 먼저 나가달라고 했다.
(도리도리)

엄청 싫어했다. 가는 건 좋지만 복장이 불만인 모양이다. 미행 여자애 일족의 안내를 받아 크고 작은 마을을 방어하는 게릴라로 움직이게 된다. 제1왕자의 동료 귀족의 영지 안이라고 경계하지 않았던 게 화근이 됐다.

제1왕자군이 마을을 습격했다고 한다. 게다가 말단의 폭주가 아니라, 제1왕자군의 부대가 움직인 거다. 불길한 예감이 든 미행 여자애 일족이 마을 사람들을 피난시켰지만, 시간을 벌겠다고 남은 촌장과 마을의 농업 때문에 떨어지지 못했던 남자들이 살해당했고, 식량과 금품을 빼앗겼다고 한다.

게다가 목적은 여자였던 모양이라, 이대로 가면 변경에 올 때까지 크고 작은 마을이 유린당할 수 있다. 동료 귀족의 영지라도 아랑곳하지 않을 줄이야……. 도적 같고 변변찮은 놈들이라는 건 들었지만, 이제 어엿한 도적이라고 해도 좋을 레벨이었다.

"갑옷 반장의 『백은의 갑옷』은 떡밥으로 써야 하니까 필요하고, 그걸 대신해서 던전 장비 중 남아있던 『스파이크 메일』을 확실하게 넘겨줬는데도 굉장히 싫어하던데…… 입히니까 대단하더라?"

그렇다. 진지하게 "아니, 그게 말이지? 극악무도하고 흉악한 갑옷 쪽이 효과가 좋으니까, 뭐랄까 협박한다고나 할까, 이걸 입고 '나쁜 아이는 없~느~냐~?' 라고 말하면서 모닝스타를 들면 보통 도망칠 테니까 확실하겠네? 응. 괜찮아. 누구든 망설이지 않고 도망칠 테니까…… 우와아아아…… 잠깐, 아니 아무것도 아니거든? 응, 잘 어울…… 잘 어울려도 되는 건가? 뭐, 좋은 느낌이니까 힘내라고! 조심해, 부탁할게? 다녀오세요?" 라고 말했더니 울상을 지었다.

그렇다. 울상을 지은 갑옷 반장이 입은 검은색에 진홍색 기운이 곁들여진 갑옷은 스파이크가 덕지덕지 붙어서 세기말 패왕도 기겁할 정도로 흉악하고, 어딘가에서 마왕이 나타나더라도 만나자마자 후퇴해서 틀어박힐 만큼 극악했다. 뭐, 방어력은 많이 떨어지겠지만 갑옷 반장에게 공격이 명중할 상대는 없을 거고……. 이걸 본다면 싸우지도 않고 도망칠 거다. 응. 무서우니까!

"이거, 미궁황보다 갑옷이 더 박력 넘쳐서 무섭잖아!! 어쩐지 진짜 안 팔린다 싶더라?"

고속 이동이 가능한 근위사단 사람과 메리 아버지 쪽의 스킬을 보유한 말을 빌려서 준비했다. 호화찬란 미녀 기사를 초대하기 위한 침대 마차도 준비해 놨다. 이제는 왕제 아저씨를 아무래도 좋은 개조 완료 고속 마차에 태워서 함께 가면 끝. 적이 흩어져 있다고 하지만, 최악의 부대가 왕자가 있는 부대라고 한다. 우선 그곳만 두들기면 나머지는 교회의 뜻을 받아들여 변경으로 똑바로 오겠지.

"이제 슬슬 빨리 끝내지 않으면 아저씨뿐이고, 또 아저씨 왕자라니 이제 아저씨 포화 현상으로 이세계의 아저씨 허용 용량을 넘어서서 무한히 넘쳐나는 위기 상황이니까 청소하자!"

그렇다. 여자나 금품을 목적으로 마을을 습격하는 군대라니, 그냥 도적이니까 군사 재판도 필요 없다. 민간인을 지키는 게 군대니까 지키지 않으면 필요가 없고, 반대로 민간인을 덮치는 놈들은 사라지는 것이 세상을 위해 나를 위해 좋은 일이다. 어차피 아저씨 모임이니까.

메리 아버지가 겨우겨우 왕제 아저씨를 마차에 밀어 넣고 있다. 갑작스러워서 동요하며 허둥대고 있지만, 그 눈초리는 진지했다. 이 협상으로 왕국을 구할 생각이겠지. 그리고 각오를 다지고 있는 거겠지……. 뭐, 협상이 이루어질 가능성이 바보들에게 지능이 있을 확률과 비슷할 정도로 없지만? 응. 없겠지? 그리고 단번에 내달렸다.

"이럴 바에는 차라리 처음부터 공세로 나가면 좋았을 텐데. 후수에 또 후수네."

말에는 모두 『가속』 스킬이 붙은 띠를 걸었다. 말에게 즉석에서 시험해 봤는데, 평지에서 똑바로 가기만 하면 문제가 없어 보인다. 한 시간 정도만 있으면 갈 수 있다. 그리고 그곳이 장소로는 제일 좋다. 깊고도 깊고 바닥의 바닥까지 깊어서 쓸데없는 의논과 수렁 같은 협상을 할 수 있는 절호의 입지 조건이다. 먼저 도착해서 준비도 하고 싶으니까, 서두르자.

"나 참, 미녀 기사들이 반장네하고 같이 던전에 갔다니, 대체 뭐냐고?! 메리메리 씨까지 데려가다니, 나머진 전부 아저씨잖아! 왜 아저씨 100% 상태가 되어버린 거야? 나까지 아저씨가 옮아버리면 어쩔 거야?!"

이 고농도 아저씨화 현상은 대체 뭐냐고?

"아저씨가 너무 농축되어서 아저씨 융합이 일어나면 어쩌지? 그 너머에서 이저씨 임계를 넘어서서 분열까지 일어나면 이세계는 아저씨로 멸망해 버려! 틀림없이 이건 분열되면 안 되는 거야. 그야 아저씨니까?"

투덜거렸지만, 아저씨밖에 없어서 아무도 상대해 주지 않았다. 혼자 마차에서 혼잣말. 갑옷 반장도 슬라임 씨도 없으니 꽤 쓸쓸했다. 줄곧 혼자였는데, 어느새 이세계의 떠들썩하고 소란스러운 분위기에 영향을 받은 것 같다.

그리고 기척. 드디어 제1왕자군이 도착했다. 그보다 드디어 도착했는데 아직도 굼뜨다. 왕제 아저씨는 계속 협상을 위한 협상을 하면서 약속이니 조건이니 떠들고 있다.

뭐, 상관없지만? 이미 지리적 유리함을 확보했다. 하늘의 때도 사람의 화합도 없지만, 병법상 적과 함께 하늘의 때와 사람의 화합도 가라앉히면 문제없겠지. 그런데 왜 아저씨들이 계속 오래 떠들고 있는 걸까.

그리고 왕자에게 양도됐다. 『백은의 갑옷』도 딸려갔지만, 알맹이인 미궁황이 없는 평범한 상태. 그야, 들어가면 에로하거든? 아니, 진짜로 그 곡선의 에로함은 다양한 남고생의 취향에 새로운 문을 열어버릴 만큼 진짜란 말이지!

"죽여라."

마침내 무의미하고 무익했던 협상 놀이가 끝난 모양이다. 그보다 너무 오래 기다렸어……. 한참 전에 바보 왕제 아저씨를 바보 취급 하던 바보들이 포위했을 때부터 이미 끝났는데도 쓸데없이 길단 말이지? 그렇다. 이제 여자 모임에 참가했다고 말해도 될 만큼 이야기가 길었다. 그러나 그쪽은 여고생이지만 이쪽은 아저씨니까 가라앉자. 오물(아저씨)은 소독이다!

"애송이! 도망쳐라……. 미안하다."

"아니아니, 아저씨 방해되니까 움직이지 말라고? 움직였다가 떨어지면 가라앉거든? 아저씨니까 안 구해줄 거야? 진심으로."

이미 끝났어. 길었지만, 만약 이 『백은의 갑옷』에 알맹이가 들어 있었다면 시작조차 하지 않고 끝났겠지? 뭐, 넘어갔으면 확실히 받아달라고. 진심이 담긴 몰살 접대.

싸우러 왔으면서 사전에 지도도 확인하지 않았으니까. 즉, 싸운다는 각오조차 없다.

"끝난 것 이전에 너무 바보 같달까, 바보는커녕 돼지였나?"

응. 이세계의 인재 부족 문제는 심각한 모양이다. 꿀꿀 울고 있는데…… 눈초리가 뭐라고? 나의 다정하고 자애로 가득한 눈에 불만이 있다니, 분명 돼지의 눈이 흐려진 게 분명하니까 진흙탕에서 충분하고도 마음껏 흙탕물로 씻게 하자.

지면을 덮어서 『장악』하고 있던 『흙 마법』을 풀었다. 이걸로 끝. 단단한 게 풀리면…… 여기는 늪이니까? 라고나 할까?

"으헉, 후헥! 대체 뭐냐! 끄어억."

뭔가 아우성치고 있는데, 대화에는 중요한 일이다. 분명 뭔가 변명할 게 있는 모양이니까 들어보자. 돼지가 아직도 꿀꿀 울고 있으니까? 뭐, 돼지는 왕자인 돼지니까? 뭐, 왕자가 돼지라는 건 드문 일 같고, 멸종위기종이라서 보호 관찰 대상이면 곤란하니까 살려는 두자. 나머지는 왕제 아저씨가 징하겠지.

"뭐냐, 대체 뭐냐 이건! 뭘 한 거냐. 네놈 뭘 한 거냐아아아아! 끄하아악!"

짜증 나서 머리털을 태워봤다. 너의 모근은 이미 죽어 있다고나 할까, 죽었거든? 그러나 오타쿠들의 머리털은 좀처럼 타지 않는데, 쉽게 타버리니까 오히려 김이 새서 곤란하다.

"아니, 아무것도 안 했고 처음부터 늪이었는데?"

뭘 했느냐고 물어도 아무것도 하지 않았달까, 뭔가 하던 걸 멈췄을 뿐인데도 내 탓이라고 따지다니 터무니없는 돼지였다. 그렇다. 이렇게 이것도 저것도 죄다 나에게 죄를 뒤집어씌우려는 녀석이 있으니까, 나는 잘못하지 않았는데 오해를 받고 잔소리가 매일 갱신되어 오래도록 잔소리를 듣는 거라고! 그렇다. 즉, 내가 혼나는 건 이 돼지 때문일 게 분명하다!

겨우 돼지의 부대가 조용해졌는데, 이쪽도 무언? 왕제 아저씨는 굳어 있으니까 메리 아버지한테 보내주자. 이제는 메리 아버지 쪽도 왕도로 출발할 준비를 마쳤을 테니까.

그나저나 굳어서 움직이지 않는 것이 덜 귀찮긴 한데, 아저씨가 가만히 바라보고 있는 건 기분 나쁘고 수요 없다고? 응. 이세계 아저씨 BL 전개라니 절대로 용서 못해!

"그보다 전원 아저씨라는 이 상황을 용서할 수가 없어! 당장 갑옷 반장과 합류해서 눈흘김 성분과 남고생의 에로를 보급하자! 아저 씨가 빠히 쳐다보면 누가 득을 보는데?"

잊어버리면 격노할 테니까, 『백은의 갑옷』도 확실하게 회수하는 겸 제1왕자군의 비싸 보이고 스킬도 부여된 눈에 띄는 무기만 모았 다. 줄곧 『장악』으로 가라앉지 않게 움켜쥐고 있었으니까 3초면 충분했고, 나라면 단번에 수납할 수 있다. 가라앉은 아저씨 전용 갑 옷 같은 건 늪의 흙탕물에다 홀아비 냄새까지 묻었으니까 여고생도 필요 없겠지. 버리고 가자.

그리고 왕제 아저씨는…… 아직도 굳어 있어서 마차에 내던졌다. 뭔가 근위 사람도 난폭한데…… 무능하지만, 대리지만, 일단 그거 임금님이거든? 뭐, 아저씨니까 상관없지만.

"뒷일은 잘 부탁한달까, 배달 잘 부탁한달까 아저씨 잘 부탁해? 아니, 아저씨는 잘 부탁하지 않아도 되지만? 같달까?"

아직도 보고 있어? 그러니까 아저씨는 수요가 없다고. 태워버린 다? 그저 멍하니 서 있다. 분명 모르는 거다. 이 아저씨는 아무것도 모른 채 돌아다녔고, 어지럽히기만 한 무능한 사람이다. 아무것도 하지 못하고 악화시켰을 뿐인, 무익하게 발버둥 치고 발버둥 치고 발버둥 치기만 한 아저씨다. 그러니까 분명 자신이 왕국을 구했다 는 것도 모르겠지.

그 꼴사나운 발버둥이야말로 긍지가 있다는 증거임을 깨닫지도 못하고 있겠지. 그 시시하고 한심한, 꼴사납고 안쓰러운 발버둥이야말로 왕가의 의미라는 걸 깨닫지 못하고 있을 테니까.

"왕가라는 건 긍지를 잃으면 먼지처럼 날아가는 법이지만, 스스로 무뇌에 무재에 무지에 무력하다는 걸 알면서도 기어갈 수밖에 없었던 비참한 왕권 대행이 긍지를 보여준 거야. 모두가 거북해하고, 미워하고 바보 취급하고 욕하지만…… 그것이 왕가에 확실히 이어져 내려오고 있다는 걸 보여준 거야."

능력이 없다면 유능한 측근이라도 붙이면 된다. 메리 아버지 방식이다. 재주가 없다면 재능 있는 자를 모으면 된다. 나는 미녀 암살자를 모으고 있는데 아직 응모가 없달까, 습격이 안 오는데? 무지하고 무력하다면 가신과 귀족을 단련시키면 된다. 애초에 강제로 대련이라는 이름의 구타를 당하면 싫어도 강해지고 다이어트 효과도 끝내주거든?

응. 왕은 백성을 생각한다는 걸 자랑스럽게 여기기만 해도 된다. 유능하고 박식해도, 마음이 없으면 애초에 말이 안 되는 거니까. 그 긍지를 전하는 것이 전통이다. 끊어져서 전해지지 않는다면 왕가가 끊어질 뿐. 비참하고 안쓰럽게 바닥을 기더라도 백성을 잊지 않았다. 무능하게도 그것이 당연하다는 생각밖에 하지 않았다. 무익하고 어리석은 긍지다. 그렇기에 왕국은 살아남는다.

"뭐, 메리 아버지도 왕녀 여자애도 버리지 않았고, 포기하지도 않았으니까?"

그리고 어리석은 동생조차 긍지를 보여줄 정도의 왕가라면, 매국 귀족만 없다면 재건할 수 있을 거다. 내우외환을 바로잡는 방법은 마구마구 죽이는 건데?

"뭐, 안 되면 뭉개버려도 되겠지만, 여전히 이름도 모르는 이름 없는 왕국이 멸망하고 또 새로운 이름의 나라가 생기면 굉장히 곤란하니까 남겨두는 게 좋을지도?"

응. 이름이 더 늘어나면 대민폐거든? 어쩌고 왕국조차도 기억하지 못하는데 말이지?

한계를 계속 뛰어넘어 손에 넣은 진정한 힘이
시험받을 때가 오지 않는 모양이네?

64일째 저녁, 디오렐 왕국 가도

"어~이, 미행 여자애. 여~어? 응. 귀족군은 어떻게 됐어? 갑옷 반장의 『공포의 대왕』 작전은 잘되고 있어?"

"아, 순조로워요…… 일단은?"

뭐, 사실 잘 생각해 보면 전혀 작전이 아니고, 평범하게 공포의 대왕보다 위험한 미궁황이긴 하지만?

"그보다 그거 일단 전투가 되기는 해? 응. 그게 평범하게 나타난다면 본 순간 도망치잖아? 그 갑옷을 양산한다면 무적의 군대가 될 거야! 응. 분명 악역이겠지만?"

우두머리인 제1왕자는 뭉개버렸지만…… 그건 꼭두각시, 제물로 올린 돼지머리겠지. 그렇다면 추대한 쪽이 진짜 리더이고, 그건 대후작가거나 교회 둘 중 하나……. 뭐, 아무리 생각해도 교회겠지.

왕자가 사로잡혔는데도 여전히 변경으로 온다면 교회가 틀림없다. 거참. 가짜 던전에서 마석을 내세워 왕국과 협상하려고 했는데, 사실 왕국은 실권이 하나도 없고 값을 후려치던 진짜 범인은 교회였던 모양이다. 즉, 배후는 교국이다. 정말이지 변변찮은 배후가 튀어나왔어.

"응. 착각하면 곤란한데, 나는 교회와 교국이 싫을 뿐이지 배후도 후배위도 숭배할 만큼 좋아하거든? 싫어히는 건 교회와 교국과 영감 3점 세트고 배후에 죄는 없잖아?"

하지만 그건 어느 의미로는 죄가 깊다!

"그래. 그 하얗고 요염한 목덜미부터 어깨로 흐르는 라인과 거기서 이어지는 매끄러운 하얀 등의 곡선미와 그 밑에 있는 동그랗고 귀여운 엉덩이까지를 배후에서 바라보는 후배위는 그야말로 굉장히 죄가 깊고 배덕적인 배후가 배후에서 배후하면서 배후 공격이 배후에서 무한윤회한다니까. 아…… 와악! 드오루오오세에루우우우와아아악!!"

공포의 대왕님이 돌아오신 모양이다. 뭐, 문은 안 두드렸지만, 철구로는 두드렸다고 할까, 맞았다고나 할까, 아팠다고나 할까……. 노크인 줄 알았어? 철구 공격이었습니다!

"어서 오세요, 갑옷 대왕님? 이라고나 할까? 그보다 마인 갑옷 대마왕님으로 보이는데, 이제는 괜찮으니까 갈아입을래? 응. 좋아하는 『백은의 갑옷』도 잘 챙기고 돌아왔으니까? 아무튼 그 『스파이크 메일』하고 모닝스타의 콤비네이션으로 펼쳐지는 '나쁜 아이는 없~느~냐~?' 어택은 위험하니까 그만두는 게 어때? 아니, 그건 귀족군의 배후 이야기이지 결코 어젯밤 끈적끈적 통과 딱따구리

작전을 통한 배후 공격 이야기는 아니었다는 증언이 이 주변에 있을지도 모르니까, 아마 분명 아니라고? 라고나 할까?"

자기가 돌아오는 것보다 먼저 철구가 돌아왔지만, 뒤에서 본인이 확실히 돌아왔다. 그나저나 그 모닝스타는 원거리 공격이 가능한 거였냐고!

"그보다 왜 평범하게 언제나 상비하고 있는데!"

응. 화내고 있달까, 확실히 눈흘김 성분도 보급 중이다.

"귀족군 이탈병의 행패는 공포의 대왕 작전으로 완전히 멈췄습니다. 이제 귀족군 사이에서는 마의 가도라는 소문이 돌아서, 본대에서 떨어지면 '나쁜 아이는 없~느~냐~?'라고 말하는 마인이 나타난다며 얌전히 있습니다. 네. 그건 무섭네요. 우리 일족도 반쯤 울상이었어요. 물론 여러 마을을 습격할 작정이었던 병사는 엉엉 울면서 도망쳤습니다. 안젤리카 씨도 울상이라 시무룩해졌습니다. 이상입니다."

모두의 마음에 공포를 새긴 모양이다. 응. 갑옷 반장도 대미지를 받은 모양이네? 뭐, 나쁜 짓을 하면 벌을 받는다는 게 옛날부터 이어져 온 도덕 교육이고, 벌을 받으면 벌벌 당하니까 도덕과는 상관없이 폭력으로 교육하고 있지만, 그게 무서워서 착한 아이가 될 테니까 문제는 없겠지? 다행이다. 나쁜 아이는 소멸한 모양이다.

"이건 이제 그다지 손대지 않고, 게릴라도 줄이고, 바로 변경으로 끌어들이는 게 좋아 보이는 느낌?"

"손대려고 해도 공포에 질려 도망치는데요?"

뒤에서 강습 정찰로 불태우고, 비축 식량과 금품을 빼앗아서 도망치려고 했는데…… 섣불리 손댔다가는 여러 마을에 피해가 생길 것 같단 말이지? 이제 저건 군이라기보다는 도적단이라고 불러도 되지 않을까? 진심으로?

"저건 도적단이라고 부르는 게 훨씬 낫네요. 그래도 저 군대, 아니 도적단을 뒤에서 습격해서 불태우고 식량과 금품을 빼앗고 도망칠 생각이었다니, 대체 어떤 악당은 어떤 하루카 씨인가요? 그 극악무도 하루카 씨는?!"

보급선을 끊고 식량을 노리는 건 정석이자 약속이고, 게다가 팔아치우면 떼부자가 강림하는데 불만인 모양이네? 하지만 확실히 섣불리 식량을 빼앗았다가는 마을을 습격할 것 같으니까, 모처럼 게릴라로 비축 식량과 금품을 빼앗아서 상대에 피해를 주고 나는 떼부자로 만드는 두 마리 토끼를 쫓는 자는 두 번 배부른다는 격언을 따라가려던 작전을 화려하게 발동할 수가 없겠네?

"그럼 강습 정찰용 흉행형 골렘은 두고 갈 테니까, 마을 방어만 부탁할게. 골렘은 쓰고 버려도 되니까. 자폭하기도 하고? 응. 자기가 위험할 때는 확실히 도망쳐야 해? 마석 섬광 폭음 점착 상태 이상 부여 폭발 수류탄은 충분해?"

"충분하고도 남을 만큼 있기는 한데, 섬광과 폭음으로 전투 불능이 된 채로 점착으로 접착시키고 상태 이상까지 걸려서 쓰러졌는데 마무리로 폭발까지 해버리면 그거 과잉 가해 아닌가요? 뭔가 발을 묶는 게 아니라 괴멸시켰는데, 폭파하면 이제 그것만으로도 발이 영원히 멈추는데 섬광과 폭음으로 전투 불능에 점착에 상태 이상은 대체 뭐죠?"

응. 괜찮아 보인다. 마석 섬광 폭음 점착 상태 이상 부여 폭발 수류탄은 마석을 일회용으로 쓰고 버리니까 아깝지만, 그래도 최소한의 안전만큼은 확보할 수 있으니까 필요 경비. 뭐, 그렇게나 있으면 보통은 쫓아오지 않을 거고, 발을 묶기만 해도 충분한 의미는 있다. 그렇다. 안전제일. 적의 안전은…… 영감에게나 빌든지?

"아니, 예로부터 조심 또 조심해서 오히려 근절시키면 안심 안전이라고, 공덕이 있을 것 같은 제육천마왕 씨가 말했던 느낌이 들거든?"

"그건 대체 무슨 신인 건가요?!"

갑옷 반장에게 공포의 대왕 작전을 시켜서 마을들을 지키려고 했는데, 이미 효과가 충분해서 나쁜 아이는 없어진 모양이었다. 뭐, 중세는 미신을 믿을 것 같으니까, 공포의 대왕 작전이 효과적으로 통한 거겠지.

그래도 알맹이는 공포의 대왕도 잔챙이로 만드는 미궁황인데 괜찮은가? 오히려 공포감을 소프트하게 만든 느낌도 드는데, 그 외모의 임팩트는…… 어라? 왜 다들 저 갑옷을 나한테 추천하는 거지? 어째서일까……. 응. 왕도로 가자(눈물).

이제 나와 갑옷 반장, 슬라임 씨는 시간에 맞출 수 있을지는 알 수 없어도 왕도로 갔다가 돌아와서 맞이하게 될 거다. 거기서부터가 진짜 싸움이고 내가 접대한다면, 이후의 발 묶기 작업은 몇 가지가 필요할까…….

"으~음. 정보는 없나."

"죄송합니다. 감시하고는 있지만 뭘 하는지까지는……."

모험가 길드에서 확인은 했다. 아마 세 개는 확실하겠지. 아마 다섯 개. 아홉 개 중 나머지 네 개는 너무 멀 테니까, 다섯 개라면 하나는 갑옷 반장에게 맡기고 나머진 네 개. 슬라임 씨가 늦지 않는다면 세 개인가……. 반장 일행으로 하나는 가능할까? 하지만 슬라임 씨가 늦지 않는다면 오타쿠 바보들도 늦지 않을 거다. 모두가 있으면 하나는 확실하게 가능할 터. 그래도 두 개는 남는다.

변경군과 왕녀 여자애의 근위로는…… 너무 위험하다.

"역시 포기해야 하나……. 뭐, 돌아오고 나서 생각하자."

응. 어차피 모른다. 그보다 슬라임 씨가 시간에 맞추지 못하더라도, 여섯 번째나 일곱 번째가 있더라도 포기할 수밖에 없다. 일단 임기응변으로 처리하는 게 가능하다면 한다. 불가능하다면…… 시킬 수 없다.

반장 일행은 오늘 밤 출발해서 고속 선행 부대를 내더라도 도착은 내일 예정이지만, 함께 온다면 내일 밤이라도 빡빡할 거다. 메리 아버지 쪽은 시간이 더 걸릴 테니까, 준비는 이쪽에서 해두자. 도착한 뒤가 이쪽의 진짜 싸움이 될 테니까, 계획하고 준비하고 설치하면 된다. 싸움은 준비가 중요하지만, 싸우지 않으려면 준비가 더욱 중요하다. 그야, 그것이야말로 싸움이니까.

"왕도 쪽에는 크고 작은 마을들이 꽤 많이 있네……. 그 변경의 빈곤함은 대체 뭐였나 싶을 만큼 풍족하지 않아?"

"왕국은 위험한 지역으로 불리지만, 변경 바깥은 압도적으로 안전하니까요."

"뭐, 이웃 도시조차도 폐허가 되기 전에는 변경보다 풍족했으니,

이쪽이 일반적인 건가……."

응. 그럼 처음부터 이쪽으로 전이하라고! 그 고생의 대부분은 전이한 곳 문제였잖아. 나의 숲 생활은 상관없었잖아!!

"응. 이쪽이었다면 평범한 이세계 라이프였는데? 보통 변경은 마지막이잖아. 변경은 라스트 스테이지야! 왜냐하면 최종 보스투성이였으니까?!"

이쪽이었다면 라이트노벨의 이세계 모험 라이프를 할 수 있었다. 여기에는 평범하게 근처에 크고 작은 마을이 있으니까, 모험가 길드로 갔다가 숲이나 던전으로 단련하러 갔겠지……. 그런데 나는 왜 갑자기 숲?! 게다가 최종 보스인 고블린 엠퍼러가 나오는 스탬피드 직전인 마의 숲에서 스타트했고, 동굴 집에서 최종 보스가 나왔잖아……?!

"잠깐, 이쪽이었다면 평범하게 여관에서 살고, 평범하게 모험가 길드에서 일을 받고, 평범하게 무기 가게에서 장비를 사고, 평범하게 강해지는 초 평범 전개였잖아! 저쪽은 던전에 들어가기만 해도 느닷없이 미궁황이었는데!?"

게다가 변경 도시는 무기 가게에 철도 없어서 무기가 없고, 모험가 길드는 일이 변하지 않고, 여관은 하얀 괴짜이고 여고생 밀어내기 승부도 개최 중. 그리고 던전으로 가면 느닷없이 미궁황……. 아무리 생각해도 전개가 이상하다 싶었는데, 변경은 하드 모드였던 모양이다!

그리고 왕도가 다가왔다.

"홋. 마침내 나의 진정한 힘이 시험받을 때가 와버렸나. 분명 이세계에서 줄곧 줄곧 단련해 온 이 힘은 여기서 사용하기 위해 있었던 걸지도 모르겠어?"

(도리도리)

아닌 모양이네? 하지만 줄곧 단련한 진정한 힘이 대활약할 곳은 여기잖아? 뭐가 아닌지는 베일에 싸여 있지만, 싸여 있는 걸 벗겨내면서 틈새에 손을 집어넣어 이런 곳을 조물조물 주무르고 비비적거리고, 그 너머에 있는 시대의 최첨단에다 선진적인 돌기…… 우왓. 부우와아아아아우부와아아아어억?!

"쉬~잇. 몰래 왕도 여행, 진격편이니까 모닝스타는 금지하지? 잠깐, 그렇게 몰래 눈에 띄지 않게 모닝스타를 휘두르는 것도 안 된다고……. 그보다 왜 눈에 안 띄는데?! 아니, 뭔가 몰래 모닝스타를 휘둘러 암살할 수 있을 것 같은 게 오히려 무섭거든?! 그건 모닝스타를 쓰는 법과는 크게 잘못된 초고등 기술이고, 아직 모닝스타로 암살당한 사람이라는 건 들은 적이 없으니까 분명 잘못됐다고 생각하거든? 진짜로!!"

무음으로 휘두르는 철구 난무는 이상해. 엄청 피하기 힘들고!

"왜 소리도 없이 기척까지 지우고 모닝스타로 공격할 수 있는데!"

아무래도 갑옷 반장은 닌자의 올바른 모습을 이해하지 못하고 있는 모양이다. 응. 미녀 닌자 역할은 무리 같다……. 목욕하는 장면은 기대하고 있었는데?

자칫 잘못하면 픽 가버릴 것 같은 철구의 조용한 난타난격에서 도망치면서 고속 이동을 구사하여 왕도로 향했다. 최고속으로! 그야 당연히 서두르지 않으면 뒤에서 철구가 쫓아오니까!

그리고 멀지만 보였다.

"이 거리에서 보이다니, 크지 않아? 저게 왕도고 튀어나온 부분이 왕궁이라면, 저 튀어나온 부분을 눌러서 집어넣으면 해결되지 않을까?"

그런 근사한 해결 방법을 모색하면서 다가가며 주변을 돌았다. 이이상 접근하면 들킬 우려도 있으니, 속도를 줄여서 길 주변으로 다가갔다. 이곳이 왕도. 당일치기는 무리지만 고속 이동을 계속 쓴다면 하루 여행. 응. 고마움이 별로 없다.

"그나저나 생각했던 것보다 왕도가 훨씬 크네?"

이 거대함은 주민의 숫자를 나타내고 있으니까, 대량의 왕도 주민 전원에게 변경 목도와 버섯 깃발을 팔면 떼돈을 벌겠어! 곧바로 준비하자!!

"이런 깨작깨작한 작은 고생의 축적이 정말 중요하거든? 응. 금방 편하게 벌겠다고 말하는 사람도 있지만, 보이지 않는 곳에서 깨작깨작 일하는 이 모습이 근로란 말이야."

보이지 않는 곳에서 깨작깨작 만들고, 깨작깨작 진열하고, 깨작깨작 또 만든다. 이세계에 오고 나서부터 계속해서 자신의 한계를 뛰어넘으며 손에 넣은 진정한 힘, 마침내 나의 부업력이 시험받을 때가 온 거다! 그래. 왕도에서 바가지를 씌운다!!

응. 〈기념품 가게 왕도 앞 지점이라고나 할까?〉 ——점포 상품도 풍부하고, 재고도 많다. 특히 식재료와 무구는 대량 입하. 아까 왕성에서 깨작깨작 갈취해 왔으니까. 그래. 떼돈이다!

왕성에서 갈취 → 왕성의 물자 부족 → 팔아서 바가지를 씌운다

→ 팔고 나서 성에서 또 갈취한다. 완벽한 떼부자 상법이다. 마침내 나의 떼부자력은 질량보존의 법칙에 도달했다! 경영 컨설턴트 M씨도 '상품이 없다면 갈취하면 되잖아?' 라고 말했으니까 나는 잘못이 없다. 그리고 팔면 회수하니까, 기념품 가게의 상품량은 영구적이다.

신제품도 기념품도 풍부하고, 시연 판매용 망루 스테이지도 세웠다. 내일은 영업이다. 오늘 밤은 이곳 왕도 앞 지점의 근사한 침실에서 휴식하고 숙박과 취침도 힘내자!

한밤중에 폭주하는 16세 소녀 집단은 기념품 가게의 유리를 깨러 온 걸까?

64일째 저녁, 무리무리 성

새로이 두 개의 던전을 돌파하고 하루카에게 비밀 방 찾기를 부탁하려고 무리무리 성까지 돌아왔는데…… 하루카는 급하게 자신을 제1왕자군에게 넘겨주려고 갔다고 하네?

"""어째서 당연한 듯이 급하게 넘겨주려고 간 건데?!"""

"그치만, 그 왕제님의 제안은……."

"어째서, 분명 멀쩡한 일이 일어나지 않을 텐데!"

그렇다. 그리고 넘겨주는 본인이 훨씬 멀쩡한 일을 하지 않을 거다! 그건 판도라의 상자(희망 없음)고 재앙 100%에 불순물이 없고 초고농도로 농축됐을 만큼 멀쩡하지 않으니까!

"넘겨받으려는 쪽도 좀 그렇지만?"

"넘겨주는 쪽도 그렇고?"

"""응. 넘겨주려는 생각이 넘쳐나는 그 녀석이야말로 3종 혼합에 삼색에 엄청 섞지 마라 위험 상태이니까!"""

그 왕제님은 멀쩡한 일을 하지 않는다. 하루카를 적에게 넘겨주다니!

"괜찮을까……. 뭐, 분명 괜찮지는 않겠지만."

"적에게 신병을 넘겨주다니…… 적에게는 재난이겠네?"

"""응. 그렇겠지~?"""

분명 멀쩡하지 않은 일이 벌어질 거다. 조금 더 아군이라든가 적에게 끼치는 폐를 생각해 줬으면 좋겠다. 그치만, 그런 걸 넘겨주고 대화라니 가능할 리가 없으니까.

"그걸 넘겨받고 대화할 여유가 적에게 있을 리가 없지?"

"""차라리 폭발물이 더 나아!"""

"우선 이야기부터 해보려고 해도 의미를 모르니까?"

그렇다. 하기 전부터 계획 단계에서 협상 실패 확정이다. 그걸 건네받은 적은, 협상 때까지 살아남을 가능성조차 미약하니까.

"하루카 님에게 전언이 있어요. '반장네는 왕도 집합. 선착순 30명에게 신작 단팥 만쥬를 선물? 이라고나 할까? 그렇게 전해줘? 같은 느낌? 이라고?' 라고 하네요."

메리에르 씨가 측근으로부터 자세한 정보를 듣고 온 모양이었다. 그리고 왕도로 가고 있어?

"왜 제1왕자에게 넘어갔으면서 제2왕자가 있는 왕도로 가고 있는 거야?"

"응. 그리고 전언의 뒷부분은 전혀 필요 없잖아!"

"왜 측근 씨도 의리 있게 다 기억하고 전달하는 걸까~?"

수수께끼투성이 전언이었다.

"뭐, 갈 수밖에 없지!"

"""응. 가지 않으면 의미가 없고, 단팥이니까!"""

"걱정할 바에는 가자, 단팥으로!"

"어째서 가냐면, 거기에 단팥이 있으니까!!"

가는 것에는 아무도 의의가 없고, 거기에는 만쥬가 있다. 그래도 전쟁 중에 만쥬를 목표로 삼고 작전을 결정하는 건 분명 드문 일이 겠지. 공주님 콤비가 굳었으니까? 그래도 신작 만쥬는 끌리는 눈치다. 단팥이 얼마나 근사한지 모르니까 모두의 텐션에 굳었을 뿐이었다.

"지도를 보면 왕도까지는 똑바로 갈 수 있지만⋯⋯. 하루카를 넘겨줬다는 사건 현장을 지나갈 수는 없는데 직선으로 갈까? 사건 현장에 들렀다 갈까?"

하루카는 고속으로 이동할 수 있는 근위들만 데리고 갔다. 그러니 이미 사건은 끝났을 가능성이 높다. 그럼 서둘러 왕도로 가는 게 낫다. 최단 거리로 고속 이동하면 내일 밤중에는 도착할 수 있다.

"영주님 일행은 이미 나간 모양이야."

"""응. 선착순 30명의 위기네!"""

서둘러 저녁을 먹고, 목욕했다가 잠깐 잤다. 네 시간 뒤 한밤중에 출발하기로 하고, 안전상으로는 이른 아침도 괜찮았지만 레벨 100

을 넘긴 집단이고, 어차피 밤중에 나가거나 밤중에 달리거나의 차이일 뿐이다. 그러니까 결국 함께라면 당장 가기로 했다. 공주님 콤비도 참가할 작정이라 절찬 협상 중인 것 같다.

"""밥밥밥밥밥!"""

"""목욕목욕목욕목욕목욕야식?"""

아니, 야식은 너무 먹지 말아야지? 오늘은 부트한 캠프가 없거든? 응. 조바심을 내도 별수 없지만, 하루카가 없으면 진정이 안 된다. 그야, 갈 때는 갔다 오라고 배웅해 줬으면서, 돌아오니 어서 오라는 말이 없다니 근무 태만이잖아!

"선행 부대 낼까?"

"난 어느 쪽? 선착순 30명은 양보할 수 없어!"

왕도 방면은 토지감이 없는 모르는 장소. 마물도 복병도 없겠지만, 주의하고는 싶다.

"정찰을 겸한 선행만큼은 정기적으로 내보내겠지만……. 기본적으로 본대는 흩어지지 말고 함께 가자."

"응. 잘 생각해 보면 30명보다 적으니까 괜찮을 거야!"

"""응. 친구니까."""

응. 단팥 때문에 위기에 빠졌던 우정은 어찌어찌 부활한 것 같다.

"단팥이다~!"

"""""오오오오오오오!"""""

흥겨워하고 있고 기합도 들어갔다. 아니, 빨리 자야지?

"목표는 왕국의 수도, 단팥이야!"

"""""우오오오오오오!"""""

오오~. 아니, 아니거든? 목표는 단팥이 맞지만, 수도 이름을 멋대로 바꾸면 혼날 거야. 거기 왕녀님도 있잖아?

이런저런 소란을 부리다가 자서 수면 부족이지만, 그래도 이 세계는 레벨만 높으면 몸이 강해진다. 레벨 100은 일주일을 자지 않아도 괜찮다는 이야기도 들었나. 뭐, 피부에 안 좋아 보이고, 피곤할 것 같으니까 안 하겠지만, 졸리기만 하고 지장은 없을 터.

"가자!"

"""오오――!"""

어둠 속에서 무리무리 성을 나와 달렸다. 말이나 마차도 빌릴 수 있지만, 마부 일 같은 건 못하기도 하고 하루 정도라면 달리는 게 빠르다. 그만큼 레벨 100의 고속 이동력은 압도적이니까. 뭐, 어째서인지 레벨 21에게 추월당하지만, 그게 이상할 뿐이지 우리도 확실히 빠르……겠지?

공주님 콤비에 메이드까지 붙은 23명. 공주님 콤비는 레벨 100이 안 되지만 후위직보다는 이동 속도가 빠르다. 상당한 고레벨일 거다. 그러니까 간다. 모두 함께. 그곳에서 기다리고 있으니까…… 단팥 만쥬가!

"보고, 전방에 적 없음."

"마을들은 꽤 많았지만, 문제는 없어 보였어."

전방의 배구부 콤비를 따라잡아서 상황을 확인했다. 한 파티씩 교대로 선행 정찰을 보내고 있는데, 가도 주변에는 마물도 없고 적병과도 만나지 않았다. 하지만 꽤 멀다. 왜냐하면 스타트 지점이 땅끝의 변경이니까.

"알았어. 합류하면 다음에는 임원회가 선행할 테니까, 지휘는 도서위원이나 왕녀님에게 맡길게."

"네. 맡겨줘요."

"네. 맡았습니다."

하늘도 완전히 밝아져서 태양도 올라갔다.

"생각보다 순조롭네."

"변경 바깥은 정말로 마물이 적구나."

"이거라면 밤까지는 도착할지도?"

"""응. 팥소가 기다리니까!"""

하루카가 전원의 장비에 『가속』과 『SpE 상승』을 붙여줘서 이동이 생각보다 빠르다. 뭐, 하루카는 도망치는 것과 지키는 것에 중점을 둔 장비를 만들어 주고 있으니까 다들 은근히 발이 빠르다. 부츠에도 앵클릿에도 고속계 스킬이 부여되어 있고, 왕녀님 쪽에도 확실히 장비를 만들어서 넘겨준 것 같다.

"전방 이상 없음. 선행 교대는 시마자키네면 돼."

"갈 수 있어. 슬슬 왕도의 세력권인데 분산 정찰은 필요 없어?"

여기서부터는 귀족 영지가 밀집되어 있다. 발견되더라도 지나가면 추격당할 일은 아마 없겠지만…… 가자.

"앞만 부탁해. 발견되어서 추격당하더라도 무시하면 돼. 가자."

"알았어. 나갈게."

"""조심해."""

사역팀이 나갔다. 아침밥은 고속 이동하면서 하루카가 준비해 준

햄버거를 먹었는데…… 점심은 어쩌지?

고속 이동 여자 모임이 급히 소집됐다. 주먹밥과 닭튀김이라면 이동하면서도 먹을 수 있지만…… 왜 하루카는 소고기덮밥을 준비해주고 간 걸까? 응. 소고기덮밥을 먹으면서 고속 이동으로 달리는 소녀라니, 여자력이라든가 평판이 위험해질 것 같다. 혹시 하루카에게 소고기덮밥은 휴대식이었던 걸까? 뭐, 소고기덮밥도 패스트푸드지만, 그건 고속으로 달리면서 먹을 수 있다는 의미와는 다르거든?

그리고 여자 모임 결과, 회의가 난항을 겪는 바람에 배가 고파져서 소고기덮밥을 먹으며 고속 이동으로 내달렸다. 아무도 보지 않으니까 평판은 괜찮더라도, 소녀로서는 소고기덮밥 서서 먹기라면 아슬아슬하더라도, 달리면서 먹는 건 여자로서 꽤 위험한 것 같아!

"전방에 왕도, 보여."

"응. 크니까 아직 멀어도 왕도 발견."

"하루카의 기척을 찾아볼까?"

"아직 멀어."

밤이 되고, 심야도 가까워질 무렵에 겨우 멀리서 왕도의 모습이 보였다. 그래도 텐트를 치고 야영하는 것보다는 하루카한테 가는 게 분명 쾌적한 생활을 보낼 수 있을 거다. 그 커다란 자유자재 텐트도 있고, 아이템 주머니에 가구까지 넣을 수 있는 상비 이사 가능 상태인 쾌적 생활 상습범이니까. 그리고 목욕탕도 들고 돌아다닌다. 세 종류나.

"근처에 기척 없음!"

"흩어질까?"

"시간이 들어도 되니까 파티마다 너무 떨어지지 않고 왕도 주변을 멀리서 한 바퀴 돌아보자."

""“Ja(알았어)!”""

다들 하루카가 얽히면 텐션이 올라간다. 쾌적한 생활과 맛있는 밥과 근사한 옷 덕분에 소녀심과 의식주를 한 손에 거머쥐고 있으니까. 응. 슬슬 진심으로 사역이 위험한 기분이 들고, 팥소가 사역자 한정이라면 다들 신청해 버릴 것 같다.

그리고 왕도 문 앞에 우뚝 솟은 성벽, 거기에 내걸린 간판에는 『기념품 가게 왕도 앞 지점, 이라고나 할까?』! 그렇다. 범인은 이 안에 있다. 응, 틀림없어!!

"일단 확인."

""“Ja!”""

"뭐, 틀릴 일은 없겠지만~?"

그리고 내부를 기척 탐지한 소녀들이 얼굴에서 증기를 내뿜으며 쓰러졌다. 아아…… 심야니까……. 착한 아이는 흉내 내면 안 돼?

"어서 오세요, 같달까? 그보다 엄청 빠르지 않아? 꼬박 하루 걸리다니 평균 시속으로 쳐서 100킬로미터 초과로 달리는 16세의 밤? 이라고나 할까? 그래도 유리창은 깨지 말라고? 자자, 안으로 들어와, 라고나 할까?"

안에는 안젤리카 씨가…… 지치고, 피곤하면서…… 녹아내리는 듯한 야릇하고 요염한 웃음을 지으며 맞이해 줬다. 응. 녹아내리는 중이었던 것 같다. 오늘은 다 비치는 검은 미니 드레스였던 모양인데, 물론 에로했다.

근데 안젤리카 씨가 이리 와 이리 와라고 손짓하고 있지만, 그곳은 소녀의 위기가 기다리고 있으니까 갈 수 없거든? 그 방은 거대한 침대밖에 없잖아? 바닥 한 면이 침대 온리고, 그 침대는 올라가면 위험한 소녀 살육지대니까 부르지 말아 줄래? 응. 소녀에게 그건 무리아!

이세계 귀족의 사교는 아가씨 저와 발을 동동 구르지 않겠습니까, 라는 게 낭만 전개?

?일째, 오무이 영주관

쏟아지는 듯한 햇살 속에서, 공주님이 황금색 머리를 나부끼며 반짝이는 웃음과 함께 외출하셨다. 수많은 친구에게 둘러싸여서 기쁘고 행복한 듯한 웃음—— 저건 분명 미래에 전해질 영웅담의 뒷모습, 저것이 공주님이 목표로 삼았던 꿈의 끝.

공주님이 어린 시절부터 품고 있던 꿈, 그건 절대적인 목표…… 무리무르 님이었습니다. 그건 동경이라고 부르기에는 너무나도 비장하고 슬픈 결의라고 생각할 수밖에 없었습니다. 그리고 어린 소녀에게는 괴롭고 험난한 길이라는 생각밖에 들지 않았습니다.

그랬는데, 저렇게 기쁘고 행복한 듯 친구들에게 둘러싸여 있다니……. 저걸 가장 기뻐하는 건 분명 무리무르 님이겠죠.

줄곧 필사적이었습니다. 몸과 마음을 건 처절한 결의였습니다. 그런 공주님이 저렇게 기쁘게, 마음 가는 대로 경쾌하게…… 발을 동동 구르고 계시네요?

일찍이 제가 어린 시절에 동경했던 건 당대의 공주 기사 무리무르 님이었습니다. 왕국에서도 변경에서도 아름다운 공주 기사님의 영웅담이 대체 얼마나 전해져 내려왔는지 모릅니다. 노래로 칭송받고 연극도 상연되어서, 당시에는 아직 후계자였던 멜로트삼 님과 나란히 전해지는 활약상을 듣고 어린 가슴이 들떴습니다. 그 모든 것이 어렸던 시절부터 몸이 약했던 저의 동경이었던 겁니다.

그리고 그 공주 기사님이 변경으로 시집을 온다고 정해졌을 때는 모두가 기뻐했고, 축제를 벌였습니다. 이건 다정했던 선대 영주님이 소수의 병사만을 데리고 마물에 습격받던 마을을 구하러 가서서 몸을 던져 마물을 저지하고 마을 사람들을 도망치게 한 뒤…… 그리고 목숨을 잃은 비극 이후에 겨우 찾아온 행복한 화제. 모두가 한탄하고 슬퍼하고 비탄에 젖어있던 변경에 겨우 찾아온 행복한 소식이었으니까요.

그리고 국왕의 검으로 칭송받던 멜로트삼 님이 영주 자리를 이어받고, 공주 기사에서 물러난 무리무르 님이 시집을 왔을 때는 온 변경이 축제를 벌이며 맞이했습니다.

가난했지만, 목숨을 버리면서까지 영민을 구해주신 선대님을 위해 모두가 좀 더 불타올랐습니다……. 하지만, 그것이야말로 파멸의 시작이었던 겁니다.

왕국의 검 멜로트삼 님과 공주 기사 무리무르 님이 변경군을 이끄는 것은 마물들과 싸우기 위한 강한 힘이 됐습니다. 실제로 결혼

한 직후에는 단번에 평화로워지기도 했습니다.

그렇기에 그 힘을 두려워한, 지금까지 변경에 오는 지원을 갈취해 온 귀족들의 의심은 공포로 부풀어 올랐고, 왕도에서 영향력을 가지고 있던 두 분은 함께 변경에 왔죠……. 그리고 서서히 변경으로 오는 지원 물자가 줄어들게 됐습니다. 그것은 싸울 힘인 병기, 장비와 그 소재.

변경이 왕국에서 고립된 겁니다. 많은 영웅이 애썼던 변경은 왕국에 배신당하고, 힘을 잃고 가난해지는 나날이 시작됐습니다. 그것은 멜로트삼 님이 왕도에서 그렇게나 분골쇄신하며 일했던 것이 발단……. 왕도와의 접점이 끊기고, 멜로트삼 님의 친구셨던 국왕 폐하께서 쓰러지자 상황은 단번에 악화되어서, 마침내 변경은 왕국의 지원을 받지 못하게 됐습니다.

그리고 비극은 멈추지 않아서, 무리무르 님이 출산 후 병에 걸려 검을 놓게 되셨습니다. 그것은 비탄과 안도와 함께 찾아왔습니다. 나날이 확대되는 마의 숲을 두려워하고 피해를 받으면서도, 그럼에도 무리무르 님이나 멜로트삼 님이 제대로 된 무구도 없는 상황에서 전선에 나오기를 바라지는 않았기에 생겨난 얄궂은 안도.

하지만 그 사실에 가장 괴로워했던 것은 어린 메리에르 님이셨습니다.

철이 들 무렵부터 자신이 태어난 탓에 공주 기사였던 무리무르 님의 몸이 망가졌다며 자신을 책망했고, 어린 시절부터 작은 손으로 검을 쥐고 어머니를 대신해서 변경을 지키고자 필사적으로 강해지려 하셨습니다. 무리무르 님의 몫까지 자신이 싸우겠다며 작은 몸을 상처입히듯 단련했고, 밤낮을 가리지 않고 수련에 힘쓰셨습니다.

지금이야 쌍검희로 칭송받고 있지만, 언젠가 꼭 무리무르 님처럼 되겠다고 그것만을 목표로 삼고 계셨고, 몸이 작아서 무리무르 님처럼 대검을 휘두를 수 없다는 걸 알자 사흘 밤낮을 울다가 그다음 날 세검이나 소검을 단련하기 시작하셨습니다.

절대로 포기하지 않고 앞만 바라보며 노력을 이어갔고, 어느 날 아침 단련 상황을 보러 가자 이도류 훈련을 시작하고 계셨습니다. 꿈이 끊어졌는데도 포기하지 않고, 무리무르 님을 대신하여 싸울 수 있다면 그걸로 충분하다며…… 작은 손으로 검을 휘두르는, 필사적인 뒷모습이었습니다.

그러나, 그렇게 자신을 학대하듯이, 자신을 저주하듯이 강함을 추구하던 공주님이…… 어느 날 꿈에서 깬 것처럼 독기가 사라졌고, 비장감이 감돌던 표정은 마치 씌인 것이 떨어진 것처럼 달라졌습니다.

그 모습을 의아하게 생각했는데, 공주님은 신기한 걸 봤다고 합니다. 그것은 하늘을 달리는 흑발의 소년…… 그리고 진정한 강함을 보았다고요.

"남성인데도 다부진 체구의 도적들과 비교하면 너무 가냘픈 몸이었어요. 그런데 마치 바람이 흐르는 것처럼 두둥실, 물이 흐르는 것처럼 스르륵 피하지 뭐예요! 남자애가 장난치며 노는 것처럼……. 레벨은 고작 9고, 밖으로 나오는 것조차 위험할 텐데…… 본인이 더 위험하기 그지없었어요! 그리고 이름을 기억해 주지 않아요!"

얌전하고 성실하고 올곧다. 그것은 뒤집어 보면 자신을 책망하는 가책이 아이다움을 용납하지 못했다는 것……. 그런 공주님이 감정을 드러내며 발을 동동 구르고 있었습니다. 저는 그게 너무나 기뻤지요. 그 얼굴은 처음으로 보는, 감정을 드러내는 여자애의 얼굴이었고, 그 모습은 나이에 맞는 소녀 같았습니다.

한창때의 공주님인데도 간소하고 움직이기 편한 옷을 입는 걸 좋아하고, 영주의 딸로서 최소한의 복장밖에 찾지 않던, 그것 말고는 자신을 용서하지 않았던 그 완고한 공주님이 드레스를 입더니…… 마음을 감추지 않고 감정을 실어서 발을 동동 구르는 모습을 봤을 때는 문 뒤에서 눈물을 흘렸습니다.

그런 공주님이 두 자루 대검을 허리에 차고, 드레스 차림으로 웃으면서 손을 흔들며 나가셨습니다.

그것은 공주 기사 무리무르 님의 전설조차 능가하는 '던전 살해자(여자 모임)'. 아무래도 여자력이라는 것을 극한까지 단련하여 온갖 마물을 없애버리는 무시무시한 이국의 힘이라고 합니다. 눈이 부시는 흑발의 미희들에게 둘러싸여도 뒤떨어지지 않고 반짝일 만큼 아름다워지신 메리에르 님. 그런 미희들에게 둘러싸여서 도망치는 건 검은 눈동자의 재앙, 하루카 님.

네. 재앙님이 또 영주관을 개조하신 모양이군요? 우선 탐색대에 지도를 만들게 하고, 청소 부대의 편성을 다시 고쳐야겠군요……. 또 저택 안에서 행방불명자가 나오지 않아야 할 텐데요. 지하도 또 넓어진 모양이군요……. 탐색대에는 비상식량을 주고, 수색대도 준비하기로 하죠.

한숨과 함께 창밖을 바라보며, 흑발 집단 속에서 긴 금발을 나부끼며 온몸으로 행복함을 드러내는 공주님의 뒷모습을 향해 중얼거렸습니다. 이제는 항상 추구하던 꿈보다도 훨씬 높은 곳에 계신 겁니다. 지금 아가씨가 계신 곳은 아무도 도달한 적이 없는 전설의 영역이지요. 그런데도 여전히 가시려는 겁니까. 그 검은 머리를 날리는, 누구도 도달하지 못한 고지에 있는 소년의 뒷모습을 따라서.

하지만…… 그 소년은 제가 손짓하면 매번 쉽게 다가오니까, 연상을 좋아하는 모양이던데요?

◆ 오늘 한정 스페셜이 오늘 한정인 경우는 별로 없다고 한다.

65일째 아침, 기념품 가게 왕도 앞 지점

어제는 하룻밤 내내 달려서 지쳤고, 밤도 늦어서 목욕한 뒤에 금방 자버렸다. 그렇다. 역시 여자용 호화 대목욕탕은 준비되어 있었다.

그리고 물론 그 위험한 초대형 침대밖에 없던 침대 온리 바닥. 그리고 그 침대에 올라가면 위험한 방이 아닌 극히 평범한 방에서 평범하게 잤습니다. 소녀입니다.

"좋은 아침, 하루카. 그리고 너무 자연스러워서 흘려버리는 바람에 묻는 걸 까먹었는데……. 이 성채는 뭐야?!"

"왕도 코앞에 성채를 만들어서 성 VS 성의 백병전을 할 거야?"

"왜 성끼리 접근전을 하는 거야?!"

"""그리고 『기념품 가게 왕도 앞 지점, 이라고나 할까?』라니 모르는 사람이 보면 『이라고나 할까?』가 이름이라고 생각하겠네!"""

응. 한밤중의 자극이 너무 강해서 잊고 있었는데, 왕도 코앞에 요새라니⋯⋯. 평화적으로 생각해도 평범하게 선전포고지?

"앗, 좋은 아침, 반장. 오늘도 반장이네. 응, 아침밥은 다 됐고 식후에 선착순 30명으로 단팥 만쥬도 준비했지만, 부트에 캠프해 주는 사람은 예약 접수 중이고 화풀이 상대(원 모어 세트) 모집 중인 기색이었어. 그보다 바로 폐점할 테니까 이름 필요 없지 않아?"

"""어제 만들었으면서 바로 폐점한다고?"""

그야 진짜 목적은 변경에 끌어들이는 계획이다. 그리고 그건 하루카 혼자서 맞이할 작정이니까 하루카만 돌아갈 거고, 그리고⋯⋯ 자기가 만든 가게 이름도 기억할 생각이 없었다!

"갑자기 군대를 내보내지는 않겠지만, 보러는 오겠죠."

"""응. 군대가 오는 게 낫지 않을까?"""

눈앞에는 왕도가 있고, 그 문은 모두 닫혀서 방어 중이다. 저 안에 있는 제2왕자와 왕국군 제2사단을 배제하거나 설득해야 한다. 이쪽도 느닷없이 공격할 수는 없는데, 그래도 이쪽에는 왕녀님이 있다. 협상할 수는 있겠지만, 오무이 님을 기다리지 않고 멋대로 움직일 수도 없다. 하지만 이 경우⋯⋯ 그 왕제님도 올 테니까 귀찮을 것 같다.

그리고 아침에 일어나니 눈앞에 성채가 생겼으면 평범한 사람은 무슨 일인가 싶어 보러 올 거고, 들으러 온다. 그보다 확실히 왔다. 군인이 호위하는 관리가 왔다.

"이건 왕권 대행이신 왕제 각하의 직필 허가증입니다. 왕도의 부족한 마석 유통을 목적으로 만들어진 가게인지라 상단을 맞이하기 위해 구조가 커졌고, 마석을 대량으로 판매하니까 도적에 대한 안전을 위해 방어벽도 설치했습니다. 물론 새로 왕으로 즉위하실 제2왕자 쿠자류스베리 님이 허가하지 못하겠다고 하시면 가게를 접고 변경으로 돌아가겠지만요? 저희는 왕도에 적정 가격으로 마석이나 상품을 판매하라는 임무를 받고 왔을 뿐인데요."

완벽한 대본이었다. 왕도도 마석이 필요해서 견딜 수 없을 거고, 즉위식도 열지 못하는 상황이니 현 왕권 대행의 허가증에 트집을 잡을 수도 없을 거다. 그리고 무엇보다 식량이나 무구, 방어구가 급거 필요한 모양이다. 그러니까 수상한 가게라도 없애버릴 수는 없다. 만약 약탈한다면 그걸로 끝이고 다음 입하는 영원히 사라진다. 그렇다면 거래에 응하는 게 이득…… 그보다는 그것밖에 없다.

"이, 이건."

"정말로 왕의 인장이군!"

"곧바로 연락하게."

서둘러 와서 다행이다. 굉장히 완벽한 대본이었지만, 무시무시하게도 그 협상은 하루카가 할 생각이었다. 응. 그건 절대로 말이 안 통할 거고, 아마 결국은 두들겨 패서 왕도에서 온 사자(使者)가 사자(死者)로 변했겠지?

"어째서 그 언어논리 파괴 능력으로 협상하려고 생각한 걸까?!"

"이렇게 완벽한 대본을 쓸 수 있으면서…… 왜 말만 하면 그 지경이 되는 거야?!"

""“늦지 않게 와서 다행이야.”""

그리고 관리들의 검사, 아니 협상이 끝난 무렵에는 하루카와 매입 팀이 돌아왔다. 이미 확실하게 견고한 매입 루트를 확보한 모양이다. 하지만 매입의 도움을 주러 간 아이들이 흘겨보고 있는데……. 그랬다. 저건 기겁하는 눈흘김이다.

"아니, 그치만 모처럼 저 물쇠가 걸렸으니까 열고 싶은 법이잖아? 응. 게다가 마법으로 완전 침입 방어에 무한한 함정 제작 장치라고? 여기서 가지 않으면 진짜로 차례가 없이 끝날 것 같았어……. 응. 열쇠 구멍이 나오면 열고 싶어지잖아?"

불법 침입.

"봐봐, 나는 잘못 없다고? 그치만 거기에 재고가 있으니까 매입할 수 있는 거잖아! 라고나 할까? 아니라고. 그치만 들어가서 가져와서 팔기만 하는 극히 평범한 장사의 기본이잖아. 게다가 제대로 자물쇠를 열고 드나들었으니까, 열쇠로 연다는 건 들어가서 가져가도 된다는 의미가 틀림없지 않아?"

절도 현행범.

"그치만 열리니까 열었고, 열렸으니까 들어갔고, 있으니까 가지고 돌아온 거니까 나는 잘못 없잖아? 이건 자연스러운 경제 활동이고, 매입해서 팔고 없어지면 매입하는 거잖아? 샀으니까 당연히 가지고 있겠지? 아니, 열쇠가 있으니까 자유롭게 가져가라는 말은 틀리지 않았겠만 틀린 점이 틀리지 않은 틀림? 같다고나 할까?"

그렇다. 왕도 공략의 최대 난관이자 난점. 결코 함락할 수 없는 왕도 디오렐과 디오렐 왕궁.

그 이유는 마법 방어, 왕국의 최고 보물이자 왕가가 가진 지고한 보구『궁극의 자물쇠(프로텍션) : 【지정 범위의 완전 봉쇄】, 완전 방어, 완전 침입 금지』와『천고불역(千古不易)의 함정 : 【지정 범위에 함정을 무한히 생성한다】라는 궁극의 방어 시스템.

　그렇기에 봉쇄하면 왕도에 침입할 수 없고, 파괴도 불가능하다. 안에 숨어들어도 함정이 무한히 이어져서 돌파할 수 없다.『궁극의 프로텍션』의 열쇠를 가지고 있지 않으면 손을 댈 수가 없는 완벽한 농성 작전. 그래서 다들 고민했고, 장기전을 통한 말려 죽이기 작전 말고는 방법이 없었는데…… 들어갔네?

　"들어가서 식량이나 무구, 방어를 가지고 돌아왔다고?"

　"아앗~! 그거, 대미궁에서 입수했지만 용도가 없다고 투덜댔던『매직 키 LvMaX : 【LvMaX 이하의 열쇠를 열 수 있다】를 쓰고 싶었던 거야?"

　그렇다. 대미궁 최하층 클래스의 던전 아이템으로, 최고의 보물이자 지고한 보구『궁극의 프로텍션』을 열고 들어가서 매입해 온 모양이다.

　"응. 굉장한 판타지 전개였어. 놀랍게도 대미궁 최하층에서 나온 최상급 던전 아이템은 던전 탐색에서 쓰는 건 줄 알았는데, 기념품 가게 상품 매입용이더라고?"

　그렇다. 매입이라는 이름의 강탈이었던 것 같다.

　"허가받지 않고 들어오려는 자는 절대로 통과시키지 않는, 왕성 일대를 둘러싼『천고불역의 함정』이 무한히 생성하는 영겁의 함정 은……."

"응,『트랩 링 : 【덫을 자동으로 해제한다】』을 끼고 있으니까 발동하지 않아서…… 똑바로 창고로 갔어."

그렇다. 침입 저지 불가능에 통행금지 불가인, 보물과 상성이 최악인 강탈 기념품 가게 매입 담당자였다!

"그냥 들어가서, 그냥 자물쇠 열고, 그냥 들고 나왔으니까…… 그냥 도와줬서든?"

"""응. 잘 생각해 보면 그냥 범죄 행위였어!"""

왕도 주변의 마법 결계에 접근하면 열쇠 구멍이 나타난다. 그걸 해제하지 않으면 들어가지 못하니까 경계하지 않았던 거겠지. 해제할 수 있는 것도, 출입 허가를 내주는 것도 열쇠의 소유자뿐. 그러니까 믿고 있었겠지…… 전설이라고 불리며, 왕족에게 대대로 전해져 온 왕국 방어의 핵심, 대륙 굴지의 전설급 보물이니까……. 응. 근데 대미궁 아이템이라면 간단히 열고, 편하게 지나갈 수 있는 모양이다.

"뭐, 상식적으로 생각하면 밖에서 아무도 들어오지 못하겠지만, 세상에는 비상식적인 매입 담당자가 오는 일도 있으니까, 경비 정도는 해두지 않으면 너무 부주의하지?"

"뭐, 있으면 있는 대로 경비하는 사람이 불쌍해지는 미래밖에 안 보이지만…… 아무도 없는 건 나태하네."

그리고 중요 구역이나 출입구에 함정을 배치하는 『천고불역의 함정 : 【지정 범위에 함정을 무한히 생성한다】』 밑까지 아무렇지도 않게 도착했고, 그 함정에도 전혀 걸리지 않고 평범하게 걸어가서는 "우연히 주워서? 라고나 할까?"라며 당연하다는 듯 들고 돌아왔다고 한다. 응. 왕국 최고의 비보이자 왕가의 지고한 보구는 강행 돌파당한 뒤에 강제로 회수당했다. 만약 이게 강탈이 아니라면 세상 물건은 전부 분실물일걸?

"난공불락, 아무도 침입할 수 없는 왕도 디오렐이……."

"""괜찮아. 상식인은 들어갈 수 없으니까."""

"응. 지도(맵) 스킬이 없었다면 위험한 통로였어."

그렇게 디오렐 왕궁 안 출입이 자유로워져서 제멋대로 강탈하고 돌아다녔다고 한다. 그렇다. 확실한 매입 루트를 확보했다는 이야기는 확실한 침입로를 확보했다는 의미였던 거다. 어라? 맞긴 하네?

"그치만 찬탈했으니까 찬탈품이잖아? 빼앗았으니까, 이건 제2왕자의 물건이 아니라고? 그러니까 찬탈 금지로 몰수해서 받아온 거고, 이마에 땀을 흘리면서 깨작깨작 운반한 거야. 응. 이게 나쁜 일이라면 일개미는 다들 국제 범죄자 집단이야. 그야 열심히 옮겼으니까? 봐봐, 나는 잘못 없잖아. 착실한 근로 남고생의 운송업?"

하루카는 범죄자에게 까칠해 보이지만, 자기가 하는 일은 대부분 범죄자 같고 범죄 행동을 벌이기도 한다.

그렇다. 어째서인지 언뜻 악을 쓰러뜨리는 것처럼 보이지만, 그건 사기꾼을 속여서 돈을 뜯어내는 셈이라 실은 전혀 좋은 일을 하지 않고 있기도 하다. ……그래도 그걸로 벌어서 좋은 일을 하고 있으니까, 왠지 좋은 일로 보이게 된다는 무서운 심리 착각 현상이다.

그리고 악행의 반대는 정의니까 악행에 악행은 정의라는 걸로, 아직 면역이 생기지 않은 샤리세레스 씨 일행을 속였다……. 응. 진지하게 들으면 안 되거든?

그리고…… 굉장한 인파 속에서 영업이 시작됐다. 여자는 모두 일당제, 옷과 과자의 현물 지급으로 고용됐다. 왜냐하면 크레이프를 만들었으니까! 생크림 없는 시제품이라고 하지만, 종업원 계약을 맺은 사람 한정이었다!! 그래서 다들 고용됐는데……. 조만간 다들 사역당하지 않을까? 응. 블루베리 잼 크레이프는 진짜 맛있었다.

"""어서 오세요~♪"""

대성황. 왕도에서 대량 매입한 상품에, 기념품도 날개 돋친 듯 팔렸다. 침입 금지인 왕도에서 주민도 병사도 귀족마저도 와글와글 사러 와서 이것저것 구입했다.

"만쥬는 1인당 한 개입니다!"

"사재기는 안 되니까요!"

"네. 변경 목도 다섯 개 세트에는 버섯 인형을 선물로 드립니다. 버섯 인형은 전 6종으로 컴플리트입니다. 노력해 주세요."

"관공서의 대량 구매 주문은 안쪽에서 부탁드립니다~. 일반도 대량 주문은 안쪽 카운터에서 부탁드립니다~."

"오래 기다리셨습니다. 햄버거 3, 감자튀김 2입니다. 예약권과 바꿔드립니다."

"오늘 한정 스페셜입니다~. 약용 포션(F)이 3천 에레라고요~? 원래대로라면 4천 에레는 받을 게 틀림없어요. 아마도?"

정말이지 사람이 전혀 줄어들지 않는다. 차례차례 줄을 서고, 계속 상품을 사 간다.

"바빠!"

"""아앙. 살 빠지는 느낌!"""

꿍장히 잘 팔렸다. 하지만 변경과는 다르다. 오히려 반대. 돈은 있는데 상품이 없다. 공급이 수요를 따라가지 못한다. 그리고 장비나 무기를 쓸데없이 묵히고 있었는지, 제법 좋은 걸 팔러 온다. 이게 변경에 있었다면 얼마나 많은 사람을 구할 수 있었을까. 이렇게 변경의 상품을 사 줬다면 그토록 힘들게 생활하지 않아도 됐는데……

"응. 경제가 올바르게 순환하지 않는 거야. 귀족들이 쓸데없는 규제를 걸고 세금을 매겨서 유통을 죽이니까 순환이 안 되고, 결국 다들 괴로워하는 건데? 봐봐. 그러니까 내가 열심히 벌어도 무일푼이 되는 건 귀족 때문이고, 왕도에서 갈취해도 문제는 없고, 갈취해도 내다 파니까 순환되어서 좋은 일이잖아? 다들 기뻐하며 사고 있고, 나도 떼부자가 됐으니까 기쁩니다? 라고나 할까?"

뭐가 무섭냐면, 말하는 것만 보면 한순간이나마 조금 좋은 말처럼 들린다는 거다. 진지하게 들으면 그냥 폭론인데, 어째서인지 결국 좋은 일을 하는 것처럼 보이고, 왠지 좋은 결과가 되기도 한다는 점이 무섭다!

"변경 깃발 매진입니다! 버섯형 깃발만 아직 재고 충분합니다!!"

"수수께끼 새 튀김 4팩, 고로케 2팩입니다. 으음, 5천 2백 에레입니다."

"통, 소쿠리, 대야, 냄비 입하됐습니다! 우측 안쪽 코너에 전시 중입니다~. 현물 한정입니다~."

하루카는 초고속 부업으로 품귀 물품을 대량 생산하고, 주문을 개별 생산하면서 요리도 하고 있다. 그리고 손이 비면 왕도에 매입하러 간다. 그렇다. 왕성 사람들이 산 대형 밀가루 통이 다시 돌아와 있더라니까? 그러니까 줄지 않는다. 그보다 원래는 왕궁의 비축품이니까?

"아마 배후는 상국, 상업 연합이야. 그게 아니라면 대량의 인구를 보유하고, 식량 생산 능력도 없는 왕도가 문을 걸어 잠그면 바로 말라버렸겠지? 즉, 상국이 밀수해서 왕도의 제2왕자를 지원하고 있고, 그걸 내가 받으니까 나도 기뻐하지? 얼씨구 좋다?"

그러면 상국만 손해를 본다. 밀수하며 지원하고 있지만 돈을 버는 건 하루카. 그리고 왕도에서도 하루카에게 살 수밖에 없다. 돈이나 물건이 떨어지면 또 지원이 필요해진다. 그러나 그것도 하루카가 빼앗는다. 그러니까 상국은 왕국에서 손을 뗄 때까지 언제까지나 자국의 물산을 하루카에게 잡아먹히게 된다.

"""집요해?!"""

단기간이라도 왕도를 유지하려면 큰 손해를 보고, 장기간이라면 상국의 물산이 계속 잡아먹힌다. 상업 연합이 돈을 벌기 위해서 시작한 책략인데, 돈을 계속 갈취하고 있으니까 더 악질적이다.

군사력으로 공격하면 섬멸당하고, 경제력으로 공격하면 돈을 갈취당한다. 정치적으로 압박해도 무시당한다. 그렇다. 얽히면 불행해질 수밖에 없다. 얽히지 않는 게 최선이다. 어차피 뭘 해도 손해밖에 보지 않는, 바가지 특화 가난뱅이 신이자 떼부자님이니까.

왜냐하면 아무것도 빼앗지 않고 모조리 빼앗으니까. 고결한 용사도, 전란의 패자도, 흉악한 마왕도, 악덕한 선동자도 뭐도 아니

다. 그냥 바가지 장사꾼. 그러니까 얽히면 바가지를 쓴다. 그게 싫으면…… 얽히지 않는 것 말고는 방도가 없다.

"상국은 상업 연합이니까, 꽉꽉 갈취해도 상국이 가진 물산으로 따지면 미미한 수준이거든? 그래도 손해를 본다는 게 중요하고, 돈을 내는데 손해를 본다면 아무도 내주지 않겠지?"

"""당연하잖아?"""

"응. 돈을 벌 수 있어 보여서 돈을 냈는데, 손해를 본다면 내주고 싶지 않을 거야. 그리고 돈이 모이지 않게 되면 싸울 힘이 없어지고, 하물며 연합이니까 누군가가 명령을 내린 걸로 손해를 본다면 다 투고 쪼개지겠지?"

"상국에 압력을 걸려면 손해를 보게 해서 벌지 못하게 해야 한다는 거구나!"

"그거, 바가지를 씌우는 변명이잖아요?"

"정말이지, 상국이라는 이름을 내건 주제에 장사에 정치력을 과도하게 쓰니까 장사로 당하는 거야. 그러니까 장사에서 바가지를 쓰고 정치력조차 잃는 거라고? 응. 장사를 너무 얕보고 있어. 돈을 버는 것하고 장사는 다른 거란 말이지."

경제력으로 용병을 고용하고, 그 군사력으로 정치력을 가지게 된 나라. 그 근간은 그냥 장사. 그러니까 장사로 무너뜨리지 못한다면 무력이나 정치력으로 무너뜨릴 수밖에 없지만…… 오면 불쌍해지 겠지. 열심히 봉지에 물건을 담는 사람은 미궁황이고, 부지런히 상품을 옮기는 건 검의 왕녀님, 그리고 햄버거를 파는 건 변경의 공주님. 그리고 무척이나 바쁜 레벨 100을 넘긴 점원들.

분명 대륙 최강의 기념품 가게일 거다. 여기보다 강한 기념품 가게가 있다면 오히려 그것이야말로 문제다. 응. 기념품 가게 직원들이 모두 무쌍을 찍게 되면, 기념품 가게 워즈가 시작될 테니까!

하지만 꽃과 이야기하는 남고생이라면 메르헨 노선으로 호감도가?

65일째 낮, 디오렐 왕국 왕도의 왕성 집무실

왕도에서는 민중들이 소란을 부리기 시작했다. 고작 며칠의 경제 폐쇄만으로도 시장이 혼란에 빠졌고, 물가는 폭등했다. 상국의 지원 물자를 풀어서 시장에 내놓았지만, 한 번 기세가 붙은 흐름 앞에서 미약한 물자는 곧바로 삼켜지듯 사라졌다.

그러나 문은 열 수 없다. 『궁극의 프로텍션』의 방어 없이 교회의 군대를 막아낼 수는 없다. 내부에 들어오게 하는 것만으로도 치명적이다. 마도구의 숫자나 질에서 교회가 압도하고 있는 데다, 군세도 제1왕자군이 더 많으니까 더더욱 그렇다.

"왕도 앞에 성채 같은 상점이 지어졌습니다. 이름은 『기념품 가게 왕도 앞 지점』이라고나 할까? 왕권 대행이신 왕제 각하의 허가증을 들고, 변경의 마석을 왕도에 유통하기 위해 가게를 냈다고 합니다. 어떻게 하시겠습니까?"

그 왕제가 마석 유통에 성공했나. 일시적이라고는 해도, 마석이 손에 들어온다면 왕국의 이익이 되겠지. 그러나 사재기를 당해서 상국이나 교회에 흘러간다면 협상 카드를 잃는다. 하물며 변경이 버텨낸다면, 그것이야말로 제2왕자의 히든카드가 될 수도 있다. 누가 이득을 볼지는 모르겠지만, 먼저 손에 넣는다면 이익이 될 게 분명하다.

"왕국부에서 마석 확보 협상을 시작해라. 다른 곳에 팔게 하지 마라. 최대한 싸게 사들이는 기다……. 그나저나 기념품 가게라고?"

"네. 변경 특산인 버섯이나 마석을 시작으로 식료품에 잡화 등등 품목은 왕도 이상입니다. 품질도 모두 높다고 합니다."

물자 부족을 해소하는 데 도움이 될지도 모르겠군. 이론과는 달리 사람의 감정 변화는 컨트롤할 수 없다. 그렇기에 새로운 가게에 상품이 풍부하다면 기분도 달라지겠지. 왕도의 부가 줄어들겠지만, 지금은 손쓸 방도가 없고 마석 유통이 가능하다면 손댈 필요도 없다. 오히려 보호해야 하나.

"왕자는 어쩌고 있나? 지금부터는 시간 승부가 될 거다."

"네. 왕도의 귀족들과 회합을 열고 아군으로 끌어들이기 위해 최선을 다하고 있습니다."

적어도 왕국의 절반, 아니 3분의 1이라도 끌어들이지 못하면 상국에 버림받고, 버림패로 쓰이며 끝나게 될 거다……. 지금이 분수령이겠지.

잔꾀만 부리고 보신에 필사적이지만, 그래도 제1왕자 그 돼지보다는 낫다고 믿을 수밖에 없다. 왕제 각하는 마음가짐은 둘째 치고 능력적으로는 악화시키는 전문가 같은 셈이고, 지금은 다른 대안이 없다. 하지만 믿을 수는 없다. 그 뒷배는 너무 수상하다. 섣불리 손을 잡았다가는 상국의 속국이 될 수도 있다. 하지만…… 왕도는 지켜내야만 한다. 백성도 왕도 이곳에 있으니까.

"확실히 교회를 견제할 수 있는 건 상국뿐이지만."

교국과 상국의 틈새 말고는 활로가 없는 이상, 비좁더라도 빠져나가는 것 말고는 길이 없다.

"변경……. 그 기념품 가게에 버섯이 입하된 건가!"

"네. 판매하고 있습니다."

낮은 등급이라도 버섯을 입수할 수 있다면 왕의 병이 나을지도 모른다. 최선을 추구하며 사치를 부릴 상황이 아니게 됐다. 그것이 일말의 희망이라도 연결하고 싶다.

"안내해라. 내가 나간다. 병사는 실력 있는 자 소수면 된다."

"네. 바로 준비를."

지푸라기라도 잡는 셈이지만…… 왕이 회복되더라도 후계자 문제는 남는다. 그러나 시간이 생기면 어리고 뒷배가 없는 제3왕자 이후의 왕족들도 성장해서 재능을 드러낼지도 모른다. 적어도 가능성은 있다. 그리고 왕이 완전히 회복된다면 사태를 뒤집을 수도 있겠지. 왕 한 명에게 너무 의존해 왔던 결과가 지금이다. 다시 왕에게 의지하게 되겠지만 어쩔 수 없다.

이것도 기적을 바라는 셈이다. 그러나 교회가 말하는 신에게 기도하고 싶지는 않다. 그럴 바에는 기념품 가게의 버섯에 기적을 기대하는 게 훨씬 낫다.

"변경의 버섯은 손에 넣을 수 없다고 생각해서 포기하고 있었는데, 이런 상황이니 품질에는 눈을 감고 숫자로 승부……."

그 정도의 숫자가 없더라도, 적어도 주문이라도 할 수 있다면 가능성 정도는 남는다. 그러나 고가다. 만약 등급이 높은 게 있더라도 금액이 무시무시한 수준일 거다. 과도한 기대는 금물이지만…… 우리 가문의 가보도 가져가자. 바라는 것도 사치겠지만, 눈앞에 작은 가능성이 나타나면 조금은 꿈을 꾸게 되는 법이다.

"준비가 끝났습니다."

"좋아. 안내를 부탁하마."

왕도에서 한 걸음 나서자 인파가 보였다. 활기가 사라진 왕도 밖에서 인파. 권태롭던 분위기가 사라지고, 활기 넘치는 군중이 가게를 둘러싸고 있었다.

"왕도 안의 주민이 나온 건가?"

이거, 지금 공격당하면 멸망하겠군.

"사람을 물릴까요? 줄을 선다면 시간이 걸릴 것 같습니다만."

"됐다. 줄을 서자. 이걸로 왕도의 백성들이 안심할 수 있다면 방해하는 건 꼴사나운 일이겠지."

하물며 왕국의 백성이라면 심정적으로는 변경, 오무이 가문의 편을 들고 싶을 게 분명하다. 땅끝에서 마와 싸우는 영웅의 일족, 왕국과 대륙의 검. 그 변경이 마로부터 왕국과 대륙을 지켜내며 싸우고 있는 진정한 영웅이라는 건 모두가 알고 있다. 그리고…… 왕국이나 타국의 비열함과 우둔함도.

그 변경의 기념품 가게가 문을 열었다. 게다가 유통에 불안할 때 풍부한 물자를 가져왔다. 모두가 변경에 도움을 받았다고 느끼겠지. 그걸 방해하는 건 그야말로 꼴사나운 짓이다.

"변경의 가게라면 오무이 님과 접선할 수 없을까."

아니다. 꿈같은 광경이라 너무 과도한 꿈을 꾸며 사치를 부리고 있군. 아무리 변경의 가게라고 해도 백작과 간단히 연결될 리가 없다. 기나긴 줄에 서서 오랜 시간 기다리다가 안에 한 걸음 들어서자, 과연 벌어진 입이 다물어지지 않는다는 말은 사실인 모양이었다. 경비병들도 입을 벌린 채 가게 안을 돌아보며 경악하고 있다. 아마 경호가 아니었다면 달려가서 물건을 사고 싶다는 얼굴이다. 눈을 떼지 못하는 기색이니 정말로 가고 싶겠지.

"어라? 테리셀 경. 어서 오세요. 햄버거는 어때요? 맛있는데요?"

갑자기 점원이 말을 거는데, 변경에 지인은 없고 나의 얼굴을 아는 사람은⋯⋯ 어?

"메, 메, 메리에르 님⋯⋯이십니까? 어째서 백작가의 영애, 변경의 공주 메리에르 양이 점원으로 일하고 있는 겁니까?! 자신의 신분을⋯⋯ 어?"

군신의 딸, 땅끝의 쌍검희, 변경희 메리에르 심 오무이. 노래까지 만들어진 변경의 공주가 기념품 가게에서 점원으로 일하고 있는 것에 의견을 내자, 메리에르 님이 몰래 손가락으로 슬쩍 가리켰다?

저도 모르게 그 손끝을 눈으로 따라가자⋯⋯ 행방을 알 수 없다는 소문이 돌던 왕녀 샤리세레스 디 디오렐 님과 똑 닮은 점원이 상품을 진열하고 있었다. 당연히 알지만⋯⋯ 아아, 저건 공주님이다. 그리고 돌아보면서 전율했다. 점원 모두가 절세 미녀뿐⋯⋯. 그리고⋯⋯ 모두가 터무니없이 강하다!

이건 기념품 가게 같은 게 아니라 소수 정예의 군대, 일기당천의 기사단이다.

"뭐, 이쪽으로 오세요."

들어오게 된 호화로운 응접실은 왕궁에서 각국의 왕족을 초대하는 응접실이 뒤떨어져 보일 만큼 번쩍이는 장식으로 둘러싸여 있었지만, 그러면서도 화려하지는 않고 조화된 기품이 있었다.

그리고 메리에르 님이 팔던 햄버거라는 요리는 맛있었다. 강하고 튀는 맛이지만, 그것조차도 조화를 이룬 맛이었다.

조화. 이것에는 깊은 지성과 교육된 품성, 쌓아온 교양이 드러난다. 이것을 가진 자야말로 세계를 한 단계 위로 올릴 수 있는 통솔자. 개인을 보면서 전체를 볼 수 있는 자. 대체 누가 붙어있는 거지?

"테리셀 경. 왕도의 상황은? 아버님의 용태와 타국의 움직임, 귀족 진영과, 그리고…… 원숭이는 어쩌고 있지?"

"공주님, 용케 무사하셨군요! 왕도는 일단 평온합니다만, 경제 유통은 상국 사람들이 좌지우지하고 있습니다. 교국과 상국은 여전히 탐색전을 벌이고 있지요. 왕도의 귀족들은 관망하고 있습니다. 원숭이…… 왕자는 귀족들과 협상 중. 그리고 폐하의 용태는 변함없습니다. 여기에서 버섯을 입수할 수 있다는 말을 듣고 구입하러 찾아왔지요."

"그런가. 아버님에 대해 알려줘서 고맙다. 버섯은 안심해라. 반드시 최고급품을 준비할 테니."

"예."

돌아오셨다. 공주 장군이자, 검의 왕녀 샤리세레스 왕녀 각하. 이제 군을 규합할 수 있다. 제1, 제2사단과 근위는 확실하지만, 제

3사단은 귀족파와 일반병으로 쪼개지겠지. 그리고 메리에르 양이 함께 있다는 건, 군신 멜로트삼 님과 변경군이 아군으로 들어오는 건가.

꿈 같은 건, 희망 같은 건 가져서는 안 된다. 군인으로서 현실만을 보고, 최선을 고를 수밖에 없다면서 생각하지 않으려 했던 희망이 모두 기념품 가게 안에 있었다. 그러나 오무이 님이 변경을 떠나는 건 있어서는 안 되는 일. 하물며 제1왕자군은 여전히 변경으로 진군하고 있다.

그리고 상국에서 파견한 특수부대와 용병이 왕도에 있다. 이곳의 일이 전해지면 목숨조차 위험하겠지만, 그렇다고 왕도나 왕궁에 있으면 더 위험하다. 왕자에게 알려지면 상국 사람에게 기꺼이 정보를 유출하겠지. 이 병력과 요새와 같은 건축물이라면 안전하겠지만, 암살 위험이 있는데도 점원이라니……. 그렇기에 들키지 않은 건가.

"어서 오세요 같달까? 저기, 제2사단의 높은 사람? 응. 높은 사람은 이야기가 길어서 거북하지만, 에로한 사람이라면 말이 통할 것 같은데, 여태까지 제일 말이 잘 통할 것 같은 게 라플레시아…… 아니, 인간조차 아니잖아?! 그보다 말하지도 못하잖아!! 응. 하마터면 촉수 친구하고 절친이 될 뻔했지만, 왠지 촉수 친구가 있는 시점에서 호감도가 스텔스 기능을 전개해서 숨어버렸네? 그보다 어서 오세요? 라고나 할까?"

상하관계에 시끄러운 귀족 사회에 얽히고, 군이라는 종적인 사회에 몸담다 보면 자연스레 알게 된다. 이 소년은 높은 신분이다. 그러나 '높은 사람은 이야기가 길어서 거북하다' 는 전제를 됐다…….
암행으로 신분을 감추고 있나? 하지만 왕녀와 공주를 양옆에 거느
리듯이 한가운데에 서 있으면서도 태연한 관록. 그리고 왕녀와 공
주가 한 발짝 물러난 듯한 위치…… 누구지?

"처음 뵙겠습니다. 제2사단 사단장을 맡고 있는 테리셀이라고 합
니다. 갑자기 찾아왔는데노 이렇게 환대해 주시니 정말 감사합니
다. 그리고 군에 몸담은 자이기에 높은 사람은 아니니 경칭이나 딱
딱한 말은 필요 없습니다."

변경의 꽃이라 칭송받는 변경희, 그리고 왕족의 공주이자 공주
장군인 검의 왕녀조차 흐릿해지는 격. 간소하다고 하면 듣기에는
좋지만, 후줄근한 검은 망토로 몸을 감싼 흑발 흑안의 소년은 눈앞
에 앉았다.

"상국은? 왕도에 들어와 있지? 응. 어디까지 할 생각인지는 알
아? 목적보다는 목표? 그리고 숨겨둔 거라든가, 비장의 수단이라
든가, 돈 될 만한 건 알아?"

신분은 밝히지 않았지만, 공주님들이 평범하게 행동하라고 했다.
역시 암행인가. 그러고 보니 저 미희들도 칠흑의, 까마귀처럼 윤기
가 나는 흑발과 흑요석 같은 흑안을 가지고 있었다. 그러나 흑발에
흑안을 가진 백성이나 나라는 들어본 적이 없다. 그래도 범상한 자
는 아니다. 공주님이 옆에 있는데도 이렇다. 왕족이라고 해도 왕제
나 원숭이나 돼지는 범접할 수도 없는 압도적인 격이다.

어디까지나 정체 모를 소년으로서, 결례가 되지 않게 조심하며 이
야기했다.

"그렇다면 정면에서는 안 오나? 우회적인 수단으로 온다면 도둑이나 암살자나 유괴도 있을 수 있으려나? 앗, 유괴 같은 건 즐거워 보이네? 응. 아직 한 번도 당해본 적이 없거든. 미인 유괴범에게 납치당하고 유괴당하고 쫓기는 거! 잠깐 유괴당하러 갔다 올게!! 어딨어? 미인 유괴범은 어디에 있는데?! 몸값은 이미 값으로 매길 수 없어!"

장난스럽게 광대를 연기하고 있지만, 지혜와 예리함과 영리함이 엿보인다. 이 짧은 대화, 적은 정보를 통해 상국 사람의 움직임을 읽고 있다. 암살이나 유괴겠지. 세력 구성을 보더라도, 목적을 고려해도 둘 중 하나겠지만, 정보원이 도둑질을 벌이는 것도 충분히 고려해 볼 수 있다.

상당히 먼 나라, 그리고 소속은 '남고생'이라는 모양인데, 그러나 이 가게와 상품, 그리고 공주님들의 복장을 보면 알 수 있다. 왕국보다 위다. 상국이나 교국에게도 격으로 밀리지 않는다.

문화적이고 지성이 높고, 교양도 넘친다. 범상치는 않은데, 정체가 뭔지는 모르겠다. 뭔가 움직이고 있는 건가……. 터무니없이 커다란 것이.

육체노동과 운송업으로 영구 기관, 무한 운송,
중노동 중인데도 눈흘김이 날아온다.

65일째 낮, 기념품 가게 왕도 앞 지점

왕녀 여자애의 부탁에, 메리메리 씨까지 부탁해서 꺾였다. 제2사단 아저씨는 이대로 제2왕자의 밑에서 왕도 방위를 맡아준다고 한다. 굉장히 싫어했지만, 조건으로 '백성에게 해를 끼치지 않는다'를 붙이겠다고 하자 깊이 고민하다가 이윽고 끄덕였다.

이제는 제2왕자도 의욕을 내겠지. 관망하는 귀족들도 제2왕자에게 붙을 거다. 그리고 이걸로 상국이 움직인다. 낚인다.

"응. 매입 루트 얻어냈어!"

"""역시 그게 목적!"""

그렇다. 기념품 가게는 힘든 일이다. 지금도 땀을 흘리며 왕궁에서 매입 중이다. 마침 아까 기념품 가게에서 팔았던 기름이나 술통이 운반된 모양이었다. 응. 잘 팔리는 모양이니까 챙기고 돌아가서 팔자!

"갑옷 반장. 통 전부 채워줄래? 나는 잠깐 밀을 매입하고 올게. 아까 팔았으니까 재고가 없어질 것 같거든? 팔았으니까 또 올 거고? 이야~ 일은 참 힘드네. 이런 깨작깨작 이루어지는 노동이야말로 중요하단 말이지?"

어라? 대답이 눈흘김이었다. 그치만 육체노동을 하는 운송업 기넘품 가게란 말이지? 엄청 일하고 있어. 오늘만 봐도 벌써 세 번째 매입이라 완전 힘들거든?

그렇다. 매입해도 매입해도, 구입해서 들고 돌아간다. 그러니까 또 깨작깨작 매입해 와야 하니까 수수하고 착실하게 일하고 있는데……. 다시 들고 돌아와도 또 사서 돌아가니까, 또또또 매입해야 한다. 뭔가 영구 기관 무한 운송 중노동이 됐네?

비밀 통로를 지나 매입 상품을 들고 돌아왔다. 스킬 『맵』에는 비밀 통로도 기재되니까, 오면 올수록 길도 알게 되어 편리해진다. 뭐, 비밀 통로만 알아봤자 입구를 알기 어려우니까 『공간 파악』으로 찾고 있지만, 좀처럼 안으로 들어갈 수가 없어서 힘들었다고.

그리고 비밀 통로까지 울리는 소리. 성내는 소문으로 들끓는 모양이다. 제2사단 아저씨는 '백성에게 해를 끼치지 않는다' 는 약속을 받아내고 제2왕자 밑에서 왕도 방위 임무를 맡겠다고 선언했다.

이제 제2왕자와 그 배후는 꿈을 꾸게 된다. 영원히 이루어질 일이 없는 꿈에 희망을 품게 된다. 왕도의 왕궁까지 매입하러 오는 겸 이것저것 낌새를 살펴봤는데, 아직은 평온한 것 같다. 오히려 제2사단이 방위를 약속해서 안심했다는 분위기가 흐르고 있다. 제2왕자파 귀족이나 관리, 상국 관계자들이 기쁜 듯이 음모를 꾸미고 있다. 응. 마음이 따스해지는 광경이다. 나의 호주머니가 묵직해지니까 좋은 일이다!

상국에서 왕국으로 오는 물류의 핵심은 운하. 이제 상선으로 대량의 물자를 왕도로 보내겠지. 이제 왕국은 교착 상태에 빠지고, 그러면 교국 측은 출혈을 강요받는다. 짭짤하게 이득을 보는 건 오로지 상국뿐. 그렇게 즐거운 꿈을 꾼다. 그 희망이 바로 제2사단. 이제 절대로 백성에게 해를 끼치지 않을 거다.

왕도의 강력한 방어력에 제2사단의 병력이 있다면 난공불락의 최강 성채가 된다. 게다가 상국이 보급을 담당하면 함락될 일은 없다……. 그런 꿈을 꾸고, 그게 실현될 희망이 생겼다.

"사람은 희망을 꿈꾸고, 그러니까 포기하지 못하는 거야. 손이 닿지 않는 희망은 단순한 절망보다 최악이거든? 응. 판도라의 상자에 제대로 봉인해 줬으면 좋겠단 말이지?"

그것이야말로 떡밥이고, 그것이야말로 함정이다. 그러니까 보급은 닿는다……. 잘 먹겠습니다? 라고나 할까?

"해적입니다! 운하에서 해적이 출현, 상선 몇 척이 짐을 빼앗겼습니다."

"어마어마하게 빠른 철갑선이었다고 합니다."

시작된 모양이다. 바보 오타쿠비안의 해적! 왠지 이름을 듣기만 했는데도 가라앉히고 싶어졌지만, 슬라임 씨가 같이 있으니 불침이겠지.

"추가 요구를 최우선으로 보내라. 식량, 물자 우선이다. 먹을 수 있는 게 없어지면 왕도는 함락돼."

"상국에 해상전용 배를 요청해라. 해적이 활개를 치면 피해가 늘어나."

그렇다. 포기할 수 없으니까 추가로 보낼 수밖에 없다. 물론, 받는다. 잘 먹겠습니다?

저쪽에서 해상전을 벌어봤자 증기기관과 마석 동력의 하이브리드 철갑선 강화형을 따라잡을 수 없고, 싸워 봤자 이길 리가 없다. 저건 만들려고 해도 만들 수 없는 수수께끼의 고성능함이니까. 응. 한 척 더 만들 수 없나 시험해 봤는데 투석기가 만들어진 모양이었다. 사정거리가 5km를 넘는 고성능 고속 탄두형 캐터펄트였으니까 배에 싣는다고 한다. 응. 언젠가 오타쿠를 사출해 주겠어!

"그리고 이쪽도 떼부자 시스템에 적은 없어! 그야 자유 출입에 매입도 마음껏 할 수 있고, 그리고 매입한 만큼 계속 팔아서 떼부자니까!!"

그렇다. 뭐가 많이 팔리는지 잘 알 수 있어서 편리하다. 그리고 수입품도 운하에서 강탈 중, 완벽한 매입 반입 시스템이다. 이걸 계속 이어가면 상국이 멸망할 뿐, 이어가지 못하면 왕도가 탈환된다. 그러면 손해만이 남고 이익은 사라진다. 그리고 포기하지 못한다면…… 또 기념품 가게에 사러 올 수밖에 없다. 판매 시스템도 완벽하다!

"창고에 비축한 물자가 또 사라졌습니다!"

"현재 수색 중입니다."

"외부에서는 들어올 수 없다. 내부를 찾아라!"

"징발할 수는 없나?"

"안 된다. 백성에게 절대로 해를 끼치지 마라!"

"하지만 수송과 비축이 끊어진다면 왕도 백성에게 줄 배급도 정체됩니다."

"안 된다. 모처럼 제2사단이 붙었단 말이다. 어떻게든 배급을 멈추지 마라!"

대소동. 즉, 큰 이익이 들어올 것 같다. 역시 제2사단의 선언이 통하고 있다. 이제 상국은 발을 뺄 수단이 사라졌다. 상국은 계속 보내고, 왕국은 계속 살 수밖에 없다.

왕도를 유지하지 못하면 이익이 나오지 않으니까, 지금까지의 투자가 대손해. 아직 투자한 걸 회수하지도 못했으니 연장하면 연장할수록…… 손해만 계속 늘어난다.

"즉, 내가 계속 떼돈을 벌고 근사한 떼부자가 되어 고저스인 것이죠? 감사함?"

그나저나 왕도는 비밀 통로가 많은데도 아무도 조사하러 오지 않는데 괜찮은 걸까? 『공간 파악』으로 입구만 찾으면 자유롭게 어디에나 갈 수 있는데 말이지. 응. 첩보는 고사하고 라이브 영상 견학 여행? 입구도 노후화되어 있고, 손질도 안 되어 있으니까 잊힌 비밀 통로일지도 모른다.

"좋아. 덤으로 지도를 만들어 왕녀 여자애한테 팔자!"

여전히 상국 사람들이 소란을 부리고 있다. 그러나 보급할 수밖에 없겠지……. 길은 두 개밖에 없으니까. 손을 떼면 그래도 좋고, 여전히 손을 대겠다면 잘 먹겠습니다? 그래. 옮겨도 옮겨도 내가 받아 갈 거니까 계속 옮길 수밖에 없다.

"응. 이제 그냥 창고에서 계속 다음 입하를 기다리고 있는데, 상인들 입하가 늦네. 뭘 하는 거야? 정말이지. 직접 기념품 가게로 옮겨주지 않으려나?"

그렇다. 상국이 망할 때까지 끝나지 않는다. 끝난다면 상국이다. 하지만 상인은 약삭빠르다. 분명 보험을 들 거다. 어느 쪽이 안 되더라도 다른 한쪽만이라도 이익을 거둔다. 잘 풀리면 양쪽 모두 쓸어 간다. 이익을 얻을 수단을 생각만 한다면 어마어마하게 우수하다. 그걸로 장사한다면 문제는 없었을 텐데, 정치에 고개를 들이밀었 다. 권력이나 이권 쪽이 더 이익이 된다고, 물건이 아니라 권력과 힘을 다루고 있었다. 근데 그건 실체가 없는 거라고?

수중에 물건이 없는 상인, 돈과 힘밖에 없는 상인. 그럼 물건으로 뭉개버리면 된다. 물자를 갈취하고 돈을 낭비하게 하고, 그렇게 힘을 잃게 만든다.

물건이 없는 상인이니까, 물건도 없이 죽어가면 된다. 응. 장사할 물건이 없는 상인이라면 망하는 게 당연하다. 그건 장사가 아니라 그냥 권력 구걸 같은 셈이니까. 응. 착실하게 깨작깨작 버는 게 중요 하거든?

하지만 그렇기에 분명 보험을 들 거다. 이중 삼중으로 벌고, 확실 하게 이익을 뜯어내려고 한다. 예리하게 눈치채고 있을 거다. 그러 나 그래서는 안 된다. 벌게 만들면 진다.

그러니까 이제 승패는 상관없단 말이지. 그저 손해를 보게 만드 는 게 중요하고, 그것이야말로 상국을 쪼개고, 힘을 줄이고, 왕국 에 손대는 걸 주저하게 만드는 최대의 협박이 된다. 나도 돈을 번 다!

그러니까 분명 보험으로 이런 상황에서도 이득을 보는 수단을 꾸 밀 거다. 이쪽이 안 되더라도 저쪽에서 확실하게 이익을 거둘 수 있 다고 생각할 거다. 그야 조건이 갖춰졌으니까, 그러니까 보험이다. 이러면 리스크를 분산할 수 있을 거라면서. 왕국과 교국이 움직이지 못하는 지금이라면…… 수인의 나라에 마음껏 진입할 수 있다고 생각하겠지. 그래서 운하 유통을 뭉개버렸다.

"운하가 해적으로 어지러워지고, 물자까지 빼앗기고, 이대로 가면 왕도를 포기해야 할 수밖에 없어진다면…… 그럼 무조건 수인국을 침공해서 노예를 사냥할 생각을 하겠지?"

이미 움직이고 있을 거다. 그 해직은 산직으로 집 체인지하거든? 그 해적선 주인의 직업은 오타쿠니까. 그리고 애초에 세상의 오타쿠라 불리는 녀석들은 짐승 귀를 정말 좋아한다는 걸로 대략 정해져 있는 법이다. 응. 그러니까 숲으로 간다. 해적은 덤이고 이쪽이 진짜니까. 당연히 갈 거다. 짐승 귀니까?

"노리는 건 수인 노예. 그러니까 수인이 사는 마을을 차례차례 덮쳐서 저항하는 자를 죽이고, 남은 수인을 노예로 삼아 팔아치우는 노예 사냥을 하겠지……. 그렇다면 뭉개져 보라고. 짐승 귀를 좋아할 뿐이지, 상인이나 용병이나 아저씨는 딱히 아무도 좋아하지 않으니까?"

(끄덕끄덕)

응. 밀수 강도 해적 다음은 노예 사냥꾼 사냥이란 말이지? 그러니까 심부름. 그리고, 그렇기에 오타쿠들에게 부탁했다. 바보들은……. 뭐, 숲에 풀어놓으면 야생화될지도?

그렇다. 그저 "상국이 수인을 습격해서 노예 사냥을 할 모양이니까 노예 사냥꾼 사냥을 할 건데 갈래? 확실하게 사람과 사람의 살육전이라고? 안 가더라도 슬라임 씨가 갈 테니까 괜찮겠지만, 그 이후의 진짜 싸움에 슬라임 씨가 늦을 가능성이 있으니까 일단 권유? 그보다 말하지 않으면 화내겠지? 라고나 할까?"이라고 물었더니, 아마 의미도 모를 텐데도 "가르쳐 줘서 고마워. 갈게. 가지 않는다면 이세계에 와서 강해진 의미가 없으니까."

그렇게 말하며 나갔다. 물론 슬라임 씨를 붙이고 바보들도 붙여 줬다. 수인은 개개인의 전투 능력이 어마어마하게 뛰어나다고 하니까. 그걸 습격하는 부대가 약할 리가 없다. 아마 틀림없이 왕국군보다 그쪽이 더 위험하다. 그래도, 그걸 설명했는데도 갔다.

"그러니까 이제 그쪽으로 갔단 말이지? 그야 화내고 있었으니까……. 응. 그 녀석들은 좀처럼 화내지 않는데도 화냈다니까."

정말 신기할 정도로 진지한 표정이었다. 그 녀석들은 학대받고 괴롭힘당하고 끔찍한 일을 겪는 괴로움을 알고 있으니까. 빼앗기고 부서지는 슬픔도 분통함도 알고 있다. 그리고 이세계를 동경했다. 그리고 진짜로 이세계에서 힘을 얻었다. 영웅이 될 수도 있는 힘을……. 그리고 무엇보다도 중요한 건, 그 녀석들은 이세계를 목표로 삼고 살아왔다.

"그래. 그야 그 녀석들은 짐승 귀를 정말 좋아하니까! 응. 격노했거든?"

분명 사람을 죽이게 될 것이다. 그래도 간다고 말했다. 각오 같은 멋진 건 아니고, 그저 참을 수 없고, 그저 용서할 수 없었던 거다. 그래서 갔다.

제대로 "조건은 봐주지 않는 거야. 바보들도 있긴 하겠지만, 숨기지 말고 최대한 힘을 발휘해야 하거든? 그보다 이세계에 가면 최선을 다한다고 했으니까 해야지? 라고나 할까?"라고 말해 놨고, 확실하게 "알았어."라는 대답을 들었다. 그렇다. 바보들은 안 듣고 있었다.

"그 녀석들은 단독이라면 무리하지 않고, 집단이라면 전력을 안 내지만⋯⋯. 그건 딱히 방어 특화 같은 게 아니지?"

(끄덕끄덕)

그렇다. 그건 반대다. 계속 괴롭힘을 받고 살았으니까. 화내지 않을 리가 없잖아? 울지 않을 리가 없잖아? 괴롭지 않을 리가 없잖아? 분하지 않을 리가 없잖아? 힘들지 않을 리가 없잖아? 미워하지 않을 리가 없잖아? 포기할 리가 없잖아⋯⋯. 그러다가 정말로 이세계에까지 와서 손에 넣은, 줄곧 원했던 힘이다.

그걸 원하다가, 진짜로 이세계에 온 애들이다. 응. 화났겠지⋯⋯. 사실 마음속으로는 불합리한 괴로움에 미쳐 날뛰고 있다.

"그 녀석들이 마침내 화가 난 건가⋯⋯. 그래도, 언젠가는 토해내야겠지?"

(끄덕끄덕)

"응. 말하지 않으면 배가 빵빵해지는 법이라고 하듯이, 묵묵히 채워 넣고만 있으면 배가 아파진다니까? 진짜로? 그러니까 확실하게 화내는 게 좋아. 그 녀석들은 지금까지 너무 참아왔으니까. 그리고 너무 참는 데 익숙해져서, 이제 자기들은 화낼 수 없게 되어버렸어."

그 녀석들은 짐승 귀를 위해서밖에 화낼 수 없다.

"분명 너무 쌓아두고 있어서, 미쳐 날뛰는 걸 무서워하는 거라고? 그러니까 화내는 게 좋겠지? 배 빵빵의 위기니까?"

(끄덕끄덕!)

게다가 만약을 위해 바보들도 붙였다. 그 바보들이 숲에 풀린다. 풀리게 된다. 방목이다. 그리고 아무도 보지 않는다. 누구의 눈도 신경 쓸 것 없다. 그런 진짜 바보가 풀려났다. 그러니까 바보 같은 짓을 할 게 분명하다. 그러니 괜찮다.

그리고 분명 비장의 수단 같은 것도 나오겠지. 왜냐하면 수인들은 강하니까. 가족이나 동료를 지킬 때의 수인은 가장 무섭다고 말할 만큼 강하다고 한다. 그걸 압도할 힘을 가진 자가 노예 사냥 부대에 없을 리가 없다. 무기나 함정이 없을 리가 없다.

"응. 그래도 슬라임 씨를 이길 리는 없겠지? 무리라니까. 그건 이미 뭐랄까 너무 무리잖아? 그야 그건 진짜 슬라임 씨란 말이지?"

(끄덕끄덕)

미궁황 공인이다. 그러니까 수인국은 맡겼다. 맡겼으니까 그쪽은 이제 끝이다. 그러니까 이쪽은 바가지만 씌우면 된다. 포기하는 게 먼저일까. 돈이 떨어지는 게 먼저일까. 그때까지는 계속 바가지를 씌우면 된다. 이것이야말로 상인을 자칭하는 배금 수전노 도둑놈들을 향한 최고의 공격이니까.

"장사만 한다면 뭐라고 할 생각이 없지만, 돈과 권력으로 사람을 움직이기만 하고 아무것도 만들지 않고 아무것도 장사하지 않는 가짜 상인한테서 돈만 뜯어내면 자멸할 뿐이겠지?"

그치만 아무것도 만들지 않고 잔머리만 굴려서 돈을 벌려고 하다니, 그런 녀석은 상인이 아니거든? 장사가 아니니까 물건이 없다.

빨아들일 수입이 사라지면 아무것도 없다. 그리고 아무것도 만들지 않고 아무것도 옮기지 않고 아무것도 장사하지 않는 인간이라니…… 사라져서 곤란할 사람은 없겠지?

전쟁과 경제가 다르다고 생각하니까 표적이 되는 거다. 자기들이 하는 일이 되돌아오리라고는 생각하지 않는다. 전쟁을 경제로 조종하고, 상업을 군사력으로 제압해 왔으면서, 자신들은 완전히 괜찮고 전쟁과 경제는 다르다고 생각하고 있었겠지.

전쟁을 시작한 거잖아? 그러니까 경제 파괴거든?

> **순진한 처녀라는 이름이면서도 전혀 앳된 느낌이 없는 질척질척한 그것과 같은 레벨의 질척질척 전개인 모양이다.**

65일째 밤, 기념품 가게 왕도 앞 지점에서 여자 모임

벌었다. 「변♥경」 시리즈 같은 건 만들어도 만들어도 다 팔렸다. 그렇다. 왕도는 「변♥경」인 모양이네?

"러브러브라니. 근데 현재는 원거리 연애라서 쓸쓸하게 상국과 바람 피우는 중이고, 게다가 변경에는 교국이 강제로 이 몸에게 붙으라고 들이대서 질척질척하잖아! 그건 순진한 처녀를 자칭하면서 전혀 처녀가 아닌 질척질척한 그것과 같은 레벨의 질척질척 전개잖아?!"

응. 그런 소녀는 너무 싫지?

"수고했습니다? 뭐, 바가지 왕창 씌워서 떼돈 벌었으니까 개점 첫 날은 대성황? 이라고나 할까? 응. 기대하는 급료는 일당 현물 지급 이고, 보너스로 오늘은 신작 백을 각종 준비해 놓았습니다. 뭐, 아 이템 주머니거든? 그러니까 1인당 세 개가 급료라고나 할까, 빠른 사람이 임자인 배틀로얄이고, 현금이나 만쥬나 과자가 좋은 사람 은 말해달라고? 고, 파이트? 라고나 할까?"

"""""끼이야아아아아아아아아아아아악——!"""""

엄청나게 북적이고 엄청나게 소란스러운 엄청난 장사였다. 피곤 했던 영업시간 종료 이후에는 현물 지급이라는 이름의 여자들의 전쟁이었다!

"륙색! 륙색이 있어! 나 륙색파야! 오늘 정했어!!"

"앗. 그것하고 교환해 줘! 노란색이 좋아 노란색. 신발하고 코디 할 거야."

"아~앙. 그건 내 건데~?(출렁출렁)"

"아아, 운명이 데스티니로 끌어당기고 있는데 쪼개졌어?!"

저기, 멀티 컬러니까 색상은 바꿀 수 있거든? 그래도 노란색은 나 도 갖고 싶어! 그래도 형태가 중요하다. 왜냐하면 고작 세 개밖에 고 를 수 없으니까! 핸드백과 륙색과 숄더백, 그래도 토트백과 원숄더 백도 신경 쓰인다! 목욕하기 전이니까 무장 해제 상태로 전쟁 중. 확실히 장비하고 있으면 위험했다……. 큭, 륙색이 품귀!

"잡아당기지 마, 내가 잡았어!"

"내가 먼저 잡았거든!"

"계산대는 어디야? 하루카는 어디야? 아니 하루카 계산대는 어디 있는데!"

그리고 폭풍 같은 싸움은 끝났다. 다들 백을 안고 쓰러졌다. 피곤해서 정말로 녹초였지만, 다들 싱글벙글 웃으면서 피곤에 절어 쓰러졌다. 다들 신작 백을 끌어안은 채.

그치만, 아이템 주머니 형식의 백은 제조하기 어렵다고 한다. 하물며 하루카가 만드는 백은 수납량의 격이 달라서, 신작이 나올 때마다 수납량도 늘어나고 추가 효과까지 붙는다. 그러니까 대량 생산할 수 없다. 즉, 언제나 매일매일 만들어서 모아두는 거다. 그러니까 기쁘다. 그러니까 모두의 보물이다.

"먼저 목욕하라고? 응. 밥은 준비해 둘 테니까. 오늘은 오믈렛 소바에 점보 교자에 주먹밥, 튀김 샐러드, 꼬치 샐러드에 해적 기념 뷔페야. 목욕하고 나와서도 쟁탈하라고? 라고나 할까?"

""""뷔페! 오늘은 해적 기념일이야?""""

오다 그룹은 해적질 중인 모양이네? 어째서 지키는 쪽이 해적이나 도둑이나 강도짓을 하는 걸까? 평범하게 이야기를 들으면 분명 이쪽이 악역 같겠네?

이렇게, 굉장히 피곤하지만 뿌듯한 하루였다. 보상으로 받은 백을 안고 모두 기뻐하고 있다. 아마 지금만큼은 다들 전쟁을 잊고 있겠지. 뭐, 그 전쟁이 완전히 이세계 기념품 가게 석세스 스토리로 달아오르고 있고, 우리가 생각한 전쟁과는 달라졌지만…… 엑!

""""매상 목표라니, 매번 보너스가 나오는 거야?!""""

"진짜야?"

"""응. 이제 전쟁 같은 걸 할 때가 아니야!"""

"""팔고 팔고 마구 팔자!!"""

건너편에서는 왕녀님도 공주님도 메이드 씨도 백을 보며 히죽거리고 있다. 그야, 이건 결코 일반 판매하지 않는 비장의 품목, 동료에게만 주는 최상급 장비니까.

그 가치는 가볍게 국보급 이상이지만, 그보다도 동료에게만 준다는 특제 장비를 당연하게 받았다는 게 기쁜 거겠지. 세 사람 다 눈물짓고 있으니까. 알아채지 못했겠지만, 이미 세 사람의 장비도 동료용 최상급 장비와 동급품이다…… 에로하지만. 응. 이미 동료라고 생각하고 있거든? 언제나 언제나 인정하고 있으니까.

그래도 여자들의 전쟁은 아직 이세계에서는 과격했던 모양이라, 왕녀님 일행은 머리가 너덜너덜, 옷은 풀려서 벗겨지기 직전이다.

"좋아, 목욕 타임이다!"

"""오오——!"""

앞다투어 목욕탕에 뛰어들어서 몸을 씻고 욕조에 뛰어들었다. 왕녀님 일행도 있으니까 예의 바르게…… 아니, 뛰어들었네? 왕녀님이?

"""푸하앗——♪"""

"크기는 하지만, 하얀 괴짜나 무리무리 성보다는 떨어지네?"

"장기 영업 예정이 아닌 모양이더라?"

"응. 공들이지는 않은 것 같아."

견고하고 튼튼하고, 장식도 내부 구조도 호화롭지만…… 여느 때의 편집증 같은 집착과 과도한 느낌이 나지는 않네?

"저기~. 이건 분명 왕도에서 가장 호화로운 목욕탕일 텐데요?"

"네. 왕궁도 훨씬 작고 초라해요."

"""아뿔싸~. 상식이 침식당했어!"""

응. 그 평범을 평범으로 생각하면 안 된다. 부업이라는 이름의 창조 행위는 문명을 파괴할 정도로 어마어마하니까 방심하면 침식당한다. 변경은 이미 중세를 넘어서 근대화가 시작됐다. 시대의 흐름이 너무 빠르다. 우리 주변은 이미 기계화가 아닐 뿐이지 마법판 근대라고 해야 할까, 현대다. 일부는 현대를 초월하기 시작했다.

그렇다. 여기만큼은 별세계. 하루카 주변에서만 다른 문명이 만들어지고 있다. 모두가 잃어버린 걸 전부 되찾으려고 하고 있는데, 가차 없이 여분까지 남겨서 돌려주고 있지? 그야 다들 이렇게 호화로운 생활을 하지는 않았으니까……. 일반인이니까. 왕족이 추월당해서 침울해하고 있네?

"뭔가 전쟁이라고 해서 무서웠는데…… 평소대로네?"

"""그러게?"""

그러나 보이지 않는 전쟁은 치르고 있다. 변경이 부당하게 빼앗겨왔던 것을 급격하게 되찾았다. 그리고 이번에는 상국에서도 빼앗고, 폭리로 뜯어낼 생각이다. 응. 모든 것을 빼앗는 바가지의 왕. 죽이려고 하면 학살하고, 빼앗으려고 하면 강탈하고, 악을 저지르려하면 흉악하고 극악한 악행 삼매경이 기다리니까. 그리고 절대로 포기하지 않는 바가지 장사꾼, 그것은 상국의 천적이다. 응. 그야 거스르려고 하면 바가지를 쓰니까?

"빨리 나가서 뷔페를 먹고 싶지만 목욕도 기분 좋아♪"

"""그러게~♪"""

일제히 나가지 않으면 뷔페 전쟁이 발발할 테니까 타이밍이 중요하다. 아직 왕녀님 일행은 소녀의 싸움에 따라갈 수 없다. 응. 이 시대에서 소녀 전쟁은 아직 너무 이르다. 변경에서는 평범해졌으니까, 확실히 침식당하고 있네?

"제2왕자를 해치우거나, 납치할 것 같았는데…… 기념품 가게 장사 배틀이었어!"

"노리는 건 제2왕자 뒤에 있는 상국이고, 경제 전쟁을 걸고 있는 거예요."

"""아아. 왕국에 집적대면 망한다는 경고구나."""

정치, 군대, 경제 중에서 경제 특화인 상국. 그런데도 그 약점은 상업이라고 단언하고, 정확하게 노려서 공격하기 시작했다. 상국은 정치와 군사로 돈을 버니까, 경제가 상업에 대응하지 못한다고 한다. 물건을 팔지 않고 돈을 벌려고 하는 나라에서 돈을 뜯어내면, 물건이 고갈되고 군대가 파괴되고 정치가 붕괴한다. 상업에서 패하고 상국이 패한다.

"몇 번을 들어도 이해할 수 없는데요?"

"하루카의 설명에 따르면, '화폐 경제, 아니 신용 경제는 연약하고 무리가 있어. 편리한 대신 위험도 있는 거야. 왜냐하면 코인으로 물건을 살 수 있다고 약속하는 거니까, 팔아주지 않으면 코인은 무의미하잖아. 응. 그 담보가 정치와 군대인데, 이 세 개가 섞이면 돈은 벌 수 있어도 원래대로 돌아오지는 않으니까, 이제 상국은 장사로는 싸울 수 없는 거야. 그야 만들 수 없고, 옮길 수 없고, 장사할 수도 없는데 돈만 벌고 있으니까, 이제는 멀쩡하게 만드는 사람이나 옮기는 사람이나 장사하는 사람이 없어. 그러니까 돈으로 해결하지 못하게 되면 이후에는 아무것도 안 남게 돼.' 라고 하던데?"

"""응. 말이 많네!!"""

"돈을 담보로 쓰지 못하게 되는…… 거구나?"

"""응?"""

"다시 말해서, 진짜 상인들이 상국을 탈환하게 된다는 건가?"

"거기까지는 상국 내부의 문제니까요."

"하지만 국가로서의 실권 지배는 무너지겠네요."

"상인들조차도 상국의 장사에는 불만을 품고 있다고 하니까요."

정치로 압박하고, 군대로 위협해서 편하게 돈을 벌어왔다. 그렇기에 정당한 장사를 할 힘이 남지 않았다. 그리고 그런 장사로 정당한 상인들에게 원한을 샀다고 한다. 그 상태로 유일하게 가진 돈을 뜯기고, 손해를 보면 상업 연합의 연립은 무너지게 된다.

"돈이 벌려서 모인 거니까, 손해를 보면 분해되는구나?"

"아아~ 손해 또 손해를 보며 무너질 때까지 몰아넣는 거구나."

"""즉, 전부 갈취할 생각이 넘쳐나는구나!"""

이러면 궁지에 몰릴 게 뻔하다. 정치나 군대로 돈을 벌려고 해도, 정치도 군대도 무너지니까. 그리고 이미 경제는 장사로 이기지 못하게 됐다. 완전히 저격하고 있다.

"반장님. 등을 밀어줄게요."

엑?!

"피부 예쁘네요~. 주름 한 점 없고 윤기가 나고 매끈해서♥"

"야앗, 가, 감사합니다……. 근데 샤리 님. 좀 간지러운데요. 아니, 거기는 괜찮다고요!"

"""우와~ 백합백합이네?!"""

촉촉해지고 나서는 다시 피부를 씻었다. 그야 이 거품 보디워시는 푹 빠질 게 분명한 버섯 중독자 추천 상품이고, 닦으면 닦을수록 피부가 예뻐지는 느낌도 든다. 거품 보디로션의 개발도 기다리고 있어!

그런데 왕녀님은 남의 등을 밀어주는 걸 좋아하는지, 목욕탕에 들어오면 무척 들뜨는데…… 분명 언제나 누가 씻겨주는 지위라서 자기가 씻겨주거나 서로 씻겨주는 건 하지 못했던 거겠지. 근데…… 왠지 만지는 방식이…… 미묘하달까, 절묘하달까, 묘하게 교묘한데 묘한 느낌? 뭐, 아직 익숙하지 않으니까……. 근데 왜 보디 브러시를 쓰지 않고 손으로 만지는 걸까?

"오다네는 괜찮을까~?"

"응. 위험한 건 저쪽이라고 했으니까."

"모두 함께 이쪽에 있어도 괜찮은 걸까~?"

"그래도 이쪽도 일손이 부족한데~? 오늘도 그런 소동이었으니까, 내일은~~ 아침부터 줄이 생길걸~?"

"""우와~. 대성황이네."""

상국의 노림수는 왕도를 확보하고 교국을 견제하면서 마석 공급을 빼앗아 교국과 거래하는 것. 그 거래 밑천은 마석과 왕국. 하지만 그 뒤에서 왕국과 교국이 대치하면서 움직이지 못하는 사이 수인 나라를 습격한다. 지키려고 해도 왕국은 움직일 수 없고, 장사의 적인 교회도 움직일 수 없다. 지금이 바로 좋은 기회.

그러니까 어느 쪽도 뭉개버려서 큰 손해를 보게 한다. 그쪽이 경제 특화인 상국이라도, 이쪽은 바가지 상술에 올인한 떼부자가 있으니까.

그리고 하루카는 3일 안에 결판을 내겠다는 모양이다. 결판이 나면 상국은 이대로 계속 손해만 보든가, 손절하고 손해를 본 채 자금 회수를 포기하고 도망칠 수밖에 없다. 계속하면 짭짤하기는 하지만, 오래 이어지지는 않는다. 그러니까 단기 영업에 단기 결전인 기념품 가게다. 그리고 상국이 물러나면 보급이 없어져서 왕도는 말라버린다. 거기서부터 왕도 탈환.

그리고 하루카는 혼자 변경으로 돌아간다. 아직 아무도 모르는 다음 단계를 위해.

아직 보이지 않는 진짜 적을 대비해서. 하루카가 혼자서 변경을 지킨다.

그리고 오늘의 브래지어는 누구 차례로 할지도 정하지 못했다.

하루카가 혼자서 브래지어를 만든다……. 아, 이건 여느 때랑 똑같지?

> **충돌 안전 성능을 가지면서 마찰을 일으키면 안 된다.**
> **스치면 아프다고 하니까.**

65일째 밤, 기념품 가게 왕도 앞 지점

리듬체조부 여자애와 방패 여자애라는 조합은 의외로 신선했다. 아니, 언제까지고 이런 이름으로 부르는 건 불쌍하겠지. 응. 역시 이름 정도는 기억하고 있다고?

"페브○즈 씨하고 방패 반장이라는 조합은 좀 드문데, 방패 반장의 제자로 들어가서 탈취 반장이 될 거야? 응. 전력으로 응원할게. 꼭 아저씨들의 홀아비 냄새와 싸워서 냄새의 근원인 아저씨와 함께 섬멸하고 탈취에 애써줬으면 좋겠다는 바람이 있거든요? 저기, 효과 『탈취』가 붙은 무기라도 만들까? 때리면 냄새가 없어지는 곤봉이라든가? 아저씨 상대 특화 병기? 응. 가볼까?"

"페브○즈는 잊어버리라고 했잖아! 아니, 잊어버리고 뭐고 난 페브○즈라고 불리고 싶지 않아. 왜 이름도 별명도 기억하지 못하면서 페브○즈만 기억하는 거야!"

"하루카 씨. 오늘은 잘 부탁해요. 이 브래지어로 모두를 꼭 지킬게요! 열심히 할게요!!"

왠지 온도차가 굉장하다. 근데 브래지어로는 못 지키지 않아?! 응. 이건 방어 장비가 아니고, 브래지어를 들고 싸우면 결국 노브라니까 만들 의미가 없지 않나?!

뭐, 적이 남고생이라면 손에 브래지어를 든 노브라 여고생의 돌격으로도 충분히 섬멸할 수 있겠지. 분명 남고생들은 웃으며 죽으러 갈 거다.

그래도 이건 속옷이라고. 오히려 브래지어로 모양이 망가지거나 처지는 걸 막는다고 하던데? 그러고 보니 바스트 업 브래지어 요망서까지 왔었는데, 요즘 여고생들은 남고생에게 대체 어디까지 브래지어 제작 기술 향상을 원하는 거냐고!

"응. 바스트 업은 스킬 『무중력』 같은 걸 붙이면 되려나? 그건 참 대단하겠지만, 중력에서 해방된다면…… 그건 그것대로 굉장해져서 둥실둥실 떠오르게 될 것 같은데, 업은 어디까지 올려야 되는 거지?"

응. 남고생은 모양이 망가지거나 처지지 않으니까 모르겠다. 그야 없으니까? TS 문제가 발생하니까 남고생은 전환하지 않는다고?

갑옷 반장이 눈을 가리기 시작했다. 근데 왜 매번 눈가리개를 만들고 있는데 사라지는 걸까? 그리고 갑옷 반장…… 그 데헷낼름은 누구한테 배웠어? 응. 그거 분명 이세계에는 없었을 텐데? 여자 모임은 대체 뭘 목표로 회합하고 있는 걸까. 일단 회합의 결의는 바스트 업 브래지어였다고 한다!

"맞다맞다. 언젠가 비치발리볼이나 테니스 같은 걸 보급해 보려고 하는데, 리듬체조는 보급할 수 있을까? 그보다 하고 싶기는 하겠지만 경기 같은 건 성립되지 않을 것 같은데? 응. 이세계인이 지금부터 체조를 익혀도 리듬체조 여자애를 따라잡는 건 무리니까……. 아니, 이세계니까 원숭이 신(하누만)이라면 가능할지도!

그래도 고블린과 코볼트와 오크라면 우글우글하지만, 하누만은 좀처럼 없단 말이지? 그래도 라이벌로서도 레오타드로서도 고블린은 싫잖아?"

"왜 내가 하누만하고 라이벌이 되어 경쟁하면서 리듬체조 경기를 시작해야 하는데! 그리고, 고블린도 싫어!! 그보다 리듬체조로 경쟁하기 전에 하누만은 마물이니까 경쟁하는 게 아니라 평범하게 무기로 잡을 거야!"

하누만이라도 안 되는 모양이다. 그래도 고블린을 단련할 바에는 골렘이 그나마 나을 것 같기도 하다. 하지만 돌이 리듬체조⋯⋯. 인기 종목으로 가는 길은 먼 것 같네?!

"하고 싶은 것도 아니야. 그냥 어린 시절부터 계속 강제로 했으니까 갑자기 없어져서 당혹스럽다는 느낌이려나. 그러니까 하고 싶냐고 묻는다면 미묘? 응. 연습이 없어져서 안심하고 있는 점도 크네."

짊어지고 있던 기대의 중압이 없어졌다. 그러나 마냥 편하게 지내기에는 길러온 것과 단련해 온 것이 너무 크다. 뭐니 뭐니 해도 리듬체조계의 유망주였으니까. 그래도 혼자서 하고 싶냐고 묻는다면 누구나 미묘하겠지. 그게 경기인 이상 결과를 원하게 되니까. 하지만 경쟁할 상대가 없다. 하누만은 싫다고 하니까?

"차라리 요정족을 대량으로 붙잡아서 리듬체조판 호랑이굴에 던져넣으면 한두 마리 정도는 재능에 눈을 떠서 페어리 댄스를⋯⋯."

"그러니까 왜 요정은 페어리 댄스라고 말하면서 나만 페ㅇ리즈인데?! 대체 난 얼마나 냄새가 나는 거야! 그보다 냄새 맡지 마. 맡지 말라니까. 쉿쉿!!"

냄새는 안 난다고 한다. 응. 탈취 스킬은 없어도 되려나? 응. 크기로는 중상 정도. 그런데 이 순서라는 건……. 움직임이 문제가 된 패턴인가?

그러니까 방패 반장과 리듬체조부 여자애라는, 뭔가 신기한 조합이 된 거겠지. 직선 최속으로 적의 눈앞까지 방패를 들고 돌진, 아군을 등지고 격돌하는 방패 반장. 그리고 변환자재의 회전과 선회와 도약을 연속해서 펼치는 리듬체조부 여자애. 즉, 브래지어 설계가 복잡하니까 두 사람을 한꺼번에 보낸 모양이다!

"으음?"

직선으로 최속 돌격에 적합한 브래지어라니, 아직 개발 자체가 되지 않았겠지. 분명, 아마도, 자동차 충돌 실험 설비라도 브래지어는 만들지 못했을 거다. 그리고 브래지어 설계나 조정에 회전과 도약의 조합은 생각하지도 않았을 거다. 360도로 중력이 걸리고, 원심력과 반동을 억누르는 설계라니 아무도 시험해 보지 않았을 테니까.

즉, 일반적인 모양으로 해도 되는지조차 모르겠다. 만들고, 움직이고, 시험하면서 계측할 수밖에 없겠는데……. 움직이는 걸 리얼타임 3D로 계측한다면 내 안에 잠든 남고생의 리얼한 충동이 끓어오르겠지? 그렇다. 남고생의 망상에 눈가리개 같은 건 의미가 없다! 어차피 또 틈이 생겼고? 응. 가끔은 손가락을 모아 줄래?

"우선 평범하게 하나씩 만들어 볼게. 그리고 움직여 보고 전투용을 생각할 테니까. 우선은 치수를 재고 절반까지 완성하고 나서, 물리법칙의 한계에 도전하며 브래지어 제작? 응. 어째서 브래지어 제작에서 물리법칙의 한계에 도전해야 하는지, 물리법칙의 한계에 도전하는 브래지어에도 영문을 모르겠지만, 그걸 남고생이 고민해 봤자 의미가 없으니까 나중에 생각한달까……. 만든 뒤에 생각하자? 라고나 할까?"

아마 불가능할 거다. 그야 이건 브래지어를 초월했으니까. 뭐, 대체 왜 남고생이 물리법칙의 한계에 도전하면서 브래지어의 한계까지 넘어야 하는 건지는 모르겠지만, 아마 이건 거의 전용 장비가 될 거다. 완전히 감싸는 형상으로 전방향을 지탱하면서, 전방향에서 감쌀 수밖에 없다. 하물며 충돌의 충격도 흡수하는 구조를 도입하고, 그러면서도 튀어나오려 하는 가슴을 보호하는 시스템도 필요하다. 이건 대체 무슨 브래지어인데?!

"으으."

"으응……."

안 들린다. 그래. 들으면 안 돼! 그치만 들으면, 반응해 버리면 그 순간 갑옷 반장의 손가락이 벌어지니까! 그렇다. 역시 전직 미궁황. 그 순간을 파악하고 절묘한 위치에서 틈새를 벌린단 말이지!

"아니, 벌리면 안 된다니까?! 응. 어제 왠지 마지막에 손가락을 활짝 폈었지! 이제 숨길 생각이 없다는 걸 숨길 생각조차 없었지!!"

"크흐으."

"햐아악."

이래 봬도 각종 패턴을 연산 계측해서 각종 차이마다 최적의 수치를 계산하고 있다. 특수한 조건만 계산할 수 있다면, 지금 있는 연산 데이터를 통해 대응할 수 있을 거다. 즉, 빠르고 간단하게 브래지어가 완성된다. 팬티는……. 그건 다른 문제로 시간이 걸리거든? 응. 쓰러진다거나, 주저앉는다거나, 경련하기 시작한다든가? 응. 아비규환?

그리고 가봉부터 조정까지는 잘 나왔으니까, 움직여 보면서 보정에 들어갔다. 이것만큼은 움직여 보지 않으면 모른다. 그리고 일반적인 움직임은 문제없이 감싸고 지탱하고 있다……. 아마 일반적인 전투라면 문제가 발생하지 않을 거다. 응. 일단 완성이지만, 지금부터가 실험.

"응. 움직여 볼래? 뭐, 팬티를 먼저 만들면 움직이지 못할 것 같으니까, 일단은 브래지어부터?"

이 브래지어도 지금까지 여자들에게 만들어 준 브래지어와 비교해도 손색없는 완성도다. 오히려 디자인을 희생하고 천 면적을 크게 잡아서 확실하게 감싸고 상하좌우의 움직임에도 대응하고 있다. 그러니까 실험. 현재 가장 안정적인 이 브래지어로, 이 두 사람의 움직임에 어디까지 대응할 수 있고, 어디가 어떻게 대응하지 못하는가……. 이걸 모르면 전투용 브래지어는 시제품조차 나오지 않을 테니까.

"우왓. 뭔가 굉장히 좋은데?"

"이게 시제품이라니."

브래지어를 입은 채로 장비를 착용하고, 서서히 급격한 운동을 해달라고 했다. 응. 눈가리개는 제대로 장비 중이라고? 그야 속옷에 갑옷이니까 보인단 말이지. 『마수』, 『장악』으로 계측하고 있지만 눈은 감고 있고 『지고』도 이미 연산 준비에 들어갔다.

"흡, 흐읍!"

"으응……! 후우."

방패 반장은 반복 옆으로 뜀뛰기와 스텝 앤드 고의 속도가 점점 올라갔고, 그 급정지 때 안에서 날뛰고 있는 걸 알 수 있었다. 그게 뭐냐면 내용물 말이야! 응. 안에서 날뛰고 뭉개지고 뛰고 있다.

"이건 에어 쿠션 내장으로 갈 수밖에 없겠네. 충격은 공기압으로 흘려낼까?"

공기 파이프로 압력을 이동시켜서 형상을 바꾸며 감싸는 구조. 문제는 안에서 스치지 않게 하는 거겠지. 좋아. 설계해 보자. 그리고 리듬체조부 여자애의 횡회전은 아직 감싸고 있지만…… 상하 도약과 종회전에서는 내용물이 브래지어에서 삐져나오고 있다. 브래지어가 완전히 억누르지 못하고 있다.

"이건 튜브톱처럼 전체를 감싸서 상하좌우로 받치는 형태로 할 수밖에 없겠네?"

설계 자체는 오히려 간단하지만, 그 조정과 보정이 너무나도 어렵다. 전례가 없으니까 위치부터 직접 알아봐야 한다. 아니, 직접 만지면 범죄잖아!

응.『마수』씨가 알아보고 있는데, 요컨대 360도 전방향에서 흔들어 볼 수밖에 없다. 근데 여고생의 가슴을 360도 전방향에서 흔드는 건 단순 변태로 그치지 않는 무언가 같은 느낌이 드는 건 어째서일까? 하지만 그렇다고 내 손으로 찾으면 찾을수록 나의 호감도가 숨는다는 느낌이 드는 것 같거든? 응. 호감도만 뛰쳐나오지 않는단 말이지?

"이거 아프지 않아요! 충격에도 짓눌리지 않고, 급정지해도 땅기지 않고, 스치지도 않아요. 굉장히 좋아요. 이걸로 지킬 수 있어요. 이걸로 꼭 모두를 지킬게요!"

응. 방패 반장 여자애는 조금 난폭한 방법이지만, 앞뒤로 움직이는 가변형 에어 쿠션 브래지어가 됐다. 그것 때문에 약간 올려주게 되어서 크게 보이지만 어쩔 수 없지. 이건 남고생을 속이기 위한 브래지어가 아니니까⋯⋯. 아마 뽕을 절대로 용납하지 않는 세상의 남고생들도 용서해 줄 거다. 응. 전투 중에도 꽤 아프다고 하니까.

"근데 브래지어로 지키지는 말아 줄래? 응. 왠지 에어 쿠션 같은 게 붙어서 지킬 수 있을 것 같지만, 방패로 지키고 브래지어로 지키지는 말라고? 그보다 그건 손으로 들지 말고 가슴에 대라고?!"

응. 열심히 만들었거든?

"이게 제일 좋네요. 하지만 이건 이미 브래지어가 아니라고나 할까, 이 익숙한 느낌은⋯⋯. 그래도 이 쾌적함은 새로운 감각이라서, 아래까지 세트라고 해야 할지, 이거 완전히 에로 레오타드죠?! 뭔가 경기에 나가면 단번에 퇴장할 게 틀림없는 디자인인데⋯⋯. 성능은 굉장히 좋네요. ⋯⋯뭐, 속옷이니까?"

응. 레오타드형. 보디 슈트라고 해야 할까, 보디 파운데이션. 튜브톱 형태로는 지탱하지 못하고, 상하 움직임도 억누르지 못했으니까. 그래서 튜브톱 옆쪽 벨트에 벨트를 X형으로 달아서 단번에 홀드력과 좌우 대각선 방향을 지탱하는 힘을 강화했다. 하지만, 그래도 세로 방향을 억누르지 못해서 세로 라인을 늘리니까⋯⋯ 어머나, 신기해라. 섹시 스트랩 레오타드가 완성됐네요?

"응. 요컨대 모든 각도에서 지탱하며 당기고. 그 탄력과 신축력으로 감싸서 도망치지 못하게, 그러면서 전방향에서 땅기지 않도록 360도를 지탱할 수 있는 스트랩을 조합해서…… 거의 레오타드? 응. 이치에는 맞거든? 에로하지만?"

어느 의미로는 전부 스트랩이라고나 할까, 테이프라고나 할까, 끈으로 감싸는 레오타드.

즉, 틈새가 텅텅 빈 본디지풍. 뭐, 알기 쉽게 해설하면 그야말로 에로하다! 응. 이 디자인은 생각해 본 적도 없었다. 갑옷 반장에게도 만들어 주자! 분명 이 섹시 스트랩으로 감싸면 삐져나오고 흘러나와서 근사한 일이 벌어질 거다!

뭐, 전투용 한정의 특수 이너 슈트지만……. 이걸 들키면 잔소리를 듣겠지. 응. 완전히 실용을 위해 계산된 디자인이지만. 이걸 보면 분명 아무도 믿지 않을 거다! 응. 나도 안 믿겠지. 이건 무리잖아?

"응. 부드러운 유체의 신축성을 고려하면 완벽하게 고정할 수 없으니까, 각 튜브 부분으로 유지력을 분산시켜 보니…… 에로했다? 응. 에로하네?"

"이거면 되긴 하지만, 에로를 강조하지 마——!"

"그래도, 에로해요!"

그리고 전투용 브래지어 제작도 마쳤으니, 이걸로 끝내자. 그치만 팬티를 만들면 아무것도 못하게 되니까 마지막이거든? 응. 나도 무리다. 왜냐하면 여러모로 남고생에게는 무리입니다! 아니, 이세계에 있는 모든 남고생이라면 그 감촉의 자극을 버텨내는 건 절대로 불가능하다. 응. 그건 남고생에게는 무리고…… 뭐, 여고생도 무리인 모양이더라고?

무리였습니다. 방패 반장은 열심히 하겠다는 양손 승리 포즈로 쓰러졌고, 마지막 말은 "큐우~."였다.

"응. 하지만 페브으즈 씨는……. 대체 어떻게 다리를 Y자로 벌린 채 기절할 수 있는 걸까?"

응. 보디 슈트형이니까 벌리면 고맙기는 한데, 그 포즈는 여러모로 문제가 많다. 일단은…… 옮기기로 할까?

((움찔움찔♥))

> **절대로 완벽하고 결과는 완전히 똑같고 노력은 헛되지 않고 안심되는 환경이고 나에게 다정한 훌륭한 행동이었다.**

66일째 아침, 기념품 가게 왕도 앞 지점

아침—— 모든 일은 시작이 전부고, 시작이 피하면 도망쳐도 좋다는 격언도 있다. 아마도? 그렇다. 종업원들의 마음을 다잡고, 제대로 된 공통 목표를 주고, 전체의 의사 통일을 꾀하는 조회다!

"응. 오늘도 오늘대로 손님을 맞이하고, 엄청 바가지를 씌워 주자는 느낌? 뭐, 바가바가 일하고, 바가바가 영업하고, 바가바가 장사하면서 엄청 바가지를 씌우자고? 라고나 할까?"

훈시. 그것은 붙었다 떨어지는 부드러운 밤 이후의 아침 훈시였다. 탱글탱글 부드러운 육체가 아니라, 탱글탱글 상쾌한 아침이다!

"아니, 근데 밤에도 엄청 탱글탱글해서 힘들었거든? 촉수로 꽉꽉 조여서, 어라어라 어머어어머나 참 망측한······. 아니, 아무것도 아니야!"

상쾌한 아침에 모닝스타!

"왠지 이름은 아침 같지만, 그건 영원한 밤으로 영면하게 되는 거니까 집어넣자고? 좋아. 기념품 가게 안에서는 모닝스타 공격 금지로 하자! 점장 특권 남용이야!"

그렇게 하자. 안 하면 위험하다. 종이를 붙여놓자.

"혹시, 설마 지금 이게 조회고, 어쩌면 훈시를 하려고 한 걸지도 모르겠지만······."

"응. 훈시랍시고 했는데 전부 의문부호를 붙이면 어쩔 거야?!"

"뭐, 그 훈시 자체가 의문이니까 어느 의미로는 맞을지도?"

"그래도 이미 그건 훈시조차도 아니잖아?"

게다가 퇴짜를 맞았다. 요점을 짧게 정리하면서 음운까지 맞춘 아름다운 훈시가 퇴짜를 맞았다! 훗, 역시 요즘 여고생은 어려운 이야기가 거북한 모양이다.

이쪽은 영업 개시. 이제 지금쯤 오타쿠바보비안의 해적들도 해적을 폐업하고 산적으로 데뷔했겠지. 그러니까 상국의 밀수품이 펑펑 들어올 거다. 그렇다. 매입해서 왕도 주민들에게 배포라는 이름의 판매를 해야겠지! 그래. 바가지를 씌우는 건 왕국 귀족과 상국뿐이면 된다. 그걸 위한 호화 응접실. 단, 이용자 요금은 10배인 호화로운 접대다.

"오늘부터 밥 짓기 부대도 낼 거라서 바쁘거든? 이제 밥을 짓고 짓고 또 지어버릴 거라고? 왜냐하면 빈민가에는 분명 미소녀 고아 뿐이고, 게다가 예쁜 고아원 누나와의 만남이 나를 기다리고 있달까, 부른다고나 할까……. 뭐, 아무도 오지 않으니까 내가 가야지? 라고나 할까?"

그러나 아저씨가 기다린다면 밥을 짓는 게 아니라 태워버릴 거다. 응. 태우고 변경하는 것에 아무런 주저함도 없다고?

"응. 아저씨가 하는 고아원이라니 분명 고아들도 아저씨밖에 없을 거야. 태워버리자!"

"""고아원의 고아 중에 아저씨는 없으니까 태우면 안 돼!"""

"아니, 관리가 아저씨라도 고아원 운영하는 좋은 아저씨잖아. 그 아저씨!!"

그렇다. 비유론에 나오는 낙수효과와 같은 건 느리다. 아래로 내려오기 위해서는 위에 있는 잔이 가득 찰 때까지 기다려야만 하니까. 그게 아래까지 내려올 때까지 계속 기다리고 있을 수는 없다. 그동안 사라지는 것도 있으니까……. 그리고 언제나 그건 위가 아니라 아래에 잔뜩 있다.

"그야 세상이라는 건 위에 있을수록 잔이 커진단 말이지? 응. 아래에 있는 작은 잔에는 한 방울도 흐르지 않아. 응. 위에 있을수록 탐욕스럽고 욕심 많고 잔을 가득 채울 생각이 전혀 없이, 아래에서도 빨대처럼 빨아들이려는 녀석밖에 없단 말이지? 응. 그러니까 위에서 바가지를 씌우고, 아래에 뿌리는 게 순환 경제겠지?"

"""어디의 경제학에 바가지 이론이 나오는 건데?!"""

"""그 바가지는 경제론보다 법학론적으로 큰 문제거든!"""

확실히 직접적인 현물 지급은 낭비가 많다. 하지만 확실하다. 살아가기 위한 최소한의 생활 확보 없이 진정한 바가지는 불가능하다!

"그치만 다들 가난하면 누구에게도 바가지를 씌울 수 없잖아? 이 세상에 Win-Win 같은 건 있을 리가 없고, 부는 유한하고 반드시 어딘가에서 무언가가 빼앗기고, 언제나 약한 자부터 빼앗기는 거니까, 부당한 전쟁이나 담합이 생겨서 좋은 일은 전혀 없거든?"

"합법인 악과, 위법인 정의인가요."

"선이거든? 왜냐하면, 부가 집약되면 적절하게 분배되어야 하는 거니까. 그걸 하지 않는다면 바가지를 씌워서 모두를 풍족하게 만들어 주고, 모두에게 바가지를 씌우는 거야! 그래. 떼부자 피버 계획이다~!"

게다가 지금이라면 예쁜 고아원 누님도 따라올 거다! 이건 흔한 전개라고 하잖아!! 게다가 미소녀 고아들에게도 장래성은……. 그래, 영양이 필요해! 영양 없이는 풍만도 없다고 옛날에 에로한 사람도 말했다. 그래. 영양을 나눠줘야지!

"이쪽이 제2사단 사단장 테리셀 님에게 받은, 왕도로 들어가는 통행증과 취사 허가증이에요. 확인해 주세요."

어째서인지 다들 나에게 협상을 시키지 않는 경향이 보이는……것 같네? 응. 완벽하고 완전히 완결된 시나리오대로 일이 진행되고 있는데, 거기에 꽃을 곁들이는 나의 화려한 애드리브가 나설 차례가 없잖아?

"잠깐. 나의 연기력이 얼마나 대단한지는 전에 미행 여자애한테 조사를 맡겼을 때도 관객들을 매료하는 박력과 박진감 넘치는 연기로 무엇 하나 빈틈을 내지 않았던 걸로 증명됐을 텐데……. 대사조차 없잖아?"

"""그건 빈틈을 내지 않았던 게 아니라, 빈틈이 너무 많아서 의미 불명이었던 거야!"""

"아니, 나 참. 어린 시절부터 연기 재능을 간파당해서 초등학교에서 수없이 '나무'라는 큰 역할로 발탁되어 졸업할 때까지 타의 추종을 불허할 만큼 독점해서 '무, 무서운 아이!'라는 말까지 들은 실력의 소유자에게 이 대우는 뭐야? 보고 싶어?"

"보고 싶지 않아! 하루카가 '나무' 역할을 귀찮아해서 체육관 스테이지에 나무를 심었었잖아? 그건 완벽한 연기력이 아니라 진짜 나무였다고!! 완전히 나무 이외의 아무것도 아닌 훌륭한 나무였잖아!! 덕분에 신데렐라의 무도회에도, 인어공주의 바닷속에도 계속 스테이지 한가운데에 나무가 있어서 엄청 방해됐었거든! 왜 매년매년 심는 거야? 왜 그게 안 들킨다고 생각했어?! 그건 너무 무서워서 다들 겁먹었던 거야!!"

왕도에서의 첫 눈흘김은 역시 눈흘김 반장이었던 것 같다. 응. 나무였던 것도 들켰던 모양이네?

"아니, 그치만 나의 연기력은 절대로 완벽하고, 완전히 나무의 역할을 완수할 수 있으니까……. 그렇다면 그냥 나무를 놔둬도 되지 않아?"

응. 눈흘김이 날아오지만 결국 결과는 똑같다. 나의 노력은 헛되지 않았고 게다가 나무를 심어서 오존층도 안심인 환경과 나에게

다정한 훌륭한 교체였는데……. 불만이었던 모양이네?

그나저나, 왕도답게 변경과는 달리 건물에 양식미가 있고, 전체적으로 통일감도 있다. 그래도 돌밖에 없다.

"헉. 이건 흙 마법으로 스톤 골렘 대량 생산이 가능한 도시 구조?"

강해 보이지만, 싸우면 집이 어딘가로 가버릴 텐데 괜찮을까? 응. 딸이 입욕 중이라면 서비스 골렘인가?! 좋아. 가동하자. 가동식은 어디 있어!!

그러나 서비스 골렘이 아저씨의 입욕 장면에서 나온다면 왕도를 모조리 불태우자. 응. 훌러덩은 필요 없다고?

"아니, 왜 훌러덩할 생각인 거냐고 아저씨! 그냥 태우고 비틀고 모조리 불태우자!!"

"어~이. 하루카~. 왕도를 멋대로 개조하면 안 되거든~?"

"응. 왠지 거리가 물결치고 있는데, 대체 뭘 하려는 거야?!"

"그리고 뭘 하려는 건지는 모르겠는데, 혼잣말에서 '꺄아~ 엉큼해♥'라고 중얼거리고 있으니까 잔소리감이거든?"

"""응. 왜 적진에 잠입했는데 마력을 완전 개방해서 '꺄아~ 엉큼해♥'가 되는 전개를 가려고 하는 거야!!"""

"""응. 유죄거든!"""

중얼거렸나? 그래도 '꺄아~ 엉큼해♥'는 국민적인 왕도인데, 그 원작을 살해하는 아줌마 단체가 2차원 소녀를 구하라고 소란을 부리면서 출금령이라도 내렸어? 응. 굳이 따지자면 3차원이나 이세계를 구해주면 좋겠는데?

"뭐, 그 단체가 이세계 소환된다면 '공격 마법이나 검은 위험하니까 금지!' 라고 소란을 부리다가 코볼트에게 머리를 깨물려서 맛있게 먹힐 테니 안 와도 될지도? 응. 전혀 도움이 안 되는 데다, 깨무는 코볼트에게도 민폐거든?"

응. 코볼트도 굉장히 싫어하겠지?

"이 앞이 빈민가인 것 같아. 치안이 좋지 않다고 하니까 다들······ 하루카를 조심하자!"

"""네~에."""

왜 거리의 치안이 안 좋은데 나를 감시하는 거야? 그런가. 마침내 나의 선량함을 이해하고, 너무나도 선량한 탓에 피해를 겪지 않게 지켜봐 주려는 건가. 하지만 아까부터 소매치기를 당하면 소매치기로 돌려주고, 강도도 강탈로 갚아주고, 칼부림을 벌이려는 놈이 나오더라도 먼저 칼부림으로 갚아주는 안심 안전에 선량한 피해자니까 괜찮다고? 뭐, 유일한 문제점은 빈민가니까 돈을 벌 수는 없다는 것······. 아니, 미소녀 소매치기라든가?

"헉. 그러면 소매치기를 당하고 또 당하면 굉장히 스릴 있는 미녀 소매치기가 나올 게 분명해! 응, 부르자. 그리고 미녀 강도나, 미녀 칼부림 살인마? 응. 가진 걸 벗겨낼 보람이 있어 보이네! 그냥 돈이 없더라도 벗겨내고 벗겨내고 또 벗겨내자!!"

"""왜 갑자기 승리의 포즈를 잡는 건데!"""

응. 생각보다 빈민가는 근사해 보인다. 좁은 길 안쪽으로 나아가자, 건물이 석조에서 목조로 변했고, 더 안으로 갈수록 후줄근해졌다····· 뭐어?!

"아니. 야, 이세계! 너 목조 건축을 얕보는 거 아냐? 목조의 이 취급은 뭐야? 석조가 그렇게 잘났어? 왜 목조가 빈민 취급이냐고! 정말이지, 이러니까 이세계는 안 되는 거야. 동양의 미학과 건축 기술을 모르는 모양이네!"

""왜 이번에는 갑자기 화내는 거야?!""

이렇게 그냥 돌을 잘 쌓았습니다, 같은 건축물로 목조에게 시비를 걸다니 적게 잡아도 3천 년은 이르다. 응. 5천 년은 가능할지도? 아니아니 역사적으로 봐도 수백 년 전에는 야만인이었던 주제에 건방져……

"저기, 하루카~. 왕도를 멋대로 개조하면 안 된다고 했잖아~?"

"왠지 거리가 신사와 불각 같은 역사적 건축물이 되고 있는데, 뭘 하려는 거야?!"

""아아, 불교 전파?""

"그리고 뭘 하려는지는 모르겠지만…… 왜 적진에 잠입했는데 마력을 완전 개방하고 오층탑을 건립하고 있는 거야!"

"여기 이세계거든? 교토 관광이라고 착각할 것 같거든?"

그만 화가 나서 저질러 버린 모양이다. 뭐, 이걸로 야만스럽고 조악한 이세계도 동양의 건축미와 목조 건축이 얼마나 수준 높은지 이해하겠지. 응. 뭔가 깔끔해졌으니까?

""빈민가가 반대로 호화로워졌어?""

"수학여행 가지는 못했지만…… 가짜 교토 여행?"

그야 이런 폐가를 목조 건축이라고 생각하는 건 유감이니까. 그래. 여기서는 목조 건축이 얼마나 멋진지 확실하게 보여줘야만 한다. 그러나 유감스럽게도 가짜 도쿄는 없거든? 응. 왜냐하면 게이

샤나 마이코 같은 화류계 사람은 없으니까!

"나 참. 남고생들은 다들 수학여행에서 게이샤나 마이코하고 꺄아꺄아 후후후하고 노는 날을 믿고 고등학교에 다니고 있었는데, 수학여행 전에 전이나 소환 같은 걸 하지 말라고! 한다면 게이샤나 마이코도 붙였어야지!! 응. 전이해 오면 대접할게요? 어서 오세요? 랍니다?"

오지 않았다.

"왠지~ 빈민가 쪽이 더 호화롭네~?"

"응. 저쪽 귀족가가 그냥 돌로 보이네?"

"목조의 따스함 때문에, 다정한 느낌?"

"어쩌다 보니 유럽풍에 적응했지만…… 이쪽이 익숙하긴 해."

"응. 왕궁은 애쓰고 있지만…… 이쪽은 *토다이지(東大寺) 이월당까지 건립해 버렸으니까~?"

이겼군.

"비교해 보면 저쪽이 빈곤해 보여."

"응. 돌만 쌓았다는 느낌으로 보이네!"

"저기…… 안쓰러운 귀족들에게 밥을 해주러 가는 거였던가?"

응. 현대의 여고생들에게도 호평이다. 그러나 평지에서는 **키요미즈데라(淸水寺)같은 건 무리 같아서 화재 대책으로 돌벽도 만들어 놓기는 했다. 뭐, 그래도 석조보다는 훨씬 쾌적한 생활을 보낼 수 있을 거다. 응. 이세계 따위가 현대의 동양을 얕잡아 보다니 너

---

* 토다이지 : 일본 나라현에 있는, 8세기 무렵에 건설된 사찰(절). 이월당(니가츠도)는 그 건물.
** 키요미즈데라 : 일본 교토부에 있는, 사찰(절). 세계문화유산. 수학여행 코스로도 유명한 관광지.

무 웃기지 않아? 석조물 안에서 후덥지근하거나 추위에 몸을 떠는 게 좋아!

"""하아———!"""

"이런데도 '와아' 가 아니라고오오오———?!"

이러면 중세 건조물로 거들먹거리는 귀족가도 주눅 들어서 조용히 있겠지. 응. 백성을 위하고, 가난해지면 베풀어야 하는 귀족이 빈민가 옆에서 호화롭게 살고 있는 게 열 받거든? 하지만 이제 거들 먹거릴 수 없겠지.

그야, 뭐라 말해도 '푸풉. 저 녀석 돌 안에서 살고 있대. 빈곤 골렘 아니야?' 라고 말하면 울면서 돌아갈 테니까. 뭐, 시비를 걸면 불쌍하니까 변경 목도라도 나눠주자. 대단한 성능은 아니지만, 너무 강력해서 그 곤봉 도시처럼 되어버리면 곤란하잖아? 응. 분명 그 곤봉 도시에는 고블린도 코볼트도 곤란할 거다. 그곳만큼은 습격하고 싶지 않겠지.

"누가 멋대로 개조하고, 덤으로 왕도 지점 설립 허가까지 받으려는 건데!"

"""왜 그 제2사단 대장은 하루카 말을 전부 들어주는 거야?!"""

"뭐, 이사한다고 해도 짐은 없으니까 걸어가면 될 뿐이지?"

"일단 모두 잊고 있지만 적진이거든? 밥을 해주러 온 거지 강탈하러 온 게 아니니까! 뭐, 통행증과 영업 허가증을 전부 받아왔으니까 문제는 없겠지만……. 가장 문제가 되는 대문제가 같이 있으니까 조심해서……. 아마 소용없겠지만, 전혀 효과는 없겠지만, 조심하자."

"""네──에!"""

　그리고 지도에 나온 고아원으로 향했다. 뭐, 이세계의 정석으로
는 고아원이 가난하고, 도와주면 예쁜 누나가 감사하고, 이런 감사
나 그런 답례가 포동포동출렁출렁 나오는 건 약속이겠지만…….
그나저나 너무 낡았는데? 응. 목조 폐허, 낡아빠졌고 부패하고 노
후돼서, 용케 이런 상황에서 무너지지 않고 유지할 수 있었다고 반
대로 감동할 정도로 기적적인 잔해 주거지?

　그리고 안에서 조그만 애들이 우르르 나왔는데, 더럽고 말랐고
안색도 안 좋고, 옷이라기보다는…… 걸레짝? 어라? 나하고 똑같
네?! 아니, 아니다. 저건 검은 게 아니라 검게 변한 거다. 너무 닳아
서 구멍이 뚫렸고, 올이 풀렸고…… 그리고 새까맣다.

　"""하루카, 부탁해!"""

　"급료 빼서 돈 낼 테니까!"

　"부탁할게요. 이 아이들을…… 이 아이들에게……."

　반장 일행이 울어버렸다. 뭐, 이쪽은 서양풍 미형이 많으니까 더
더욱 괴롭겠지.

　부스스한 금발에 꾀죄죄한 얼굴을 한 여자애는 그림 속 천사 같
은 얼굴이었다. 붉은 머리가 새까매진 남자애는 검게 물든 얼굴을
닦고 머리를 치우자 열 받을 만큼 잘생긴 얼굴이었다. 그런데 더럽
고 추한 차림새로, 언제 무너져도 이상하지 않은 폐허에서 살고 있
었다. 그러니까 쇼크를 받아서 울고 있다. 그야, 그 가난한 변경에
서도 이런 일은 없었으니까. 너덜너덜하고 가난했어도 깨끗했다.
가난해도 다들 서로 도우며 살았다. 그리고 가난했던 메리 아버지

는 여유가 생기니까 성이나 저택보다 먼저 훌륭한 고아원을 주문했다.

변경은 고아든, 부상자든, 병자든, 다들 가난했어도 필사적으로 서로 도왔다. 그러나 이곳에서는 버려졌다. 이 아이들은 버림받은 거다.

"너무해……."

"버섯. 하루카, 버섯 팔아줘. 돈 전부 낼 테니까!"

"""나도!!"""

왕녀 여자애는 왕족이 기부금을 내서 운영하고 있다고 말했었다. 응. 대체 어디에 돈을 썼는지 꼭 듣고 싶을 정도네. 왕족이 기부는 했지만, 여기는 귀족가 관할이라고 한다.

그리고 귀족가에는 통례상 왕족은 진입할 수 없다고 한다. 그래서 왕녀 여자애도 이곳에는 온 적이 없다며 지도만 만들어 줬는데…… 꼭 보여주고 싶다. 그리고 그 귀족님을 꼭 소개해 주면 좋겠네?

아무쪼록 이 폐허의 잔해와 옷이었던 걸레짝, 그리고 마르고 병든 아이들에게 대체 기부금을 어디에, 어느 정도나 썼는지 치밀하고 상세하게 가르쳐 줬으면 좋겠다.

그래도 우선은 고아원이다. 귀족가를 지옥가로 만들어 버리는 건 나중에 해도 된다. 이 뼈대만 남은 폐가의 잔해에 기부했을 돈으로 만들어진 아름답고 훌륭한 귀족가 같은 건 나중에 처리해도 된다. 나중에 해도 되지만 이후는 없어. 그래도 우선은 고아원이다. 고아원이 최우선이다.

66일째 오전, 디오렐 왕국 왕도 빈민가

마을이 없어지고, 엄마도 아빠도 죽어서 여기로 오게 됐습니다.

여기는 배가 고픕니다. 맹탕 같은 연한 수프와 딱딱한 빵조각을 받아서 먹지만 배는 가득 차지 않습니다.

여기는 춥습니다. 너덜너덜하고, 바람이 휭휭 불어오고, 얇은 모포를 덮고 떨면서 배를 곯으며 잠듭니다.

여기는 가난합니다. 작은 애도 큰 애도 모두 열심히 일하러 가지만, 밥도 제대로 받지 못합니다. 노력해도 노력해도 가난합니다.

아침 일을 마치고 돌아왔습니다. 커다란 도시지만, 돌아올 곳은 여기밖에 없습니다. 돈은 조금밖에 받지 못했지만, 이걸로 밥을 사야 합니다. 작은 애들이 배를 곯으며 기다리고 있으니까요.

어두울 때 일하더라도, 밤늦게까지 일하더라도, 모두가 하루 종일 열심히 일해도 밥이 부족합니다. 모두 배를 곯고 배고파합니다.

오늘은 먹을 걸 살 수 있을까. 그런 생각을 하면서 건물 모퉁이를 돌아 고아원으로…… 고아원으로?

고아원은 어디 있죠? 돌아갈 곳이 사라지고 말았습니다. 달리 갈 곳은 어디에도 없는데 고아원이 사라졌습니다.

커다란 저택이 지어졌습니다. 여기에 있던 작은 아이들은 어떻게 된 걸까요. 어떻게 된 일일까요.

어찌할 도리가 없어서, 어디에도 갈 곳이 없어서, 어딘가에 작은 아이들이 없나 해서 저택 주변을 돌아봤습니다.

"언니, 이쪽이야~."

"있잖아. 맛있는 밥이 있어!"

"잔뜩 먹어도 된대."

작은 아이들이 손을 흔들고 있었습니다. 저택 안에서 부르고 있습니다. 저런 훌륭한 저택에서 멋대로 음식을 먹으면 그냥 넘어갈 수 없습니다.

달려가서 사과했습니다. 열심히 사과했습니다. 작은 아이들을 용서해 달라고, 음식은 꼭 변상하겠다고. 돈도 전부 냈습니다.

몇 번이고 몇 번이고 고개를 숙였습니다. 죄송하다고, 죄송하다고.

그랬더니…… 저를 안아줬습니다.

새까만 머리에, 새까만 눈동자를 한 무척 예쁜 언니였습니다. 굉장히 부드럽고, 좋은 냄새가 나고, 약간 엄마 같았습니다.

"괜찮아. 밥은 모두 함께 먹어도 돼."

"응. 이건 너희에게 주려고 가져온 거니까. 그러니까 많이 먹어."

들어온 곳에는 진수성찬이 가득했습니다. 본 적도 없는 맛있어 보이는 밥이 산더미처럼 놓여있었습니다. 작은 애들도 커다란 애들도 웃으면서 밥을 먹고 있고, 이쪽으로 오라고 부르고 있었습니다.

그 건너편에서는 검은 머리에 검은 눈인 오빠가 밥을 하고 있었습

니다. 굉장한 속도로 맛있는 밥을 계속, 계속 내놓고 있었습니다.

"많이 먹어. 그보다 먹고 자라지 않으면, 커지지 않으면 슬픈 일이 일어날 가능성이 굉장히 크거든? 근데 이미 슬픈 일이 일어났는데도 참 잘 먹네. 아니, 아니거든! 작다고 말한 게 아니야. 생각한 건 마음을 실어서, 상상은 무한대, 가능성은 이미 틀렸을지도? 앗, 아니 안 봤어. 전혀 가능성도 안 보여. 뭐, 없으니까 안 보이는…… 흐으응부오오오우오오오! 잠깐, 왜 모닝스타를 드는 건데? 어? 갑옷 반장이 빌려줬구나. 이야~ 어쩐지 익숙한 모닝스타다 했어……. 아니, 왜 나를 공격할 때는 모닝스타로 정해진 건데?!"

즐거워 보였습니다. 다들 웃고 있습니다. 모두가 웃고 있습니다. 저도 웃었습니다.

잔뜩 먹었습니다. 이렇게 많이 먹은 것도, 이렇게 맛있는 걸 먹은 것도 처음이라고 말했더니, "아직 어설프네. 진정한 공포는 달고 맛있는 과자까지 먹고 나서 나중에 후회하고 원 모어 세트를 하지만 최근에 만쥬를 너무 먹어서 원 모어 세트로는 부족해진 사람이 드문드문…… 끄으으우오에에에아아에엑! 그러니까 왜 모닝스타를 그렇게 획획 공유하는 건데? 그보다 왜 계속 상비하고 있는 거야! 그건 요전에 미스릴화 해서 진짜 위험하거든? 그래도 갑옷 반장이 간호사 차림으로 '미스릴화해 주면 힐링해 줄게♥'라고 말해서, 그야말로 남고생답게 미스릴화 했어! 완전 해버렸다고! 미니스커트 간호사가 힐링♥해 준다고 하잖아! 으갸아아아악!"라고, 굉장히 떠들썩하고, 굉장히 즐겁고, 굉장히 맛있고—— 그리고, 굉장히 다정하게 대해 줬습니다.

꼭옥 안아줬습니다. 몇 번이나 손을 잡아줘서 기뻤습니다. 그리고 머리를 많이 쓰다듬어 줬습니다. "노력했으니까 괜찮아."라고, "노력했는데 포상이 없다니 거짓말이잖아?"라고, "응. 없다면 바가지 씌우면 해결된다고?"라면서요.

그러니까 이건 지금까지 줄곧 노력했던 포상이고, 지금까지 줄곧 줄곧 노력했던 포상이니까 앞으로 훨씬 훨씬 더 많은 포상이 나올 게 정해져 있다고 합니다.

그보다 정했으니까 바가지를 씌운다고, 그렇게 말하면서 머리를 쓰다듬어 줬습니다.

"뭐, 세상의 곤란한 일은 대체로 때리거나 바가지를 씌우면 해결된다고 그 유명한 누군가가 말했거든? 응. 말했는지 어땠는지 그게 누구인지도 모르지만, 아무도 모르니까 아무래도 좋지? 라고나 할까?"

상을 받았습니다. 오래오래 노력한 보상이라고 했습니다. 그리고 머리를 자꾸 쓰다듬어 주었습니다.

오래오래 노력해서 다행이에요. 이렇게나 기쁜 일이 생겼으니까.

오래오래 노력해서 다행이에요. 이렇게나 즐거운 날이 왔으니까.

이제 지금부터 줄곧 줄곧 노력할 수 있을 겁니다. 왜냐하면 줄곧 줄곧 노력하면 이렇게나 기쁜 일이 생긴다는 걸 알았으니까.

작은 아이도 큰 아이도 다들 웃으면서 울고, 울면서 웃었습니다.

너무 기뻐서, 너무 즐거워서, 너무 행복해서 눈물이 나왔습니다. 깜짝 놀랐습니다.

언제나 배고파서 울고, 추워서 울고, 쓸쓸해서 울었는데, 이렇게나 행복해도 눈물이 나오나 보네요. 괴로워서 눈물이 나오고, 힘들어서 눈물이 나오고, 슬퍼서 눈물이 나왔었는데, 기뻐도 눈물이 나오나 보네요.

"갈아입자 갈아입어!"

"부족하면 내 옷을 해체해도 되니까!"

"응. 내 것도."

그리고, 커다란 저택 안으로 안내받았습니다. 그래도 여기는 저택이 아니라 고아원이니까, 모두의 집이라고 합니다. 그리고 커다란 목욕탕이 있었습니다. 장작 패는 일을 하러 가서 목욕탕을 본 적은 있었지만…… 굉장하네요.

굉장해요. 목욕탕에 들어왔어요. 언니들이 씻겨줘서 반짝반짝합니다. 좋은 집에 사는 아이처럼 깨끗해졌어요.

"다음은 머리를 씻겨줄게. 순서대로 한 명씩 나와야 해."

""""네~에.""""

또 다들 울었습니다. 왜냐하면 믿을 수 없었으니까요. 왜냐하면 맛있는 걸 배가 빵빵해질 때까지 먹고, 목욕탕에 들어온 거니까요. 이렇게나 행복한 일이 한 번에 오다니 어쩌죠. 내일부터…… 어쩌죠?

"괜찮으니까. 이제 괜찮아졌으니까 괜찮아."

"응. 아까 그 검은 망토의 오빠가 괜찮다고 말했잖아?"

"그 오빠는 웃지 않으면 싫어해. 모두가 웃지 않으면 굉장히 싫어하거든!"

"응응. 그러니까 이제 괜찮아. 잔뜩 웃게 될 거야."

"""응. 분명 행복해질 테니까. 포기해야겠지? 그 오빠는…… 포기하지 않으니까."""

다들 엉엉 울었습니다. 작은 애도 큰 애도 엉엉 울었습니다. 왜냐하면, 이미 충분히 행복하니까요. 정말 믿을 수가 없을 정도입니다.

그런데, 그런데도 더 행복해지고 이게 매일 이어진다니 눈물이 멈추지 않았습니다.

왜냐하면 이미 충분히 행복하니까요. 이제 정말정말 잊을 수 없을 만큼 행복한데.

그리고 간판이 생겼습니다.

검은 망토 오빠는 "갈취해 왔어~!"라며 큰소리로 외쳤다가 혼나더라고요?

고아원은 『기념품 가게 고아원 지점, 이라고나 할까? 그런 느낌?』이 됐습니다.

내일부터 깨끗한 옷을 입고 도와주면 매일 언제나 맛있는 밥을 먹을 수 있다고 합니다. 작은 애도 큰 애도 모두 깨끗한 옷이었습니다. 제복이라고 합니다.

지금은 검은 망토 오빠가 "노동력 얻었다!"라고 큰소리로 외쳤다가 혼나고 있네요?

고아원 바깥의 사람들도 밥을 많이 받고, 집이 깨끗해져서 울고 있었습니다. 다들 울고 있었습니다. 작은 애도 큰 애도, 어른도 다들 엉엉 울었습니다.

그야, 이제 춥지 않으니까요. 따스하고 폭신폭신한 이불입니다. 바람도 횡횡 불어오지 않습니다. 배도 꽉 차고 괴롭지 않습니다.

잘 때도 이제 아무도 울지 않았습니다. 언제나 언제나 울었는데, 오늘은 아무도 울지 않았습니다.

작은 애들도 웃으며 잠들었습니다. 오늘은 처음으로 아무도 울지 않았습니다.

아아, 배가 부르고 따스하면 행복한 거구나.

> **기나긴 시간을 싸워서 역전이라 불리는 시점에서**
> **이미 늦었다고 생각하지만, 무서워서 아무도 말하지 못한다.**

66일째 저녁, 기념품 가게 왕도 앞 지점

이사가 결정됐다. 왕도 앞에 막 왔는데 벌써 이사. 왜 매일 건축하고 있는 걸까? 그리고 어째서 안젤리카 씨는 버스 가이드 차림…… 설마 가짜 교토 일주 여행(버스 없음)일까?

그리고 하루카가 속이고 있다. 물론 다들 듣지 못했다.

"예부터 적진 안으로 파고들어 안쪽에서 물어뜯어야 하는 법이야. 그래. 약한 내부부터 파괴할 수 있고, 자기 진영이니까 섣불리 공격하지 못해서 먹혀 버리지. 그래. 그래서 이사하는 거야! 왕도 지점으로 명예롭게 승진이네?"

그건 이사가 아니잖아? 이사하는 사람이 안쪽에서 물어뜯고 내부부터 파괴하거나 먹어치우지는 않잖아? 응. 대체 하루카는 이사를 뭐라고 생각하는 걸까. 한 번 이야기를 제대로 들어보……고 싶지는 않을지도?

그래서 느닷없이 폐점 세일이 시작됐다. "그런고로 왕도 지점이 열리게 됐으니 왕도 앞 지점은 점포 정리 세일이고, 오늘 한정 할인일지 아닐지는 내일의 즐거움이겠지만 폐점이니까 점포 정리 세일이고, 앞으로 한 시간 한정 폐점 타임 세일로 초특가일지도 모르는 느낌으로 전 품목 10% 할인이야! 뭐, 실은 몰래 가격을 올리고 나서 10% 할인한 거지만, 10% 깎아서 10% 할인이니까, 바가지지만 이득을 본 기분이 들겠지! 기분뿐이지만, 이라고나 할까?"

그 한마디로 세상이 흔들렸다!

"""꺄아아아아아아아!"""

이세계에서 여자들의 전쟁이 개최되고 말았다! 마침내 왕도의, 여전히 중세를 사는 여성마저도 폭탄세일 전쟁의 먹잇감이 됐다. 그렇다. 할인과 염가라는 감언에, 한정이라는 킬러 문구에 저항하지 못했던 거겠지. 남녀노소가 뒤엉켜 상품을 서로 빼앗았다. 하지만, 여전히 그저 옥신각신 수준이다.

아직 전쟁에는 도달하지 못했다. 아직 임계점까지는 여유가 있다. 하지만 소문은 반드시 퍼진다. 분명, 이미 입소문 네트워크로 정보를 파악했을 거다. 온다. 분명 온다!

그리고 나타났다. 마침내 패자가 나타났다. 전쟁의 위협이자 종언. 기나긴 시간 싸워온 역전의 여자들. 사람들은 다들 두려움과 함께 이렇게 부른다. '부인들'이라고!

부인들이 과감하게 전장에 뛰어들었다. 참극으로 변한 폭탄세일의 전장을 종횡무진 내달리고, 밀쳐내며 유아독존으로 가로채고,

일기당천으로 쓸어버리는 천하무쌍의 상품 강탈. 부인들이 전장을 질주하며 상품을 구축했다.

저것이 바로 지옥, 저것이 유린이다. 전직 미궁황조차 겁먹었으니까! 울상을 지으며 무서워하고 있다. 응. 이 공포의 광경을 본 전직 미궁황이 겁을 먹고 움츠러들며 울상을 지었다. 응. 저건 순진한 처녀들이 못 이기겠지? 그리고…… 다 팔렸습니다.

"수고했어~. 다 팔렸으니까 이사? 그보다 왕도 앞 지점 어쩌지? 앗, 메리 아버지한테 주면 되려나……. 마침 왔으니까?"

기사 한 명이 달려왔다. 응. 또 혼자서 왔다.

"여어, 늦게 와버렸네. 근위병 회수와 재편성으로 후속이 늦어져서, 귀찮으니 먼저 와버렸는데 왜 왕도 바로 앞에 성채를 만든 건가? 아직 왕궁은 무사한가? 설마 멸망시키거나 붕괴시키지는 않았지?"

또 오무이 님이 단기로 달려왔다. 분명 저기서 필사적으로 쫓아오는 건 측근이겠지. 언제나 너무 불쌍해서 저도 모르게 하루카가 측근 전용 장비를 만들어 줬건만, 그『가속』부여 장비로도 쫓아오지 못했던 모양이다. 응. 그래도 잘 생각해 보면 오무이 님의 장비도 하루카가 만든 거니까 쫓아오지 못하는 원인은 하루카고, 대체로 언제나 잘 생각해 보면 전부 하루카가 범인이지?

"뭔가 엄청 딱 알맞게 왔어. 마침 지금 이 성채가 빈집이 되어서 넘겨줄 곳을 찾고 있었는데 주둔지로 어때? 모처럼 지었는데 무너뜨리면 손해 본 기분이 들고 바가지 씌우는 느낌이 전혀 없잖아. 응. 그래도 제2사단 아저씨가 영업 허가증을 줘서 안으로 이사? 그보다 무료로 가게하고 초염가 숙박 종업원이 딸린 싼 건물을 얻어서 엉엉 울었으니까 진정한 떼부자의 힘을 보여주고 교육해야만 하게 됐어……. 그러니까 줄게. 필요 없으니까?"

주둔지가 되려는 모양이다. 물론 오무이 님은 이해하지 못했지만, 그래도 꽤 익숙해졌는지 성채를 준다는 건 알게 된 모양이었다. 응. 괜찮을까? 하루카의 말을 이해할 수 있게 될 때마다 자신의 언어가 망가져 간다는 걸 알 수 있는데. 실제로 다들 꽤 위험하니까? 저건 전염되니까, 오무이 님도 슬슬……이라고나 할까?

"뭐, 잘 모르겠지만 고맙군. 가능하면 통역도 부탁하고 싶은데."

변경군과 근위사단이 속속 모였고, 그에 맞춰서 건물이 확장됐다. 구 기념품 가게의 옥상에는 도서위원이 서 있고, 그래서 왕도에서는 변경군과 근위사단이 보이지 않는다. 아무것도 알아채지 못한다.

왕도 문 앞에 대군이 왔는데도 이렇게 가까운 곳에서 알아채지 못한다. 이것이 『부존재의 반지 : 강제 은폐, 식별 차단, 인식 소외』. 하루카와 왕제님을 습격한 천 명의 병사를 숨길 수 있었던 교회의 마도구가 가진 힘. 그리고 이것이 『파급의 목걸이』의 효과 파급 침투로 강화 증대, 그리고 저항도 할 수 없는 안티 레지스트 효과를 붙여 발동 중이다. 이것이 하루카가 전쟁의 히든카드가 될 수도 있다고 말했던, 도서위원의 전용 장비. 궁극의 전략(스텔스) 병기의 일부다.

"자. 이쪽은 끝났으니까 이사하자."

""""오오!""""

"고아원 아이들이 기다리고 있겠네."

그렇다. 어째서인지 하루카는 변함없이 아이들에게 인기 폭발이었다. 아이들에게 심각한 악영향을 주지 않을까 걱정된다. 어째서인지 절대로 흉내 내서는 안 되는 궁극의 나쁜 견본 디럭스판인데…… 어째서인지 아이들에게는 대인기다.

"""응. 흉내 내면 안 된다고 가르쳐 줘야지!"""

응. 하루카 같은 애들이 많이 있는 도시라니 굉장히 위험할 것 같다. 누가 가르쳐 준다면 전장이나 던전이 더 평화로워 보이겠지?

"뭐, 아무리 마음에 들고 좋아하더라도…… 흉내를 낼 수는 없겠지만?"

"""그것만큼이 구원이네!"""

아무도 흉내 낼 수 없을 것이다. 저건 무리. 그러니까 괜찮다고 믿자. 안 되면 격리하자!

그렇게 버스 가이드의 안내를 받아 고아원으로 향했다. 물론 걸어서. 대기조였던 애들이 가짜 역사적 건축물에 아연실색했고, 어이없어하며 고아원으로 향했다. 그렇다. 이제 태클을 걸면 진다는 분위기로 체념하면서 관광 일주 미니 수학여행. 그리고……

"""왜 *뵤도인(平等院) 봉황당!"""

다행이다. 다들 태클을 걸어줬다.

왜냐하면 낮의 멤버는 다들 태클로 지쳐서 태클력이 남아있지 않다. 정말 계속 태클을 걸어서, 심각한 태클 피로감으로 과로 중이다.

---

* 뵤도인 : 일본 교토부에 있는 절(사찰). 세계문화유산.

그도 그럴 것이, 토다이지 만들 공간이 없다든가, 평지에 키요미즈데라는 안 어울린다고 말하는 사람의 폭주를 막기 위해 태클 또 태클에 계속 태클을 걸어서 힘이 다해버렸다.

그래도 무리였다. *고료가쿠(五稜郭) 만들고 귀족가를 불태워야지! 라고 아우성치는 걸 막는 게 고작이었다. 그래서 고아원이 뵤도인 봉황당, 단 연못 없는 버전이 된 건 어쩔 수 없었다.

그치만…… 한시라도 빨리 아이들에게 집과 밥을 준비해 줬어야 하니까. 안심할 수 있고 따스하고 깨끗하기만 하면, 그게 뵤도인 봉황당이든 뭐든 상관없었다. 응. 전부 만들었지만?

응. 이렇게 새삼 보니 전혀 괜찮지는 않지만, 그때는…… 괜찮았다는 기분이 들었지? 응. 태클 걸기 지쳐서 그랬던 걸까?

"극락정토의 모습을 본떴다고 전해지는 뵤도인 봉황당의 지붕에…… 『기념품 가게 고아원 지점, 이라고나 할까? 같은 느낌?』인가요."

응. 저건 괜찮지 않았다. 그야…… 네온사인이니까? 뭔가 이상야릇하네?

"""어서 오세요~."""

마중을 나왔다. 웃는 아이들. 모두 몰라볼 만큼 깨끗해졌고, 천사처럼 웃고 있다. 아직 말랐고, 병색과 피로가 남아있지만…… 그래도 다들 웃고 있다. 기쁜 듯이, 즐거운 듯이, 행복한 듯이. 웃으며 손을 흔들며 부르고 있다. 그때의 피곤하고 체념하고 절망한 듯한 표정 없는 공허한 얼굴은 이미 사라졌고, 활짝 웃고 있다. 천사 같

---

* 고료가쿠 : 홋카이도 하코다테에 있는 성. 별 모양의 성곽. 해자 건축물로 유명.

은 아이들이 웃고 있다.

"""다녀왔어~."""

다들 웃으며 합류했다. 한 명을 제외하고.

그렇다. 단 한 명만 웃지 않았다.

고아원에 도착하자마자 왕녀님, 샤리세레스 씨만큼은 아이들을 향해 무릎을 꿇고 머리를 숙였다. 마치 땅바닥에 박을 기세로, 계속 울면서 머리를 숙였다.

여기에 도착하기 전에 이야기했으니까. 여기가 어떤 상태였고, 아이들이 어떤 상황이었는지. 확실하게 이야기했다. 하루카는 아무 말도 하지 않았다. 왕녀님은 아무 말도 하지 못했다.

말이 없다는 것이 괴로웠겠지. 버림받은 기분이었겠지. 자신과 왕국과 귀족과 왕족의 모든 것에 절망하면서 여기까지 걸어왔다. 아무도 도와주지 않았던 아이들, 누구에게도 도움을 받지 못했던 아이들, 그렇게 버린 왕국의 주인으로서 속죄하러 왔다.

"""언니, 울지 마."""

"어디 아파?"

"으으──!"

사죄해도 의미는 없고, 사과해도 용서받을 수는 없다.

그래서 아무 말도 하지 못했던 왕녀님은 자신에게 새기려는 듯 땅에 이마를 박으며 울었다. 지키려고 했던 왕국의 진짜 모습을 알고 말았다. 백성을 지키고자 맹세한 왕가는, 작디작은 백성이 버림받은 것조차 알지 못했다. 그 백성인 아이들에게 고개를 숙이는 것밖에 할 수 없는 안쓰러운 왕족이었다.

"언니는 괜찮으니까."

"""응. 안으로 들어가자."""

하지만 이것만큼은 감싸 줄 수 없다. 이것만큼은 우리가 용서해 줄 수 없다.

그건 백성을 지키겠다고 목숨을 걸었던 왕녀님 자신을 모욕하는 일이니까. 대대로 이어져 온, 백성을 지키겠다는 왕가의 맹세를 무시하는 거니까. 그러니까 있는 그대로 말했다. 고아는 죽어가고 있었다고, 병색이 만연하고 체력도 없고 말라붙은 채 죽어가고 있다고. 하루카의 약용 버섯 포션이 없었다면 위험했다. 왕도의 백성 중 가장 약한 고아들은 왕국에서 버림받아 죽어가고 있었다고 말했다. 그리고…… 뒤편에는 작디작은 무덤이 잔뜩 있었다.

몰랐다는 것이야말로 왕족의 죄. 왜냐하면 백성을 지키겠다고 맹세한 왕가니까. 한참 울고 한참 후회하고 한참 깨닫고, 땅을 기더라도 스스로 일어설 수밖에 없다. 지나간 죄는 이제 용서받을 일이 없으니까. 그럼 지금부터 이뤄낼 수밖에 없다. 먼저 앞장서서 일어나지 않으면 미래까지 용서받지 못하게 되니까?

뭐, 그래도 왕녀님은 어제 하루카의 얼굴을 보지 않아서 운이 좋았을지도. 그…… 조용하고도 조용하게 귀족가를 바라보면서 다정하게 웃는 모습을 보지 않을 수 있었으니까.

왜냐하면 다정한 웃음이었으니까. 마치 죽어가는 자들의 목숨 구걸을 웃으면서 지옥까지 배웅하는 듯한, 그런 어디까지나 다정한 웃음이었으니까.

건축 허가증을 받는 걸 잊어버렸으니까
불법 건축이라는 건 비밀이다.

66일째 저녁, 디오렐 왕국 왕도

왕도의 어둠, 호화로운 귀족가 뒤편에 숨어있는 빈민가. 상업구에서 부려 먹히고, 나라의 원조는 귀족가의 사치를 위해 빼앗긴 가난하고 연약한 백성들이 들어오는 곳이다. 한번 빈민가까지 떨어지면 상국 관련의 상업구 말고는 일할 수가 없고, 평생 노예처럼 생활할 수밖에 없어진다. 그리고 그것조차도 귀족들의 이권이다.

자주와 자치를 명분 삼아 왕국과 귀족을 나눠 서로의 거주구에 불가침 협정을 맺은 것을 방패로 삼은 특구. 그래서 진입할 수 없다. 빈민가에는 아무도 손을 뻗지 못하고, 어떻게 원조하든 빼앗긴다. 그것은 왕국이 노예 제도를 허락하지 않기에 부를 원하는 상국의 상인들이 노예 대신 착취하는 사람들의 거처, 빈민가.

그런 빈민가를 원했다. 대량의 식량 기부와 다양하기 그지없는 좋은 조건을 내건 흑발 흑안의 소년이 그 땅의 사용 허가를 받으러 왔다. 조건은 충분했고, 그 뜻은 알 수 없었지만, 바닥이 보이지 않는 소년의 심모원려를 엿볼 수 있다고 자만할 생각은 없다. 그저 따르면 된다. 원하는 것에 최선을 다해 부응할 수밖에 없다.

즉시 제2왕자와 귀족 회의 의장의 허가를 받아 빈민가의 양도와 위임장과 영업 허가증에 통행증을 발행해 줬다. 좋은 조건과 뒷돈이 붙은 더러운 계약이지만, 이분을 위해 계약을 받아내는 것이 내가 할 일이다.

그렇다. 이유는 모르겠지만, 아무도 손대지 못했던 그 빈민가에 광명을 비출 수 사람은 그분밖에 없다고 기대하는 있었다. 대화를 짧게 한 번 나눴을 뿐이지만, 왕도의 속박이나 귀족들을 묵살할 수 있는 사람을 달리 모른다. 그리고 전혀 가늠할 수가 없는 그 검은 눈동자의 바닥에서 꿈을 꾸고 말았다.

내가 봐도 바보 같다고 생각하고 있었지만, 얼마 지나지 않아 소란이 일어났다. 그리고 빈민가의 보고가 들어왔을 때는 귀족들이 크게 광란하고 있었다.

그렇다. 나 따위가 그분에게 기대한다는 건 주제넘은 일이었다. 나 따위가 생각하던 상상 같은 건 도저히 미치지 못했으니까. 원조라든가 보호라든가 개선 같은, 그런 소망이 미치지 못하던 왕도의 중앙, 귀족가의 중심을 강탈해 버렸으니까.

"혼란 상태입니다만, 귀족들이 소란을."

"그저 이해력이 따라잡지 못해서 혼란에 빠진 모양입니다만."

누구도 사태를 이해하지 못했다면, 그 상대는 격이 다르다. 격이 다르다면, 그 생각을 파악할 수조차 없다. 그건 보고 있는 시점이 다르고, 보고 있는 자의 높이가 다르다는 증거다.

그렇기에 땅을 기는 우리에게는 보이지 않는 걸 보고, 누구도 이해하지 못하는 걸 가리킬 수 있다. 그걸 알려고 하는 게 어리석다. 알고 알아들을 수 있다면 처음부터 이해할 수 있으니까.

그러나 모르는 바보 귀족은 어디에나 있고, 왕도에는 쓸어내 버릴 만큼 있다.

"그 건조물을 접수해라. 어째서 왕도에 있는 것조차도 불결한 거지들이 거기에 살고 있는 거냐. 당장 내쫓고 넘기라고 해라!"

"저건 귀족가의 부지이자 귀족령. 소유권은 귀족에게 있는 게 당연한 일 아니냐! 당장 군을 내보내!!"

"게다가 우리 귀족은 출입 금지라니 불경하다. 사로잡아서 재산을 몰수하고 사과를 받는 게 어떠냐?"

바보처럼 소란스럽군. 저걸 귀족 따위가 어떻게 할 수 없다는 걸 모른다면 손을 쓸 수가 없다. 그 건조물이 갑자기 생겨난 의미를 모르고 있군. 이미 왕도는 함락됐다. 귀족가에서 왕궁으로 검을 들이대고 있는 셈이건만.

"그 땅은 제2왕자님과 귀족 회의 의장의 허가를 받아 변경의 기념품 가게에 빈민가의 양도와 위임장, 영업 허가증 및 전원의 통행증을 발행했습니다. 접수할 수는 없고, 출입 금지도 당연하겠죠. 지금 그 땅은 이미 변경의 치외법권입니다. 이미 받은 대량의 금전이나 식량을 반환하고 건조물의 건설 비용을 지불하신다면 정식으로 협상은 해보겠습니다만."

귀족의 권위로 도둑질하는 것 말고는 능력이 없는 무능한 것들에게 멀쩡한 협상이 가능할까……. 게다가 상대를 알지 못하고 있다. 역부족이기는커녕 무대에 설 수조차 없나.

"대량의 식량이라면 상국에서 더 많이 받고 있다. 그 상국 측의 지시를 듣지 못하겠다는 건가!"

"상국의 지원이니 원조이니 말씀하셔도 국고는 텅 비었습니다.

그 상국의 지원은 어디에 있습니까? 당도했다고 하는 것치고는 기념품 가게에서 산 것밖에 없습니다만. 그것조차도 사라지고 있는데, 상국이 가져오기는 한 겁니까? 아니면…… 꺼내간 겁니까?"

빈 창고. 없는데 지원이니 원조니 말한다고 고마워할 줄 알았나. 도둑맞은 건지 횡령하고 있는 건지, 아니면 처음부터 없었던 건지는 모르겠지만, 물건이 없으니 의리고 뭐고 없다.

"계약한 이상 명령에 따르는 게 도리 아닌가!"

"우리 제2사단의 계약은 왕도를 침입하는 것으로부터 왕도의 성벽을 지키는 겁니다. 왕도 안의 가게는 그쪽 헌병의 일이고, 이쪽에서 왕도의 상인에게 손대지 말라는 명령도 받은 상황에서의 계약이었습니다. 게다가 왕도의 백성은 변경 목도를 장비하고 『방어 망토』도 구입했으니, 이제는 비무장이 아닙니다. 이미 백성들은 일반병 수준이거나 그 이상으로 무장했습니다. 싸우게 되면 얼마 안 되는 헌병과 막대한 왕도 주민 중 누가 이길까요? 그러니 우리는 움직이지 않습니다. 그리고 백성에게 해를 끼치는 건 맹약의 파기, 그렇다면 우리는 적이 될 겁니다."

정말이지. 바깥에서는 샤리세레스 님이 돌아오시고 오무이 님까지도 와 있다고 들었는데, 뭐가 슬퍼서 제2왕자 따위의 명령을 받아 호랑이 꼬리를 밟아야 한다는 건가.

오무이 님이 변경군을 이끌고 왔다는 소식을 들었을 때는 역시 좀 놀랐지만, 그 빈민가를 본 뒤이기에 납득할 수 있었다. 그 신분을 숨긴 수수께끼의 소년을 쫓아온 거겠지. 교국이나 상국과는 다른 무언가가 움직이고 있다.

그걸 깨닫지 못하고 있으니까 왕도 안의 좁은 구역을 찌르면서 소란을 부리는 거다. 결국 그 소년이 서 있는 높은 곳과는 위치가 너무 다르다.

"그렇다면 헌병을 움직이겠지만, 계약대로 방해하지는 않겠지!"

"방해하지 않는다면 왕도가 함락될 텐데, 방해하지 않는 게 낫겠습니까?"

이렇게나 상황이 달라지고, 자리가 이동하고, 전개가 크게 움직이고 있건만…… 아직도 보이지 않는 건가.

"무례하게 협박할 생각인가. 왕도를 방어하겠다는 약정을 위반한다면, 생명의 계약에 따라 그 목숨이 『정지』할 텐데."

"그저 사실을 언급했을 뿐, 협박은 아닙니다. 게다가 도민을 헌병으로 위협하고, 왕도 안에서 다투다가 백성이 왕도의 문을 연다면…… 완전히 끝입니다. 바깥을 보시죠. 변경의 왕 오무이 님의 깃발과 검의 왕녀 샤리세레스 님의 깃발이 나란히 있지 않습니까. 왕도의 백성이든, 왕국의 백성이든, 저 깃발 앞에서 대체 누가 제2왕자님을 따르겠습니까. 무릎을 꿇을 깃발은 어느 쪽일까요?"

아무 생각 없이 그 결과도 상상하지 못하고 욕망에 사로잡혀 소란을 부릴 뿐. 이제 싸울 것도 없이 모두가 결과를 알 수 있다. 눈앞의 돈밖에 보지 않는 귀족들과 그 너머의 거금을 보는 상국, 그리고…… 그 시선 너머가 보이지 않을 만큼 아득히 먼 곳을, 한없이 높고 끝없이 넓게 보고 있는 수수께끼의 소년. 배우의 수준이 너무나도 달라서 말이 안 통한다.

"그리고 왕도에서 백성에게 해를 끼친다면 우리의 적입니다. 그것만 아니라면 성벽은 지키도록 하죠. 그게 계약이니 지키겠습니다. 성벽을."

""".........."""

포기하지 않고 노려보고 있는 걸 보면 어지간히도 그걸 갖고 싶은 모양이군. 그야 그렇겠지. 그런 근사한 목조 건축물은 대륙에서 비견할 데가 없을 테니까.

그리고 그곳에 사는 건 왕도 빈민가의 가장 가난하고 구원받지 못했던 사람들이다. 그렇다. 그걸 듣고 웃지 않을 수가 없었다.

그 신분을 숨긴 수수께끼 소년의 정체는, 물어봐서는 안 되고 알아볼 수도 없다. 왕녀 전하와 오무이 님이 인정하셨다면 다른 건 전혀 필요하지 않다.

적인지, 아군인지, 누구인지, 어디서 온 자인지도 모르고 신분도 밝히지 않은 소년. 설령 적이더라도 그분이 무척이나 좋아질 것 같다.

유쾌하다. 왕도에서 버림받은 빈민들이 귀족가의 귀족들을 내려다보고 있다. 그걸 귀족들이 무척이나 갖고 싶다는 듯 올려다보고 있다니.

통쾌하다. 최고의 광경이다. 왕도에서 이렇게나 기분 좋은 일을 보는 건 처음이다. 만약 적이더라도, 그렇더라도 칭송하고 존경할 거고, 아군이라면 나는 이제 나설 차례가 없다.

"고아원은 변함없었나?"

빈민가를 조사하러 간 부하가 돌아왔다.

"개점 준비를 시작하고 있었습니다. 깨끗해진 고아들이 예쁜 옷을 입고, 웃으면서 일을 돕고 있더군요……. 빈민가의 모두가 웃고 있었습니다."

지금이라면 귀족들과의 불쾌하고 시끄러웠던 대화조차도 웃을 수 있다. 그래. 고작 허가증 한 장으로, 오랫동안 누구도 하지 못했던 일을 해낸 거다.

따르면 된다. 이해할 수는 없지만, 따를 만큼의 가치와 의미를 보여주었다. 내가 볼 수 있는 높이에서는 보이지 않는 높은 곳을 보면서 진행하고 있는 거겠지. 그렇다면 맹신하면 된다.

빈민가의 모두가 웃고 있다면, 그 가치와 의미는 충분하고도 남을 만큼 있으니까.

◆ **판별 방법이 판명됐다고 해서 판별했더니 범죄였다.**

66일째 밤, 기념품 가게 고아원 지점

귀족가에서 차례차례 보낸 안쓰러운 사병들은 다들 행방불명이 됐다고 한다.

분명 무서웠겠지. 두려웠겠지. 그 가짜 *후시미 이나리 신사의 길고 긴, 유유히 이어지는 기둥문을 지나서 빈민가로 왔는데 그 좁디좁은 골목을 지날 때마다 동료가 줄어들었을 테니까.

---

*후시미 이나리 신사 : 교토에 있는 일본의 전통 사찰. 기둥문이 빽곡하게 이어지는 길이 유명하다.

그리고 나아가도 돌아가도 거리에서 빠져나가지 못하고, 유유히 이어지는 기둥문 안을…… 모두가 사라질 때까지 걸었겠지. 영원히 이어지는 기둥문 안을. 응. 지면이 벨트 컨베이어거든. 응. 그건 걸어도 걸어도 나아갈 수 없겠지?

"뭐, 환각도 첨부되어 있으니까? 라고나 할까?"

"틀렸어. 그 호러 느낌에 속아서 전혀 눈치채지 못했어."

"""나도!"""

그러니까 이 빈민가에는 이제 허가받은 사람밖에 들어올 수 없다. 빈민가 사람에게는 확실히 입장용 『빈민의 반지』를 배포했으니까 들어올 수 있지만, 다른 사람은 안내를 받거나 허가를 받지 않으면 기념품 가게 말고는 들어올 수 없다. 응. 들여보내지 않을 거라고? 이제 아무것도 빼앗을 수 없고 착취할 수 없다. 여기는 오늘부터 바가지 거리니까. 지금부터 빈민가에서 바가지를 씌울 거다.

참고로 『빈민의 반지』는 PoW, SpE, DeX가 10% 상승, 그리고 +DEF까지 통 크게 붙인 마석 반지인데…… 여자들이 화내더라? 잔소리였다. 응. 뭐가 마음에 안 들었을까?

"그나저나…… 이 결계 장치는 연비가 너무 안 좋은데? 내가 마력을 공급할 때는 이 상태로도 괜찮지만, 이걸 마석으로 보충하면 대적자잖아?"

효율화와 소형화에 에너지 절감도 필요해 보인다. 그리고 반지 없이 이 빈민가에 들어올 수 있는 유일한 길은 『기념품 가게 고아원 지점, 이라고나 할까? 같은 느낌?』으로 통하는 외길. 기둥문이 이어지는 기나긴 길이다. 기둥문에서 나오면 행방불명이라 기념품 가게 말고는 올 수 없다.

그리고 영업시간 이외에 찾아오는 손님은 귀환을 요청한다. 그러니 행방불명이고, 신이 납치한 거다. 그러니 당연히 영감의 책임이고, 나는 잘못이 없다는 걸 증언해 둔다. 무죄가 확정되어서 만만세고 방방지를 먹고 싶어지지만, 중화요리 재료가 부족해서 고민된다. 응. 마파두부까지 가는 길은 험난해 보이네.

"또 왔네."

"앗, 사라졌다."

"지금의 행방불명은 어디로 가는 거야?"

"저기라면…… 지하네."

"저 기둥문을 밤에 지나가는 건 무섭지~?"

"증발 느낌이 장난 아니야!"

"그래도 증발이라니…… 누군가가 함정을 만든 거잖아?"

"응. 부지런히 영차영차 만들었지?"

"""장대한 인위적 장치인데, 책임만 신한테 떠넘겼어?!"""

유유히 이어지는 기둥문 안에 일정 간격으로 배치된 장엄하고 위압적인 거대 12 나한상! 이걸 경계하게 유도하고, 올려다본 순간 구멍함정에 떨구고 있다. 응. 엄청난 기세로 지하에 아저씨가 쌓이고 있는데, 처리하기 곤란하다. 아저씨니까 소각이나 수장이나 하얀 방 투기려나?

"그나저나 왜 이세계에서 계속 아저씨 문제가 발발하고 있는 거지? 왜 이세계의 아저씨들이 죄다 내 쪽으로 몰려오는 건데!"

오타쿠들에게 물어봐도, 원래 이세계는 등장인물 대부분이 미소녀라고 했었다. 그런데 여기에서는 나타나도 나타나도 태워도 가라 앉혀도 아저씨가 몰려온다.

"슬슬 폭발하기 쉬운 고등학교 2학년 남고생 문제로 아저씨 섬멸 병기 개발을 서두르고 싶어졌어!"

그나저나 아저씨의 약점은 뭘까…… 부인? 안 돼. 아저씨 섬멸을 위해 이세계에 부인들을 대량 살포한다면 유구한 옛 강자들의 전쟁이 발발해서 이세계가 멸망할 거다. 그렇다. 그건 써서는 안 되는, 세상이 멸망할 최종 병기다.

"""오빠, 언니. 안녕히 주무세요~."""

잠옷 아이 군단이 나타났다. 뭐, 눈이 졸려 보이네?

"응. 쉬라고나 할까, 잘 자는 아이가 자란다? 그러니까 빨리 자라? 라고나 할까? 그래도 잘 자는 것치고는 안 자라고 발육이 비극적인 슬픈 소동물이 되지 않도록 많이 자야 해? 잘 자라? 같달까?"

연장자 아이들도 쉬려는 모양이다. 뭐, 큰 아이들이다. 왜냐하면 몇 살인지도 모르는 아이들이 대부분이니까.

"""잘 자."""

언뜻 봐서는 큰 아이들도 열 살이 좀 지난 것 같은데, 영양이 너무 부족해서 아마 발육도 뒤처진 거겠지. 뭐, 건강하기만 하면 그걸로 충분하다. 활력이 넘치고 영양도 충분하고도 남는데 발육이 너무 뒤처져서 역행한 것 같은 조그만 애도 있으니까 어떻게든 되겠지.

여자애들은 기념품 가게를 영업하면서 아이들에게 공부를 가르치고 있다. 이세계의 교육 수준 같은 건 순식간에 추월한다. 이 아이들이 읽고 쓰기를 익히고, 계산이 가능해지고 상업 지식을 배운다면, 자라고 나서 이 기념품 가게도 맡길 수 있고, 고아원 운영도 할 수 있겠지.

그러니까 자랄 때까지 뒷정리를 끝내기로 하자. 자랐을 때 실망하지 않게, 눈을 뜨더라도 제대로 꿈을 꿀 수 있도록.

"그나저나 일조권을 방해하는 귀족가를 불태워서 평지로 만들고 던전이라도 유치해서 귀족을 내던지고 뚜껑을 덮으려고 했는데…… 귀족 몰살 던전 유기 사건이 벌어지면 상국이 도망치겠지? 아직 대미지가 적으니까 도망치게 두기에는 이르지만, 저 귀족가에 사는 귀족이 열 받으니까 근사한 심술용 아이템 모집 중? 이라고나 할까? 채용된 사람에게는 호화 만쥬 세트를 증정하고, 자동적이고 자주적인 원 모어 세트도 빠짐없이 따라오겠지? 그런 느낌?"

"""오오! 호화 만쥬 세트 님이다!"""

이러면 진지하게 생각해 주겠지. 그런데 원 모어 세트 문제는 진지하게 생각할 생각이 없나? 오히려 생각하지 않으려 하고 있나!

뭔가 하는 건 곤란하지만, 하지만 아무것도 하지 않는 것도 열 받는다. 근데 귀족에게 뭘 해야 괴로워할까?

아는 귀족이 너무 적은 데다, 귀족으로서 도움이 안 된다. 그야 그 메리메리 일가잖아? 좋아. 그 왕도의 높은 사람한테 물어보자. 그리고 왕도의 에로한 가게도 물어보고 싶은데, 어째서인지 색적에 20개의 적 반응이 있다. 분명 모닝스타를 장비 중일 테니까 어른의 가게는 무리 같다!

왕궁을 기척 감지로 보니 높은 아저씨는…… 바깥? 아~ 병사 숙소인가? 지위가 높은 것 것치고는 수수한 생활 같다.

"으음, 기념품 가게에서 만났던 호청년 점장이라는 이름의 혹사 당하는 블랙 자영업자? 어라? 모처럼 왕도 지점 열었는데 폐점하고 싶어졌어! 그보다 제2사단의 높은 사람한테 묻고 싶은 게 있어서 왔는데 지금 괜찮아? 에로한 일을 하고 있으면 끝날 때까지 기다릴게? 안에서 견학도 환영하지만 BL이라면 왕도는 잿더미 느낌?"

뭐, 기척은 혼자니까 에로한 일을 하는 건 아니겠지. 그러면 거북한 무드가 될 거다! 그보다 들어가고 싶지 않아!!

"어서 오시지요. 이런 후덥지근한 곳에 나오실 것 없이, 불러 주셨으면 금방 찾아갔을 텐데요. 설마 위급한 사안입니까?"

그리고 높은 아저씨한테 귀족이 싫어할 일과 분통할 일과 괴로워할 일을 물어보자, 놀랍게도 크게 웃었다? 이미 충분한 모양이다. 아니, 충분하지 않고, 부족하고, 애초에 아직 아무것도 안 했는데?

그런데 "그 아름답고 장엄한 목조 건축물을 짓고 출입 금지 결계까지 치지 않았습니까. 그것이야말로 최대의 심술입니다. 오늘도 하루 종일 귀족들이 소란을 부리면서 짜증을 내며 흥분해서 아우성을 쳤으니 효과는 충분하고도 남겠죠."라고 말하더라고? 응. 집을 개조했을 뿐인데, 뼈대만 남은 집이 비포 앤 애프터? 같다고나 할까?

"귀족들은 자기들보다 고급스럽고 호화로운 건물에 사는 빈민가의 가난한 사람들에게 깔보일 것 같다는 이유로도 미친 듯이 대소란을 부렸습니다. 바보 같다고 생각하시겠지만, 그 바보 같은 허영심만으로 위세를 부리고 있는, 긍지도 없고 허세만 있는 귀족들에게는 그것이야말로 최대의 심술이었습니다. 벌써 열 명 이상의 귀족이 너무 분개하고 흥분한 나머지 쓰러졌다더군요."

망할 것 같네. 응. 너무나도 멍청해서 심술을 부리기도 전에 멍청함으로 망해버릴 것 같다.

아니, 가난뱅이에게 깔보일 것 같다고 발작을 일으켜서 혈관이 터져서 픽픽 쓰러졌다고 한다. 열 명 이상은 회복도 안 된 모양이다. 그렇다면 귀족이 바가지 가격이라도 버섯을 사러 오겠군. 그리고 나은 뒤에도 여전히 깔보일 것 같으니까 또 발작을 일으켜서 혈관이 터져서 픽픽 쓰러지고 또 사러 오는 건가? 그런가…… 그렇다면 익숙해질 무렵에 키요미즈데라에서 열심히 깔아봐 주면 되겠네. 위에서 쓰레기라도 던져준다면 또 혈관이 끊어져서 픽픽 쓰러지겠지. 그리고 버섯으로 바가지를 씌운다! 응. 떼부자다!

"응. 뭔가 잘 모르겠지만 고마워. 이건 선물 만쥬."

감사를 표하고 만쥬도 준 뒤에 기념품 가게로 돌아오자, 이미 여자들도 목욕탕에서 나왔다. 이제는 적진에서 한밤중에 이루어지는 작업. 그렇다, 브래지어 제작이다!

오늘은 한 번에 세 명. 그나저나 날라리 B, C, D라니…… 날라리 여학생들은 정말로 분간이 안 가서, 몰래 바뀌더라도 전혀 알아보지 못할 가능성이 높아서 성가시다. B, C, D라니 판별 불가잖아!

이대로 가면 얼굴을 봐도 판별할 수 없어서 가슴으로 판별하게 될 것만 같다. 이건 남고생의 호감도에 일찍이 없었던 중대한 악영향을 미칠 게 분명하다. 그치만 얼굴을 봐도 모르는데 가슴을 보면 제대로 알아본다니……. 호감도가 검출 한계를 밑돌 것 같잖아!

"시작하기 전에 이것만은 말해두고 싶은데…… 머리를 깨물면 안 되거든? 잇몸에서 피가 나오는 게 아니라 내 머리가 대량 출혈인 출혈 서비스를 하면 안 되거든? 원래 머리를 깨물리면서 서비스하는 건 그냥 협박이거든? 갈갈이? 갈갈이 리더?"

"""그러니까 안 깨문다고 했잖아! 한 번도 깨문 적 없잖아!! 그리고 진화하지 않았고, 날라리는 아니지만 갈갈이도 아니야!"""

대사까지 판별 불가였다! 전원 키가 크고, 팔다리가 길고 얼굴이 작은 인형 체형. 그리고 머리 모양이 획획 바뀌고, 옷도 다섯 명이 번갈아 입고, 의상 스타일도 획획 변한다. 그리고 모두가 깨문다니 그건 절대로 판별할 수 없어! 응. 그냥 알기 어려운 수준이 아니라 셔플 퀴즈라 어렵고, 이상하고, 난이도 최악이야. 그래도 화장은 하지 않게 된 만큼 분간하기 쉬워졌다 싶었는데, 얼굴까지 비슷하다고!! 게다가 여전히 화장품이 남아있는지 살짝살짝 화장하고 있으니까 또 외모의 분위기가 달라진다. 그냥 B, C, D라고 명찰 달래?

그리고—— 가슴 사이즈까지 똑같았다! 이제 도플갱어가 섞이더라도 누구를 흉내 내는 것인지조차 분간이 안 가서 쓸데없는 위장 도플 괴롭힘 문제가 발생하겠어!

그러나 『마수』 씨가 전해주는 감촉은 다르다……. 크기는 거의 동등해도 단단함이나 탄력까지는 똑같지 않은 모양이다. 그리고 크기가 똑같더라도 형태가 다르고, 무게까지 다르다.

응. 아무래도 브래지어 제작이란 참 심오한 것 같은데, 그 심오함은 남고생이 발을 들여도 되는 심오함일까? 그보다 왜 나는 이세계에서 브래지어도(道)의 진수를 목표로 나아가고 있는 걸까? 응. 그 거 도달했다가는 언제나 기겁할 텐데?

"꺄아!"

"앗!"

"으응!!"

대사는 똑같이 하면서 왜 거기만 개성을 드러내는 거야! 이거 누 구인지 분간하기 위해 가슴의 치수를 『마수』로 재야 하는 거야?! 그거, 고소당하지는 않더라도 즉각 체포당할 게 틀림없고, 문제 사 항 같은 건 이제 아무래도 좋다고 말할 만큼 범죄 행위 현행범이잖 아?!

"하악!"

"아앗!!"

"으으윽!"

날라리 D만 세 글자인가……. 아니, 이런 분간법은 도움이 안 되 잖아?! 이런 걸 시험한다면 그 시점에서 여러모로 퇴짜를 맞을 거 야!

이제 태클 걸기도 지쳐서 나의 태클 능력의 한계가 시험받고 있지 만, 굳이 말해두자!

"아니, 갑옷 반장. 손가락에 틈새는 고사하고 내 입을 막고 있어 서 눈이 프리덤하게 무시당하고 있거든! 왜 눈가리개로 입을 막는 건데? 입을 막아도 보이잖아. 당연히 보인다고!! 오히려 입을 막아 서 안 보이게 된다면 내가 깜짝 놀라겠거든?! 아니, 태클 걸기 피곤 해!!"

좋아, 완성됐는데…… 끝부분이 스쳐서 아플 때가 있는 모양이다. 정점 부분은 방식을 변경해 봤는데 신소재 개발도 필요할 것 같다. 응. 과제는 끊이지 않는다. 그래도 끝부분이라니…… 끄트머리잖아.

"뭐, 지금은 팬티를 제작해야 하니까 부탁이니 눈 가려줄래? 그건 코잖아? 아니, 무조건 알고 하는 거지? 코하고 눈을 틀릴 리가 없잖아! 만지기만 해도 알잖아……. 아니, 데헷낼름이었어!"

역시 전직 미궁황은 얕볼 수 없다. 뭐, 이제 와서 막아도 늦기는 했지만. 뭔가 움찔움찔하고 있고? 이제 팬티도 완성했으니까 돌아가도 되는데…… 무리 같네?

(((움찔움찔♥)))

응. 슬라임 씨는 잘 지낼까?

그나저나 녹다운되는 방식까지 똑같았다. 이래서는 아마 나는 영원히 분간할 수 없겠지.

그야 경련과 떨림에서 약간 차이가 보이기는 하지만, 아무리 그래도 움찔거리는 방식의 차이로 기억하면 곤란하잖아? 응, 뭐…… 속옷과 옷은 입히자.

67일째 아침, 기념품 가게 왕도 앞 지점

어쩌지? 난공불락을 어떻게 함락할지 고안하는 사이…… 왕도 안에 거점이 생겨버렸다. 응. 왕도도 눈앞. 그렇다. 그저 함락하는 것만이라면 이제 할 일이 없다.

바깥에는 성채가 있지만, 지키고 있는 건 제2사단이라 언제든 열 수 있다. 그리고 변경군과 근위사단이 옛 기념품 가게에 머물고 있으니까, 왕도도 왕궁도 언제든 함락시킬 수 있겠지?

"지금 함락하면 상국에 바가지를 씌울 수 없잖아?"

밖에는 군, 안에는 레벨 100을 넘긴 여자가 20명. 그보다 도시 안에 미궁황이 있으면 보통은 완전히, 이미 끝장이지?

왕국만이라면, 제2왕자만이라면 끝났다. 그러나 상국에 계속 바가지를 씌울 필요가 있고, 상국이 원조를 이어가지 못하게 되면 그때는 자동적으로 왕도가 함락되고 메리 아버지와 왕녀 여자애의 차례. 그때까지는 경제 공격을 속행해서 상국의 피해를 확대하는 게 여러모로 좋다. 그야 바가지 씌울 수 있으니까?

"하지만 제1왕자가 빠진 제1왕자군이라니, 그거 교회의 똘마니 군이라든가 영감 페티시군이면 되지 않아? 뭐, 영감 페티시군의 도착까지는 아직 좀 걸릴 것 같네?"

가장 위험했던 건 왕도였지만, 실제로 장난이 아닌 건 저쪽.

"그보다 영감 페티시군의 도착이라니 너무 무서워! 뭔가 변경 전체의 할아버지들 도망쳐~! 라고 말할 만큼 위험해 보이잖아?! 교회 똘마니 귀족군이면 되려나?"

응. 장난 아닐 것 같다! 자, 그럼, 교회 어쩌고군의 도착 예정은 최단 3일. 앞으로 2일 정도는 왕도에 있을 수 있는데, 여기서 교 어쩌고군이 더 늦어진다면 여유가 생긴다. 그러나 심술부리는 골렘은 이미 다 떨어진 모양이다……. 역시 있는 건가.

하지만 그 진정한 위협의 움직임을 아직 파악할 수 없는 이상, 변경의 무리무리 성을 열어두고 있을 수는 없다. 메리 아버지 일행도 도착했다. 이제는 왕도에서…… 뭘 하지?

"서점은 없었고, 식량도 배급제고 상점에는 나돌지 않고 있고, 오히려 기념품 가게에서 독점 판매 상태고?"

괜찮아 보이는 장비는 여자들이 사고 있지만, 옷은 초라했던 모양이다. 이미 변경에 문화 레벨로 밀리고 있다고 한다. 초라하네?

그리고 오늘 개점 세일이라는 이름의 절찬 바가지 중인 『기념품 가게 고아원 지점, 이라고나 할까? 같은 느낌?』은 새 종업원인 고아들이 열심히 해주고 있어서 대성황이지만 인원은 충분하다.

그보다 고아들이 대인기? 아무래도 왕도도 귀족이나 그 주변에 있는 상국과 연결된 상인이 좀 별로라서, 일반인들은 변경에 꽤 가까운 분위기인 것 같더라고?

"""으으으, 이렇게 귀여운 애들이."""

그래서 지금까지 귀족이 관리하고 있어서 들어오지 못했던 빈민가에 들어올 수 있다고 하니까 대량의 지원 물자가 들어왔다. 그리고 고아원의 고아들이 대인기였고, 물건을 사러 온 부인들이 울면서 안아주고 과자나 용돈을 주는지라 고아들이 곤혹스러워했다.

즉, 그 근사한 귀족들은 도시 사람들이 보내주는 원조 물자도 자기 주머니에 챙기고 있었던 거다. 어젯밤에 그 이야기를 들은 도서위원과 문화부팀이 발끈해서 하룻밤 내내 귀족가에 『악몽』이나 『환각』이나 『환통』이나 『혼란』이나 『착란』이나 『전신 가려움증』 같은 걸 마구마구 선사해 줬다고 한다. 응. 화내면 무서워 보이니까 조심하자. 그건 저항하지 못하면 리얼 생지옥이라고!

이걸로 적은 알았다. 문제는 왕족이다. 그래서 물어보려고 왔다. 그래서 회의다. 뭐, 왕제 아저씨는 시끄러우니까 왕도 앞에 격리 중이라고 한다. 어째서인지 그 대우에 굉장한 공감을 느끼는 건 어째서일까?

왕도의 제2왕자는 상국의 뜻대로 움직이고 있으니까 원숭이산에 돌려주고 온다고 치고, 창고에 있는 제1왕자도 숲속 돼지들의 동료로 끼워준다고 친다면…… 문제는 그 이후에도 제3왕자부터 제5왕자까지 있다고 한다. 역시 껄렁왕은 마무리를 지어야겠다. 아내가 다섯 명이라니 세상을 물로 보나?

"정말이지. 이런 차별 사회니까 호감도도 버티지 못하고, 연약한 남고생이 예쁜 누님을 만나지 못해서 매일매일 아저씨 아저씨와 만나야 하는 거야! 혼자 다섯 명이라니, 독점 금지 남고생법이라도 만들어서 처벌 결정 참살하자. 용서할 수 없는 악행이야!"

"그건 제1왕자, 제2왕자가 대공작가에 포섭되어서 말이지……

황급히 세 명을 늘린 거야."

왕녀 여자애는 됐다. 아무 말도 하지 않더라도 어제 깨달았을 거다. 왕국을 구하기 위해서는 왕국을 깨부숴야 한다고, 왕국이 존속하려면 왕국을 죽일 수밖에 없다고.

그리고 각오는 됐겠지. 고아들이 잘 따르고, 울면서 함께 놀며 안아줬다. 왠지 모르게 여아들만 안아 주던 것 같지만 괜찮은 걸까? 신고하는 게 낫지 않나? 사건사고 발생?

나머지는, 왕제 아저씨는 아저씨니까 모르지만, 아저씨 관련으로 메리 아버지에게 맡기면 되겠지. 응. 아직도 자신의 무가치한 머리통을 걸고 나라를 구하고 왕국을 지키려고 우왕좌왕한다잖아?

"아니, 어떡하지?"

미행 여자애 일족의 조사에 따르면 제3왕자부터 제5왕자까지는 외국과 연결고리도 없고, 어머니도 대귀족 출신이 아니라 수상한 뒷배도 없다고 한다.

그리고 왕자들은 아직 어리다고 하니까, 지금부터 하는 교육에 달렸겠지. 그리고 제5왕자는 왕녀 여자애의 친동생이니까, 그 근육뇌 같은 누나의 영향을 받았다면 돌진 돌격 왕자는 되더라도 부패하지는 않을 거다. 응. 걱정이니까 메리 아버지에게 배우지는 않게 하자. 분명 그게 원흉이다! 대체 지금부터 뭘 배우려는 걸까?

그리고 최대의 문제. 그것이 껄렁왕. 이 왕이 병으로 쓰러지는 바람에 대혼란이 일어나 다른 나라의 뜻대로 움직이게 되어 망할 뻔했다. 즉, 쓰러지기 전까지는―― 이런 최악의 상황에서도 다스리고 있었다. 텐션 올리면서!

"내 쪽에서는 부탁할 수밖에 없겠지. 그것조차도 분수에 맞지 않는다는 건 물론 잘 알고 있어."

껄렁왕을 회복시킬지, 아니면 새로운 왕을 세울지에 따라서 줄거리가 바뀐다. 이걸로 역사가 변하는 거니까 인정에 휩쓸리거나 감정으로 판단할 수는 없다. 객관적인 시점에서 쌓아 올린 진실만 비교, 판단해야겠지. 공적이 많고, 귀족들과 싸워 이권을 확보하고, 백성에게 베풀고 빈민가에도 손을 대려고 했던 모양이다. 왕국이 빈곤했던 것도 교국과 상국에게 정면에서 이의를 제기하고, 수인국을 나라로 인정하고, 교회의 기술 독점과 상국의 악랄한 상법에 거스르며, 그 결과 경제 봉쇄를 당하고도 꺾이지 않으면서 왕국의 긍지를 지키고, 외국과 결탁해서 방해하는 돈에 환장한 귀족들의 힘을 줄인 탓이라고 한다. 그런 상황에서 변경에 보낼 지원금을 끌어내지 못해 왕국에 전해지는 보물까지 팔아치우면서까지 원조를 계속하다가…… 어느 날 갑자기 병으로 쓰러졌다.

그리고 모든 것이 최악으로 변했다.

"하는 일은 좋았지만 적을 너무 많이 만들었고, 결국 경제 봉쇄로 약체가 된 것도 사실이야. 그리고 귀족 지위를 하나도 박탈하지 않고 아무도 처형하지 않았던 어설픈 점도 신경 쓰이네? 부인은 다섯 명이고?"

"아니, 왕가로서는 평범한데 말이지?"

신랄한 견해일지도 모르지만, 이게 공평 공정하고 객관적인 사실만 본 판단이겠지. 그야 부인이 다섯 명이잖아? 응. 껄렁왕이니까 껄렁껄렁 충돌하고, 껄렁껄렁 싸우고, 껄렁껄렁 쓰러진 거잖아? 분명 회복시키면 '텐션 올리자고, 이예에이!'라고 말할 거야!

"좋아. 아저씨인 데다 부인이 다섯 명이라니 멀쩡한 녀석이 아니야. 분명 못 써먹겠지. 그렇게 정했어. 이게 냉정하면서도 객관적인 공명정대한 판단일 거야. 그야 껄렁하니까~."

"아니, 하루카 군. 조금 그렇기는 해도 껄렁하지는 않네만? 확실히 왕답게 일했어. 나도 변경에서 멀어지지 못했고, 왕궁에 아무도 아군이 없는 채 줄곧 고립무원으로 왕가의 긍지를 지키고, 백성을 생각하며, 조금 성급해서 대귀족이나 교회나 교국이나 상국과는 충돌했지만 노력은 했단 말이지. 재능도 있고 머리도 좋아. 조금 폭발하기 쉽지만 뿌리는 다정하고, 조금 까불거리지만 계획도 잘 세우고, 뭐…… 껄렁하지만 좋은 녀석이라고?"

"""역시 껄렁하구나!"""

좋아. 텐션 올리는 귀족과 껄렁왕은 불태우자. 확실하게 잿더미로 만들면 이제 더는 발생하지 않겠지.

"아버지는, 폐하는 훌륭한 분입니다. 부탁입니다. 폐하를 구해주신다면 제 몸을 평생 하루카 님에게 바치겠습니다. 폐하가 안 계시면 왕국을 구할 수가 없어요. 그리고 폐하라면 분명 좋았던 옛 왕국을 뛰어넘어, 역대 왕이 목표로 삼았던 왕국을 만들어 낼 수 있을 겁니다. 뜻을 이루지 못하고 쓰러졌지만, 부탁입니다. 하루카 님……. 폐하를, 아버님을 구해주세요."

"하루카 군. 내 쪽에서도 부탁하네. 내가 하루카 군에게 뭔가 부탁할 처지가 아니라는 건 알아. 변경을 멸망시킬 뻔했던 무능한 영주의 말에 가치가 없다는 것도 알지. 그래도 부탁하네. 내가 할 수 있는 건 뭐든 하겠어. 교국이든 상국이든 지시대로 어디든 돌격하지. 뭐든 말해주게! 그러니…… 부탁하네. 하루카 군. 나의 왕을…… 부디 나의 친구를."

어라? 껄렁왕 찬성파 다수? 아니, 민주주의는 숫자가 힘이다. 이쪽에는 21명의 여자가 있어!

"하루카. 이렇게나 부탁하니까 구해주자?"

"""응. 구했다가 안 되면 그때 다시 결단을 내리면 되잖아."""

(끄덕끄덕)

여자들까지 저쪽 편이었다! 이, 이게 인싸력…… 무서운 힘이다. 이 껄렁왕을 각성시키면 위험할 정도로 텐션이 올라갈 거다.

그러니까 여기서는 확실하게 문제점을 들이미는 게 좋겠다. 왕녀 여자애는 딸이고, 메리 아버지는 친구다. 즉, 사적인 감정이 있다. 여자애들은 그것에 동정하고 있을 뿐 감정을 뺀 냉정한 판단을 하고 있지 않다. 그러니까 최대의 문제점을 넘겨버리고 눈을 감고, 눈이 흐려져 있다. 이건 그런 개인적 감정의 문제가 아니라고?

"다들 사적인 감정이 너무 들어가서 감정적이네. 이건 왕위와 국가가 걸려있는 일이니까, 사람 됨됨이가 아니라 정치적 상황과 경제적 가치와 군사적 유리함을 감안하고 판단해야 하잖아? 거기에 개인적인 감정이 낄 여지는 없고, 사적인 감정이 끼어들면 올바르게 판단할 수 없어. 응. 다들 이 문제의 쟁점에서 눈을 돌리고 간과하고 눈을 감으려 하고 있는데, 이 아저씨는 껄렁왕이고 부인이 다섯 명이라고! 진짜로 열 받아서 격노가 활활 마구마구 불붙어서 메테오 레인이라니까!! 아니 다섯 명이라잖아. 다섯 명이라고?!"

"""사적인 감정 엄청 있어!"""

"""오히려 사적인 감정밖에 없었어!!"""

혼났네? 응. 잔소리까지 시작됐다. 어째서 이 국가를 뒤흔드는 대 문제를 이해하지 못하는 걸까.

"그치만, 만약 이 왕국의 국민이 전원 남고생이라면, 부인이 다섯 명인 건 재판에 올려서 즉각 처형하는 것도 미적지근해서 남고생들의 눈에 피눈물이 흐를 만큼 대폭동감인 대문제잖아?"

"""그 나라는 대체 어떤 나라인 거야!!"""

설마 여기서 오타쿠 바보를 심부름 보낸 폐해가 나타날 줄이야. 남고생이 나 혼자잖아! 사면초가다. 사발면이라도 먹고 싶지만, 우선은 유제품 확산이 먼저겠지. 치즈라든가 생크림이라든가······. 앗, 피자를 먹고 싶다. 소시지도 필요하네? 근데 살라미는 어떻게 만드는 거였더라? 그나저나 소울 푸드로는 된장과 두부, 그리고 해산물. 간장이 있으니까 된장도 있을 가능성이 있다. 그리고, 여기까지 모였다면······ 그곳에는 일본식에 가까운 식문화가 있을 거다. 그렇다면······.

"왜 화내고 있는데 된장국 건더기에 대해 중얼거리는 거야! 그리고 밀기울도 넣어줄래?"

밀기울? 국물 요리에 넣는 이미지였지만 괜찮겠네? 아니, 없으니까 찾고 있긴 하지만, 밀개떡도 버리기는 힘들지?

"그게 아니야! 국물 요리는 넘어가고 임금님 이야기를 하고 있었잖아!!"

"왜 국왕 이야기로 잔소리하는 와중에 된장국 건더기로 고민하는 건데!"

"아아, 까먹고 있었네? 응. 뭔가 그런 이야기를 옛날에 들은 적이 있는 듯도 하고 없는 듯도 한데, 아무래도 좋지? 그래도 된장국에 소면은 불법 아닐까?"

""""된장국 건더기는 잊어버려!""""

"그리고 왕에 대한 것도 조금은 떠올려 주지 않을래?"

뭐, 왕이 돌아오든 퇴위하든, 두들겨 패든 불태우든 나중에 생각하면 된다. 불태우겠지만? 확실히 왕녀 여자애의 아버지니까 버리는 건 불쌍하지…… 태우겠지만?

그렇다. 열 받는 하렘 껄렁왕이고 부인을 다섯 명이나 데리고 있는 아저씨라니 엄청 열 받지만, 그래도 왕녀 여자애는 메이드까지 데리고 와서 그야말로 좋은 허벅지와 근사한 등과 매혹적인 가슴으로 즐겁게 해준 좋은 왕녀였다. 그러니 텐션 올리는 녀석 한두 마리 정도 구해주는 것도 나쁘지는 않지만, 열 받지 않는다고 말하지는 않았다. 응. 회복시키고 나서 불태우자.

"고맙습니다……인 걸까요?"

""""응. 불태우려고 하면 두들겨 팰 테니까 안심해.""""

그래도 아직은 안 된다. 지금은 안 된다. 아직 그러기는 이르다. 몸이 악화되지 않게 치유용 해독 포션, 그리고 체력을 되돌리기 위한 버섯 포션, 나머지는 독 무효에 회복(약) 작용이 있는 버섯만 넘겨줬다.

아직 상국이 입은 상처는 작다. 여기서 끝나면 다음이 있다. 그러니까 다음이 없도록, 깊고 깊은 치명상보다도 깊은 상처를 남길 필요가 있다. 상국과 쓰레기 귀족이 가진 돈을 모조리 토해내게 하고, 나의 용돈까지 뜯어내서, 내가 떼부자가 되어 왕도에 있는 근사한 밤의 가게에서 남고생의 꿈과 희망과 모험을 꺄아꺄아 우후후하고 대모험에 대활극을 벌이고 남고생다운 욕망이 소용돌이치는 밤의 왕도에서 떼부자가 될 때까지는 아직 이르지? 응. 떼부자가 되자?

뭐, 바가지를 씌운다면 틀림없다. 언제나 바가지는 정의다. 그래. 이것이야말로 상국을 향한 메시지인 거다.

◆━ **오히려 골방지기인데 머무는 집이 방치되어서 돌아갈 수 없다.** ━◆

67일째, 수인국 숲

짐승들의 더러운 마을에 불을 질러 불태웠다. 그리고 불을 피해 도망치는 짐승들을 붙잡았다. 이게 간단하고 단순한 짐승 사냥의 기본이다.

"죽여도 되지만 놓치지는 마."

"그래. 소란 피우지 마라. 짐승들아!"

그리고 꼬마나 암컷 한 마리라도 잡으면 광포한 수컷은 멋대로 함정에 걸려서 죽어버린다. 인간족의 흉내를 내봤자 어차피 짐승이다. 바보처럼 함정에 돌진해서 멋대로 죽는다.

어차피 어른 수컷은 큰 돈이 되지 않는다. 멋대로 죽어라.

"무기를 버려라. 도망치면 꼬마를 한 마리씩 죽인다."

"알아서 그 목걸이를 차라. 찬 녀석은 죽이지 않겠지만, 나머지는 몰살이니까. 빨리 해!"

나 참. 너구리족 다음은 멧돼지족이냐. 싸구려뿐이군. 정말이지, 이런 짐승 냄새 나는 숲까지 짐승 사냥을 나왔는데 핵심 상품이 하나도 없다니 수지가 안 맞는군.

"너희 말고 다른 마을은 알고 있겠지? 말해. 토끼나 늑대나 여우 마을이 있는 곳을 말한다면 하나당 한 마리씩 놓아주마."

침묵인가. 이러니까 수인이라고 자칭해도 도움이 안 되는 쓰레기인 거다. 멀쩡한 지성도 없는 짐승은 손익 계산도 못하는 건가.

"다른 짐승의 마을이라도 세 개 말하면 한 마리는 놓아주마. 빨리 말하는 놈부터 풀려날 수 있다고."

못 써먹겠군. 뭐, 팔 때까지 살려두기만 하면 된다. 상처가 남지 않게 때리면 언젠가는 말하게 될 것을, 바보 같은 짐승이군. 놓아준다는 소리는 거짓말이니까, 어차피 팔 뿐이기는 하지만.

"이봐, 사람이 줄어들지 않았냐? 설마 짐승 따위에게 당한 건 아니겠지?"

"아~앙? 아~ 암컷 데리고 가서 놀고 있는 거겠지. 그 녀석들 그런 거 좋아하니까."

"뭐야? 새치기냐? 젠장. 이쪽에는 꼬마만 있는데 말이지."

위험한 늑대나 곰에는 수인 사냥 부대가 갔겠지만, 이쪽에는 꽝밖에 없다. 이래서는 돈이 안 되는데, 토끼나 여우를 찾는다면 한동안 호화롭게 놀 수 있겠지만, 너구리는 몰라도 멧돼지는 죽여도 아깝지 않을 정도다. 정말이지 운이 없군.

"왜 정찰도 안 돌아오는 거야?"

"어이어이. 설마 그 녀석들까지 암컷을 찾아서 놀고 있는 거냐?"

"당장 사냥해야지. 이래서는 돈이 안 된다고."

왕국이 움직이지 않는 지금이 벌 때인데…… 빨리 사냥하지 않으면 교회가 움직일 거고, 그러면 또 노예 쟁탈전이 벌어진다.

"이래서는 머릿수로 채울 수밖에 없나. 귀찮게."

"늘어나면 싼 걸 솎아내면 되잖아."

"뭐, 멧돼지로는 말이지."

이래서는 빚을 갚으면 놀 돈이 안 남을 거다. 나 참.

"짐승은 모아서 가둬놔. 돌아갈 때 회수할 테니까 파수꾼도 너무 놀지는 말라고."

흩어져서 수색해 찾을 수밖에 없는데…… 뭔가 기분이 나쁘네. 숲이 조용한 것 같다. 뭔가 불길한 느낌이다.

뭐, 그만큼 짐승이 울고불고 난리를 부려서 시끄럽다. 불 마법으로 불을 붙이니까 겨우 얌전해졌다. 나 참, 화상이라도 입히면 값이 떨어지니까 떠들지 말라고. 냄새 나는 바보 짐승들 주제에.

"이봐, 너무 흩어지지 마. 그리고 『전심의 방울』 가진 녀석에게서는 떨어지지 말라고."

"예입."

"걱정이 너무 심하네. 수인군 본대는 이쪽에는 안 온다고."

칫. 조금 더 멀쩡한 마도구가 있으면 좋았겠지만, 교회 녀석들이 독점하고 있으니 우리 상인은 고생한단 말이지. 그나저나—— 역시 뭔가 너무 조용하지 않나?

그리고 숲속에…… 꼬마다. 아니, 어른인가. 젊지만, 수컷 같으니까 돈은 안 되겠지……. 무슨 종족이지? 후드가 방해돼서 귀가 안 보여.

"움직이지 마. 도망치면 죽인다."

"도망치지 않아. 여기까지 왔는데 도망칠 수 있겠냐고……. 줄곧 이세계로 오고 싶었으니까. 겨우 여기로 왔다고. 그러니까, 이제는 도망치지 않아."

돌았나. 인간 말을 못 알아듣냐. 이건 못 팔겠군……. 죽이자.

"이봐. 너의 동료나 마을은 어디 있냐? 말하면 살려주고 도망치게 해주마."

"동료는 숲에 흩어져 있고, 마을에는 보내지 않을 거고, 갈 수 없어. 이제…… 갈 곳은 어디에도 남아있지 않아."

미치광이군. 말이 안 통하잖아. 재수 없게. 당장 죽이고 다음 장소로 갈까.

검을 들고 다가가도 움직이지 않는군. 쫄아서 굳어졌나. 그 검을 목덜미에 꽂아, 꽂아…… 어?

"그 수인들은 싸우고 있었어. 함정이라는 걸 알면서도, 그래도 구하고 지키고 싶었던 거야."

어?(뿌직!)

※

괴물이다. 짐승을 사냥하면서 조금 놀고 있었는데 갑자기 동료가

죽었다. 갑자기 나타난 걸로밖에 보이지 않는 무언가에게 몸이 조각조각 났다.

"뭐, 뭐야!"

차례차례 몸 안에 무언가가 꽂힌 것처럼 떨리더니, 안쪽에서부터 찢어져서 조각조각 났다. 젠장. 그 암컷이 날뛰어서 소란을 부리니까 이런 일이 벌어진 거잖아. 당장 죽였어야 했어.

"끄으아아아아악, 카아아악!"

"다, 다리가, 끄아아가아악!!"

수인 사냥꾼 부대는 모두가 스킬 장비로 무장하고 있는데, 닥치는 대로 죽어갔다. 전직 A급 모험가 출신의 호위마저도 조각조각 찢어졌다. 이건 전투 기술 같은 건 상관없는 괴물이다.

"이봐. 대체 뭐냐고. 대체 내가 뭘 했다는 거야! 왜 우리가 죽어야 하는 거냐고. 이 살인자가아아아!"

젠장! 짐승 노예의 재고가 부족해서, 사는 것보다 싸고 재미도 볼 수 있으니까 이런 곳까지 온 건데.

"야, 웃기지 말라고. 너, 너, 넌 인간족이잖아. 왜 짐승 편을 드는 거냐고! 나, 나는 인간이야. 왜 내가 죽어야만 하는 거냐고. 웃기지 마!"

"그래. 나는 인간이지만, 내가 싫어하는 건 전부 인간이었어. 수인에게 원한은 없지만 인간에게는 잔뜩 있거든. 그럼…… 죽어."

크아악. 어째서, 어째서 내가, 몸이…… 뭔가 들어오고 있어……!

"괴롭히고, 상처입히고, 죽이는 걸 즐겼잖아? 즐거워해. 괴롭히고, 상처입히고, 죽여줄 테니까."

어째서……(콰직!).

※

　이 녀석은 인간족이다. 그러나 왕국은 분열되어 내란 상태. 설마 벌써 교국의 방해 부대가 나온 건가!

　"우리는 상업 연합 사람이다. 후속 부대도 있고 본대도 올 거다. 우리에게 손을 대는 건 적대 행위니까. 나라에 싸움을 걸 셈이냐!"

　"하아~! 이미 후속은 없을 거고, 본대도 없지 않을까? 싸움 같은 건 해본 적이 없었거든……. 그러니까, 싸움을 걸어 보려고 해서 말이야."

　어디서 나온 거지? 기척도 없고, 주변에는 상국의 수인 사냥 부대가 전개하고 있을 텐데, 어째서…… 어떻게 이런 곳에 나타난 거지?

　그리고── 모습이 사라졌다!

　"잠깐잠깐잠깐. 알았다. 수인의 절반을 그쪽에 넘겨주지. 협상하자고. 그 대신 사냥이 끝날 때까지 방해하지 마."

　사라졌다 나타났다. 그때마다 동료가 죽고 있다. 도망치려고 해도 아군은 어디 있지?! 허리에서 효과가 붙은 검을 꺼냈다. 반드시 찌를 수 있는 필중의 무기를.

　"뭉쳐. 흩어지지 마."

　대답이 없어?

　"그러니까 이제 아무도 없다고. 잘 가."

뒤에서 목소리가 난 순간 베고 들어왔다. 비장의 수단인 『필중』 효과가 붙은…… 없어? 앗(푸욱!).

※

집합해서 정보를 공유했다. 우리는 무적이 아니다. 우리는 강자가 될 수 없다. 그러니 정보를 확보하고, 상황을 확인했다.

"A-2~C-4까지는 죽였어. 놓친 건 없고…… 마을 두 개는 아무 일도 없어."

"이쪽에서 D-3까지는 없앴으니까, 저쪽 네 개의 마을은 괜찮았지만…… A-6은 늦었어. 죽고 불타버렸어."

"아까 E-7에서 너구리족은 확보하고 풀어줬어. 그래도 멧돼지족 마을은 무리였어……. 그리고 E의 세 군데는 무사해."

"이쪽은 G까지 모두 풀어줬지만, 저기 안쪽에 용병 부대가 있어. 저게 수인국 수비대를 노리는 부대겠지."

목표는 모두 풀어줬다. 늦었던 마을은 모두 구했다. 죽일 수 있는 적은…… 모조리 죽였다. 모두가 사람을 죽였다. 뭐, 생각보다 무척 멀쩡했다. 그야 우리가 미워하는 건 인간이니까, 수인을 죽이는 게 훨씬 마음이 아팠을 거다.

"의외로 태연하네."

"그래……. 우리는 이미 망가졌으니까."

그래도 하루카는 아니다. 하루카만큼은 아니다. 그 하루카는, 우리나 모두를 위해 계속 죽였다……. 그리고 전혀 괜찮지 않았다.

그러니까 죽여 봤는데, 아무런 느낌도 들지 않았다. 그저 살해당한 수인들의 시체를 걷어차는 걸 보고, 분노에 몸을 맡겨 모조리 죽였을 뿐이다.

　하루카는 카키자키 그룹이 이쪽이라고 말했지만, 아무래도 우리도 이쪽이었던 것 같다. 그래도 여자들은 저쪽이었는데, 이쪽으로 와버렸던가. 그리고 하루카도 그렇다. 죽이는 것밖에 할 수 없는 하루카는 이쪽이 아니었는데도 계속 죽였다. 이세계에서는 당연하더라도, 하루카는 누구보다도 살인을 싫어하는——— 살육자였다.

　"카키자키네하고 합류할까."

　"뭐, 저쪽은 도와줄 필요가 없을 테니까, 도망치는 녀석을 사냥하는 게 좋겠지."

　상국의 용병 부대는 이미 전멸했겠지. 상국에서도 손꼽히는 베테랑 용병들. 그 위험한 용병단은 이미 포학에 휘말려서 찢어졌을 거다.

　학교는커녕 전국 레벨로 유명인이었던 운동선수들의 진정한 모습은, 하루카의 말처럼 버서커였으니까.

　해적전에서도 접선한 순간 모든 게 끝이었다. 전투도 목숨도 단번에 쓸어버렸다. 상국 선단은 상선이라고 주장하면서도 자기방어를 위해서라며 무장했고, 실제로 자기들이 비무장 배를 덮치고 있었다. 요컨대 상인 겸 해적이었다. 그 무장선에 올라서, 해상전 전문가인 용병들을 순식간에 파괴해 버렸다. 인체를 순간적으로 정확하게 부수고, 능숙하고 효율적으로 섬멸했다.

　그 다섯 명은, 적이 인간이라면 다섯 명만 있는 게 강할지도 모른다. 집단전이라면 몰라도 숲속에서의 조우전이라면, 우리만이 아니라 반장 일행조차도 따라갈 수 없을 거다. 그러니 가 봤자 방해만된다.

그리고…… 이미 용병들이 있는 방향에서 기척이 거의 느껴지지 않는다. 이미 사냥이 끝나서 섬멸했겠지.

"응. 아무튼 구할 수 있을 만큼 구하자."

"""알았어."""

소리가 사라졌다. ──버서커. 목숨을 걸고 전력을 다하며 싸우는 것이 기쁨이고, 싸우기 위한 의미도 이의도 이유조차 필요 없는, 싸우는 것만이 삶의 보람인 집단. 싸움이 없는 세계에서 시들어 가던 버서커가 이세계의 숲에 풀려났고, 용병들은 그들과 마주치고 말았다……. 그러니까 기척이 사라졌다. 남은 건 본대, 상국의 정규병…… 군대다.

"가장 문제인, 수인 전사나 수인군을 죽이기 위한 본대는?"

"싸우고 죽이기 위한 마법과 스킬과 마구를 모은 살육 부대. 그것만큼은 진짜로 위험하지만, 슬라임 씨에게 맡겨도 괜찮을까?"

"""그거야말로 걱정할 필요 없을 것 같은데!"""

확실히 그렇다. 뽀용뽀용 귀여운 슬라임 씨는, 하루카나 안젤리카 씨 같은 괴물과 함께 있어도 아무런 손색이 없을 만큼 괴물이니까……. 귀엽지만.

※

숲이 너무 조용하다. 처음에는 최약체 마물인 슬라임 한 마리였다. 너무나도 약한 마물이라 반대로 보이지 않는, 태어나면 바로 먹히는 최약의 마물. 아마 이것이 슬라임. 확실히 희귀하지만, 굳이 사냥할 의미도 가치도 없으니 무시하고 나아갔다.

"또냐. 뭔가 많잖아."

대량 발생한 건지, 여기저기에 슬라임이 있다. 그러나 모여봤자 슬라임 정도라면 위험하지도 않으니 서둘러 나아갔다. 그러나 어디를 가도 슬라임들이 시야 한가득 퍼져 있었다. 너무 이상하다.

"스탬피드가 발생한 건가. 마법으로 불태우자."

"모아서 한 번에 처분하자. 주변에서 둘러싸."

무시할 수 없는 대군이었다. 일제히 온다면 슬라임이라도 역시 위험하다. 스탬피드라고 해도 슬라임밖에 없으면 괜찮을 거라고 행동을 시작한 순간, 숲 일대에 슬라임이 나타났다. 숲의 나무가 보이지 않을 정도인 슬라임의 바다.

이 본대는 전투 중대가 여섯 부대에, 소그룹도 참가한 대부대다. 그런데도 분산된, 3천이 넘는 대부대가 포위당했다.

"방어해라! 방어진, 마법 부대로 청소하면서 우선은 숫자를 줄이는 거다."

"독을 뿌려. 바람이 부는 방향이라도 좋아. 아무튼 줄여."

"우, 움직였습니다. 마법벽이 먹히고 있는데요?"

"마물 살해 병기도 안 먹혀. 불도 먹히고 있어!"

마법 부대의 공격이 안 통하고, 화살도 창도 안 통한다. 너무나도 약해서 환상이라 불리는 무력한 마물일 텐데…… 그리고 이미 포위당해서 도망칠 곳이 없다. 이봐. 태어나자마자 먹히는 최약의 마물이 아니었던 거냐?!

"어떤 마도구도 효과가 없어. 독도 안 돼. 안 통해."

"젠장! 특수 개체 무리냐고. 아무튼 돌파해서 도망치자. 이 숫자라면 먹힐 거야."

상업 연합의 군인이나 정예 모험가가 모였다. 수인군과의 전투를 상정한 최강 부대다. 그 부대의 병사들이 족족 슬라임에게 먹혔다. 이건 이제 버리고 도망칠 수밖에 없다.

구해줄 수는 없지만, 나라면 도망칠 수 있다. 지금까지 지옥에서 살아남고 괴물을 사냥해 왔다. 지금은 어울리지 않게 군 지휘관 같은 걸 하고 있지만, 원래는 S급 모험가다. 그리고 나는 다른 이들과는 장비부터 다르다.

그러나 숫자가 많은 데다 도망치자…… 유도당하고 있나? 뒤쪽에는 이미 기척이 없다. 순식간에 전멸이냐고. 그리고── 그 너머에 슬라임 한 마리.

한 마리뿐이다.

그러나 다르다. 이래 봬도 원래는 S급까지 간 모험가다. 몸이 망가져서 군에 들어왔지만, 거기서 살인 기술도 익혔고, 악착같이 번 돈으로 특수 스킬 장비까지 손에 넣었다. 해가 뜰 때부터 질 때까지 싸워왔던 경험이 말하고 있다. ……강하다.

"핫. 마물이 무섭다고 생각한 건 이걸로 두 번째군."

그 미궁왕 이후 처음이다. 그놈 때문에 동료를 모두 잃고, 나의 모험은 끝났다. 그러나 설마 그보다도 위험한 마물이 있을 줄이야.

뭐, 이것도 자업자득이고 이제 물러설 수도 없나. 술에 찌들어서 몸을 망치고, 빚투성이가 되어 군으로 들어가 지금까지 실컷 죽이고 범하고 태웠다.

"죽이는 것 말고는 길이 없어 보이는군."

(부들부들)

이건 죽겠군.

그럼 최후의 수단이다. 옷깃 뒤에 있는 주머니에 넣어둔 그 약을 꺼내서…… 마셨다.

수명을 줄이고, 자칫하면 평생 부작용이 따라다닌다는 수상한 약이지만, 그 대신 일시적으로 스테이터스가 폭발적으로 늘어난다. 짧은 시간이지만, 그 효과는 수십 배라고 들었다……. 단번에 가서, 죽이거나 도망친다.

"후우우우. 먹어라! 칫."

검으로 살아왔다. 동료를 잃고 어긋나버린 일생이었지만, 그래도 목표로 삼았던 건 검이다.

"그런데…… 마지막에는 슬라임 상대인가."

천벌이군. 미궁왕을 꺾고 영웅 대접을 받았다. 언제나 함께였던 동료를 지키지 못하고, 모두가 죽어버렸는데 영웅 대접을 받았다. 그로부터 어긋나서, 잃어버린 채 살았지만…… 끝이 왔다. 겨우 끝난다. 이미 나의 영혼은 동료의 곁으로 갈 수 없을 만큼 더러워졌다. 나에게는 처음부터 끝까지 검밖에 없었다. 나머지는 전부 그때 잃어버렸다.

천천히 검을 들었다.

동그랗고 폴짝폴짝 뛰는 슬라임이 흔들리더니, 위아래로 쭉 늘어났다. 저건…… 팔다리인가? ……인간 형태로 되고 있어?

"사람, 이건 사람인가…….'

사람의 형태가 됐지만, 사람이라기에는―― 너무나 아름다웠다.

(……)

검! 상대는 검을 쥐었다. 나의 최후는 검이었다. 아아, 티끌 같은 생애 최후에 본 것은 절세의 미녀가 휘두르는, 검의 극치에 도달한 최고의 일도였다. 모든 걸 잃어버리기 전까지 줄곧 목표로 삼고 동경했던…… 꿈꾸던 검이었다.

※

모두가 집합해서 범위를 색적했다. 적의 기척은 없고, 수인들도 경계하며 오지 않았다…… 짐승 귀.

그러니까 수인 사망자의 시신을 모아 구멍을 파고, 이후에 매장하기만 했다. 묘비도 돌만 놔뒀다. 분명 인간이 묻어주는 것도, 묘비에 이름을 새겨주는 것도 싫겠지. 인간은 증오의 대상에 불과할 테니까.

그저 손을 맞대고 고개를 숙였다. 존경의 마음을 담아 그저 명복을 빌었다. 이걸로 상국의 전력은 줄였을 거다. 그 본대의 힘은 아마 주력 부대이지 않았을까? 게다가 용병 부대도 통솔이 잡혀있었다.

우리가 토벌한 마을 사냥 부대조차도 장비에 스킬이 붙었고 고레벨 호위도 딸려있었다. 그게 괴멸했으니 전력은 충분히 줄이지 않았을까……. 합해서 5천은 넘었을 테니까, 대타격을 줬겠지.

"시간에 맞추지는 못했네."

"강에서 증원을 없애느라 시간을 써버리는 바람에."

그렇다. 수인 전사들이 목숨을 버려가며 지키고, 싸웠기에 마을은 남았고, 노예도 끌려가지 않았다. 그리고…… 원수는 갚아줬다. 그리고── 이제 수인국을 쉽사리 공격할 수 없을 거다.

(뿌용뿌용)

그러니까 이제 여기에 인족이 있으면 안 된다. 지금도 두려워하며 경계하고 있다. 멀리서 지켜보고 있다. 마을이 불타고 동료가 죽었으니, 이제 와서 인간이 우호적으로 다가가봤자 믿어줄 리가 없다. 우리는 너무 늦은 거다.

응. 이세계까지 왔는데……. 짐승 귀는 무리인 것 같다. 돌아가자.

"카키자키네도 철수하면 되겠지?"

"""그래."""

다시 손을 맞대고 나서 왕국을 향해 걷기 시작했다. 마을이 불타고, 저항했던 전사도 죽었지만, 그런데도 사로잡힌 여자와 아이들을 구하고자 남자들은 함정에 뛰어들어 죽었다.

줄곧 겁먹고 도망쳐서 숨었던, 포기하고 있던 우리와는 다르다. 죽을힘을 다해 지키려고 싸운 수인 전사들. 그게 용기다. 우리에게는 없는 것이다. 무모하다, 무의미하다, 역효과라고 주장하던 우리는 할 수 없었던 일이다.

그걸 죽이며 웃고 있었다. 목숨을 건 용기조차 바보 취급하며 비

웃고 있었다. 그러니까…… 폭발했다. 그래서 화가 났고, 공포심이나 죄책감 같은 건 아무래도 좋아졌다. 그저 용서할 수 없고 미웠다. 그리고 죽였다. 마구 죽였다.

그리고, 겨우 알았다. 무서우니까 지키는 스킬을 얻었다고 생각했다. 약하니까 치트 스킬로 보호받고 있다고 생각했다.

화가 났기 때문이었구나. 미웠기 때문이었구나. 분하고, 공허하고. 슬프고…… 비참했기 때문이구나. 이건 지키는 스킬이 아니었다. 이건…… 분노를 표출하기 위한 스킬.

돌아가자. 아마 이세계에 온 것에 의미가 있다면, 이 스킬이 필요하겠지. 그리고 그곳에서 모두가 기다리고 있을 거다.

(부들부들)

이세계에 전이하고 나서, 줄곧 어디에도 있을 곳이 없던 우리에게…… 돌아갈 곳이 생겼으니까.

무소식이 희소식이고 유소식이 불행의 편지라면 외톨이는 언제나 희소식?

67일째 낮, 기념품 가게 고아원 지점

기념품 가게의 작업 방 안, 비좁게 들어찬 상품들이 복잡한 나선을 그리며 소용돌이쳤고, 빙글빙글 돌면서 만들어지며 완성품을 놓는 곳에 쌓였다.

옛날부터 리바운드를 제압하는 자가 다이어트를 제압한다고 하던데, 만쥬를 아무리 만들어도 만들어도 부족하다 했더니만 절반은 여자들이 샀다. 응. 고아들의 영양 보급으로 만쥬를 배급하고 있었으니까, 먹는 모습을 보이고 싶지 않았던 거겠지.

"뭐, 아무리 그래도 애들 걸 빼앗을 수는 없으니까, 구입이라는 리바운드를 제압하지 못해서 빌리 대장이 앨리웁으로 원 모어 세트 하는 리바운더 씨들이 된 모양이네. 매번 감사?"

"오빠~. '깃발 얼마 안 남았음. 버섯형은 필요 없음' 이래요."

전령 고아다. 머리를 쓰다듬으며 고맙다고 말하자 웃으면서 가게로 돌아갔다. 역시 「변♥경」 시리즈가 제일 잘 팔리지만, 생각보다 깃발이 잘 팔리고 있다. 그렇다. 선물의 정석일 만은 했다! 그래도 버섯형만큼은 안 팔리네?

"뭐, 깃발은 삼각 깃발이니까 버섯 모양은 별로이긴 하지?"

응. 뭔가 만들었을 때부터 왠지 별로라는 느낌은 들었다…… 어째서일까? 그러나 귀족과 상국에서 돈을 모조리 거둬들이고 상국에서 계속 보급하게 해서 대손해를 입히는 계획이었는데…… 어째서인지 일반 판매가 엄청 바빠!

"원피스, 롱스커트 매진이야!"

"신발, 가방 모두 재고 얼마 없음!!"

"냄비, 프라이팬 매진. 빨리 만들어 줘!"

고아들의 제복에 이어서 여자들에게도 제복을 배급하자, 왕도에서 '여성복 붐'이 일어난 모양이었다. 모두 대량 생산이 간단한 평면 재단의 심플한 원피스에 롱스커트, 블라우스에 조끼와 재킷. 그리고 변경에서는 별로 호응이 없던 볼레로가 폭발적으로 팔렸다.

스커트도 아까 볼레로에 맞춘 벌룬형을 판매했더니 추가 주문이 끊이지 않았다. 왕도에는 돈도 물건도 있다. 그런데 상품이 제공되지 않았다. 그래서 만들기만 하면 팔린다.

현재는 날라리 여학생들도 왕도의 부인용으로 새로운 디자인을 만들어서 데생을 가져다줬는데, 신작을 내놓아도 내놓아도 다들 산다. 초고속 생산과 부인 파워 때문에 날라리 여학생들의 데생이 따라가지 못한다.

"벨트, 벨트 빨리!"

"양동이하고 빗자루도!"

"변♥경 모자 매진이에요!!"

"오른쪽 선반의 열쇠고리 부족해, 뭘 하는 거야!"

그리고 변경과는 달리 남자 손님들도 애쓰고 있다. 그렇다, 옷을 잔뜩 들고 계산대로 와서, 남성복 계산대는 장사진……. 응, 여자 제복이 안나 밀러스와 비슷한 느낌이 드는 건 기분 탓인 듯한 기분이 기분이 기분이 안 들거든?

그리고 귀족들에게도 슈퍼 바가지 가격이다. 금방 못 쓰게 되지만 호화로워 보이기는 한 드레스를 경매로 내놓아서 팍팍 팔고 있으니까 파산이 가깝겠지. 이 녀석들은 허세를 위해 일부러 가격을 올려도 살 만큼 바보였다. 옷과 속옷에 액세서리, 가구에 미술품에 귀금속 등등, 보기만 좋은 과도한 장식품은 미친 듯이 팔렸다.

그 초 바가지 가격인 옷 한 벌의 가격만으로도 고아들은 거의 한 달 정도 맛있는 걸 먹을 수 있을 거다. 그 초 바가지 가격인 현란한 미술품 하나의 금액으로는 전원이 따스한 모포를 살 수 있을 거다.

그게 날개 돋친 듯 팔린다. 그러니까 바가지를 씌워서 돌려주자. 그래. 빼앗은 걸 100배로 돌려받는 하이퍼 고이자로 고아들에게 갚아주는 반환 사업이다.

"응. 고아들이 괴로워한 만큼 초고금리에 이자를 제곱으로 가산하는 하이퍼 바가지 인플레이션으로 그 쓰레기들에게 뜯어내자."

"""알았어!"""

뭐, 부추길 필요도 없었다. 다른 귀족이 사는데 자기도 안 사면 패배한다고 믿고 사들이고 있으니까.

하나라도 많이, 조금이라도 비싼 걸 사면 잘나진다고 믿고 있다. 그러니까 귀금속품도 바가지 가격이라서, 비싸면 비쌀수록 잘 팔렸다. 응. 시험 삼아 근처에 떨어진 돌멩이를 주워서 연마한 뒤에 '현자의 돌'이라며 초고가로 한정 판매했더니 즉시 팔렸다. 응. 이건 심술을 부리지 않아도 멋대로 망해버리지 않을까?

"매입하러 갈게. 재고는 쌓아놨으니까 마차 끄는 말처럼 원 모어 세트한다는 마음가짐으로 일하라고? 응. 레오타드도 괜찮지만 레오타드로 접객업을 하는 건 수상함 만점이고, 풍속영업법이 헤이헤ㅇ호~ 하고 몰려올 테니까, 잠깐 갔다 올게? 뭐, 왕궁의 길도 기억했고 샛길로 빠져서 놀다 와도 금방 돌아올 테니까 찾지 말아 주세요? 라고나 할까?"

"""됐으니까 빨리 가!"""

"그리고 빨리 돌아와!"

"바쁘거든. 상품 부족하거든! 헤이헤ㅇ호~ 같은 소리나 할 때가 아니야!!"

"""허리~!"""

해리? 해리 바가지 씌우라고? 뭐, 서둘러서 바가지를 씌워야 한다는 건 이의가 없지만, 마법이 있는 이세계에서 해리가 헤이헤○호 같은 소리를 하는 건…… 뭔가 문제가 되는 느낌이 들지 않는 것도 아니란 말이지? 그래도 왠지 노려보고 있으니까 가자. 이제 수십 번이나 매입하고 있는데 계속 사서 들고 돌아간단 말이지?

그리고 왕궁 지하 창고에 매입하러 가니까…… 배치가 달라졌다. 이번에는 몇 번 창고일까?

"정말이지. 또 창고 장소를 바꿨네? 정말이지, 바꿀 거면 구입할 때 한마디 말해줬으면 매입할 수고를 덜 텐데, 정말이지 바가지 당하는 사람도 눈치가 없네. 그래도 아직 배에서 짐을 내리고 있으니까, 목표 액수까지 앞으로 한 걸음? 바가지의 길도 한 걸음부터. 바가바가 하고 돌아다니면 시끄럽겠지만 돈은 벌 수 있으니 뭐 상관없나?"

(끄덕끄덕)

그나저나 왜 갑옷을 안 입었는데도 대답이 슬라임 사양인 걸까?

"으음, 밀하고 기름……. 앗, 시금치가 들어왔어! 그나저나 나의 보고, 연락, 상담은 어디서 뭘 하는 걸까? 응. 지금까지 보고도 연락도 상담도 한 번도 받은 없었는데?"

부지런히 아이템 주머니에 상품을 집어넣었다. 이 세계는 완전한 호적 제도가 확립되어 있지 않아서 정확한 인구를 모르지만, 왕도는 아무리 계산해도 수만 단위의 인구는 된다. 즉, 최소 매일 10만 끼 이상의 식량을 보내고 있다. 즉, 그만큼 줄어들고 있다. 게다가

군의 장비나 마석을 구입하기 위해 현금까지 보내고 있고, 내가 그걸 받아 가고 있으니까 이제 슬슬 피해 규모를 무시할 수 없을 거다. 그러니까 손을 쓰겠지. 아무것도 하지 않을 리가 없다.

"으~음. 근데 아무것도 없네? 뭘 하려는 걸까?"

함정은 『트랩 링』의 효과로 발동하지 않으니까 있는지 없는지도 알 수 없다. 순찰자는 왕국의 『궁극의 프로텍션』 때문에 안으로 들어올 수 없다. 그러면 플래그를 계속 세우고 있는 미녀 암살자가 슬슬 나타나도 될 것 같은데…… 아직 안 오네? 응. 착실하게 깨작깨작 매입하고, 수수하게 영차영차 돌아갔다.

"앗. 생선에 마비독이 있네? 이걸로 붙잡을 생각인가……. 좋아, 안쓰러운 귀족들에게 베풀어 줄까?"

(끄덕끄덕)

——귀족가가 대소동.

"다녀왔어. 대량 입하라 오늘은 시금치와 돼지 같은 무언가의 고기에 파스타가 저녁밥이고, 시금치 나물도 절찬 연구 중? 응. 그래도 시금치라면 통조림이고 구해줘 빠이뽀빠이뽀빠이뽀의 슈링간? 그보다 슈링간의 구린다이니까 구린다이의 폼포코피의 폼포코나인가? 이라고나 할까? 초큐메이의 쵸스케를 매입한? 느낌이었다고?"

"""길어!"""

"뭔가 도중부터 *쥬게무 씨가 이세계 소환되지 않았어?!"

"시금치는 먹겠지만, 적어도 빠이뽀빠이뽀에서 멈추지 않으면 그

---

* 쥬게무 : 일본의 개그에서 나오는 '가장 긴 이름'.

건 뽀○이라고 태클 걸 수 없으니까!!"

 쥬게무 씨의 풀네임에서 후반부 절반이었는데 안 되는 모양이다. 응. 사람의 이름이 얼마나 중요한지 모르는 모양이니까 잔소리하려고 했는데…… 엄청 노려보고 있으니까 그만두자. 응. 왜 화내는 걸까?

 "헉. 여고생은 쥬게무 씨와 복잡한 인간관계 트러블이 있고, 그건 분명 핸드폰에 이름이 등록되지 않는 트러블인 거구나. 아아~ 등록 건수보다 글자수 제한을 재검토하지 않으면 전국의 쥬게무 씨도 분명 무척 곤란하겠지?"

 """왜 그건 기억하면서 우리 이름은 기억하지 못하는 거야?!"""

 "뭐, 근데 뽀○이 씨는 잊어버리고 쥬게무 씨의 이름만은 풀네임으로 기억하다니 대체 뭐야?"

 """그보다 쥬게무 씨 한 건의 뇌내 메모리로 우리 전원의 이름을 등록할 수 있잖아!!"""

 역시 여자들에게는 쥬게무 씨의 이름을 등록하지 못하는 문제가 중요한 모양이다. 메이커의 태만으로 이세계까지는 통화 불능이라 기지국 문제로 발전했다. 뭐, 스마트폰만이 아니라 일반 핸드폰도 없으니까 모르지만? 그야, 외톨이니까?

 "괜찮았어?"

 "왠지 계속 창고의 위치를 바꾸고 있으니까 아마 함정을 설치한 게 아닐까? 모르지만?"

 "보구인 『천고불역의 함정』에 걸리지 않고 들고 돌아가는 시점에서 함정에 걸리지 않는다는 걸 눈치챌 수 있지 않을까?"

그래도 마법이 걸려있지 않은 물리 트랩이라면 위험하다. 그래도 그 경우는 『함정 탐지』 스킬로 눈치챘단 말이지?

하지만 역시, 분명 노리고 올 거다. 비장의 마도구거나, 히든카드 클래스의 전력이겠지. 뭐, 비장의 마도구가 떨어진다면 주울 거고, 히든카드 클래스가 나온다면 벨 거고, 미녀 암살자라면 앙앙이다! 응, 대책은 만전이다.

그래. 마지막 수단은 미녀 암살자밖에 없을 거다. 그것 말고는 용납할 수 없다. 응. 창고 가득 미녀 암살자들이 붙었다 떨어지면서 덮쳐오는 위험한 어른의 트랩이 발동해서, 습격하고 습격당하고 벗기고 벗겨지며 전율하는 함정이 걸려있을 게 틀림없다! 아니라면 용서할 수 없어!! 한 번 더 가볼까? 아직인가?

"하루카 님. 제2사단 사단장 테리셀이 연락을 보내왔는데, 상국의 비수로 불리는 마검사 비즘레그제로가 왕궁에 들어왔다고 합니다. 아무쪼록 조심하라는 전언입니다."

"뭐, 뭐라고? ……아니, 으음. 매켄지가 미인 할짝할짝 매켄지한 문제로 신고당하는 게 나을까? 아니면 치한으로 신고하는 게 나을까?"

""'왜 쥬게무 씨 이름 말고는 기억할 생각이 전혀 없는데?!'""

근데 제2사단에 통보하려고 해도, 제2사단 쪽에서 통보한 거잖아? 확실히 미인 할짝할짝에서 매켄지 씨 따위에게 밀릴 생각은 없지만, 그걸 위해서는 우선 미인을 준비해 줘야지. 나의 할짝할짝력이 발휘될 기회가 사라진 지 오래됐거든?

뭐, 마침내 상국이 움직였다. 그러나 이쪽도 미인 할짝할짝에서 밀릴 수는 없지!

"훗, 이런 일도 있을까 해서 어젯밤에도 매일 밤 갑옷 반장의 슈미즈에서 비치는 요염한 맨다리를, 그야말로 아름답게 미끄러지는 피부를 남김없이 핥고 또 핥고, 할짝할짝 발끝에서 위로 올라가서 떨리는 허벅지를 핥으면서 마침내 도달한 파라다이스에 혀를……."

얼굴이 새빨개져서 화를 내는 갑옷 반장과 새벽의 샛별. 알기 쉽게 말하면 모닝스타가 연격 중?!

"잠깐, 그러니까 모닝스타 금지라고 종이를 붙여놨잖아……. 어? 사슬낫?!"

설마 하던 대사슬낫이었다!

"아니, 그건 어디서 났어……. 뭐? 귀족이 팔았다고!"

(끄덕끄덕!)

왜 왕국의 귀족이 사슬낫을 들고 기사 일을 하는 거냐고!

"뭐? 스킬도 붙어있는데 염가로 샀다고? 훗훗훗. 그대도 못됐구면……. 그보다 왜 사들여서 장비하고 있는 거야! 아니, 네. 죄송합니다!!"

그치만 할짝할짝이라고. 할짝할짝할짝할짝으로 요를레이히~? 나는 요들 마스터가 될 거야? 아니, 안 되겠지만 질 수 없는 싸움이, 그곳에 그런 식으로 있는 모양이더라고?

"그 매켄지 씨는 어디에서 나온 건가요!"

"왜 상국의 비수가 할짝할짝 대결하러 온 거냐고!"

"매켄지와는 무관계한 마검사예요. 비즘레그제로고, 미인 할짝할짝이 아니라 상국 굴지의 괴물이라고요."

피해를 막기 위해 보낸 거라면 탐지계 스킬을 보유하고 있는 걸까. 그리고 마검사── 몇 자루의 마검을 다루는 마검사. 그 이름은 매켄지!

"""아니라고 했잖아!!"""

"응. 취미가 미인 할짝할짝이라니 고상한 취미라서 마음이 맞을 것 같지만, 아저씨와 친하게 지낼 생각은 없거든?"

"""전혀 안 듣고 있어?!"""

그야 미인 할짝할짝 아저씨라니 최우선으로 불태워야 하잖아. 응. 미녀에게 할짝할짝하는 건 결코 양보할 수 없어. 그건 내가 할 일이니까!

그리고 반드시 만나겠지. 그야, 슬슬 매입 시간이니까? 응. 또 밀이 떨어졌다고⋯⋯. 이제 막 가져왔는데, 또 사 갔단 말이지?

◆ **성실한 매입 담당 떼부자인데 트집을 잡혔다.**

67일째 저녁, 디오렐 왕국 왕궁

혼자서 기다리고 있다. 저쪽도 이쪽을 눈치챘다. 상업 연합의 히든카드, 상국의 비수로 불리는 마검사. 몇 자루의 마검을 다루는 마검사로⋯⋯ 매켄지였던가? 응. 취미가 미인 할짝할짝이라는 것만큼은 기억한다.

그렇다. 사람과 사람이 다투는 이유는 미인 할짝할짝이면 충분하다. 그야 미인 할짝할짝 아저씨 중에 착한 녀석은 없으니까! 사실 착한 아저씨는 존재한 적이 없다. 그야 아저씨니까? 라고나 할까?

"겨우 도둑이 났잖아. 도둑질을 당하면 곤란하단 말이지. 도둑질 한 걸 돌려준다면 놓아줄지도. 감형 정도는 도와주지. 어때?"

자세에 여유가 있다. 힘을 주지도 않고 있고 풀지도 않고 있다. 이 건 강하네.

"아, 매켄지 씨? 아니, 성실하게 깨작깨작 일하는 매입 담당 운반업이고 재가공 담당인 생산자고 엄청 일하고 있는 노동자인데 도둑 취급이라니, 미인 할짝할짝하는 변태 아저씨한테 그런 말을 들을 수는 없거든? 할짝하네?"

정말이지 도둑이라니 말이 심하네. 대체 무슨 소리를 하는 거야?

"어라? 어린애?"

"서, 설마 미녀 괴도가 나타나는 건가? 그리고 그 미녀 괴도를 잡아서 할짝할짝하려고 기다리고 있었던 건가?! 잠깐, 나의 미녀 괴도를 할짝할짝하려고 하다니 용서할 수 없는 아저씨네. 내가 할짝할짝하고 싶으니까 내 거야!"

"아니…… 나는 매켄지 씨가 아닌데. 매입 담당자였나? 미안해. 틀림없이 도둑인 줄 알고 기다렸는데. 미안미안."

아무래도 도둑이 나온 모양이다. 치안이 안 좋네?

"뭐, 알면 됐어. 그 미녀 괴도도 매입하고 돌아가서 할짝하고 싶지만? 응. 아저씨가 할짝할짝한 뒤라면 싫으니까 미녀 괴도를 할짝할짝하지 말았으면 좋겠네. 정말이지 이러니까 요즘 매켄지 씨는 곤란하단 말이야?"

당장 매입을 마치고 미녀 괴도를 맞이할 준비를 해야 하는데, 문제는 미녀 괴도를 매입해야 하는가, 미인 여괴도가 도둑질해서 들고 돌아가게 놔둬야 하는가가 문제라면 문제인데…… 해답은 괴도와 상담하면 되지 않을까? 응. 아직 안 오려나?

"앗, 잠깐! 그건 안 돼. 그걸 도둑맞지 않게 지키고 있는데 왜 매입하려는 거야!! 그리고 그 매켄지는 누구? 아니거든?"

"나 참, 또야? 아저씨? 남 듣기 안 좋네. 떨어져 있으니까 내 거잖아? 응. 벌써 주웠어. 잔뜩 떨어져 있어서 굳이 여기까지 매입하러 온 거니까 방해하면 미녀 괴도한테 민폐거든? 그보다 매입하면서도 줄곧 마음은 미녀 괴도를 기다리고 있는데 안 오잖아! 당장 매입해서 넓히지 않으면 대량의 미녀 괴도가 입하되지 않거든? 하지만 좁은 것도 근사할지도?"

정말이지 비상식적인 아저씨라니까. 만유인력에 걸려서 땅에 떨어진 그 모든 분실물은 내 거다. 떨어진 사과를 빼앗았던 만유인력의 사람도 그렇게 말했을 텐데. 그래. 물리학에서도 떨어진 걸 허락하는 건 3초 이내거든?

"과연……. 아니, 도둑질이잖아! 아니, 왜 당당하게 주워서 돌아가려는 거야. 떨어진 게 아니거든! 왜 창고에 짐이 나란히 떨어져 있는 거냐고. 놔둔 거란 말이야!!"

"놔뒀다니, 떨어져 있잖아! 이게 떠 있어? 이게 날고 있어? 아니잖아. 완전 떨어져 있잖아! 떨어져 있으니까 주우러 왔는데 도둑놈 취급이라니 너무 무례해서 천 길 낭떠러지에 떨어뜨리고 위에서 메테오거든? 누가 어딜 보더라도 물리적으로 떨어진 분실물인데, 이게 어째서 떨어져 있지 않다고 생각하는 거야? 정말이지 할짝할짝만 하지 말고 제대로 상식이라는 걸 생각해 줬으면 좋겠네."

갈색 망토로 몸의 움직임과 무기를 숨기고 있지만, 보란 듯이 손에는 아무것도 들지 않고 미끄러지듯이 천천히 다가오고 있다. 키가 크고 약간 마른 체구로 보이는데, 탄탄하고 빈틈없는 몸놀림의 아저씨다. 그리고 아저씨의 모습을 묘사해도 전혀 즐겁지 않으니까 당장 돌아가고 싶어!

"떨어져 있는…… 건가? 아니, 잠깐잠깐잠깐. 안 떨어졌어. 놔둔 거니까! 그건 창고에 넣어둔 거야……. 하아아아. 네가 도둑인가."

"대체 어떻게 설명해야 알아듣는 걸까? 여기에 들어올 수 있다는 건 닫힌 게 아니라 열렸다는 뜻이잖아? 즉, 넣어둔 게 아니니까 분실물이 당연한 거잖아?"

아무것도 들고 있지 않았던 양손에 두 자루의 색도 형태도 다른 검…… 저게 마검인가.

"미안하네. 사로잡겠지만 저항하지 않으면 다치지는 않을 거고, 순순히 훔친 걸 돌려주면 나쁘게 대하지는 않겠어……라고 말할 수 없는 게 씁쓸하기는 하지만, 선처만큼은 약속하지."

왼손의 마검을 스르륵 들어서 천천히 칼끝을 이쪽에 겨눴다.

"사로잡아라 『바인드』, 가둬라 『스톱』이다!"

앗……. 이건 보리다. 나머지는 채소가 늘어났지만 고기는 적고, 달걀이 전혀 안 들어있는데 상국은 대체 뭘 하는 거야?

"정말이지, 눈치가 없는 상국이네. 파라고 하면 달걀이잖아? 왜 파 다음 상자가 양파인 거야? 오, 콩하고 팥도 떨어져 있네."

이건 원 모어 세트군. 만쥬의 재생산이 가능하겠는데, 설탕이 들어있지 않다. 진짜로 눈치도 없고 못 써먹겠네. 그래. 만쥬에 이어서 크레이프의 센세이셔널한 이세계 데뷔로 설탕도 공급이 따라가지 못하고 있으니까 좀 더 팍팍 보내주지 않으면 주울 수가 없거든? 상국에 편지를 보내야 하려나. 설탕 보내라? 설탕 쥐라?

"왜 훔치는 거야. 그보다 어째서 움직이는 거지? 아니, 내가 혼자서 『바인드!』라든가 『스톱!!』이라고 말하며 검 들고 있는 게 슬프잖아."

왔다. 싸울 생각은 없어 보이지만, 놓아줄 생각도 없는 모양이다. 왼손을 의식하게 유도하면서, 오른쪽 마검을 살짝 겨누고 있다.

"다리다. 꿰뚫어라 『스피어』, 놓치지 않아."

왼쪽 마검을 날리면서 말없이 오른쪽 마검에서 마력…… 성가시네. 나의 레벨이라면 저항할 수 없으니까 마검의 효과를 왼손에 있는 『모순의 건틀릿』으로 무효화하거나, 오른손에 든 『위그드라실의 지팡이』로 흡수해야 하는데…… 평범하게 검사로도 강하다. 게다가 마검의 사용법이 절묘하게 능숙하고, 게다가 아저씨니까 다가가고 싶지 않아!

"말없이 쐈는데도 안 되는 건가……. 고작 레벨 21인데 왜 안 통하는 거지? 자신감이 없어지네."

일부러 검을 겨누고 기술명을 목소리로 냈다. 그야말로 과시하듯이. 즉, 말없이 쏘기 위한 복선. 그리고 진짜는 검을 겨누지 않고 날리는 거겠지…… 어라?

게다가 몰래 왼손의 검이 바뀌었다. 즉, 다른 효과를 가진 마검.

뭐, 보면 알지만?

슬금슬금 간격을 좁히고 있지만, 조바심 내지 않고, 막힘도 없다. 자연체가 무너지지 않는다.

"좋아, 매입 완료. 응. 나는 바쁘니까 이후에는 혼자서 힘내라고? 마검(웃음) 멋있네──『꿰뚫어라!』(웃음)이라든가?"

뭐, 나도 젊었던 중2 시절에는 자주 했지만, 요전에 블러프로 해 봤는데 정말로 숨어있던 미스틸테인이 속아서 나왔고, 꿰뚫어 버려서 정말 대소동이라 깜짝 놀랐다. 아…… 그 던전 계속 내팽개치고 있었네?

"그렇게 됐으니까, 나이를 아무리 먹어도 의외로 해보면 나오는 일도 있어 보이니까 꿈을 추구하면서 혼자 노력하라고? 잘 있어?"

"잠깐잠깐…… 아니, 기다려! 그걸 들고 돌아가면 곤란하다고. 정말 끝까지 붙잡혀 주지 않으려는 건가……. 그걸 들고 가면 곤란하고, 놓치지 않는다니까."

말귀를 못 알아듣네.

"정말이지 말귀를 못 알아듣는 선수권을 개최해서 바보들과 왕제 아저씨와 고블린들과 함께 경기를 벌이며 협의해 주지 않을래? 어차피 협의해 봤자 영원히 이해하지 못하고, 일부 언어가 통하는지도 수상한 트리오지만? 응. 근데 코볼트라면 의외로 알아들을지도? 날라리 문제 협의라든가?"

"어~이. 이야기를 듣고 있어? 부탁이니까 붙잡혀 주지 않을래?"

"반대로 질문하겠는데, 왜 매입을 방해하는 거야? 어차피 여기로 돌아오잖아? 응. 주워도 주워도 사고, 여기로 돌아온다고…….

헉. 그냥 여기서 판매하는 게 빠를 것 같은데?!"

그냥 차라리 여기에 지점을 낼까? 왕도 창고 지점, 팔면 즉시 왕궁 창고로 배송 무료고, 놓아둔 순간 즉시 매입이다!

"팔고 있어?! 아니, 돌아온다니…… 강매하고 있었어? 하아~ 범인 확정인가."

눈이 변했다. 표정이 사라지고, 기척도 없어지고, 숨소리까지 느껴지지 않게 됐다. 응. 덤으로 아저씨도 그만두면 될 텐데 말이지?

그리고 빛나기 시작한 금색의 마검. 저게 왕녀 여자애가 말했던 전설급 마검, 『검을 죽이는 검』. 상대의 검이나 창의 스킬을 일정 시간 죽이고, 무기의 능력을 무효화한다. 게다가 적이 가진 무기의 능력을 일정 시간 복제하는 전설의 황금검…… 근데 철구인데?

(투콰아아앙~!)

"어서 와~. 뭔가 좋은 물건이라도 있었어? 오오~! 식량에 금화네. 떼부자야! 그건 천…… 삼베인가…… 이거면 모자 정도는 만들 수 있겠지만, 뻣뻣할걸? 필요해? 뭐, 상관은 없지만. 통기성은 좋고, 서늘한 느낌은 날 거야. 그리고 잘 물들지 않지 않았던가? 내추럴 계열이라도 괜찮아?"

(끄덕끄덕♪)

괜찮은 모양이다. 덤으로 모닝스타로 암살 사건이 발생했는데.

그렇다. 아저씨는 열심히 떠들었지만, 줄곧 뒤에서 소리도 기척도 공기의 흐름도 없이 거대한 철구가 어마어마한 기세로 회전하고 있었거든? 응. 보면서 조마조마했다고.

"검을 죽이는 검보다 모닝스타를 죽이는 모닝스타인 마(魔)모닝스타가 필수 불가결한데, 대사슬낫도 들고 있으니까 조심하라고? 뭐, 나도 조심하고 있지만 회피 불가능하고, 조심해도 맞으니까 조심하지 않으면 아프단 말이지? 눈이 가위표가 됐으니 이미 늦었지만?"

리넨 모자 정도라면 금방 된다. 뭐, 그건 상관없는데…… 이 아저씨 어쩌지? 강하니까 놔두고 가면 곤란하지만, 마지막까지 살기가 없이 팔이나 다리만 노렸는데……. 어떻게 할까?

"응. 그치만…… 또, 아저씨란 말이지?"

들고 돌아가도 아무런 즐거움이 없는 아저씨다. 즐거우면 문제다! 필요 없달까, 남아돈다. 아저씨가 필요하면 빈민가의 땅속에 우글거리고 있다고!

이제 곧 땅속에서도 아저씨가 대량 번식할 것 같아서, 분명 왕도의 지저인들도 아저씨들 때문에 굉장히 민폐일 거다. 응. 클레임이 들어올 것 같다!

매입 상품에 아저씨가 혼입된
이물질 혼입 사건이 벌어져서 여동생이 불쌍하다.

67일째 밤, 기념품 가게 고아원 지점

아무래도 매입에 문제가 발생한 모양이다.

"뭔가 왕도에서 매입한 상품에 아저씨가 혼입된 모양이라."

""""뭐, 뭐라고?!""""

이물질 혼입 사건은 들은 적이 있지만…… 아저씨는 혼입되지 않지? 특히 만쥬 같은 데 섞이는 말아 줄래? 뭐, 그래서 그걸 들고 돌아온 모양이다.

"아니, 아니거든. 매입하러 갔더니 매입을 방해하는 아저씨가 혼입되어서, 미녀 괴도를 기다리고 있었는데 도둑 취급을 하고 검을 죽이는 검으로 철구에 직격당했다고? 응. 검이 아니라 철구였지만, 조용히 정숙 속에서 소리도 기척도 없이 고요하게 철구가 난무해서, 몰래 암살했다고? 하지만 아직 살아있는 생아저씨거든? 응. 아저씨는 매입해 봤자 안 팔리는데 어쩌지?"

"""그건 대체 무슨 일이 일어난 거야?!"""

뭐, 그 매입 자체가 문제고, 그래서 지금까지 문제가 없었던 게 문제지만……. 이게 상국에서 온 사람?

"그야 미녀 괴도가 아니잖아? 그래도 마검 분실물을 잔뜩 받았고, 머리털 태우기는 봐줬으니까 버려도 될까? 근데 아저씨는 방치하면 늘어날 것 같고, 더 늘어나면 곤란하고 지저인도 곤란할 테니까, 심각한 아저씨 증가 문제로 이세계가 중년 남성 한정 인구 문제로 발전 중이라고 거리에서 소문이 대문제라 아저씨 한정 인구 폭발? 이라고나 할까?"

"""응. 이제 설명은 포기했으니까 입 다물고 있어!"""

들으면 들을수록 영문을 모르겠지만, 상국의 비수로 불리는 대륙의 전설급 마검사 비즘레그제로 씨가 굴러다니고 있다.

눈이 훌륭하게 ×니까 범인은 이 사람이다! 그렇다. 마침내 사상 최초의 모닝스타 암살 사건이 발생한 모양이다. 응. 끝내버렸네?

"근데 매켄지 씨는 어디에서 왔어?"

"그리고 비즘레그제로는 어디로 갔어?"

거기에 굴러다니고 있지? 어차피 이름은 기억하지 않겠지만…….

응, 쥬게무 씨만 치사해!

"아무도 이기지 못했던 마검의 사용자 아니었어?"

"응. 상국의 히든카드였대."

"하긴, 안젤리카 씨가 쓰는 철구의 춤은 검으로 무리잖아?"

"""아아~ 마검이나 스킬 같은 건 상관없는 질량 병기니까."""

뭐니 뭐니 해도, 언제나 마전으로 전이까지 두르고 순간 연속 이동 중인 하루카를 쫓아가서 제대로 연격으로 두들겨 패고 있으니까. 응. 사라져도 패더라?

"이 남자가 그 마검의 비즘레그제로."

"상국 칠검 중 한 명……. 뭐, 여섯 명밖에 없지만요."

"""왜 여섯 명인데 칠검이라고 자칭하는 거야!"""

"""그보다 나머지 한 사람 없었어?!"""

어디에나 심각한 인재 부족에 시달리는 모양이다. 참고로 검을 쓰는 건 네 명이라는데, 일부이무사검(一不二無四劍) 같은 건 안 됐던 걸까?

"뭔가 소문은 굉장했었는데."

"""응. 갑자기 굉장함이 사라졌네!"""

"여섯 명밖에 없지만 칠검이고, 거기에 두 사람은 검이 아니라니…… 그냥 6인조 유닛?"

"그래도 강해요. 지금까지 타국에서 상국 상층부로 보낸 암살자도 돌입 부대도 전멸시켰어요. 소문으로는 교국군의 도사조차도 해치웠다던데요."

교국군의 도사 클래스는 S급 모험가와 동등 이상이고, 스킬 붙은 무구를 잔뜩 장비한 엘리트라고 한다. 그것조차도 꺾을 힘. 그건…… 어느 정도일까? 응. 전혀 모르겠네?

"그치만, 우리도 길드에서는 S급 대우잖아?"

"치트가 붙었고, 스킬이 잔뜩 붙은 호화 무장에, 오더 메이드 브래지어도 입었고?"

응. 브래지어는 넘어가더라도 그런 애들이 우글우글 있고, 그런데도 다들 한꺼번에 매일 두들겨 맞아서 눈이 ×가 되거든? 그렇다. 하필이면 그 연속 눈 × 제조범하고 마주쳤으니까, 그야 눈이 ×가 되겠지?

"으~음. 강하지만, 검술도 아마 굉장하고 잘 쓰거든? 그래도 뻔하고 무의미하게 우물쭈물하니까, 후방 부주의로 철구에 충돌해서 마침 출혈 대방출?"

"""왜 뒤에서 모닝스타를 써서 분실물로 만들어 버린 건데!"""

"그치만 떨어졌잖아? 응. 주웠으니까 내 거야. 손을 뗀 지 3초 이상 지났으니까 아웃이잖아! 정말이지. 전부 내 거거든? 왜냐하면 나의 아이템 주머니에 수납했다는 건, 그건 이미 내 거라는 증명인 거야. 그야 3초 이상 넣었으니까?"

철구에 충돌했다니, 뒤에서 때렸다는 거지? 그건 전혀 사고가 아니고, 애초에 뒤에서 철구로 때려서 떨어뜨렸다고 해서 그 무기를 접수하고 그냥 주웠다니…… 굉장히 사악한 강도라도 그렇게까지나 극악무도한 증언은 하지 않을걸?

"정말이지. 이렇게나 고생해서 매입했는데, 또 사서 성으로 돌아 갔잖아."

"""응. 팔 때 굉장한 죄책감만 남지만!!"""

자물쇠를 걸어두면 들어가서 줍는다. 손으로 들고 있으면 두들겨 패고 줍는다. 던전에 가면 두들겨 패서 마석을 줍고, 미궁황이나 미궁왕까지 획획 주워 온다.

분명 조만간 이 대륙이나 행성도 떨어졌으니까 내 거라고 말할 것 같다……. 진짜 말할 것 같다.

"나머지 오검도 오려나?"

"오면 불쌍하네."

"응. 불쌍하고 기특하게 검을 들고 싸울 생각으로 오겠지?"

"설마 배후에서 두들겨 맞아서 끝나리라는 것도 모르고, 열심히 무기를 들고 오겠네……. 주워갈 텐데."

"게다가 두들겨 팬 뒤에는 떨어졌으니까 주웠다면서 검을 강제로 주워가고……."

"""응. 오히려 강도가 더 다정한 것 같아!!"""

어째서 언제나 적을 생각하면 이렇게 마음이 아픈 걸까. 언제나 언제나 안타까운 상상을 하게 되는데, 현실은 언제나 언제나 가혹하다. 왜냐하면…… 분명 검만이 아니라 가진 걸 죄다 뜯길 테니까!

그리고 모두가 고민하는 사이 하루카는 꼬마들과 놀았다. 그보다 하루카를 발견한 꼬마아이들이 눈사태처럼 일제히 무리를 지어 밀려와서 파묻혔다. 그리고 아이들의 중심에서 빙글빙글 고속회전을 시작해서 날려버리고 있는데…… 아이들은 곧바로 허리케인에 재돌입해서 뛰어들어 끌어안고, 몰려와서, 점점 파묻히고 있다.

"오빠 안녕!"

"오빠. 배고파."

"오늘은 뭐야?"

"어제 감자 맛있었어!"

"고기 또 먹을 수 있어?"

"주먹밥!"

"오늘도 밥 먹을 수 있어?"

"응. 일 많이 했거든?"

"밥, 밥!"

"맛있는 건 정의!"

"나 오므라이스가 좋아."

"크레이프 개발은 어떻게 됐어! 서둘러, 오빠!"

"오빠~. 나~ 새로운 백이 필요해~."

"저녁밥은 뭐야뭐야!"

"오빠 륙색 추가 주문도!"

"하루카…… 오빠, 나는 면류가 좋은데."

"오빠, 뮬도 갖고 싶어!"

"오빠. 돈가스 덮밥 하나!"

"빠야빠야, 모으고 올려주는 거도!"

"오라버니. 신작 티백은 아직인가요?"

"""오빠. 방패 여자애만 에어 넣어주는 건 치사해!"""

잘 보니 꼬마애들이 아니라 여자애도 대량으로 섞여 있고, 어지러운 틈을 타서 주문하고 있다. 정말이지, 다들…… 오빠, 난 밤 만쥬도 먹고 싶은데?

그리고 아이들의 눈이 반짝반짝 빛났다. 선회하면서 천천히 공중을 춤추고, 돌면서 구워지는 달걀이 접시 위에 올라가서 케첩 라이스를 감쌌다. 그리고 케첩으로 그린 글자는 '오므?' ……응. 자기가 만들었는데 대체 왜 의문인 걸까?

그리고 돈가스도 지글지글 튀겨졌다. 뜨겁게 튀긴 돈가스가 그릇 위에 올라가고, 그에 맞춰 국물과 달걀이 걸쭉걸쭉 올라갔다. 돈가스 덮밥?!

"""맛있어 보여……(꿀꺽!)."""

아이들이 순진한 눈으로 꿈꾸듯이 바라보고 있다. 불순한 소녀들은 커다란 돈가스를 번뜩이는 눈으로 노리고 있다. 비즘레그제로 씨는…… 아직 눈이 ×인 상태로 구석에 널브러져 있다.

그리고 큰 냄비에는 스튜까지 나타났고, 모두의 열광이 흥분의 소용돌이에 휩싸이고, 환희의 광란에 삼켜지고, 뱃소리도 성대한 합창과 윤창으로 울려 퍼졌다!

"다 됐거든? 그보다 돈가스 덮밥하고 오므라이스 비교에 수수께끼 새로 만든 스튜를 곁들이고 버섯 샐러드는 참깨 드레싱을 했습니다. 응. 잘 먹으라고? 라고나 할까, 보지만 말고 먹으라고? 라고나 할까!!"

"""잘 먹겠습니다――!"""

버섯 샐러드는 신제품인 참깨 드레싱, 아이들의 몸을 회복시키기 위해 매끼 버섯이 나오지만 질리지 않게 몰래 개발한 거겠지. 그렇다. "달라붙지 마~!" 라든가 "짜증 나~!!" 라고 말하면서 도망치고 휘둘리고 있으면서…… 무르다. 지금도 몰래 감자를 곁들이고 있고?

"맛있어. 오늘도 맛있어."

"먹어도 돼? 이것도 먹어도 돼? 정말로?"

"맛있네. 빵은 이렇게 맛있었구나."

"다 먹으면 내일부터 밥 어쩌지?"

아직 아이들은 진수성찬을 먹을 때마다 울고 있고, 배가 꽉 찰 때까지 울면서 먹고 있다. 그리고 분명 꿈이라면 깨지 말았으면 좋겠다고 생각하면서 먹고 있다.

매일매일 먹을 것도 별로 없던 가난한 식사, 그걸 지금까지 몇 달이고 몇 년이고 당연한 듯이 굶주리며 살아왔다. 생활해 왔다.

그러니 하루카는 밥을 마구 만들어 주고, 진열하면서 통 크게 내주고 있다. 지금까지의 몫을 탈환하고, 앞으로의 몫까지 전부 되찾아서 맛있는 음식을 배가 꽉 찰 때까지 먹여 주려는 듯 테이블에서 넘쳐날 정도로 차례차례 메뉴를 추가하고 있다.

아직 부족하다. 더 많이 먹어라. 눈물이 멈출 때까지 전부 먹고, 아이들이 웃으면서 쓰러질 때까지 대접하고 있다. 그렇다. 그 여파의 쓰나미로 배가 볼록해진 소녀들도 쓰러지고 있는데…… 어쩌지? 응. 원 모어 세트로 될까?

"맛있었어……. 괴롭지만 후회는 없어."

"""응. 먹다가 쓰러졌지만."""

그리고 콩이 창고에 잔뜩 떨어져 있었다면서 이러쿵저러쿵 연구 중이다. 노리는 건 두부? 설마 된장?

그러다가—— 겨우 정신을 차린 모양이었다.

비즘레그제로 씨. 완전히 아저씨 취급이지만 20대 중반 정도로 보이는 엘프로, 마르고 키가 큰 체구를 가진 미형의 검사다. 그 모습만 봐도 한눈에 강하다는 걸 알 수 있다. 뭐, 아까까지 눈이 ×가 되어 기절하고 있었으니까 잘 몰랐지만.

"하아아아. 내가 붙잡힌 건가. 나 참…… 붙잡으려고 왕국까지 왔는데 대실패였네."

그는 주변을 느긋하게 돌아보면서 한숨을 내쉬었다. ——그렇지만 조금의 빈틈도 없는 자연체, 낭비가 없는 몸놀림. 뭐, 빈틈은 없더라도 무기도 없지만…… 빼앗겼으니까.

"오랜만에~. 매켄지 아저씨였던가? 응. 붙잡은 게 아니라 매입할 때 혼입되어서 데려와 버렸는데, 안 팔리니까 필요 없단 말이지? 그야 아저씨니까? 어쩌지? 지하에 버릴까? 지저인한테 허가를 받는 게 나을까?"

""이야기 정도는 들어줘야지——?!""

"그리고 매켄지가 누구야!"

그리고………… 바보였다. 유일한 가족인 병든 여동생을 위해 약을 받을 필요가 있어서 상국을 위해 일하고 있었다고 한다. 그야말로 흔해빠진 전개인 데다, 구제 불능의 바보였다.

그야 왕국이 그 약(버섯)의 원산지고, 공급원은 변경인데……. 그걸 독점하고 유통하지 못하게 하려는 상국을 위해 일했다고 하니까. 응. 그러니까 약이 들어오지 않는 건데?

"""동생이 불쌍해!"""

"네. 유일한 가족인 오빠가 바보라서 너무 불쌍하네요."

"""동생이 너무나도 불쌍해."""

비즘레그제로 씨는 굉장히 침울해졌다.

"그렇다니까. 병으로 괴로울 텐데, 오빠가 바보라서 바보 같은 짓을 하고 있다니, 동생이 진짜 불쌍해."

"게다가 변경에서 소문이 자자한『버섯 전도사』를 습격했다가 철구에 얻어맞을 만큼 왕바보라니 동생이 불쌍해!!"

"그만한 실력이 있으니 변경에 버섯이나 따러 왔으면 해결됐을 텐데……. 바보니까 바보 같은 일이나 하던 오빠를 둔 동생이 불쌍하네요."

응. 꽤 심하게 우울해져 있을 때 가차 없이 추가타.

"애초에 유일한 가족인 동생이 병에 걸렸는데, 지켜줘야 할 텐데…… 저런 것한테 시비를 걸다니 너무 바보잖아!"

"""응. 동생이 어마어마하게 불쌍하네?!"""

"""이 오빠 바보야? 불쌍해라."""

엄청 침울해졌다. 노도의 바보 취급과 동생 불쌍해 콜의 파상 공격으로 이미 울상인데, 거기에 순진한 눈으로 안쓰러워하는 고아들이 마무리 일격을 날렸다.

하지만 너무 바보 같잖아……. 그건 동생을 위한 게 아니라, 모든 병자를 괴롭게 만드는 행위니까. 그리고 그것에 가담하러 왔다. 의

지할 상대가 정반대고, 도와주려고 해도 적대하고 있었으니까, 너무나도 대단한 바보라서 정말로 동생이 불쌍하다.

그도 그럴 것이, 이렇게나 너덜너덜해지고, 손을 더럽히면서까지 동생을 구하려고 하는 오빠를 보고, 그 동생이 어떤 마음으로 기다리고 있을지 모르는 걸까……. 뭐, 너덜너덜하게 만든 건 안젤리카 씨지만?

"몰랐다는 말로 넘어갈 수는 없겠지만…… 몰랐어. 버섯에 대한 것도, 변경에 대한 것도 전혀 몰랐지. 약은 상국 말고는 없다고 생각했어. 정말로 바보네……. 정말이지 동생을 볼 낯이 없고, 저세상에서도 부모님을 볼 낯이 없어. 단지 부탁할 의리는 없지만, 마검을 전부 줄 테니까 동생에게 버섯을 나눠주지 않겠어? 돈도 동생에게 맡겨놨으니 부탁할게…… 부탁합니다!"

역시 바보였다. 죽을 생각이니까.

진심으로 화가 날 정도로 굉장히 바보다. 유일한 가족인 오빠가 목숨을 포기한다면, 병에 걸린 동생은 어떻게 될지 모르는데. 부탁하더라도 확인은 해야 하고, 믿을 수 있을지도 알 수 없는데. 하물며 병이 낫더라도 혼자가 되고 만다. 자신이 전해주는 걸 포기한다면, 그건 포기한 거나 다름없다. 그러니까…… 화나겠지?

"아아……. 그러면 굉장히 좋지. 응. 오랜만에 이해력이 좋은 할짝할짝 취미인 사람과 만나서 초 감격이야. 이거이거, 최근에는 포기할 줄 모르는 사람만 있어서 엄청 힘들었단 말이지. 그야, 다들 자기 몸을 버리면서 돌진하고, 그러지 못하면 자기 머리를 걸고 변경까지 와서 어슬렁거리고, 마을 사람조차도 살 수 있을지 없을지도 모르는데 가족을 위해 괭이만 들고 마물의 바다에 뛰어들고, 정말로 끔찍했었는데, 드디어 이해력이 좋고 포기를 잘하는 사람을 만나서…… 굉장히 기쁘네. 어쩌고 씨."

하루카가 웃었다.

"좋든 나쁘든 붙잡혔고, 게다가 바보니까 약을 받기는커녕 약이 나오는 걸 방해했잖아. 이제 변명도 명분도 아무것도 없어. 그래. 내가 전부 망쳐버린 거야."

웃고 있다. 이제 틀렸다. 왜냐하면, 아무도 목소리조차 내지 않고 있으니까. 왜냐하면, 하루카가 웃고 있으니까.

"이게 치료 버섯. 보통 하나면 여유롭고 만에 하나 말기더라도 두 개면 완전히 회복하고도 거스름돈이 남는데, 놀랍게도 세 개나 있으면 죽기 직전이라도 나은 순간 마구 달릴 수 있거든? 응. 그리고 덤으로 HP 버섯과 체력 버섯으로 바로 완치된단 말이지. 뭐, 그래도 포기했잖아? 이제 상관없지? 동생은 죽겠지만 어쩔 수 없잖아? 그야 포기했으니까? 잘 가라고. 동생."

비즘레그제로 씨의 밧줄을 베고, 빼앗았던 마검을 던져줬다.

"……"

"그 눈은 뭐야? 포기한 사람은 아무것도 손에 넣을 수 없어. 당연하잖아? 포기했으니까? 다들 어찌할 도리가 없더라도, 그래도 포기할 수 없어서 기어다니고 발버둥 쳤어. 손을 뻗지 않고 내려버린 녀석의 손이 닿을 리가 없다고. 그러니까…… 동생이 죽는 거야."

살기. 광기를 품은 광포한 살기.

"시끄러워……. 그걸 내놔!"

마검이 춤췄다. 농밀한 살기와 마력이 소용돌이치며 검격으로 변했다.

"필요 없다고 했잖아. 이제 포기한 주제에 무슨 소리일까?"

얼굴이 다르다, 목소리가 다르다. 이미, 말투부터 분위기마저도 다르다. 제대로 할 수 있었네. 응. 하루카는 오빠에게 엄격하니까.

"내놓으라고⋯⋯!"

"빼앗지 그래? 그래도 포기했으니까 편해서 좋겠네?"

광기로 가득한 광포한 살기가 폭발했다. 광기가 마력과 함께 부풀어 올랐다. 그러나, 그것뿐.

그야 하루카가 웃고 있으니까⋯⋯ 광기? 광포한 살기? 마검? 부족하다. 그런 걸로는 도저히 부족하다.

그야 한 번이라도 포기해 버린 사람의 광기 같은 게 닿을 리가 없으니까⋯⋯. 어떤 것도 포기하지 않고, 괴로워하면서도 손을 뻗고 발버둥 치고, 줄곧 저항해 온 현역 탐욕 강탈자 현행범에게⋯⋯ 닿을 리가 없다.

"확실히 강하잖아."

"정말이지. 오빠 실격이네."

마검이 푸르게 반짝였다. 내지른 마검이 분열하면서 베었고, 역수로 쥔 검에서 보이지 않는 참격이 날아왔다. 그 마검을 휘두르는 기세로 급격하게 몸을 반전시켜서, 몸으로 감춘 그늘에서 다른 마검이 뻗어 나와—— 꿰뚫었다.

그래도, 회피당해서 허망하게 얻어맞아 쓰러졌다.

"정말이지. 자기 때문에 오빠가 죽어버린 동생 마음도 모를 만큼 바보라니까."

"""정말이야!"""

기어가면서 마검을 땅에 꽂아 일제히 바위창을 생성했다. 그리고 즉시 일어나 역수로 쥔 마검으로 불꽃을 두르며 휘둘렀고, 다른 하나의 마검이 교묘하게 사각에서 날아들었다. 하지만, 처참하게 얻어맞아 떨어졌다.

"내……놔. 그걸 내놓으라……고."

떨리는 무릎으로 양손의 마검을 지팡이 삼아 일어나 다리를 질질 끌며 앞으로 나왔다. 이제 걸으려고 해도 다리가 멀쩡히 움직이지 않는다. 이제 체중을 지탱할 수도 없다. 그래도 앞으로 나아가서, 얻어맞고 쓰러졌다.

"아…… 아, *끄으으*……."

마검을 꽂아 지면을 쥐어뜯으며 기었다. 기고, 또 기면서, 앞으로 앞으로 기었다. 기어 와서, 손톱도 벗겨져 피로 물든 손으로 마검을 들고 뭔가 마법을 발동하려다가…… 그 마법과 함께 얻어맞고 날아갔다.

"끄악……!"

몇 번이고 몇 번이고 얻어맞고, 몇 번이고 몇 번이고 웅크리면서 기었다. 쓰러지면서도 기었고, 기면서 앞으로 다가왔다. 그리고 마검을 움켜쥐고 온몸의 힘을 실어 후려치다가…… 얻어맞고 쓰러졌다.

그저 버섯을 향해 기었다. 이제 마검도 손에 남아있지 않고, 움켜쥘 힘도 남아있지 않으니까…… 이제는 그저 기어갈 뿐. 그리고 기어가다가…… 얻어맞아 날아갔다.

그래도 기었다.

이제 눈도 보이지 않는다. 방향도 잃어버려서, 기척만을 따라 기었다.

갑옷도 옷도, 피부도 근육도 찢어졌지만, 그래도 기어갔다.

바보는 죽어도 낫지 않는다지만, 바보는 죽어서 기는 한이 있더라도 포기하지 않는 것 같다. 응. 이런 게 올바른 바보다. 왜냐하면, 하루카가 겨우 평범하게 웃고 있으니까…… 때리고는 있지만?

절묘한 추임새로 보이지만, 사실은 호감도를 암살하는 사악한 수작이었다!

67일째 밤, 기념품 가게 고아원 지점

이건 이세계 제복 문제라고 해도 과언이 아니겠지. 여자들에게 제복을 지급했더니, 놀랍게도 왕녀 여자애와 메이드 여자애도 제복을 입는 바람에 노출이 숨어버려서 만나지 못하는 쓸쓸함에 떨리고 있거든?

"""오오~. 맞춤복이네."""

"귀엽네요."

아무래도 제복이 신기해서 입어 보고 싶어 견딜 수 없었던 모양이다. 뭐, 원래의 에로한 옷차림은 고아들에게 줄 악영향이 우려되어서 교육에 좋지 않다는 의견도 있다지만, 나는 굉장히 즐겁지 않거든?

"메이드 여자애? 아니, 최근에는 기념품 가게 종업원이자 점원인 메이드 여자애? 응. 부하 필요 없어? 아저씨니까 염가 판매에 덤핑으로 팔아치우고 싶거든. 버섯으로 지불하기로 하고 아저씨 사버렸는데, 아저씨니까 필요 없단 말이지. 일을 시키려고 해도 바보고 아저씨고, 검 말고는 능력이 없어서 쓸모없고 두들겨 맞은 아저씨니까 일회용 말단 잡일꾼으로 필요 없을까?"

"필요 없냐니……. 대륙의 어느 나라에 가더라도 마검사 비즘레그제로를 아군으로 들이려면 재산을 털어야 할 텐데요. 고마울 따름이지만……. 실컷 두들겨 패놓고는 두들겨 맞은 아저씨라니 악마인가요! 호위로서 비즘레그제로는 대륙 최강자, 상국에서도 비수라고 불릴 만큼의 검사라고요. 아시겠나요?"

저건 만능형이지만, 특히 사람을 베는 자에게 강한 타입이다. 정통파나 대인전 전문에 엄청 강한 킬러 사냥꾼. 즉, 호위에 걸맞다.

"어? 밑져야 본전으로 '아저씨 필요 없나요?' 라고 팔러 돌아다녔는데, 진짜로 살 거야?!"

아마 상국은 이제 곧 손을 뗄 거다. 막대한 투자를 했고, 더욱 막대한 이권을 얻으려고 했는데 이익이 없으니까. 손실이 막대하게 부풀어 올랐고, 손을 뗄 때까지 손실만이 계속 늘어난다. 이제 이 정보가 상국 상층부에 닿았을 거다. 똑똑하다면 즉시 손절하겠지. 적어도 상국이라면 반드시 그럴 거다.

"그 어떤 왕후귀족이라도 금전을 쌓아두고 아군으로 원할 전설의 마검사를 팔러 돌아다니지 말아 주세요! 그 '아저씨 주워주세요' 라는 상자에 집어넣은 건 불쌍하니까 그만둬요!! 그리고, 그 매켄지는 누구죠?!"

하지만 상인인 척하는 정치가나 관리라면 손을 떼지 않겠지. 상업 연합이 분열되어 무너진다면 상국이라는 환상은 존재하지 못하게 되니까. 그러면 정치가나 관리는 필요가 없어지고, 정치로 돈을 벌던 정치꾼 가짜 상인들은 망할 수밖에 없게 된다. 그리고…… 손을 떼지 않는다면 이후에는 우회적인 수단. 암살이나 유괴……. 하지만 유괴라면 이쪽이 선수를 쳤다. 근데 아저씨는 필요 없거든?

"지금 미행 여자애 일족이 아저씨를 질질 끌고 동생을 납치하러 갔으니까, 납치해 오면 정식 계약인데 질질 끌고 돌아오더라도 아마 아저씨겠지? 그리고 기념품 가게에는 아저씨가 있을 곳이 없으니까 지하에 버릴 수밖에 없는데, 슬슬 왕도의 지지인들한테서 클레임이 들어올지도? 응. 지지인은 아인일까? 마물일까? 던전일까? 아니, 오히려 아저씨야말로 마물인가?"

그렇다면 역시 아저씨는 멸망시켜도 되겠네. 뭐, 아저씨는 넘어가고, 메이드 여자애는 왕녀 여자애한테 딱 붙어있으니까 왕궁에는 그림자 호위가 아무도 없다. 인원 부족?

"껄렁왕은 내팽개치고 있어? 뭐, 껄렁한 아저씨니까 아무래도 좋지만."

동생은 초고속 이동용 개조형 호화찬란 마차 「미녀 기사 환영호」에 갑옷 반장이라는 호화로운 호위를 붙여서 맞이하러 갔으니까 금방 돌아올 거다. 왠지 도적을 치고 밟고 돌아다니며 놀다 보니 놀랍게도 말이 레벨업해서 더 빠르고 강한 초고속 마차 DX가 되어버렸지 뭐야? 응. 그 귀여웠던 말이 놀랍게도 세기말 패자가 탈 것 같은 말이 되어버려서 조금 슬퍼졌지만, 말이 기뻐하고 있으니 상관없겠지.

"왕가 전속의 실력 있는 호위나 그림자는 다들 제1왕자와 제2왕자에게 붙어버려서 인재난이에요. 그리고 왕은 껄렁한…… 껄렁왕이 아니거든요!!"

요즘 최대의 문제인 상국의 존망에 관련된 최대의 위기는 호위가 갑옷 반장이라는 점이다. 응. 무사히 발견되지 않고 돌아오면 좋겠지만, 그게 발견되면 상국이 망할지도 모르니까 몰래 납치할 수 있기를 바라자. 그래. 세상에는 안 봐도 되는 일이나 몰라도 되는 일이 있다. 분명 마스코트 여자애 일가도 여관에 미궁황이나 미궁황이 숙박하고 여관비를 내고 있다고는 알고 싶지 않겠지. 응. 가르쳐 주면 가족들이 모두 춤추지 않을까?

"어라? 재고용은 안 해?"

뭐, 그건 변경 문지기 아저씨가 괜찮다고 했으니까 나는 잘못이 없지? 응. 괜찮다고 했으니까 모든 책임은 문지기 아저씨한테 있다. 그야 슬라임 씨도 쓰다듬었으니까?

"왕자들을 사로잡는다고 해도, 다른 세력에 붙었던 그림자를 이제 와서 믿을 수는 없죠. 하지만 마검사 비즘레그제로의 이름은 그만큼 위협적. 그가 왕국에 있다는 사실만으로도 그림자 수십 명보다 강한 힘이 될 거예요. 왕궁에 있기만 해도 가장 두려운 방어력이니까요. 하지만 정말로 괜찮나요? 곁에 두면 최강의 호위인데요?"

매켄지 아저씨한테 호위를 맡긴다니……. 이 기념품 가게를 무엇에서 지킨다는 거야?

응. 그야 외출 중이지만, 평소에도 전직 미궁황이 사슬낫으로 놀고 있고, 전직 미궁왕이 뽀용뽀용하는 기념품 가게거든? 그나저나 왜 고아들도 좋아하면서 사슬낫을 배우고 있는 걸까? 응. 저 고아들은 대체 뭘 목표로 삼은 거지?! 뭔가 갑옷 반장을 엄청 잘 따르고 있는데, 저 사람을 목표로 삼으면…… 꽤 간단히 대륙이 멸망할걸? 응. 저건 세계의 평화를 위해 절대로 양산하면 안 되거든? 응. 미궁황 클래스의 고아들이 대량 생산이라니…… 왕국은 이미 틀렸을지도 모른다.

"그치만 최강의 호위가 약해서 두들겨 맞았으니까 도움이 안 되고, 게다가 검을 죽이는 검이라니 멋있기는 한데, 요즘 시대는 사슬낫이거든! 응. 유행의 최첨단에 최신예를 달리니까 진짜 장난 아니라서, 매일 훌러덩을 꿈꾸는 순진한 남고생의 목이 훌러덩 날아갈 것 같은 위험한 시대란 말이지?"

"그건 대체 어디서 유행하는 건가요?!"

응. 밖으로 나가면 모닝스타까지 부활했으니 어머나 큰일?

"어머나? 이게 어떻게 된 일일까요, 같은 교묘한 기술로 얻어맞는 비극적인 애프터가 기다리고 있으니까, 아저씨 호위는 아무런 도움도 안 되잖아? 라고나 할까?"

그나저나 어째서 내가 아저씨의 직업 알선을 해줘야 하는 걸까. 그치만 나는 무직이잖아? 응. 다른 사람 걱정을 하기 전에 내 취업 빙하기에 있는 빙산의 일각을 파쇄해서 빙수를 만들어 팔고 싶은데,

이세계는 여름이 오는 걸까? 계절 같은 건 있나? 그보다 사계절 있는 걸까……. 여름이 안 오면 수영복 만든 게 손해인데! 잠깐, 그렇게나 애썼는데── 돈 벌긴 했지만? 응. 밤에도 물론 노력했지만?

"왕궁을 되찾더라도 방어가 무력화된 상태여서 어떻게 할지 고민했었는데…… 잘 생각해 보면 방어 설비를 붕괴시킨 데다 국보인 방어의 핵심 『천고불역의 함정』을 훔친 장본인이 눈앞에 있는데……. 왕가의 보배를 바닥에 떨어졌다는 이유로 챙겨 오다니 한없이 불경해요! 그 이전에 평범하고 당연하게 절도죄예요! 잘 생각해 보니 왕궁에 가볍게 숨어들어 갔으면서 실은 숨지도 않다니 무례하기 그지없고 참수형 효수형 교수형으로 로쿠로쿠비예요! ……(이하 잔소리)."

아니, 로쿠로쿠비(목이 길게 늘어나는 일본의 요괴)면 교수형에 처할 수 없잖아? 목이 늘어나니까?

"그보다 이세계에 로쿠로쿠비가 있어?! 설마 마물?"

설마 로쿠로쿠비가 이세계에 소환됐다면 어쩌지? 어쩌면 동급생 중에 있는 걸까? 있었나…… 아무리 그래도 목이 늘어나는 게 보이면 알아챌 것 같은데?

"보고합니다."

미행 여자애 일족의 누님이다. 근데 매번 보고가 끝나면 바로 사라지는 누님이다. 얼굴에도 천을 감고 있어서 맨얼굴이 안 보이는데, 미인이라는 기대감이 크다. 가슴도 크니까!

"현재 귀족가는 파산 직전으로, 가신이나 고용된 집사나 메이드가 도망치기 시작했습니다. 이미 현금은 고갈되어서 가보인 무구를 팔아치우기 시작했고, 모 기념품 가게가 사들여서 돈을 버는 중입니다. 그에 동반하여 새로운 모닝스타 세 개가 기념품 가게에 배치됐습니다."

귀족들은 알아서 끝장나려는 것 같다. 가보인 무구나 장비를 팔면서까지 호화로운 보석이나 드레스를 사는 모양이다. 이미 무가의 긍지도 실력도 없다. 그렇다면 이후에는 자력으로 살아갈 수 있는 지혜와 지성이 있느냐 없느냐에 달렸겠지. 그게 없으면 길거리에 나앉아서 죽는다. ——고아들은 살았다. 서로 도우며 살아남았다. 그러니 해보면 된다. 응. 못하면 죽으면 되니까.

"사실 마구 괴롭혀서 지옥을 보여주려고 했는데, 지금부터 자기들이 알아서 멋대로 미지근한 지옥을 시작하려는 모양이니까 웃으며 지켜봐 줄까?"

응. 열심히 지옥에서 괴로워하고, 기어 올라온다면…… 그때는 다시금 진정한 지옥에 떨어뜨려서 지옥 순례를 시켜주면 되겠지. 뭐, 우선은 고아들이 맛봤던 빈곤 생활 체험 투어부터겠지?

그야 용서할 수는 없으니까. 그래. 녀석들 때문에 모닝스타가 여자애들에게 세 개나 넘어가고 말았어! 잔소리가 파워 업(물리) 결정이야!! 역시 최악인 건 귀족들이다. 용서할 수 없어!!

뭐, 하지만 오늘 밤도 귀족가는 지옥이겠지. 이미 마비 트랩 생선으로 환자가 속출해서 드러눕고 있는데, 도서위원과 문화부 팀이 『악몽』에 『환각』에 『환통』에 『혼란』에 『착란』 같은 정신 공격을 퍼붓는 중이다. 그 『파급의 목걸이』는 저항할 수 없으니까, 오늘 밤도 줄곧 생지옥 결정. 응. 특히 『전신 가려움증』이 괴롭거든?

그러나 지옥은 내 쪽에도 오려는 모양이다. 왜냐하면 오늘은, 그 도서위원과 미술부 여자애의 브래지어라고 하니까! 아니, 왠지 무섭다고…… 게다가 티백이니까?

"평범한 브래지어에 맞춰서 티백과 힙업 팬티로 부탁해요. 일상생활이나 전투에서는 티백이 쾌적한데 처지는 건 싫거든요. 취침용은 힙업 팬티로 부탁해요. 레이스는 나비 무늬로 해줘요."

들어온 순간 이거다. 게다가 여고생이 나비 무늬 티백이라니……. 나도 모르게 대량으로 만들어 버릴 것 같잖아!

"역시 티백이 쾌적하구나……. 아니, 눈을 가리기도 전에 벗지는 말아 줄래?! 눈가리개 담당이 부재중이거든. 응, 그리고 티백은 쾌적할지도 모르지만, 티백을 입고 있다고 생각하면서 은근슬쩍 신경 쓰지 않는 척하고 전투하는 순진하고 순정적인 남고생의 감정은 쾌적하지 않아서 뭔가 큰일이라고! 응. 평소에도 힙업 팬티로 부탁합니다? 그러니까 벗지 말라고!"

어째서 방에 들어오자마자 벗어던지는 건데?! 응. 왜 갑자기 눈을 가리지도 않았는데 벗냐고! 역시 변태 여고생 의혹 발동인가?

"눈을 가리더라도 진심으로 보고 싶다면 어차피 『나신안』으로 볼 수 있잖아요? 그 눈 앞에서는 숨겨 봤자 아무 의미도 없으니까, 벗어도 똑같겠죠. 하물며 치수도 재니까."

"아니, 보고 싶어도 보지 않는 것이 대단한 고뇌이고 번뇌가 Oh! No! 하고 시끄러워서 남고생의 마음이 웅성거리는 걸 참는 거니까…… 벗지 마! 하물며 티백이니까 위험도가 산처럼 높아서……."

"브래지어 안은요?"

"그래, 브래지어 안은 산 같은 가슴…… 아니, 말하게 하지 마!!"

뭐야? 슬쩍 추임새를 던져서 나의 호감도에 마무리 일격을 날리려는 건가! 암살자야? 지금 진짜로 내 호감도에 치명상을 주려는 거지?

"그거, 대체 무슨 추임새야?! 응, 타이밍이 너무 절묘해서 나도 모르게 편승해 버렸어!!"

역시 이 녀석은 위험하다! 그리고 갑옷 반장도 슬라임 씨도 없으니까 아무래도 분위기가 무겁다. 왜냐하면 남고생이 혼자 있는 방에 여고생 두 명이 옷을 벗고 있으니까……. 응, 범죄 냄새가 나는 흐름이다.

게다가 그 여고생 중 한 명은 티백입니다. 응. 범죄였다! 진짜 너무 범죄잖아. 애초에 전제부터 수상한 분위기인데 티백이 치명적으로 아웃이야! 이 상황에서 무죄를 쟁취하기도 상당히 어려운데 내가 만든 티백이라는 게 호감도에 치명상을 준단 말이지?

"저기, 티백 변태 여자애는 넘어가고, 미술부 여자애는 평범한 걸로 해도 되지? 서, 설마 문화부의 티백 맞춤 계획이 특무기관에 의해 결정됐다거나?! 그래서 내가 '해치웠나?' 라고 말해도 아무도 '그래' 라고 대답해 주지 않는 티백 보관계획? 아니, 보관하지 말고 제대로 입자. 모처럼 만들었으니까?"

"평범한 걸로 부탁하지만, 보관용으로 티백도 만들어 주면 기쁜데요? 압도적으로 숫자가 부족하거든요. 갈아입을 옷이 위기 상황이라, 최근에 브래지어를 빨래하는 타이밍이 여자 모임 최대의 현안 사항인 건 여자의 비밀니까요."

두 장으로는 안 되나? 개별적으로 스포츠 브라도 있고, 애초에 마법으로 즉시 건조도 가능한데…… 비도 잘 안 오잖아?

"자, 기왕 만들 수 있게 됐으니까 무의미하게 눈 같은 걸 가릴 여유가 있다면 후다닥 척척 만들어 버리죠. 그 눈가리개를 만드는 사이에 티백을 좀 더 만들 수 있을 텐데요. 오히려 티백을 만들어서 눈가리개로 쓰면 일석이조잖아요."

"남고생이 티백을 눈가리개로 쓰면 돌 하나 던진 순간에 나하고 나의 호감도가 두 개 동시에 추락사 결정이잖아! 게다가 티백은 눈을 가릴 면적조차 없다고! 애초에 남고생이 뒤집어쓴 티백을 어쩔 거야? 그거야말로 헛수고……."

"입을 건데요?"

"아아, 입는다면 헛수고는 아니네…… 아니, 입는다고?!"

이제 싫다. 계속 태클을 걸면서 전체를 계측하고 조정하고 보정했다. 게다가 맹점이었다. 문화부 애들은 중위직이라 올라운더면서 후위에 가깝다. 그래서 전투 중에는 로브를 입고 있고, 사복도 겉옷을 입는 등 얌전한 애들이 많아서 눈에 띄지 않았는데…… 실은 큰 애들이었던 모양이다.

응. 비교적 움직임이 적으니까 뒤로 미루고 있었지만 상위 진입은 확실한 모양이다. 게다가 아직도 문화부 최대급인 땋은 머리 여자애가 기다리고 있다! 무섭구나, 문화부!!

그나저나 에로한 대화를 하는 쪽이 에로한 느낌이 들지 않는다는 것도 신기하지만, 아무튼 태클에 지치면서도 슥슥 진행했다.

"어때? 어색한 느낌이 없는지 움직이면서 확인해 봐. 스치거나 어긋난 점이 있다면 신고하라고? 그리고……."

"훌러덩도."

"있어. 아니, 없어! 지금 열심히 그게 일어나지 않게 보정하고 있는데 훌러덩이 있으면 어쩔 거야?! 왜 남고생이 성실하게 만드는 브래지어에 여고생이 훌러덩을 요구하는 건데? 그리고 왜 그렇게 절묘한 타이밍에 대사를 던지는 거냐고!! 응. 보정하고 있으니까 훌러덩은 자중하자!!"

정말이지, 지금이 완성도를 결정하는 마무리 작업인데…… 응. 흔들고 움직이지 않으면 모르니까…… 전투직에게는 특히 중요한 작업이다. 크네?

"보정이 없다면, 만져서 확인하면 되잖아. by 이니셜 M?"

"그건 마리 씨조차도 말하지 않을 거야! 그리고 그건 고갯길을 드리프트하면서 고함을 내지를 정도의 폭언이잖아! 그보다 그걸 말하면 마리 씨가 변태 취급을 받아서 역사가 달라지고 남고생이 모두 프랑스 역사 공부를 시작해서 대인기 수강 중이라 수험 전쟁이 발발할 거야! 게다가 베르사유의 장미도 발매 금지 코스에 청소년 유해물로 지정될 게 틀림없어!!"

지쳤다. 이러니까 도서위원은 거북한 건데, 그래도 겨우 조용해졌다. 그래. 팬티 치수를 잴 때는 떠들 여유도 없었던 모양이다……. 두 사람 다 달아오르고 있으니까?

그야 평범한 팬티라도 말없이 경련하는데, 아무리 생각해도 티백의 치수는 위험하기 그지없고 무모한 도전이라고 말하지 않을 수 없었다. 그래도 오늘 밤은 갑옷 반장이 없으니까 남고생에게도 도

전이고 도발적이고 무지 곤란하다고……. 어떻게 하지. 이럴 때야 말로 아직 보지 못한 내 영혼의 프론티어는 어디에 있는 걸까?

"그리고…… 두 사람은 어떻게 옮기지? 응. 아무도 없으면 조용한 분위기가 따가운데?"

(((움찔, 움찔♥)))

응……. 밀실이고 너무 조용해서 하마터면 녹턴의 선율이 들려올 뻔했어!

새로운 마리 씨가 이세계에 소환되어 상품의 위기이고 애들 교육에 안 좋아!

68일째 아침, 기념품 가게 고아원 지점

미행 여자애 일족은 대체 몇 명 있는 걸까. 얼굴을 가리고 나타나는데, 종종 다른 사람이 나오는 것 같단 말이지? 응. 넘겨준 임시 사원증(가짜 던전용)은 100장으로 충분할까? 응. 다음에 물어보자……. 미인 누님이 올 때! 왜냐하면 아저씨니까?

"보고합니다. 구 제1왕자군의 가짜 던전 도착은 아마 내일 밤. 그리고 다른 한쪽은 움직임이 없습니다만, 역시 던전을 조사하는 흔적이 있다고 합니다. 확인된 숫자는 다섯. 이상입니다."

마침내 왔다고 해야 할지, 늦다고 해야 할지, 이세계는 이동 속도 차이가 너무 심하다. 저쪽이 군을 일으켜서 왕도를 나와 겨우 변경에 도착하려고 하고 있다……. 기나긴 행군을 해와서 겨우 땅끝의 변경 입구까지 온 거다.

"응. 그동안 이쪽은 제1왕자를 뭉개버리고 왕도까지 와서 왕도 앞 지점을 만들고 영업해서 바가지 씌우고, 고아원을 차지해서 고아원 지점으로 이사해 왕도까지 들어왔고, 틈틈이 수인국에도 심부름을 보내면서 매켄지 아저씨를 끌고 동생을 납치하러 갔고, 그리고 오늘도 하루 열심히 바가지 씌우고, 내일은 변경으로 미리 귀성하는 건가?"

과연 이걸 변경 방어전이라고 부를 수 있을까? 그리고 먼저 본거지(왕도)를 확보했는데도 돌아오지 않는다니…… 완전히 교회의 꼭두각시 확정. 즉, 최악이 있을 수 있다.

"속보입니다. 현재 제3사단은 반으로 줄었고, 대신 지방 귀족군과 용병이 더해져서 확인된 숫자는 2만 6천. 상국 측은 현재 변함 없음. 이상입니다."

깃발인 제1왕자가 사로잡혔으니까 이후에는 저절로 무너지지 않을까 했는데, 결국 그냥 장식이었던 모양이다. 뭐, 돼지였으니까? 그러나 왜 돼지를 왕자로 삼고, 돼지머리를 깃발로 세운 걸까? 참고로 왕도에는 원숭이가 있다고 하던데?

"여기는 두근두근 동물의 왕국이었어? 껄렁왕은 괜찮을까?"

분명 이세계에 와서 다양한 인생 경험을 쌓고 어른이 된 지금이라면 영주가 오크인 정도로는 놀라지 않을 거다. 응. 왠지 익숙해졌다고?

"오빠 점장님~ 언니들이 '아침밥이 안 나오면 상품인 만쥬를 먹으면 되잖아!' 라고 떠들고 있는데?"

아뿔싸. 또 새로운 마리 씨가 이세계 소환됐고, 마리지천(摩利支天)도 깜짝 놀라고 마리아 님도 외면할 수수께끼 이론으로 마리하고 있는 모양이다. 응. 어서 아침밥을 만들자. 상품이 괴멸해!!

게다가 고아들에게는 왕창 먹여 주지 않으면, 식량을 왕창 기부해 주는 왕도 부인들에게 혼난다. 현재 왕도는 배급제여서 식량이 부족하다. 지금도 팔 정도로 물자를 보유한 곳은 이 기념품 가게뿐이건만, 여기서 사고 그중에서 고아들 몫이라며 기부하고 간다. 아무래도 부인들은 변경이든 왕도이든 똑같은 모양이다.

"""달걀 샌드위치 님이야. 달걀 샌드위치 님이 강림하셨어!!"""

"""고마우셔라~ 고마우셔라~."""

"샌드위치 씨는 강림하지 않았거든. 오히려 수수께끼의 종교가 강림하는 것 같은데 내가 만들었거든? 응. 그야 만들지 않으면 만쥬를 먹어버린다잖아! 만쥬를 다시 만들 바에는 달걀 샌드위치를 만드는 게 빠르니까, 조금은 기다리라고!"

하지만 첫 공개로 크게 기뻐해서 수수께끼의 종교까지 만들어진 달걀 샌드위치. 응, 겨우 달걀이 순조롭게 확보되기 시작했다.

"뭐, 영감 숭배 같은 특수 페티시 집단보다는 달걀 샌드위치에 예배하는 게 올바르고 건전할지도? 그야 먹을 수 있으니까?"

실제로 부드러운 빵이 완성될 때까지가 길었다. 이세계의 빵은 딱딱하고 퍼석퍼석한 게 보통이고, 달지도 않아서 간식용 빵이나 샌드위치를 만들지 못했다. 그래서 예전부터 샌드위치의 수요는 많았지만, 그래도 최대의 요망은 초코빵이었다. 초콜릿이 없는데 어쩌라고?! 응. 초콜릿이 없는데 초코빵이 개발된다면 오히려 그 초코를 의심하자! 아무래도 이세계에서 카카오까지 찾아야만 하는 모양이다…… 보통은 원래 세계로 돌아가는 방법을 찾을 텐데 말이지?

"버섯 샐러드 샌드위치도 제대로 만들었어. 그리고 영감한테는 필요 없겠지만 부인들에게는 대접할 거라고? 많이 드세요? 라고나 할까?"

"""잘 먹겠습니다~♪"""

고아들도 혈색이 몰라볼 만큼 좋아졌다. 다들 뺨이 핑크빛으로 변했다. 역시 버섯 도핑, 꽤 위험한 건강 상태였는데 바로 치료하고 강제로 좋게 바꿔준 모양이다. 하지만 뒤에서 너무 애썼는지, 숨겨진 어머니 부반장 B는 피곤한 기색이다…… 나중에 뭐라도 주자. 분명 그로부터 줄곧 한숨도 자지 않고 하루 내내 『치료』와 『회복』을 걸어줬을 거다.

응. 어쩐지 조용하다 싶었는데 졸면서 꾸벅꾸벅 고개를 까딱거리고 있고, 그 밑에서 출렁출렁 조각배 수준이 아니라 호화 여객선이 대양에서 대항해시대를 개막해 버려서 이제 신대륙도 흔들릴 만큼 흔들리고 있다…… 아뿔싸! 모닝스타가 늘어났잖아?!

"뭐, 뭐라고. 아니, 사슬낫까지 사버렸어?"

"""응. 어디를 보고 있는 걸까?(눈이 싸한 웃음)"""

왜 이 왕국 귀족들은 모닝스타와 사슬낫을 잔뜩 가지고 있는 거야?! 왜 기사가 검으로 싸우지 않냐고!! 아니, 그치만 사슬낫을 든 기사라든가, 사슬낫으로 싸우는 귀족이라는 건 들어본 적이 없는데, 이 나라 너무 참신하지 않아?

"그러니까 언제나 나는 무고하고, 피곤하니까 마력 포션이라도 줄까 생각하면서 배가 대양에서 출항하는 걸 바라보고, 머나먼 수평선을 생각했을 뿐인 꿈이 많은 남고생이니까 죄는 없잖아? 응. 그리고 슬라임 씨 일행은 잘 지내고 있을까 생각하면서 지켜봤을 뿐이거든? 봐봐, 역시 나는 잘못 없잖아!"

"슬라임 씨 '일행'이라니, 슬라임 씨 같은 게 두 마리라서 생각하게 된 거고, 빤히 지켜보고 있었으니까 유죄거든!"

"응. 꿈에 포르노가 붙어서 청불이니까, 잔소리 결정입니다!"

혼났다. 빠짐없이 잔소리도 따라왔다! 그치만 갑옷 반장이 없어서 속옷 제작 때 축적되어 주체할 수 없는 남고생의 마음속 엔트로피가 불가역적인 일방통행이라서 남고생의 마음을 싣고 열역학 제2법칙인 고등학교 2학년의 열량이 고립계 속에서 솟구치고 있어서 큰일이거든? 그렇게 식사도 끝내고, 잔소리도 크레이프도 정리하고 개점 준비. 고아들은 청소를 시작하고, 여자들은 상품을 진열하면서 바가지 영업 체제로 이행했다.

바깥은 장사진. 상국의 원조가 끊기면 왕도의 식량을 지탱할 수 있는 건 여기밖에 없다. 그리고 이 빈민가는 함락하게 두지 않을 거고, 배를 곯게 하지도 않을 거다. 그걸 위한 바가지다. 그걸 위한 빈민가인 거니까.

뭐, 이것도 오늘까지인가……. 뭐, 한동안은 여자애들도 있고, 왕도의 부인들도 있으니 괜찮겠지. 응. 곤봉도 배포했고?

그리고 제2사단의 높은 아저씨는 왕가를 섬기는 자로서 반드시 백성을 지키겠다고 맹약했다. 왕국에서 유일한 수비 전문 부대이자 왕도를 수호하는 제2사단이 백성을 지키겠다고 말했으니 괜찮겠지. 분명 고아들도, 왕도도 무엇도.

상국만 물러난다면 이후에는 교국. 어차피 제1왕자군은 미끼 겸 일회성 정찰용, 진짜는 따로 있다. 상국은 대손해를 보고 내부 분열이 일어나 국가 붕괴 정도로 끝날지도 모르지만, 교회는 그 정도가 아니다. 그야 마석이 없으면 교회는 쇠퇴할 수밖에 없으니까, 처음부터 진심의 수준이 다르다.

그리고 과거 교회와 충돌했던 나라 중 다수가 멸망했고, 교회는 그걸 천벌이라고 불렀다. 참 편리한 천벌도 다 있네. 그렇게 딱 알맞게 재해가 일어날 리는 없고, 군을 파견하는 천벌 같은 게 있을 리가 없다. 하물며 장본인인 영감(신)이 간섭할 수 없다고 말했건만, 그 경건한 신도들은 영감의 헛소리조차 진지하게 들을 생각이 전혀 없어 보인다.

그러나, 그렇기에 패를 읽을 수 있다.

그리고, 읽으면 대책을 세울 수 있다.

이 세계는 서점이 없는 게 마음에 안 들지만, 그래도 책은 도움이 된다. 그건 말을 바꾸면 옛날이야기든, 소문이든, 이름 없는 누군가의 일기조차도 정보라는 거다. 그러니 대책을 세울 수 있고, 할 수 있는 대책은 세웠다. 이것밖에 방법이 없더라도, 쓸 수 있는 방책은 세웠다.

충분할지는 모르겠지만, 전부 했다. 할 수 있는 일은 했으니까 부족한 분량은 어떻게든 하자. 분명 내일부터 전초전이 시작되고, 미끼가 소란을 부리는 사이 공격할 생각이겠지.

여러모로 생각해 봤자 어차피 죽일 뿐이다. 그야 결국은 그것밖에 하지 못하니까. 지킬 수 있는 사람들은 지켜야만 하니까, 죽일 수밖에 없는 자는 죽이면 된다.

어차피 마지막에는 살육전, 어차피 이세계는 그런 법이다. 그러니까 변경으로 돌아간다.

그리고 왕도는 아직 끝나지 않았다. 그러니까 끝날 때까지는 나 혼자서 간다. 갑옷 반장이 와준다면 두 명. 슬라임 씨는 아마 늦겠지만, 진짜 적이 올 때까지는 돌아와 줄까? 3이면 좋았겠지만, 숫자는 5라고 보고가 들어왔다. 가능하면 반장 일행은 두고 가고 싶었는데.

시간에 맞추지 못하면 지고, 부족해도 진다. 그러나 5라면 시간에 맞출 수 있고, 충분하다면 가까스로 싸울 수 있다. 카드가 부족한 이쪽은 전부 낼 수밖에 없다. 그리고 시간에 맞추더라도 이번에는 왕도가 비어버린다. 그렇기에 그 매켄지 아저씨는 수확이었다. 아저씨니까 줍고 싶지는 않았지만, 주운 가치는 있었달까 팔아치웠으니 벌었지?

상국은 이제 잔재주밖에 부릴 수 없을 거고, 왕궁에 매켄지 아저씨가 있으면 섣불리 손을 댈 수는 없겠지.

그 아저씨는 상국의 비수였다. 그러니 적대하던 교국은 물론 상국 암부의 정보도 숙지하고 있을 거고, 대책을 세울 수 있을 만큼 손패도 알고 있다. 그러니 이제 상국도 교국도 섣불리 암부를 보낼 수 없다. 그게 호신 특화의 비수니까.

"""어서 오세요~♪"""

가게가 열리자, 오늘도 역시 아침부터 대단한 행렬이 떠들썩해서 많이 벌 것 같다. 성대한 바가지에 떼부자에 대성황이고 대절규다. 귀족용 입구는 서서히 손님이 줄어들고 있지만, 일반용은 오늘도 떠들썩하다.

"버거 7, 감자 4요."

"""네~에♪"""

귀족가의 바보들은 대대로 물려받은 무구와 장비까지 팔아치우면서 호화로운 의상이나 귀금속을 사고 있지만, 일반용 입구에서 사러 오는 간소한 옷차림의 귀족도 있다. 바보와는 반대로 약간의 귀금속과 그림을 팔러 오고, 장식도 없는 투박한 무구나 장비를 구입하고 있다. 제1왕자에도 제2왕자에도 속하지 않고, 교회나 상국의 이권에도 나부끼지 않은 극히 일부의 진짜 귀족들.

그래서 굳이 호화로운 바보용 입구로 들어오는 바보에게는 바가지를 씌우지만, 일반용 입구에서 줄을 서서 들어온 귀족에게는 적정 가격 판매에 덤까지 붙여주고 있다.

고아원의 참상을 보고 분노하고, 도와주려고 했지만 대귀족에게 위협받고, 귀족가에서도 쫓겨나 주류파에서 떨어져 몰락한 귀족들. 그 귀족들만큼은 제대로 무구를 사러 왔다. 왕의 검이 준비됐다면, 그 왕도 깨워야겠지?

부수는 것도 죽이는 것도 간단하다. 하지만 만드는 건, 재건하고 유지하는 건 간단하지 않다. 그리고 그걸 이어가는 것이 가장 어렵다. 왕가만 있는 건 아무런 의미도 가치도 없다. 그 의미와 가치를 인정하고 왕가에 모이는 백성과 지탱하는 귀족이 필요하고, 그 세 개 중 어느 하나만 빠지더라도 의미는 없다.

고아들은 기운차게 돌아다니며 일하고, 부인들에게 붙잡혀서 안 기고 과자나 용돈을 받고 있다. 잘 웃고 고마워하게 된 모양이다.

첫날에는 안겼을 때 겁먹고, 과자나 용돈을 받으면 곤란해하고 무 서워했는데, 지금은 잘 웃고 있다. 응. 부인들에게도 '언니', '누 나'라고 해주니까 완벽하다. 어린애는 약삭빠르다니까!

그렇다. 웃고 돌아다니면서 기운차게 일하고 있다.

그러니까 오늘까지다. 웃을 수 있게 됐으니까, 언제나 웃을 수 있 게 하러 가자. 그리고 웃지 못할 만큼, 굉장히 굉장히 웃을 수 없는 자들은 웃으면서 죽음으로 보내주자.

고작 며칠 동안의 왕도였는데. 지금까지의 경험으로 봐서는 어차 피 아저씨밖에 없을 테니까 불태우려고 했던 왕도였는데…… 불태 우기 전에 확인하길 잘했어!

식용이니까 입에 넣지 않고 눈에 넣으면 치료인데도 상해 사건이 발생한다.

68일째 저녁, 기념품 가게 고아원 지점

마침내 상국에서 오는 짐이 멈췄다. 강철의 해적선이 또다시 나타 나 짐을 모두 강탈했고, 배는 닥치는 대로 가라앉혔다. 그리고 마침내 포기한 모양이다.

그보다 피해액이 너무 커져서 내부에서 한창 다투는 와중에 해적이 마지막 일격을 날려서 배까지 대량으로 가라앉혔으니, 포기하지 않을 수 없게 된 거겠지. 이제는 보낼 수단도 물자도 없으니까.

그렇게 상업 연합은 분열되어 내정에 힘쓰는 게 고작일 테니, 당분간 바깥에서 나쁜 짓을 벌일 수는 없을 거다. 이익이 없고, 막대한 손해만 낸 데다 손실을 메울 수도 없다면…… 상국 상층부는 확실하게 권력을 잃는다. 그리고 권력이 사라진 정치가에겐 아무런 힘도 남지 않는다.

"그나저나 상국의 항구까지 가서 배를 가라앉히다니…… 오타쿠들이 화가 났나?"

설마 시간에 맞추지 못했나? 설마 이미 늦어버린 건가? 나는 또 실패한 걸까? 나는 또 무리였던 건가……. 모르겠지만, 생각해 봤자 별수 없다. 그래도…… 변경만큼은 지킨다. 무리라도, 실패하더라도, 헛수고라도 무의미하더라도, 지키지 못해서 전부 잃을지도 모르더라도…… 무엇 하나라도 지켜낼 수밖에 없으니까. 그러니까 지키기 위해 죽으러 간다.

"응. 이제 매입할 것도 없으니까 재고 판매로 전환하자. 뭐, 상국에서 바가지 씌운 분량만으로도 왕도에서 석 달은 '렛츠 퐈~리~'라든가 껄렁왕이 저질러서 통 크게 뿌리더라도 여유가 남을 정도는 재고가 있고, 원래 비축은 그 몇 배는 됐으니까?"

응. 전부 주었으니까 잔뜩 있단 말이지? 뭐, 너무 오래 걸리지는 않을 거다.

"배급이 끝난 시점에서 문을 여는 거야. 적에게서 왕도를 지키는 왕가의 비보 『궁극의 프로텍션』도, 안쪽에 있는 백성이 문을 연다면 의미가 없으니까."

제2왕자와 함께 싸우고 싶은 백성이 있을 것 같지는 않으니까. 그러니까 배급하지 않으면 함락된다. 성문 앞 지점에 사러 올 수밖에 없는 거다.

"그러니까 전부 뜯어내서 바가지 씌웠지? 그야 빼앗았으니까, 도로 빼앗기더라도 불만은 받아들이지 않으니까?"

"제일 빼앗고 강탈한 범인이니까!"

"평범하게 제공하고 있어. 전혀 반성하고 있지 않아!"

"마치 좋은 일처럼 강도를 저지르고, 근사한 일처럼 도둑질하고, 훌륭한 일인 것처럼 사기를 치고, 전부 다 뜯어낸 흉악 범죄자가 반성하지 않고 재범 예고 중이야!"

그치만 군이 움직인다는 건 그 배후에 반드시 분실물이 있다는 거라고!

"귀족들이 차례차례 파산하고, 저택을 포기한 순간 강탈했으니까 호화로운 빈민가가 더 넓어지겠지?"

"게다가 심술을 부리려고 만든 오층탑들이 뭔가 너무하지?"

"아아, 오층탑에서 '사람이 쓰레기 같구나?' 라거나 '아랫것들 안녕?' 이라거나 '저층 사람 출입 금지' 같은 현수막 걸었었지?"

"""네. 귀족들이 분노해서 거품을 물고 쓰러졌죠."""

아직도 열 받으니까 도발해 주고, 현재도 귀족 괴롭힘이 확대 중이다. 그야 깔보일 짓을 하고 살았으니까, 얕보이고 깔보이면 된다.

"근데 귀족들이 살 수 있을까? 파산해서 집까지 사라졌는데."

상국이 손을 떼면 파산한다. 왕국의 이권과 나라 자체를 팔고 있었으니까, 팔 상대가 없어지면 이제 수입이 없다.

있어도 없앨 거고, 바가지를 씌울 거다. 그리고 나라를 팔아치운 귀족은 이미 귀족이 아니다. 그러니까 재산을 먹어치우면, 이후에는 자기 힘으로 벌며 살아갈 수밖에 없다. 그건 작은 고아들이 하던 일이다. 언제나 언제나 누구의 도움도 받지 않고, 착취당하면서 열심히 서로 도우며 살았다. 그러니까…… 해야지? 못 하면 죽어야지.

"이 도시를, 이 아이들을 보고 아무 생각도 안 들고 아무것도 하지 않았던 사람들이에요. 사람인지도 의심스럽네요."

뭐, 멋대로 살든 죽든 하겠지. 정말이지 알 바 아니다. 오히려 이쪽이 문제고, 그리고 문제는 내일부터 먹을 밥이다. 응. 만들 뿐이라면 요리부 여자애도 있지만, 스킬의 폐해인지 어려운 요리는 괴멸이고, 간단한 거라도 100인분을 만들면 한 시간이 넘게 걸린단 말이지? 그리고 딱딱한 빵과 채소 짜투리 수프밖에 만든 적이 없는 고아들에게 요리를 가르치려면 시간이 더 필요하다.

"만들어 놓은 걸로 일주일은 돌린다고 치고, 이후에는 어쩌지?"

냉동 보존이라면 한 달 정도는 버티겠지만 재고가 없다. 그리고 어째서인지 나의 이세계 쿠킹은 아무도 익히지 못하고 있다. 아무도 『마수』나 『지고』나 『장악』을 얻지 못했으니까 어쩔 수 없다면 어쩔 수 없지만, 아무리 만들어도 『요리』가 안 생기는 모양이네?

뭐, 나한테도 안 생기지만, 왜 가능한지는 사실 나도 잘 모르거든? 응. 그냥 된다고. 요리니까? 그리고 이야기는 되돌아간다.

"저기, 왕국의 소란을 끝내면 변경에 고아원 만들어서 『기념품 가게 던전 본점, 이라고나 할까?』에서 일하면 되니까 데려오자."

"응. 변경이 일손도 더 많이 필요하고, 인원 부족이고······."

"이대로 놔두고 가는 건 불쌍해."

"겨우 웃을 수 있게 됐으니까. 이제 이 아이들은 울면 안 돼. 지금까지 잔뜩 울었으니까, 앞으로는 평생 울면 안 되니까."

뭐, 변경이 더 안심이라면 안심? 어라? 확실히 땅끝에 있는 대륙 최고 위험 지대 아니었나? 하지만 마물은 위험해도 사람은 다들 다정하고, 음식도 풍부하고, 물건도 변경 쪽이 더 많다. 도시도······ 도시 사람이 전원 고랭크 곤봉을 장비한 안전지대라고나 할까, 오히려 위험지대라고나 할까, 수라의 도시지만 마물은 몰살하니까 안심인가? 뭐, 그 도시는 이제 마의 숲 스탬피드 정도로는 함락되지 않겠지. 소규모라면 던전 스탬피드도 막을 수 있을 거다.

"변경에도 아직 숲하고 던전이 남았으니까 안전하지는 않거든? 게다가 그곳에는 마소가 짙고, 그래서 아무리 없애도 또 던전이 펑펑 늘어나니까? 응. 무엇보다 위험한 건······ 오타쿠들이 돌아오면 아이들 리얼로 위험해!"

"""그렇지는······ 이상한 옷을 선물할 것 같네!"""

그렇다. 오타쿠들은 마스코트 여자애에게 미니스커트&줄무늬 니삭스 선물 사건을 일으킨 전과가 있다. 여자에게는 비밀이지만 줄무늬 팬티가 세트였다! 응. 내가 주문을 받았으니까 틀림없다. 어마어마한 바가지 가격이었는데도 매일매일 던전에 들어가 미니스커트&줄무늬 니삭스&줄무늬 팬티 세트를 구입하러 갔다. 게다가 하늘색×하얀색이었다!

그리고 녀석들은 과거에 봉인된 옛 망령의 부활을 꿈꾸는 사교 집단이다. 그렇다. 녀석들은 현대 사회가 탄압하여 멸한 구시대의 망령이 이세계에서 부활하길 꿈꾸는 위험한 사교 숭배자이자 이단의 사도. 그 녀석들은 역사의 틈새에 숨어든, 금단의 체육복 '블루머'의 부활을 신봉하는 사교 집단, 블루세라인 거다! 응. 아이들이 위험해!

"하지만, 그건……."

"응. 하지만 작은 애들에게 변경은 위험하네."

뭐, 이미 배구부 여자애들과 갑옷 반장 대상으로 블루머가 부활했고, 나체족 여자애와 뻐끔뻐끔 여자애와 갑옷 반장 대상으로 학교 수영복도 몰래 이세계에서 재림하기는 했지만, 지금은 비밀로 해두자. 왜냐하면 니삭스 때도 주야장천 일주일 내내 줄무늬 니삭스 줄무늬 니삭스 줄무늬 니삭스 줄무늬 니삭스 줄무늬 니삭스라며 오타쿠 해저드 같은 느낌으로 계속 몰려와서 짜증 났으니까! 응. 들키면 짜증 난다!! 그리고 아이들이 굉장히 위험하네?!

"그치만, 그치만……."

그렇다. 배구부 여자애나 나체족 여자애나 뻐끔뻐끔 여자애의 추억이 담긴 유니폼을 엉큼하고 불순한 눈으로 보는 처치 곤란한 녀석들이다.

물론 나는 순수한 감정으로 갑옷 반장에게 입혔고, 남고생다운 순정으로 보거나 만지거나 쓰다듬거나 벗기거나, 순진한 눈으로 쳐다보고 블루머에 학교 수영복의 부활동 순회 체험을 삼라만상까지 돌았지만, 완전 순수한 마음이었으니까 문제없을 거다. 응.

"그치만, 모두가 없어지면 또 울게 될 거야!"

하지만 소동물 여자애도 고아들과 떨어지고 싶지는 않겠지. 크기로도 어울리니까?

"지금껏 아이들끼리 의지하고 살았어. 분명 의지할 게 필요할 거야. 아직 작잖아."

"아니, 크기는 별로 상관없을 텐데……. 아뇨, 아무것도 아닙니다. 아니, 아무것도 말하지 않았고, 결코 고아들에게 일부 흉부가 따라잡히는 건 고사하고 추월당했다고 생각하지는 않았지만 많이 자라라고~ 라는 느낌의 키재기 승부에서 진다면 가로 폭으로 승부하자! 응. 가로 폭이라면 무한의 성장 가능성이 있지만, 삐져나오면 힙업으로는 지탱하지 못할지도 모를 거대한 미래가 너를 기다리고 있다고? 라고나 할까?"

소동물이 위협 중이다! 이건 다정하게 '무섭지 않아.' 라고 말해서 손을 대도 깨물 생각도 없는 눈이다! 게다가 뜯어버릴 때까지 계속 깨무는 타입의 소동물인데?!

"지금부터 성장기고, 섹시 다이너마이트 보디로 성장 중이거든! 커지기는 하지만 뚱보는 싫어!"

"그건 성장으로는 무리니까, 『변신』이나 『변형』이나 『변태』 같은 스킬 익히는 게 낫지 않을까…… 아니, 그야 모처럼 이세계니까? 분명 『변형』은 이세계적 의미로도 성장기고, 커지면 합체 변형 가능한 요새 전함을 노려서 내 노래를 들어~♪ 같다고나 할까?"

깨물렸다. 아무래도 스킬 『변태』가 싫은 모양이다. 뭐, 나도 싫지만? 그야 스테이터스에 『변태』까지 있는 데다가, 인간족이 변태해 버리면 다른 종족이 인사할 거고, 가뜩이나 의심받는 나의 종족 문제가 대폭발, 불타버리면서 호감도까지 도망쳐서 호감 찾아 삼천세계가 방영될 정도로 위기라고. 그리고 겨우 돌아왔나.

"갑옷 반장, 어서 와. 할짝할짝 아저씨의 동생하고 상국은 무사해? 응. 무사하면 다행이네. 들키면 동생이 위기인 데다 경제 공격으로 분열됐던 상국이 모닝스타 공격으로 괴멸될 위기여서 경제 전쟁이 무의미해지니까 걱정하고 있었다고? 주로 상국의 멸망을?"

"다녀왔어요……. 데려…… 왔다. 돌아왔어요."

어젯밤을 넘어서는 게 괴로웠기 때문에, 당장에라도 갑옷 반장의 갑옷을 퍼지하고 망측한 모습으로 만들어서 방에 다이빙하고 인투 더 갑옷 반장에 딥하고 싶지만, 지금은 동생 치료가 먼저일 것 같지?

"응. 똑바로 할 테니까 목을 잡지 말아 줄래? 나는 귀엽고 사랑스러워도 새끼 고양이는 아니거든?"

뭐, 미아의 미아가 된 호감도라면 목덜미를 잡아서 돌아와 주면 기쁠 텐데 말이지. 탐색 중이지만. 근데 모두가 노려보면서 재촉하지 않아도, 여자애 입에 버섯을 집어넣기만 하는 간단한 일이니까 내가 아니라도 상관없지 않아?

"오히려 남고생이 병으로 누운 여자애의 입에 버섯을 넣는 게 문제 같은데…… 기분 탓인가? 넣긴 하겠지만."

"처음 뵙겠습니다. 하루카 씨죠? 비즘레그제로의 동생인 이레이리아라고 합니다. 말씀은 들었어요. 오빠가 바보라 죄송합니다. 저, 아무것도 몰라서 폐만 끼치고 있었는데 오빠까지 큰 민폐를……죄송해요."

"난 노력했는데 말이지(눈물)."

미인이었다. 병 때문인지 쇠약하고 힘없는 느낌이지만, 이목구비가 또렷한 미인상이고, 할짝할짝 아저씨와는 분명 피가 한 방울도 섞이지 않았을 게 분명할 정도로 지적인 분위기.

그리고 할짝할짝 아저씨는 아저씨니까 신경도 쓰지 않았는데, 동생은 미인이구나 했더니 엘프였네? 응. 귀가 뾰족하고? 아니, 그치만 아저씨의 귀 같은 건 안 보잖아? 보면 잘라버릴 거거든? 아저씨의 귀라든가 존재라든가 생명 같은 건 필요 없으니까 수요도 없잖아?

"아아, 바보가 민폐를 저지른 큰 문제에 대해서는 매일 복수형으로 고생하고 있어서 익숙해지고 싶지는 않아도 바보 민폐 문제가 일상적이라 익숙하니까, 동생이 신경 쓸 필요는 없다고? 응. 미인할짝할짝 오빠는 버섯값과 민폐료에 바가지 가격까지 붙여서 메이드 여자애에게 팔아치워서 돈 벌었으니까 설마 하던 아저씨 판매 성공이라 떼부자도 깜짝 놀랐는데, 지하에 저장된 대량의 아저씨들은 남았단 말이지? 라고나 할까?"

""""팔아버린 거야?""""

"그리고 처음부터 비즘레그제로 씨의 이름은 기억하고 있지 않았는데, 마침내 자기가 멋대로 이름 붙인 매켄지까지 잊어버렸어!"

그야, 아저씨니까?

"이제 미인 할짝할짝밖에 기억나지 않는데, 왜 비즘레그제로 씨가 미인 할짝할짝으로 들리는 걸까?"

"하루카의 경우에는 귀가 걱정된다기보다는 머리가 걱정된달까, 인간으로서 걱정된달까…… 인간인지 걱정?"

뭔가 막판에는 그냥 날조와 비난이 됐는데, 왜 환자를 치료하는 데 나의 종족 문제로까지 발전해서 의문이 제기되는 걸까? 뭐, 아무튼 치료가 우선이다.

본다. 보면 진단할 수 있는 편리한 『나신안』을 써서 관찰하고 진료한다. 물론 얇은 잠옷을 입고 있는 미인 엘프니까, 여느 때보다 많이 살펴보고 있습니다? 뭐, 진단했다. 그보다 실은 본 순간 알아챘지만, 모처럼 봐도 된다고 하고 미인인 데다 얇은 옷을 입은 근사한 엘프에 에로프니까 엄청 쳐다보고 바라보고 살펴보니까…… 왠지 『색적』 반응에서 적에게 둘러싸여 궁지에 빠질 것 같으니까 치료하자! 응, 대체 이 기념품 가게에는 모닝스타가 얼마나 있는 거야?!

"역시나……. 이건 변경의 병하고 똑같은 거네. 응. 아마 버섯 말고는 낫지 않는 마소 관련의 병이라고 생각하는데, 그래도 변경 근처에 있던 게 아닌데 어째서 걸린 걸까? 서, 설마 오빠가 아저씨니까 홀아비 냄새라는 이름의 마소가 방출되어서 유행병의 냄새를 뿌리고 있는 건가! 좋아. 역시 아저씨는 구제해서 열로 소독하자. 분명 잿더미까지 태워버리면 홀아비 냄새라는 이름의 마소도 아저씨와 함께 소멸하고 세계는 평화로워질 게 분명해. 근절 치료다!"

"냄새는 안 나고 마소도 방출하고 있지 않거든! 동생을 구하기 위해서라면 뭐든지 할 거고, 팔리든 뭐든 상관없지만, 엉뚱한 이유로 잿더미가 될 때까지 태워버리지는 말아줘!!"

방출하지는 않는 건가? 그러면 태울 이유를 또 찾아야 하는 모양이다. 응. 태우고 나서 생각하면 된다는 생각이 떠오르려고 하지만 안 되는 모양이네?

"뭐, 이거라면 버섯으로 치료할 수 있으니까 내가 이보다 더할 수 없을 만큼 가지고 있는 버섯으로 맛있고 간단하게 치료할 수 있다고? 자, 이레이레이야~앙 씨? 아~앙, 하고 입을 벌리고 내 버섯을 먹으라고? 응. 들어간다~. 입에 버섯이 들어가니까 제대로 입을 벌리고 우물우물해야 한다고? 라고나 할까?"

""" 틀리진 않았지만, 음흉하게 들리니까 조용히 치료나 해!"""

"응. 창백했던 동생 얼굴이 새빨갛네."

"""그보다 여자애한테 하나를 통째로 물게 하면 안 돼!"""

즉효성인 데다 체력 회복에 혈행 촉진 효과도 있으니까 얼굴이 빨개진 건 치료 성공의 증거일 텐데…… 어째서인지 혼났다? 방향?

"아니? 방향이라니 버섯을 먹이는 것에 좋은 방향과 나쁜 방향이 있어? 옆으로 먹이면 먹을 수도 없을 거고, 평범하게 아래쪽을 들고 먹인 거니까 방향에 문제는 없을 텐데? 어? 그야 내 버섯이니까 내 버섯이 틀림없잖아?"

오히려 타인의 버섯을 먹으면 도난 사건 발생이고 공범죄가 적용되어 버섯 무전취식범 무한리필 문제인데?

"게다가 식용인데 입에 넣지 않고 어쩔 거야! 귀라든가 입에 넣으면 그쪽이 더 큰 문제고, 치료인데 상해 사건이 대발생이잖아? 그보다 눈에 버섯을 박으면 굉장히 아프거든? 귀는 시험해 본 적이 없지만, 아마 병에는 그다지 효과가 없을 것 같은데 대체 다들 어디에 버섯을 넣으라는 거야? 어디일까~?"

어째서인지 동생을 치료하고 있는데 모두의 얼굴이 빨간 건 어째서일까? 혈색이 좋아진 건 좋은 일이지만…… 설마 유행병!

"역시 할짝할짝 홀아비 냄새가 감염원?!"

""""지금 감동적인 장면이니까 입 다물고 있어!""""

뭐, 남매가 울면서 얼싸안고 있다. 나도 여동생 한정이라면 꼭 얼싸안고 싶은데, 사슬낫이 회전하면서 바람을 가르는 소리가 실내에 들리고 있으니까 참가는 미루자. 응, 대체 사슬낫을 몇 개나 매입한 거야? 그리고 왜 판매하지 않고 다들 표준 장비한 거야? 응. 그리고 역시 갑옷 반장의 대사슬낫만 무음이라 무서워!

자, 그럼 저녁밥 먹자. 잔뜩 만들고 수북하게 만들러 가자. 고아들도 여동생도 영양 부족에 체중 부족이다. 남아돌아서 원 모어 세트 하는 사람들은…… 헉, 살기!

"아니거든! 뭐가 아닌지는 모르겠지만 일단 다들 모닝스타하고 사슬낫은 집어넣자? 그치만…… 아니, 안 봤습니다! 분명 배 같은 건 보지 않았어! 맞아. 어제는 갑옷 반장이 자리를 비워서 원 모어 세트가 부족 중이라 연소하지 못한 칼로리가 잔뜩 튀어나왔다는 생각은 아무도 말하지 않았으니까, 배가 볼록볼록 같은 소리는 들릴 리가 없……(퍼~엉! 콰직! 투쾅! 푸욱!)"

저녁밥이다……. 나는 살아남을 수 있을까. 다들 저녁밥 넌 내 거야? 라고나 할까?

이레이레이야~앙이라고 어필해도 버섯을 넣지 않으면 좋아지지 않는데 혼났네?

68일째 저녁, 기념품 가게 고아원 지점

줄곧 차가웠던 몸이 데워지고, 줄곧 아팠던 괴로움이 사라졌다. 그리고 사라졌던 마력이 순환하면서…… 따스하다. 그리고 새까만 눈이 웃었다.

갑자기 납치당해서 자해도 각오했지만, 저항할 힘은 없었다. 그래도 구해준 기사님은 절세의 미녀였고, 달빛 아래에서 반짝이는 금빛 머리와 미모에 넋을 잃고 있었는데── 괜찮다고 했다.

더듬거리는 목소리였지만, 그래도 진심으로 믿을 수 있는, 강한 신뢰가 배어 나오는 아름다운 목소리였다.

"주인님, 분명, 구해…… 줄 거임. 반드시요."

그렇게 말하며 웃는 얼굴을 보자, 타인을 믿을 수 없었던 내가, 오라버니 말고는 믿을 수 있는 게 없었던 내가…… 믿고 싶어졌다.

그것은 아름다운 꿈 같은, 설화처럼 내달리는 세계. 이제 꿈꾸는 일은 없을 줄 알았는데…… 분명 이제 오래 살지 못하는 나를 위해 긍지를 잃고, 손을 더럽히면서까지 약을 찾고 있는 오라버니만이 미련이었는데.

"이레이리아!"

기사님에게 안겨 있는데, 하늘에 가득한 별을 등지고 우는 오라버니의 얼굴이 보였다. 눈물을 펑펑 쏟는 그 얼굴은…… 너덜너덜 얻어맞은 흔적?

"오라버니…… 어째서."

"일단 이걸 마셔. 이야기는 이후부터야."

본 적이 없는 약. 나를 위해 오라버니가 또 무리를 해서, 이렇게 너덜너덜하게…… 어째서 기사님은 눈을 돌리고 있는 걸까?

그리고 엘프인 나도 감지할 수 없는 기척, 여자애.

"위장은 완벽해요. 아침까지 들키지 않을 거고, 만에 하나 진입하면…… 대폭발?"

"폭발한다고?!"

"그게, 하루카 씨는 발을 묶기 위해 깜짝 놀라게 하는 불과 연기가 나오는 도구라고 주장했지만 폭발해요. 경험상, 대략 어떤 설명을 들어도 전부 최종적으로는 폭발해요!"

"이 포션 괜찮은 거겠지?!"

몸이 가볍고 편해졌고, 숨이 괴롭지 않았다. 아픔도 가셨다……. 어떤 약을 마셔도 전혀 달라지지 않았던 몸이…… 따스하다.

"도주 병기라든가 교란 장비라든가 탈출용은 수상하지만, 다른 건 은근히 괜찮……지는 않지만 폭발은 안 할 걸요?"

"괜찮지 않은 거냐고?!"

"아뇨, 괜찮은데요…… 가볍게 쭉쭉 짜고 있었지만, 저건 전부 엘릭서예요. 금액적으로는 은근히 전혀 괜찮지 않지만, 성능은 분명 괜찮을 거예요. 그야 하루카 씨가 만든 거니까요."

이 아이도 기사님하고 똑같다. 그 사람을 진심으로 믿고 있는 강한 눈동자. 감정이 너무나 순수해서 말로는 전해지지 않는 강한 마음이다.

"오라버니……. 괜찮아요. 굉장히 편해졌어요."

"이레이리아……. 괴롭지 않은 거냐!"

"네. 그런데 대체 무슨 일이."

오라버니가 있고, 몸에서 아픔이 사라지고, 하늘은 별이 가득해서, 모든 게 꿈만 같다.

"그것에 관해서는 슬픈 이야기가……."

"네. 각오는 했어요."

얼마 남지 않은 목숨. 그게 갑자기 낫는 꿈만 같은 이야기가 있을 리가 없다. 있더라도 그런 건 손이 닿지 않는 기적.

"사실은……."

"네?!"

내가 낫지 않도록, 오라버니에게 족쇄가 계속 남아있도록.

"다시 말해서……."

"네. 오라버니는 유감스럽게도…… 유감스러운 분이었어요."

"미안해. 속았어…… 아마 약도 조악한 물건이거나, 최악의 경우 가짜였을 거야."

그래도, 그렇다고 해도, 이미 내 몸은 약으로 치료할 수 있는 상태가 아니었다.

"괜찮음."

"네. 괜찮아요."

하지만, 믿고 싶어졌다. 왜냐하면 이 두 사람의 눈동자는 하늘에 가득한 별보다 반짝이고 있었고, 흐림 한 점 없는 자신감으로 넘쳐나고 있었으니까.

"괜찮은 건가? 정말로."

"약은 극약일수록 독으로도 약으로도 변해요. 하지만 괜찮을 거예요. 그러니까 하루카 씨는 버섯 전도사인 거죠. 게다가, 그 포션조차도 임시 만능약이라면서 휙 던져줬잖아요?"

마치 모든 게 꿈만 같은 이야기. 마치 꿈속 세계 같다. 그렇다. 나는 이게 꿈의 시작이라는 걸 몰랐으니까.

그리고…… 입에 버섯이 처박혔다. 굉장히 두껍고 컸다.

> 소동물이 새끼 너구리 변화로 소녀를 그만두고
> 성성이로 변태해서 요괴가 됐다.

68일째 밤, 기념품 가게 고아원 지점

울고 있다. 겨우 웃을 수 있게 됐는데 엉엉 울고 있다. 웃고 있다고 해서 괜찮다고 할 수는 없고, 웃고 있다고 해서 상처가 낫는 것도 아니다. 그러니 울고 있다.

눈물을 흘리고, 오열하면서 작은 손으로 필사적으로 달라붙고는 외치듯 호소하고 있다. ——숨을 헐떡이며 전심전력으로 아우성친다.

"싫어, 따라갈래!"

"무조건 같이 있을래."

"열심히 일할 테니까 두고 가지 마!"

"나도 일할게. 일도 잘할 수 있으니까!"

"나도 많이 자라서, 큰 물건도 옮길 수 있게 될 테니까."

"오빠도, 언니도 가면 안 돼~. 나도 같이 갈 거야."

여자들도 고아들을 안으면서 울고 있다. 모두가 오열인지 뭔지 알 수 없을 만큼 우는 소리의 합창이다.

"싫어…… 두고 가지 마……. 이제 밥 많이 안 먹을게, 조금만 먹고 참을게."

"착한 애로 지낼게. 제대로 똑똑하고 착한 애로 있을게. 그러니까…… 그러니까……."

""" 으아아아아아아앙! 가면 안 돼…… 두고 가지 마. 열심히 일도 잘할 거고, 밥도 필요 없으니까……."""

아비규환. 엉엉 우는 고아들의 대오열 지옥이었다. 달라붙어서 떨어지지 않는다. 작은 몸을 떨면서 엉엉 울고 있으니까 정말 시끄럽단 말이지? 응. 그야 귓가에 절규하는 오열이 서라운드 입체 음향이라 체감형 사운드 시연 중이야!

"괜찮아. 오빠는 잠깐 외출하는 거니까 금방 만날 수 있거든?"

"응. 잠깐, 굉장히 굉장히 중요한 일이 있어. 그러니까 정말 괜찮거든?"

반장 일행이 달래고 있지만, 불이 붙은 것처럼 아우성치며 이야기를 전혀 듣지 않으니까 사태가 수습되지 않는다. 이성과는 관계없이 감정이 공포에 떨고 있으니까 눈물이 멎지 않는다.

"정말로?"

"응. 우리는 아직 있을 거니까. 괜찮아."

내일, 내가 변경으로 돌아가는 걸 이야기한 모양이다. 뒤늦게 여자들도 나가게 된다. 뭐, 아무리 그래도 고아들을 데리고 군대에 돌격하는 건 곤란하니까? 아니, 구 제1왕자군 정도라면 괜찮을 것 같기도 하지만……. 애들을 데리고 전쟁이라니, 가정적인 돌격전이될 것 같네?

"""하루카!"""

너무 가볍게 생각했던 걸지도 모른다. 왕도는 일반 주민도 부인도 제법 좋은 사람들이 많았고, 바보나 쓰레기만 빼면 고아들에게 다정했다. 그러니 두고 가도 괜찮다고 생각했다.

응. 괜찮을 리가 없는데. 절망하고 죽어가다가 가까스로 살아남았을 뿐이다. 집이 깨끗해지고, 도와주는 사람이 늘어나고, 밥도 많이 먹을 수 있게 됐고, 일하면 돈도 잘 받게 됐다. 고작 그것뿐이다.

아무도 도와주지 않았던 도시에 두고 가는 게 무섭지 않을 리가 없었다. 그리고 붙임성 있고 기운이 넘치더라도, 가족을 잃은 고아들이 헤어지는 것을 두려워하지 않을 리가 없었다. 이건 논리가 아니라 감정이 공포에 떨고 있는 건데 "괜찮아."라고 말해 봤자 전혀, 조금도 의미가 있을 리가 없었다.

"응."

기운차게 웃고 있어도, 지금까지 충분하고도 남을 만큼 상처받고, 괴로워하고 슬퍼하고 학대받아 왔으니까. 전혀 조금도, 완전히, 한 조각도 괜찮지 않았는데. 조금만 생각해 보면 괜찮을 리가 없다는 건 너무나도 당연하고 마땅한데. 왕도 쪽이 안전하니까 두고 가고, 나중 일만 생각하면서 고아들을, 고아들의 마음을 전혀 고려하지 않았다. 그러니까 엉엉 울면서 달라붙고, 귓가에 큰소리로 아우성쳐도 반박할 말이 없다. 그래도 좌우 귓가에서 스테레오 오열은 좀 봐주실래요?

"응. 알았어."

그래. 소동물은 올발랐다. 최근에는 너무 많이 먹어서 새끼 너구리로 변하고 있지만, 고아들과 함께 놀면서 유아 퇴행하던 새끼 너구리야말로 누구보다 고아들의 마음을 잘 느끼고 있었다. 그야 이 세계에 끌려와서 가장 많이 울고, 가장 슬퍼했으니까. 가족과 떨어져서 괴로워했다. 그렇기에 알고 있었다. 나는 아무것도 몰랐다.

"정말로?"

새끼 너구리가 울상을 지으며 올려다봤다. 왕도가 더 안전하다는 건 마물 관련뿐이고, 왕도에 있기에 마음이 무서운 거다. 이제는 괜찮다고 해도, 고아들은 아마 고작 며칠 정도의 행복으로 이 도시를 진심으로 믿을 수는 없는 거겠지. 이렇게나 깊이 상처받았고, 또 상처받으면서 살아왔다. 깨끗한 집도, 따스한 이불도, 맛있는 밥도 고아들에게는 그저 덤이었다. 겨우 안심하고 웃을 수 있게 됐는데 두고 가면 안 되는 거겠지……. 그야, 두고 가는 것이야말로 무서운 거니까. 누군가가 사라져서 외톨이가 되는 게 무서운 거다. 그러니까 필사적으로 서로 도우며 살아왔다. 그러니까 두고 가면 안 되는 거였다. 그래. 이러니까 전면적으로 일부 평면적인 새끼 너구리가 올 발랐다. 배가 볼록하게 나왔어도, 실은 고아들과 떨어지고 싶지 않은 건 새끼 너구리 쪽이더라도, 그 동물적 본능이 옳았다.

"응. 알고 있어."

변경으로 데려가자. 전부 끝내고, 모두를 변경에 데리고 돌아가면 된다. 그러니까── 전부 끝내러 가자.

이곳의 방어 시스템은 완벽 이상이고, 나머지는 할짝할짝 아저씨에게 달렸다. 나중에 마검과 장비도 미스릴화해서 건네줄 거고, 알맹이는 강제 파워업으로 강화한다. 그보다…… 알맹이는 현재 강제 강화 훈련이라는 이름의 두들겨 맞기 수련 중이고, 육체와 영혼이 한꺼번에 단련되어 뭔가 거시기한 것으로 연성 중? 뭐, 경호원이니만큼 강한 게 좋기는 할 테니까 구타 훈련으로 한 단계 더 올라갈 수 있을 거다. 안 되면 하늘 위로 다가갈 가능성을 부정할 수 없지만, 자주 죽을 뻔하는 경험자가 머나먼 하늘을 바라보면서 말해 봤다. 응. 이상한 속성에 눈을 떠서 가버리면 지하에 묻어버리자.

"검술이…… 달라졌네."

"네. 마음의 지주가 잡힌 거겠죠."

그나저나, 저 아저씨는 강하지만…… 어쭙잖게 능숙하다 보니 싸움에 허세가 너무 심했다. 빈틈을 만들어서 유도하는 건 기술이지만, 유도하더라도 빈틈은 빈틈이란 말이지? 응. 자기가 만들든, 함정을 치고 기다리든, 그건 빈틈── 뭐, 구타? 응. 다이어트 효과도 좋다고 하니까 몸도 마음도 탄탄해지겠지. 아저씨의 비명이 계속해서 들리고 있다. 시끄럽네?

"그보다 진짜 시끄러우니까 입 다물고 얻어맞아 줄래? 아저씨의 절규 같은 건 수요가 없으니까 이웃집하고 지저인들한테도 클레임이 오거든? 이웃집보다 먼저 기념품 가게에서 클레임이 쇄도하고 있단 말이지?"

응. 나는 갑옷 반장을 외치게 하고, 허덕이게 하고, 숨을 헐떡이게 하는 걸 정말 좋아하고 그게 특기지만, 얻어맞는 아저씨가 숨을 헐떡이면서 절규하는 건 필요 없으니까 숨을 헐떡이지 말고 숨통을 끊어주지 않으려나? 응. 조용해지니까?

"헥~헥~헥…… 숨통이…… 끊기면…… 그건, 죽어…… 버리거든. 하지만…… 상대가 검이라면, 이기지는 못해도 지지는 않을 자신이 있었는데…… 상대조차 되지 않는다니."

아저씨의 신체 능력은 숫자만 본다면 갑옷 반장보다 높다. 레벨도 이미 100이 넘었다. 확실히 이 아저씨, 할짝할짝하는 것치고는 기술도 좋고 경험도 많고, 독자적인 싸움법을 가지면서 상대에 맞춰 싸울 수도 있다.

강하고, 빠르고, 날카롭고, 부드럽고, 정확하게 검을 휘두르고 몸을 쓴다. 하지만 일격에 끝낼 기술이 없다. 불가능을 돌파할 방법이 없다. 불가피를 회피할 수 없다. 이단의 검술을 변환자재로 쓰기는 하는데—— 그건 상식적인 최강이다.

"아저씨는 바보인데 너무 생각이 많아. 좀 더 바보 같아져야지? 그야 바보니까. 그보다 바보인데 생각하니까 따라잡지 못하는 거야. 생각하기 전에 움직이고, 움직이면서 생각하면 된다고. 잔기술에 의존하지 말고 흐름을 보지 않으면 따라잡지 못하고, 대략적으로 보지 않으면 수읽기에서 밀린다니까? 응. 동생 여자애를 위해 버섯을 빼앗으려 할 때의 그건 좋았어. 응. 그게 초 바보 같았고 올바른 바보였거든?"

분명 한 번도 자신을 위해 싸운 적이 없을 거다. 그건 나는 할 수 없는, 지키기 위한 검이다. 그러니까 무의식적으로 안전한 방어로 돌아선다. 약을 위해, 동료를 위해, 호위를 위해, 목적을 위해. 그건 모두 동생을 위해서다. 그러니까 너덜너덜하게 두들겨 맞는 게 좋다.

"그야 나도 얻어맞고 있으니까, 다들 좀 더 평등하게 얻어맞아야 해! 응. 보도인(평등원)도 확실히 만들어놨거든!!"

""""그건 그런 이유였어?!""""

그렇다. 얻어맞아서 분하다면, 이기고 싶다는 욕망을 가진다면 그건 자신의 검이다. 자신이 바라는 검이 아닌 검이라니, 그런 건 아무리 교묘하더라도 목숨을 걸 수 없다. 뭐, 목숨을 걸고 노력하고 있는데 검격이 어딘가로 날아가고, 바라지도 않는 예상 밖의 공격밖에 할 수 없어서 고생하는 사람도 있으니까 자신의 검 정도는 알아서 어떻게든 하라고 하자. 뭐, 무리겠지만. 응. 미궁황이니까?

자, 당장 저녁 만들자. 동생에게도 고아들에게도 영양을 줘야 하고, 영양을 너무 많이 받은 사람들도 오늘은 갑옷 반장이 있으니까 원 모어 세트가 무한 재개되어 바쁠 거다. 나도 남고생의 근사한 시간으로 무척 바빠질 예정이니까 당장 저녁밥 만들자. 아저씨가 두들겨 맞는 건 봐도 즐겁지 않으니까?

만들어 두고 싶은 것도 있으니까 바쁘다. 하지만 잘 웃으면서 자리를 비울 수 있을 만큼 맛있는 걸 잔뜩 만들어 주자.

"""우와———."""

"뭔가 요리가 제일 판타지 느낌이 나네?"

일부가 왕녀구리로 「변화」해서 성성이 여자애가 될 것처럼 볼록해진 소동물이 걱정되지만, 다 먹을 수 없을 만큼 잔뜩 만들어 두면 밥을 걱정하느라 울 일은 없겠지.

"이럴 바에는 마법으로 『프리즈』와 『드라이』 제법을 확립해 둘 걸 그랬네."

그나저나 아직 라면을 만들지 못하니까 냉동 건조의 혜택이 없어서 뒤로 미뤄놨는데, 고아들은 요리가 괜찮을까? 만약을 위해 화재 예방으로 스프링클러도 설치해 두자. 나머지는…… 자리를 비웠을 때의 도우미를 부탁하자. 좋아. 보존식도 만들까!

"""진수성찬이 산더미 같아———!"""

"""맛있어 보이네?!"""

너무 많이 만들었나? 식당이 좁다. 음식이 넘쳐날 것 같네? 응. 묘도인을 만들다가 눈치챈 건데…… 작았단 말이지. 그래서 안쪽은 평범한 목조 2층 건물로, 특별히 거대하게 만들지는 않았지만 그래도 꽤 넓히기는 했는데…… 음식으로 가득 찼다. 응. 너무 많이 만들었나?

"아…… 슬라임 씨하고 바보들이 없었네. 그걸 포함해서 하루 분량을 계산한 거니까, 일주일 분량이면 산더미처럼 쌓이는 건가. 그래그래. 양동이로 먹는 그 생물들은 여전히 해적질 중이었던가?"

돌아가는 길에 이쪽에 들르지 않고 직접 변경으로 올 테니까……. 뭐, 너무 많지만 빈민가니까 남으면 나눠주면 되나. 응. 많아서 곤란할 일은 없다. 그야 계속 먹을 게 없어서 불안했으니까, 다 먹지 못하고 남으면 안심할 거다! 그리고 새끼 너구리가 왕너구리로 변화해도 그건 자업자득이다.

"응. 아침에는 나갈 거니까 왕녀 여자애와 메리 아버지 쪽이 들어오고, 원숭이(제2왕자)가 포획될 때까지 기념품 가게 운영을 부탁할게. 갑옷 반장은 먼저 나가겠지만, 이쪽도 끝나는 대로 변경으로 오라고? 지시는 미행 여자애 일족에게 보낼 테니까. 이쪽은 그때까지 발을 묶으면서 나락 밑바닥까지 발목을 잡아당기고, 시간을 벌면서 지갑 밑바닥까지 바가지 씌우고, 그리고 용돈도 벌 테니까 이쪽은 괜찮거든?"

"""진심으로 걱정했는데, 왠지 굉장히 괜찮아 보이네?!"""

회의도 막힘없이 진행됐고, 식사도 산더미처럼 쌓인 게 팍팍 무너졌다. 이미 거대 너구리 여자애의 발생을 막을 수는 없는 모양이다! 슬슬 부반장 C 전용 양동이도 필요해 보인다. 폼포코링이네?

눈가리개와는 상극의 개념인 손 눈가리개의 궁극에 도달한 역눈가리개라니 뭔가 가리고는 있는 건가?

68일째 밤, 기념품 가게 고아원 지점

역시 전부터 이상하다고 생각했는데, 아니나 다를까 이렇다. 그렇다. 나의 『나신안』이라면 약간의 오차조차 파악할 수 있고, 질량 변화조차 계측할 수 있다. 그렇기에 이변을 깨달을 수 있었다. 또 거대화했다!

"땋은 머리 여자애, 뭔가 틀림없이 전에 옷을 만들어 줬을 때보다 일부 부분만 비대화하고 있는데, 일부 한정형 영양 과다에 의한 비대 현상으로 지방이 빅뱅이야?"

"지방 과다라고 말하지 마요——!"

수예부 여자애인 땋은 머리 여자애에 복식부 여자애와 요리부 여자애는 키가 작은 쪽 그룹이다. 뭐, 어디의 새끼 너구리만큼 극단적이지는 않지만, 여자는 무척이나 키가 큰 애가 많다 보니 전체적으로 보면 땅딸막하다. 그런데 컸는데도 또 비대화했다.

"사이즈는 평범해요. 그래도 쓰던 브래지어 컵이 왠지…… 줄어들었달까?"

16세라면 아직 성장기가 이어지고 있기는 하지. 그러나 가슴 한정의 성장인 건가? 키는 자라지 않았고, 살찌지도 않았다.

"아아, 언더가 줄어들고, 톱이 성장하고, 컵이 빅뱅?"

그렇다. 가슴 크기만 따지면 특별히 크지는 않다. 그러나 150cm 대로 작은 키에 마른 체구인데…… 어째서인지 가슴만 대단히 훌륭하니까 묘하게 눈에 띈다.

""크윽, 혼자만 치사해!""

"가슴이 크면 옷 만들기 어려워!"

그리고 이세계에 왔을 때 입었던 브래지어가 파고들기 시작했다. 이러면 우선해서 만들어 줬을 텐데 부끄러워서 뒤로 미뤘다가…… 그동안 더 성장한 모양이다. 이건 부반장 B와는 전혀 다른 설계가

필요해 보인다. 그쪽은 초거대 질량 병기의 중량 문제였지만, 이쪽은 용적 비율 문제가 크다. 몸과 체중에 비해 비율이 너무 극단적이니까 이 언밸런스의 밸런스를 잡아서 맞출 필요가 있겠지? 응. 어째서 남고생이 여고생의 언밸런스한 몸의 밸런스를 맞춰서 고안할 필요가 있는지는 영원한 수수께끼지만, 이래서는 확실히 움직이기 힘들지도 모른다.

그러니 오늘 중에 출발하려던 걸 아침으로 연장했다. 최악의 경우, 전투 중에 목숨이 얽히게 될지도 모르니까.

그렇다. 가혹한 이세계에서는 브래지어가 목숨과 연결되고, 그 책임은 남고생이 짊어져야 하는 모양이다! 응. 내가 아는 이세계 전이물과는 다르잖아!!

"아니, 이세계물에서 이 정도로 브래지어가 중요했던 기억이 없는데?"

일찍이 이세계에 전이해서 목숨을 맡아서 브래지어를 제작하는 주인공을 본 적이 있을까? 이세계에 전이하지 않더라도 그런 이야기는 없었던 것 같은데 어째서일까? 응. 다음에 이세계 전이 라이트노벨 전문가인 오타쿠들에게 물어볼까?

"아앗, 뭔가 슬쩍슬쩍."

"으응, 아으응!"

"해설하지 말아 줄래? 이 뒤에서 눈을 가리고 있는 눈가리개 담당은 눈가리개와는 상극의 개념인 손 눈가리개의 궁극에 도달한 역눈가리개 반장이거든?"

그렇다. 역시 검신 칭호를 가진 자. 처음의 "아앗."에서 이미 손가락을 완전히 벌렸다! 그렇다. 완전히 예상해서 기척만으로 다음 전개를 이해하고 있다. 응, 그건 전투에서 쓰라고? 그건 절대로 눈가리개에 원하는 능력이 아니라고 생각하거든? 그보다 눈가리개 담당이니까 전개를 미리 간파하고 자시고 아무튼 보이지 않게 해줘!

"으응, 아하악."

"아으으으."

"으흐으, 으으으."

그리고 치수 면적이 넓다. 일반적인 반구형과는 달리 이쪽은 왠지 완전 구형에 좀 더 가까운지라 몸에 접합되는 면적 비율이 적은 만큼, 구형 면적이 넓다. 즉, 치수 재는 작업이 복식부 여자애와 요리부 여자애보다 오래 걸린다. 당연히 『마수』 씨도 많아진다. 그리고 치수를 재면서 움직이면 역시…… 중심점이 너무 앞쪽이다. 이게 새우등의 원인인가.

"복식부 여자애하고 요리부 여자애는 노멀 타입이면 될 것 같으니까 이 형태 그대로 조정에 들어갈게? 근데 땋은 머리 여자애의 경우에는 새우등이 되어서 가슴에 몸이 끌려가니까 가슴을 들어 올릴 수밖에 없을 것 같거든? 응. 들어 올려서 몸에 붙이게 되니까 겉보기에는 쓸데없이 가슴이 강조되겠지만, 이대로 가면 자세가 무너져서 건강에 안 좋으니까, 섹시 노선 땋은 머리 여자애가 되어서 에로 문화부 여자애를 목표로 삼아야 할 것 같거든?"

들어 올려서 몸에 붙이면 계곡이 강조되고, 얼굴 밑에서 가슴이 튀어나오는 형태가 되니까 필연적으로 가슴 크기가 눈에 띄게 된다. 아마 그게 싫어서 안 맞는 브래지어를 이상한 방식으로 한 거겠지. 그리고 나는 어느새 이세계에서 브래지어가 맞는지 안 맞는지를 한눈에 보고 알 수 있게 된, 차이를 아는 브래지어 소믈리에가 되어버린 것 같네?

"으으으으…… 눈에 띄지 않게는 안 되나요?"

응. 이건 남고생에게는 전혀 필요하지 않은 기능이고, 오히려 있으면 호감도적으로 무리이지 않을까? 응. 가지고 있는 편이 더 문제일 것 같다. 그야 칭호에 「여성 속옷 소믈리에」라는 게 붙으면 남고생으로서 이제 스테이터스 영구 봉인감이거든? 응. 평생 아무에게도 보여줄 수 없을 거다!

"무리? 이걸 내려서 누르면 더더욱 새우등이 될 거고, 움직였을 때 밸런스가 나빠져. 그보다 지금까지 강조하지 않게 가슴 위치를 낮게 억누르고 있었지? 그게 새우등의 원인이야. 전투를 하지 않는다면 그쪽 용도로도 만들 수 있지만, 싸워야 한다면 들어 올려서 몸에 붙이는 방향으로밖에 만들 수 없어. 어쩔래?"

자세가 나쁜 건 아무리 후위라도 위험하다. 하물며 땋은 머리 여자애는 올라운더형 중위이고, 창이나 장검을 써서 근접까지 할 수 있으니까 자세가 안 좋은 건 치명적이다.

"싸울게요. 만들어 주세요!"

"응. 뭐, 최대한 자연스러운 라인으로 되게 해볼게?"

"부탁할게요."

내가 극히 평범한 느낌으로 말했으면서 이런 말을 하는 건 좀 그렇지만…… 브래지어로 자연스러운 라인을 만들 수 있는 남고생이라니, 이제 틀렸을지도 모른다. 응, 여러모로.

"어라? 가벼워!"

역시 땋은 머리 여자애만큼은 등 벨트가 두껍고 큰, 약간 교정형이 되어버렸다. 그래서 뒤쪽이 약간 촌스러워졌지만, 아무튼 앞쪽이 에로하다! 아니, 안 봤어!!

안 보여도 형태를 확인하면서 만드니까 알 수 있다. 그야 커다란 가슴을 모으면서 아래에서 안아 올리는 식으로 턱을 향해 들어 올려서 위를 보게 한 상태니까? 응. 당연히 에로하다. 이러면 전투용이 아닌 한밤중의 싸움에서 쓰는 속옷 제작이 한층 진화하겠지? 이 새로운 신기술이 기술 혁신이고 고등 기술인 거다!

"다들 잠깐 움직여 볼래? 어색한 느낌이나 문제가 없으면 점점 움직임을 격렬하게 해보라고? 무슨 일이 있으면 바로 말해. 보정 단계라서 아직 변경할 수 있으니까 빨리 말해야 해…… 라고나 할까, 아니 안 봤거든?"

"으으으. 움직이기 쉽고 가벼워졌지만, 뭔가 굉장한 일이……."

""응. 에로하네!""

응. 에로하거든? 뭐랄까, 로켓이 발사되는 느낌이라고 해야 하나, 미사일이 있다고 해야 하나, 모닝스타 두 개 세트라고 할 만큼 강해 보인다. 오히려 그 로켓에 다이빙할 것 같아서 위태로운데, 미사일이 발사된다면 꼭 견학하고 싶을 만큼 근사한 파괴 병기를 가지고 계시군요? 보고 싶네?

"아니, 진짜로 손가락 틈새 벌리지 말아 줄래? 지금 입 밖으로 내지 않았잖아?!"

잠깐. 왜 내 생각을 읽고 정확한 타이밍에 손가락을 여는 걸까!!

"그보다 은근슬쩍 손가락으로 눈꺼풀을 억지로 열려고 하는 건 그만두자고? 그건 이제 분명 사고라든가 실수가 아니라 강제로 물리적으로 눈을 뜨게 하려는 거잖아?!"

일찍이 이렇게나 숨길 마음은커녕 억지로 보여주려는 의지밖에 없는 눈가리개 담당이 존재했을까!

"응. 애초에 왜 어제 도서위원 때 사용한 신작 눈가리개가 눈 쪽에만 구멍이 뚫린 걸까? 안경이 아니니까 잘 보이는 눈가리개는 이미 눈가리개의 레종데트르 완전 부정이야!"

(도리도리!)

눈가리개 담당을 건, 질 수 없는 싸움이 그곳에 있는 걸까? 그렇다면 우선 눈을 가리시죠?! 그리고 브래지어가 끝나면 아래쪽. 여기서부터 주문이 많다. 왜냐하면 이 세 사람은 전설의 유닛 〈받쳐줘, 힙업 팬티!〉의 결성 멤버이자 최대 추진파니까.

"그치만 운동부 애들하고 달리 문화부는 엉덩이가 처지기 쉽다고요!"

""맞~아, 맞~아!""

뭐, 여자애들은 다 가입해서 전부 만들어 줘야 하지만?

"그리고 저희도 탄탄한 엉덩이가 되고 싶어요!"

""찬성이야~ 찬성이야~!""

엉덩이 위치를 높이려면 발차기와 무릎 들기가 기본이고, 대전근과 중전근을 단련하면서 광배근으로 잡아당기는 게 좋다고 한다. 특히 중전근을 단련하면 엉덩이 위치가 높아지고, 자연스레 전체가 올라가서 엉덩이가 예쁘게 보이는 효과가 높다고 들었다. 그리고 중전근은 킥백, 다리를 뻗은 채로 뒤로 차거나 들어 올리면 효과적으로 단련할 수 있다. 즉──.

"운동하라고! 왜 자기 엉덩이가 탄탄해지는 걸 남고생한테 의지하는 거야?! 그보다 이세계에서 운동 마구마구 하고 레벨까지 올라갔으니까 어지간해서는 안 처져! 오히려 몸이 탄탄해져서 마초가 될 위기가 더 걱정될 정도거든? 이제 슬슬 복근이 갈라지기 시작할 게 틀림없을 만큼 매일 부트와 캠프에 참가 중이잖아!"

""""싫어~! 받쳐 올리지 않으면 걱정되는걸!!"""

남에게만 맡기려 드는 떼쟁이였다! 뭐, 미인 학급이라 불리는 반 안에서 문화부는 적었으니까 체형이 콤플렉스였을지도 모른다. 아까부터 뒤에서 갑옷 반장도 끄덕이고 있는데, 분명 전 세계에서 갑옷 반장이 체형 콤플렉스에서 가장 거리가 먼 존재라고 생각하거든. 뭐, 옛날에는 해골이었지만?

""""강화형 힙업 거들도 절찬 추가 주문 중입니다!"""

확실히 근육과 뼈를 조여서 올바른 형태를 교정하며 모양을 만들려면 거들형이 효율적이다. 유일한 문제점은, 왜 자기는 전혀 노력하지 않고 그 열의와 정열과 지식과 발상을 전부 통째로 남고생한테 떠넘기는 거냐고! 이세계에서 매일 끊임없이 싸우고, 매일 훈련에 힘쓰고, 그런데도 스스로 노력하지 않다니! 대단한 운동 혐오, 그야말로 문화부 중의 문화부였다!

"그래도 거들이라니…… 어떻게 디자인해도 할머니 같을 텐데?"

""할머니 같지 않은 걸로 해줘!""

"맞아요. 검정 스패츠처럼 해주세요!"

과연. 검정 스패츠라면 복층화로 얼버무릴 수 있으니까 확실히 할머니 같지는 않고, 오히려 스포티하게 보이겠지만…… 마침내 이세계에 검정 스패츠가 나타나는 건가.

응, 이걸로 이세계에서도 스패츠는 속옷인지 내의인지 피로 피를 씻는 열렬한 격론에 논쟁이 사납게 몰아칠 것 같다. 음. 예쁜 엉덩이란 참 죄가 깊다. 좋아. 갑옷 반장에게도 죄 많은 검정 스패츠를 만들어 줘서 죄 많게 사랑해 주자. 그래. 스패츠가 속옷인지 내의인지 따지는 건 헛된 일이다. 검정 스패츠는 사랑해 주는 것이다! 벗기겠지만?

그럼, 만들자.

뭐, 결과는 알고 있었다. 어제 티백은 천 면적이 없는 것에 따른 국지적 부위가 큰 문제였지만, 이번에는 반대로 면적이 확대된다. 거들, 아니 스패츠는 착용 범위가 넓고, 넓적다리라고 해야 할지 허벅지라고 해야 할지, 아무튼 포동포동한 부분을 여러모로 감싸야 해서 넓어진다. 그 광범위 영역의 치수를 『마수』로 직접 재면서 『장악』으로 주무르며 조정한다면…… 결과는 생각할 것도 없겠지.

"""히이이이이이이이익!"""

"응, 앗………… 으이이이이익!"

"아으……응!"

주문대로 가슴도 엉덩이도 올려줬지만, 영혼도 하늘 높이 승천한 모양이다. 왠지 해냈다는 느낌으로 얼굴에 위험한 웃음이 새겨진 채 기절 중인데, 전부 나한테 다 떠넘긴 거 아닌가? 대답은 없어 보인다. 망가진 얼굴이지만…… 망가지면 어쩌지? 역시 입에 회복 버섯을 물려줘야 했나?

자, 그럼. 이제 모두의 차례가 다 돌았다. 한 바퀴로 끝난다는 보장은 없달까, 이미 추가 주문이 왔지만 어쨌든 끝났다. 그리고……
버섯을 물려주니 구도가 더욱 위험해진 건 어째서일까? 응. 자연식품인데 말이지? 신기하네?

◀━ **빈민가의 빈민보다 돈이 없는 자칭 떼부자라니 불쌍해!** ━▶

69일째 아침, 기념품 가게 고아원 지점

그리고 아침이 오고 말았다. 잠깐이지만, 또 하루카가 사라진다. 그리고 하루카는 과거부터 지금에 이르기까지 단 한 번도, 혼자 있을 때 위험한 일을 안 한 적이 없다는 확신적 불안감 100% 실적의 소유자라는 게 문제다.

"다녀올 건데, 저쪽은 금방 문제가 일어나지는 않을 테니까 조바심 내지 않아도 되거든? 그래도 호출하면 달려와 줬으면 좋겠는데, 제대로 진심 완전 무장에 임전 상태가 준비된 뒤에 와야 해? 아마 부를 때는 그렇게 된 거니까, 부르지 않을 때는 아무래도 좋다는 거거든? 그러니까 준비만큼은 해둬."

어째서 3만이 넘는 군대를 혼자 막는 게 문제가 없고, 그 이후가 문제인 건지는 모르겠지만…… 이건 진심으로 하는 소리다.

"괜찮아. 이쪽은 맡겨줘."

"이번에야말로 꼭 달려갈게. 그러니까 언제든 불러."

"그러려고 우리는 계속 준비해 왔어. 하루카에게 보호받는 게 아니라 함께 싸울 수 있게."

"그러니까 준비도 각오도 이쪽은 괜찮으니까."

"갔다 와. 그래도 절대, 진짜 진지하게 조심해야 해!"

"다녀오겠습니다? 그보다 잘 생각해 보니 집은 변경이니까 오히려 친정으로 돌아가겠습니다? 라고나 할까?"

어째서 혼자 전쟁하러 가는 마지막 말이 '친정으로 돌아가겠습니다?'인 걸까?

이거 부부싸움은 칼로 물 베기라며 군대에 화풀이하러 가는 성질 더러운 부인처럼 들리지 않아? 그래도 그 부인이라면 군대도 도망칠지도?

"""다녀오세요~."""

"""오빠, 약속이야~!"""

하루카가 아침밥 때 아이들 전원과 하나하나 이야기를 나누고, 희망자는 변경으로 데려간다고 약속하고 손가락을 걸었다. 손가락을 잘라도 『재생』하는 사람의 손가락 걸기에 신빙성은 별로 없고, 그 사람의 인간성도 넘어가더라도…… 확실히 약속은 했다. 그래서 아이들도 웃으면서 보내줬다.

여기서 아이들과 왕도의 식량 공급의 핵심인 이 기념품 가게를 지켜야만 한다. 그리고 왕도에 사는 수많은 사람들이 무사히 풀려날 때까지 지켜내야 한다. 그러니까 우리는 남아야만 한다. 답답하다. 머리로는 확실히 알고 있고, 모두 상의해서 납득했지만 답답하다. 그야, 또 혼자 보내버렸으니까.

"가버렸네."

"""응. 일하자, 일!"""

"""그러게!"""

또 안젤리카 씨도 슬라임 씨도 없이, 혼자서—— 몇 번이나 봤는데도, 변함없이 훌쩍 사라졌다. "그치만 왕도 사람들을 지켜야 하니까, 지킬 수 있는 용사가 필요하잖아? 무리무리 성에서는 죽이기만 할 거니까 나만 있으면 돼. 적재적소에 적시적당이라 잘 생각해보니 좋은 생각처럼 들리고 근사한 계획으로 보였으니까, 뭔가 기분적으로 괜찮은 기분?"이라는 말을 남기고.

그게 계획인 모양이다. 하지만 계획으로 보였다고 했으니까 그냥 적당히 떠올렸을 뿐이고, 실은 전혀 계획하지 않았다는 건 신경 쓰면 패배겠지.

"자, 가게 문 열 준비를 하자."

"제대로 바가지 씌우고, 많이 벌지 않으면 자칭 떼부자지만 빈민가 빈민보다 돈이 없는 사람한테 혼날 거야."

"""알았어!"""

제3사단은 와해되어서 수천밖에 남지 않았지만, 지방 귀족군이 결집하고 용병단도 긁어모았다고 한다. 게다가 무뢰한까지 더해져서 숫자는 3만 1천……. 그것이 여전히 늘어나고 있다.

그러나 숫자는 아무래도 좋다. 위험한 건 교국의 지원. 마도구, 그리고 가짜 던전을 넘어설 준비와 무리무리 성을 함락시킬 힘. 그럴 자신감이 있으니까 오는 거다. 뭐, 분명 과신이겠지만 무언가는 준비했다. 상대에게 수단이 있듯이, 하루카는 다른 수단을 준비한다.

정말이지, 하루카 상대로 서로 심술을 부딪치는 싸움을 걸다니, 그건 폭거조차도 아니라 그냥 학대 희망자인데 말이지. 그도 그럴 것이, 만약 왕국이나 교국에 하루카와 동등한 레벨로 상대에게 심술을 부리고, 함정에 빠뜨리고, 속이고, 바가지를 씌울 수 있는 사람이 있다면 이미 이세계는 통일됐거나…… 멸망했을 테니까.

외국에서는 사과하거나, 저자세로 나가면 지는 거라는 문화가 많다고 하지만, 하루카를 상대로 고압적으로 덤볐다가는 고압축률로 뭉개질 게 뻔하다. 그저 사과하고, 마석을 산다면 아무런 문제도 일어나지 않았다. 오히려 하루카는 그걸 위해 줄곧 몰래 움직여 왔었다. 그런데 전쟁이 벌어졌다.

그 때문에 하루카는 혼자 전장에 서고, 그리고 죽여야만 한다. 전쟁이 벌어지지 않게 가장 열심히 움직였고, 힘을 쏟았는데…… 줄곧 줄곧 마지막까지 대화할 수 있는 자리를 준비하고, 기다리고 있었는데. 모든 게 헛수고였다. 그렇다. 헛수고가 됐다.

전쟁을 벌이지 않아도 되도록 노력하고, 전란의 회피를 위해 분골쇄신했는데, 그렇게까지 했는데도 소용없었다. 교회나 신이 용서하지 않는다고 말한다면, 그런 건 용서하지 않아도 된다. 하루카만이 평화롭고 행복하고 즐겁게 살 수 있는 미래를 만들려고 발버둥 쳤는데, 그것조차 하지 않는 신에게 그런 걸 허락받고 싶지도 않고, 인정받고 싶지도 않고 칭찬받고 싶지도 않다. 그런 게 신의 가르침이라면 이쪽에서 매듭에 리본을 달고 래핑하고 라인스톤으로 데코레이션하고 네온에 일루미네이션과 미러볼까지 붙여서 착불로 반송해 줘야지!

그도 그럴 것이, 그저 변경의 행복을 꿈꿨을 뿐이다.

그저 모두 웃을 수 있게 하고 싶었을 뿐이다.

고작…… 고작 그것밖에 안 되는 마음조차 인정하지 않는 신이라면 존재할 의미가 없다.

그런 소원을 갖지 못하게 하는 신은 존재해서는 안 되고, 오히려 이쪽이 용서할 수 없다!

신이 정의이고 그에 거스르는 하루카가 악이라면…… 우리는 악이라도 좋다. 그런 정의 같은 건 원하지 않는다. 행복을 꿈꾸고 모두가 웃을 수 있게 하는 게 신에게 거스르는 악이라면, 이제 대화나 협상은 필요 없다. 그런 가르침은 전혀 들어줄 생각이 없고, 이쪽이 허락할 생각도 없다.

우리는 정말로 화가 났다. 왜냐하면 하루카가 만들려고 한 조그만 평화조차 인정해 주지 않으니까. 이 변경이 행복해지는 게 얼마나 힘들었는지 알지도 못하면서.

우리는 정말로 화가 났다. 이 행복한 변경이 얼마나 귀중하고 근사하고, 아름답고 기적적이었는지 알고 있으니까. 하루카가 얼마나 싸웠는지 알고 있으니까.

우리는 정말로 미친 듯이 화내고 있다. 변경을 지키고 전쟁도 일으키지 않고, 아무도 죽지 않는 결말을 몰래 진행하고 있었다. 자긴 모른다는 표정을 하면서, 굉장히 노력해 왔다.

그런데도 전부 헛수고로 만들고, 엉망진창으로 만들고, 급기야 변경을 공격하려고 한다. 이건 화내지 않을 수가 없다. 이런 게 용납될 리가 없다! 왜냐하면, 왜냐하면 혼자서 해피 엔딩만을 믿고 있던 마음씨 착한 사람의 마음을, 흙발로 짓뭉갰으니까.

하루카는 그저 조그마한 변경의 행복만을 위해 싸웠다. 하루카는 남을 위해 분노하고, 남을 위해 괴로워하고, 남을 위해 울고, 남을 위해 싸웠다. 아무리 위악주의를 내걸고 있더라도, 결국은 누군가의 행복을 위해 대소동을 벌이고 있을 뿐. 자신에 대한 건 거들떠보지도 않고 내팽개치고, 목숨조차 획획 내던진다.

남을 위해 분노하고 울고 자신을 위해서는 아무것도 하지 않는다. 그러니까 우리가 화낼 거다. 그야말로 미친 듯이 화내줄 거다. 왜냐하면 그런 건 너무하고⋯⋯ 그런 건 너무 불쌍하니까.

그러니까 우리는 정말로 미친 듯이 화가 났다. 하루카는 마지막까지 우리를 위험에 처하게 하지 않으려고 병들어 가고 있다. 우리를 싸움에 말려들게 한 것을 후회하고 있다.

하지만 이건 이미 우리의 싸움이다.

우리는 정말로 미친 듯이 화가 났으니까. 그리고 우리가 하루카를 위해, 하루카의 몫까지 화내줄 거다. 이건 이미 우리의 분노다! 이건 이제 우리의 싸움. 말려든 게 아니고, 무관계한 것도 아니고, 우리 자신이 미친 듯이 화가 난 싸움. 왜냐하면, 절대로 용서할 수 없으니까!

하루카의 마음을, 감정을, 하루카가 바란 행복을. 그저 지키고 싶다는 꿈을 짓밟고 모욕했다. 그러니까 절대로 용서하지 않을 거야!!

그것이 여자 모임의 통일된 의견이자 여자 모임의 진의니까. 그러니까 왕도는 이걸로 끝낸다. 그리고 우리는 변경으로 간다. 오늘은 두 점포 플러스 행상으로 바쁠 거고, 이 기념품 가게의 공세로 왕도를 함락할 거다. 이걸로…… 왕도는 함락된다.

　이미 결말까지 줄거리를 다 썼고, 무대도 배우도 준비됐다. 분명 무조건 잘 해결될 거다. 해결되게 할 거다. 이렇게 악랄한 시나리오는 본 적이 없으니까.

　이거라면 무조건 함락된다. 참을 필요가 없다.

　난공불락이자 철벽이라 불리던 왕도는, 지금부터 함락된다. 이건 그런 엔딩이니까.

**무서운 아이로도 불렸는데, 무대와 대본도 준비했는데,
어째서인지 출연이 금지됐다.**

69일째 낮, 기념품 가게 고아원 지점

　마침내 상국에서 손을 뗐다. 아직 상업 연합의 연락은 없는 모양이지만, 눈치 빠른 상국 상인들은 다들 왕도에서 도망치려다 이미 몇 명이 체포됐다.

　"상인들은 붙잡았습니다만, 일부는 귀족들까지 왕도에서 도망쳤습니다."

　붙잡은 상국 상인에게 얻은 정보에 따르면, 아무래도 손을 뗀 게 아니라 상선이 차례차례 가라앉았다는 소문도 있었다. 아무튼 이걸로 상국은 왕도에 보급을 전할 수 없어졌다.

　"왕자에게서 눈을 떼지 마라."

　"네!"

이제 왕도는 문을 열고 식량을 조달할 수밖에 없다. 즉, 제2왕자의 모반은 실패했고, 적어도 왕위 계승권이 박탈되고 두 번 다시 앞 무대에 서지 못하게 되겠지. 단 하나의 기념품 가게가 꽁꽁 얽혔던 상국의 지배로부터 왕도를 탈환해 버렸다.

그러나, 여전히 문은 열리지 않고 있다. 그건 여전히 상국의 도움을 기다리고 있는 걸까, 그저 사실을 받아들이지 않고 있는 걸까.

"왕의 신병만 확보하면 내 손으로 졸라 죽이고 싶은데 말이지."

추하게 발버둥 치는 거겠지만, 보고 있으니 대단한 민폐다. 게다가 계속해서 그 기념품 가게로부터 식량을 징발하라고 말하고 있다. 머리가 나쁜 건 잘 알고 있었지만, 아무래도 제때 포기할 줄도 모르는 모양이다.

"그 기념품 가게에서 강탈 같은 짓을 했다간 앞으로 왕도에서 외부 식량을 들여올 자가 영원히 사라집니다. 설마 강탈당한 기념품 가게가 왕도를 위해 다시 매입해 주리라 생각하십니까?"

"큭……. 그렇다면 긴급 세금으로 징수하면 되지 않나!"

눈앞의 일밖에 보이지 않으니까 마지막 생명줄에 손대려고 하고 있다. 그러나 그 생명줄은 어차피 귀족들의 목을 조일 교수형에 쓰일 밧줄이다.

"우리는 세무관이 아닙니다. 하물며 변경령의 특별 자치구로 인정한 이상, 왕도의 세금은 적용할 수 없습니다. 그리고 우리 제2사단은 어떤 지시라 해도 백성에게 손을 대지 않습니다. 당신들이 백성에게 해를 끼친다면…… 계약을 파기하고, 당신들을 사로잡겠습니다. 그런 계약이었으니까요."

우리 제2사단에 기념품 가게 식량 강탈을 요청하기 전에, 이미 헌병대가 습격했다는 정보는 들었다. 그리고…… 모두 사라졌다는 것도 이미 다들 알고 있다.

"그렇다면 어쩌려는 거냐!"

"문을 열면 왕국에는 식량이 있습니다만."

이미 제2왕자파나 상국파 귀족들을 지킬 헌병대는 괴멸에 가깝다. 여기까지 왔는데 여전히 졌다는 걸 모르는 귀족들의 머릿속에는 대체 무엇이 들어있는 걸까……. 한 번 열어서 확인해 보는 게 좋을 것 같은데.

"웃기지 마라. 문을 여는 건 허락할 수 없다!"

예전에 병사 숙소로 찾아왔던 그 소년은 귀족들을 향해 이렇게 말했다. "머릿속에는 꿈과 희망이 들어차 있고, 눈을 감은 채 공상과 망상 속에 있으니까 뭘 하든, 뭐라 말하든 헛수고거든? 그야 자기들에게 싫은 사실도 진실도 보지 않으니까? 응. 말하면 통하는 상대는, 말하지 않아도 아는 법이야. 오해나 착오가 아니라, 진실을 인정하지 않고 자기 입맛에 맞는 꿈과 희망이 들어간 아저씨에게는 말해 봤자 헛수고랄까, 아저씨니까 헛수고?"라고.

아직도 현실을 보지 않고, 왕국을 차지할 꿈을 꾸고 있는 건가. 사실을 인정하지 않고, 완고하게 상국과의 밀약이라는 말뿐인 희망에 매달리고 있다. 지금도 아무것도 하지 않고, 그저 자기들에게 유리한 미래를 꿈꾸고 찾아다니고 있다.

"배급이 끊기면 왕도 백성은 문을 열 겁니다. 스스로 문을 열거나, 기념품 가게에서 계속 매입해서 왕도 주민에게 배급을 계속할 수밖에 없겠죠."

백성을 학대하고, 백성에게서 착취하던 귀족들이 백성에게 배급하기 위해 모아둔 부를 토해내고 있다. 사재를 써서 사지 않으면 문이 열리고, 자신은 죽을죄에 걸리기 때문에 필사적으로 아양을 떨고 있다. 정말이지 근사하고 교활하고 악랄한 함정이다. 귀족들이 자기 목에 스스로 밧줄을 감고 조이는 거니까.

원래부터 왕도 봉쇄로 배급제가 되면서 백성의 불만이 커지고 있었다. 만약 기념품 가게가 나오지 않았다면 왕도 안에서 소규모 분쟁 정도는 일어났을 거다. 그러나 마지막까지 아무도 피를 흘리지 않은 채 상국의 부와 귀족이 축재한 재산만 뜯어내고, 검을 마주하지도 않고 모반을 끝내버렸다. 헌병대까지 사라진 지금, 신분 말고는 아무것도 없는 귀족에게 무엇이 가능한가.

마지막 발버둥마저도 무모하기 그지없었다. 고작 수천 정도인, 군인조차도 아닌 헌병으로 저 기념품 가게를 공격해서 함락할 수 있을 리가 없다. 저 기념품 가게는 우리 제2사단조차 함락할 수 없다. 저 빈민가에 쳐들어가면 반드시 패한다. 만약 도착하더라도 검의 왕녀와 동격인 미희 수십 명이 지키는 기념품 가게를 함락시킬 수 있을 리가 없다.

그리고 그것이야말로 소년이 우리 제2사단에게 보내는, 결코 배신하지 말라는 선언인 거다. 이미 빈민가의 백성들마저 무장했고, 목숨을 걸고 그 기념품 가게를 지킬 기세다. 빈민가에 사는 사람들을 구원받지 못할 빈곤에서 구하고, 아이들의 웃음소리가 들리는 거리로 만들어 준 그 기념품 가게의 방패가 되어 싸워서라도 지킬 작정이다.

그러나 결코 손대게 둘 수는 없다. 우리가 목숨을 걸고 지킨다. 그리고 왕국의 은인들에게 칼날을 겨눌 일은 절대로 없다.

"결정적인 순간이로군."

우리 제2사단은 백성을 지키는, 왕을 위한 검이니까. 방어를 담당하며 방패의 문장을 받은 우리가 백성에게 손대면 역대 제2사단의 긍지마저도 버리게 된다. 그리고 그건 왕국과 왕가의 가치조차 잃게 되는 일이다.

"상황은 어떤가?"

기념품 가게는 숙련된 병력이 방어하고 있다. 헛수고이고 나설 차례도 없겠지만, 지켜보는 정도는 허락되겠지.

"정상 영업입니다. 아이들이나 부인들의 웃음소리가 끊이지 않아서 떠들썩한 가게더군요. 우리가 원하고, 지키고 싶었던 모든 것이 거기에 있었습니다."

백성들이 행복하게 살아간다. 그걸 국가가 지킨다. 고작 그런 이유로 만들어진 왕국이 하지 못했던 일, 잃어가던 것이 모두 그 가게에 있다.

하물며 우리가 계속 희생시켰고, 계속 싸우던 변경의 이름을 가진 가게. 그곳을 공격하려는 녀석은 귀족도 군인도 아닌 강도다. 저걸 보고 지키고 싶다고 생각하지 않는 자는 군에 필요 없다. 적어도 우리 제2사단에는 필요 없다.

"이렇게나 세련되게…… 단 한 방울의 피도 흘리지 않고 백성의 희생도 없이, 한 나라의 왕도가 함락될 줄이야."

"게다가 상국에도 가지 않은 채 큰 타격을 주고, 왕국에 손대지도 못할 정도의 큰 피해를 주다니…… 이거 참 무섭군요."

그렇다. 이건 군으로는 이길 수 없다. 이건 군대나 정치보다 한 단계 위에 있는 싸움이었다. 그러나 지금도 무익하게 귀중한 시간을 낭비하고 있다. 그 가치도 모른 채 추하게 발버둥 치고만 있다.

"하지만…… 우리는 구원받았습니다만, 변경이…… 또 변경이 희생되게……."

제1왕자는 사로잡았지만, 귀족군은 멈추지 않았다. 제1왕자 따위는 어차피 장식이고, 그 실태는 교회파 귀족군이 우두머리였다는 거겠지. 그리고 변경의 병력도 왕국군도 이 왕도에 있다. 왕도는 구해냈지만 무방비해진 변경이 희생된다. 제3사단의 병사는 귀족군에서 이탈하고 있지만, 제3사단 상층부와 중핵인 귀족 자제는 남았다. 거기에 지방 귀족군도 이길 수 있는 싸움이라 봤는지 모두 귀족군에 더해지고 있다.

"시간이 아깝군. 시간에 맞출 수 없다는 건 알고 있지만, 변경이 공격당할 때 오무이 님을 이런 촌극에 끌어들이게 될 줄이야……. 차라리 제2왕자의 목을……."

"속보입니다! 문이 열렸습니다. 샤리세레스 장군과 휘하 근위사단, 변경백 오무이 님과 변경군이 왕도로 진입했습니다!"

"바로 나간다. 귀족과 헌병 잔당의 움직임에는 주의해라."

왕도 백성이 문을 연 건가? 그런 것치고는 너무 빠르다. 아직 배급이 정체되지는 않았을 거다.

"기념품 가게 왕도 앞 지점입니다! 대량의 식량에 의류나 생활용품을 가득 채우고 왕도 문 앞에서 염가 세일을 시작한 모양입니다. 그에 호응해서 왕도 주민이 문을 연 것 같습니다."

"큭……. 마지막의 마지막마저. 결국 처음부터 마지막까지 왕도는 기념품 가게에 제압당해 있었나."

웃을 수밖에 없다. 격이 너무 다르다. 수완이 다르다. 이렇게 되면 우리 왕도의 방패가 나설 차례는 없어 보인다.

"샤리세레스 님과 오무이 님을 맞이한다. 전원 정렬해서 대기시켜라. 기다리시게 하지 마라."

"예!"

무대에 배우가 모인 모양이다. 나머지는 촌극뿐. 기념품 가게가 준비한 무대 위에서, 이 추악한 연극이 겨우 웃음과 함께 종막을 맞이하려는 모양이다. 뜻하지 않게 최고의 결말이 됐지만, 막상 끝나고 보니 그 소년이 작성한 행복한 연극을 더 볼 수 없게 되는 것이 약간 유감이기도 했다.

최고의 대본이란 마음속 깊이 기분 좋게 웃을 수 있는 이야기니까. 빈민가에 얕보이고, 쓰레기를 얻어맞고, 분노의 절규를 내지르며 거품을 물고 쓰러지는 귀족들. 그 귀족들이 재산을 뜯기고 파산하며 유랑하는 신세가 됐다. 보유한 부도 그동안 착취해 온 백성들에게 배급으로 나눠주어 무일푼이 됐다. 그렇게 자신이 학대하고 매도해 온 빈민이 되어 막을 내린다.

왕녀이자 공주 장군이신 샤리세레스 님이 왕국의 정예인 근위사단을 이끌고 입성했다. 그리고 왕국의 살아있는 전설, 변경백 오무이 님이 왕국 최강의 변경군을 이끌고 왕도로 들어오셨다. 왕도는 터질 듯한 갈채로 들끓었고, 입을 모아 두 분의 이름을 큰소리로 연호했다.

그야말로 배우의 수준이 다르다. 백성이 가장 사랑하는 진정한 귀인인 두 분과 원숭이, 귀족이라니. 생각할 여지도 없거니와 비교할 생각조차 들지 않는다.

왕도가 들끓었다. 영웅이 왕도를 해방한 것이라면서.

모두가 검을 놓았다. 적이든 아군이든 근위와 변경군에게 검을 겨눌 수 있을 리가 없다. 한 방울의 피도 흘리지 않고 항복할 수밖에 없다.

"어서 오십시오. 샤리세레스 왕녀 전하. 왕궁까지 안내하겠습니다. 오무이 님도 이번에는 감사드립니다."

오무이 님에게는 사과할 수조차 없다 우리가 모반 같은 걸 허락하는 바람에 변경이…… 가장 구원받아야 하는 변경의 백성들이…….

"오랜만이구나, 테리셀. 하지만 웃어라. 백성들이 보고 있다. 비통한 얼굴은 필요 없어. 웃어라. 나는 변경을 걱정하지 않고, 물론 포기하지도 않았다. 이건 우리를 위해 그 소년이 준비해 준 멋진 장면이다. 그러니 웃어라. 소년이 어떻게든 한다고 했다. 그러면 우리는 그저 웃으면 된다. 그러니 웃어라."

왕국 전체의 병력은 왕도와 국경에 있고, 이후에는 적으로 돌아선 귀족군뿐이다. 이제 변경에 병사는 없다.

억지로 웃음을 만들면서 왕궁으로 나아갔다. 이제 저항하는 자는 물론이고 제지하는 자도 없다.

"폐하께."

그러나 변경을 어떻게든 할 수 있을 리가 없다. 아무리 소년이 신산귀모의 전략을 준비하더라도, 싸울 병력이 없다. 그런데 혼자서 일행도 데리고 가지 않고 맨몸으로 변경에 갔다고 한다. 그런데…… 그래도 웃을 수밖에 없었다. 이것이 그 소년에게 받은 나의 역할이라면, 이빨이 부서지고, 입술이 찢어지더라도 웃어야겠지.

그로부터는 그저 연극이었다. 제2왕자와 귀족들이 고개를 조아리고 무릎을 꿇은 가운데, 샤리세레스 왕녀와 오무이 님이 상쾌하게 통과해서 왕의 곁으로 향했다. 그리고 왕의 곁으로 가서 변경에서 구했다는 비약을 공손하게 헌상했다. 그러자 순식간에 회복되어 의식을 되찾은 왕의 곁에, 누구도 눈치채지 못했지만 확실히 있었던 왕제가 국새와 왕권 대행의 이름을 반납했다.

대단원. 모두가 기다리던 왕의 복권이다.

왕의 이름으로 왕자와 귀족들은 사로잡혔고, 왕도 백성에게 선포하자 백성들이 갈채를 올리며 왕도가 더욱 들끓었다.

그리고 왕과 오무이 님의 이름으로 대량의 진수성찬과 술이 풀렸고, 왕도가 축제의 소란에 휩싸였다. 그것은 만들어진 왕국 부활제다. 왕궁 테라스에서 손을 흔드는 국왕과 왕녀. 그리고 오무이 님과 황공하게도 나까지 참가해서 웃으며 손을 흔들었다.

배우는 무대에 모였고, 왕도 백성은 최고조로 달아올랐다.

무대의 방해꾼은 이미 퇴장했고, 왕과 진정한 귀족만이 서는 무대. 저잣거리에 묻히더라도 왕국의 검이고자 하여, 없는 재산을 끄집어내서 기념품 가게에 검을 사러 갔다고 한다. 그 몰락한 귀족들은 다들 '이건 서비스'라는 말을 듣고는 검이나 갑옷 말고도 훌륭한 예복을 받았다고 한다.

일찍이 빈민가를 구하려고 대귀족들과 반목하다가 추방당해 몰락한 이름뿐인 귀족들이야말로, 이 자리에 서는 것으로 소년에게 인정받은 진짜 귀족들이었다.

영웅극처럼, 단상에 오른 왕이나 왕녀나 오무이 님에게는 갈채가 끊이지 않았고, 왕도는 열기에 휩싸였다. 영웅들의 축가 무대, 이곳에 흑발 흑안의 소년은 없다.

왕도가 뒤흔들릴 정도의 환성이 솟구치고, 군중이 축가를 부르며 춤췄다. 겨우 끝난 것이다.

"테리셀. 폐를 끼쳤다. 그리고 나를 대신하여 백성들을 지켜준 것, 감사를 표하마."

"나의 왕이시여…… 황공한 말씀……."

그러나, 이곳에는 정말로 감사를 표해야 하는 분들이 없다. 백성들에게 가장 찬사를 받아야 하는 소년 일행이 오지 않았다. 그분들은 변경으로 향했다. 그리고 진정한 왕도의 해방자는 변경을 혼자서 수호하러 떠났다.

"왕이여. 나도 변경으로 돌아가겠다. 이곳은 왕이 다스리는 땅, 나는 나의 영지에서 할 일이 있으니까."

"미안하다, 멜로트삼. 결국 우리 디오렐은 오무이에 도움을 받고, 오무이에 구원받고, 그리고 폐를 끼치게 되는구나. 나의 대에서 끝낼 생각이었건만, 이런 꼴이다. 미안하다, 멜로트삼."

왕이 고개를 숙였다. 백성들 앞이 아니었다면 무릎조차 꿇었을지도 모르는 사과다. 가신으로서, 친구로서 만감을 담아 고개를 숙였다. 변경의 영주가 변경의 위기인데도 변경을 떠나 왕을 구하러 왔다. 그 의미를 곱씹으면서 고개를 숙였다.

"고개를 숙이지 마라, 디알. 너는 왕국의 왕. 고개를 들고 백성을 위해 웃어라. 아무리 왕이라도 이 무대를 더럽히는 것만큼은 용납할 수 없어. 모두가 웃으며 기뻐하는 결말을 준비하고, 무대까지 만들어 준 거다. 그러니까 웃어라."

오무이 님이 귀기 서린 웃음과 함께 백성들을 향해 손을 흔들었다. 누구보다도 변경으로 돌아가고 싶은, 한시라도 빨리 달려가고 싶은 오무이 님이 웃고, 왕도 백성들의 갈채에 응하고 있다.

그러니 나처럼 서투른 배우는 그저 웃을 수밖에 없다. 무대 위에서 주어진 역할을 연기하고, 웃음을 만들었다. 그러나 모두의 마음은 이곳이 아닌 머나먼 변경의 땅으로 향하고 있었다.

거기서 혼자 수만의 적과 대치하고 있을 소년을 생각하면서.

후기

　대체 무슨 일이 일어났는지는 6권이나 됐으니 대략 짐작하시겠지만, 최면술이니 초스피드니 그런 시시한 게 아닌 "페이지 남아버렸네(데헷냘름)." 하는 편집자 Y다 씨(중년 남성)의 편린이라고 할까, 변태라고 할까, 순경 아저씨 이 편집자예요, 라고나 할까. 그렇습니다. 6권 연속으로 원고를 채우고 또 채웠더니 페이지가 남았다는 무시무시한 위업을 달성하고 말았습니다(두구두구두구두구♪).

　네. 감사의 멘트를 써야 할지 절명시를 읊게 해줘야 할지 고민됩니다만, 그런 편집자님과 함께 여러분 덕분에 6권을 낼 수 있게 됐습니다. 여러분을 향한 감사와 담당 편집자님을 향한 살의…… 어흠 어흠, 감사의 마음으로 가득합니다. 특히 이 후기 페이지를 하필이면 "4페이지나 남아버렸네(데헷냘름)." 하고 준비해 주신 담당 편집자 Y다님에게는 그야말로 "어떻게 감사해 줄까(물리!)?"와 감사(참배)를 다음에 천천히.

　당초 1권에서는 "폭사할 게 틀림없으니까 깔끔하게 끝내자." 라고 생각해서 (Fin)이라고 썼더니 지워져 버렸지만 그래도 확실히 끝냈고, 설마 하던 2권에서 '하지만 2권에서는 표지 미인계 사기 작전은 무리니까.'라고 생각해서 또 열심히 적절하게 끝내고 (Fin)이라고 썼습니다만 또 지워졌고…… 마침내 저번 권에서는 '이렇게 되면 5권은 여운을 주고 끝내면서 중단되는 역전개!'라고 말했었는데…… 놀랍게도 6권까지 나오게 됐습니다.

실은 3권 이후가 6권까지 이어지지 않으면 「왕국편」인데 끊기가 애매해서 고민했습니다만 막상 6권을 교정해 보니…… 7권까지 끊기가 애매하다는 것이 발각됐습니다(땀). 네, (Fin)은 없습니다.

그리고 언제나 근사한 그림을 그려주셔서 감사하다고, 에노마루사쿠 선생님에게 감사 멘트를 남깁니다. 편집자님한테 "이런 이야기에 이런 대단한 그림이 붙어도 되는 건가?!"라고 물어봤더니, 진지한 얼굴로 "설마 받을 수 있을 줄이야."라는 대답이 돌아온 지 빠르게도 4권, 언제나 근사한 그림을 그려주셔서 감사합니다.

(잘 생각해 보면 1, 2권의 부-타 선생님이나 만화판 비비 선생님 때도 똑같은 걸 물어봤더니 똑같은 대답을 들었던 기억이?!)

그런고로 만화판과 동시에 나가는데, 비비 선생님과 가르도 편집부의 헤비 님에게도 감사드립니다. SNS는 하지 않습니다만, 트위터는 확실히 보고 있습니다(웃음).

그리고 구입해 주신 여러분께 감사를. 그리고 그리고 인터넷 연재판을 읽어주시고 수많은 감상, 아니 오탈자 보고를 남겨주셔서 감사합니다. 그렇게나 고쳤는데도 교정하면 여전히 오탈자가 수두룩한 게 신기한데, 그래도 인쇄하면 여전히 오탈자가 있다는 불가사의가……. 네, 오라이도 님에게도 죄송하고 또 감사합니다…….

네, 진짜로 죄송합니다(땀).

이제는 매권마다 감사하다는 말만 쓰고 있는 것 같고, 대체로 매권마다 '이게 마지막일 테니까.' 라고 생각하니 역시 감사의 멘트가 되어버립니다만, '다음이야말로 페이지가 딱 맞을지도.' 라는 생각은 조금도 들지 않는 것이······.

그리고── 겨우 왕도입니다(웃음).

왕도적으로 잘 팔리는 전개 중에 '주인공이 여행을 떠나고, 세상을 돌며 성장한다.' 라는 템플릿이 있는데요······ '그럴 바에는 빨리 돌아와서 틀어박히는 주인공.' 이라는 멀쩡하지 않은 이유로 여행하든 뭘 하든 돌아오는, 과연 성장하는지도 의심스러운 주인공입니다. 뭐, 이번 권에는 돌아가지 않지만 틀어박힙니다. 틀어박힌 것치고는 가만히 있지 않지만, 왕도까지 가서도 변함없습니다ㅋ

당연히 새로운 사람들과도 많이 만났습니다만······ 주인공이 거의 기억하지 않고 말하지도 않기에 등장인물은 크게 늘지 않았습니다. 원래는 '새로운 히로인이!' 라며 들뜰 것 같습니다만 방치합니다(웃음).

그렇습니다. 표지까지 장식했는데도 방치계 히로인ㅋㅋㅋ

그런고로 판타지 작품답게 마침내 정석인 엘프가 등장했습니다만······ 무시하고 무반응이라는, 이런 게 책으로 나와도 되나 싶은 짓을 여섯 번째로 하게 되니 감회가 깊네요.

이번 권도 변함없이 내용을 질질 끌면서 문장을 가득 채운다는 매번 똑같은 느낌입니다만, 원래 인터넷 연재판부터 "서적화될 리가 없으니까 질질 끌자." 라는 생각으로 질질 끌었고, 게다가 글자수 제한이 없어서 엉망진창인 데다 개행도 엉성한지라 이대로 책으로 내놓으면 어마어마하게 혼날 것 같아서 최소한으로 채우고 또 채워서 쑤셔 넣었습니다만……. 네, 변함없었습니다. 질질 끌린 채로 쑤셔 넣었기에 괴문서라고도 불립니다만, 이 벌칙 게임으로도 쓸 수 있을 것 같은 괴문서와 어울려 주셔서 감사하다고, 역시 또또 감사를 드립니다(웃음).

고지 쇼지

외톨이의 이세계 공략 Life.6 기념품 가게 고아원 지점의 왕도 탈환

2024년 08월 20일 제1판 인쇄
2024년 09월 05일 제1판 발행

지음 고지 쇼지 | **일러스트** 에노마루 사쿠

제작 · 편집 노블엔진 편집부

발행 데이즈엔터(주)
등록번호 제 2023-000035호
주소 07551 서울특별시 강서구 양천로 570 NH서울타워 19층
대표전화 02-2013-5665

ISBN 979-11-380-5114-9
ISBN 979-11-6524-383-8 (세트)

Hitoribotchi no Isekai kouryaku Life.6
ⓒ 2021 Shoji Goji
First published in Japan in 2021 by OVERLAP, Inc.
Korean translation rights reserved by YOUNGSANG PUBLISHING MEDIA, INC.
Under the license from OVERLAP, Inc., Tokyo JAPAN

구매 시 파손된 도서는 구매처에서 교환하실 수 있습니다.
기타 불편사항, 문의사항이 있으신 독자님께서는 노블엔진 홈페이지
[http://novelengine.com] 에서 Q&A 게시판을 이용해 주시기 바랍니다.

공녀 전하의 가정교사

1~5

애니메이션 제작 중

"부유 마법을 그렇게 간단히 다루는 사람은 처음 봤어요."

"간단하니까요. 모두 하려고 하지 않을 뿐이에요."

사회의 기준에서는 측정할 수 없는 규격 외 마법 기술을 가졌으면서도 겸허하게 살아가는 청년이 은사의 부탁으로 가정교사로서 지도하게 된 것은 '마법을 못 쓰는' 공녀 전하. 모두가 포기한 소녀의 가능성을 저버리지 않는 그가 가르치는 것은── 상식을 파괴하는 마법수업!

**소녀에게 봉인된 수수께끼를 해명할 때,
교사와 학생의 전설이 시작된다**

©Riku Nanano,cura 2020
KADOKAWA CORPORATION

 나나노 리쿠 지음 | cura 일러스트 | 2024년 9월 제5권 출간

청춘의 상상.시동을 걸어라!

현실주의 용사의 왕국 재건기

1~11

애니메이션 방영작

"오오, 용사여!"

그런 정해진 프레이즈와 함께 이세계로 소환된 소마 카즈야의 모험은── 시작되지 않았다! 자신의 부국강병책을 국왕에게 진언한 소마는 어찌된 영문인지 왕위를 물려받고, 국왕의 딸이 약혼자가 되는데⋯⋯?!

나라를 바로잡기 위해 소마는 자신에게 없는 지식, 기술, 재능을 지닌 자의 모집을 개시한다. 왕이 된 소마의 앞에 모인 인재 다섯 명. 과연 그들은 어떠한 각양각색의 재능을 지녔을 것인가⋯⋯?!

이세계 소환×개혁= 세계를 바꾸는 이야기! 시리즈 절찬 출간 중!!

©Dojyomaru / OVERLAP
Illustration : Fuyuyuki

도조마루 지음 | 후유유키 일러스트 | 2024년 7월 제13권 출간
청춘의 상상, 시동을 걸어라!